U0904793

红枫集

张锡杰◎著

江西人民出版社
Jiangxi People's Publishing House
全国百佳出版社

张锡杰 1946年出生，河北枣强人，法学硕士，研究员。做过20年新闻工作，此后在中南海红墙里先后工作了20多年。曾任中共中央办公厅调研室政治组组长、调研室副主任，北京电子科技学院党委书记，中直机关党建研究会副会长等职。主要著作有政治论文集《在“三个代表”指引下前进——亲历这十三年》，科技论文集《迈向科技大发展的新世纪》，人物通讯集《感悟人物通讯：采写经验50谈》，纪实文集《遗孤残妇大寻亲》和《走进母亲河——黄河上游水电明珠行旅游指南》（与崔纪敏合著）等。此外，河北大学新闻传播学院原院长吴庚振教授和杨秀国教授对他的人物通讯进行选编，辑成了《十年浪花集——张锡杰人物通讯选评》，河北教育学院原副院长刘绍本教授对他的论说文进行选编，辑成了《上下求索集——张锡杰论说文选评》，两部著作均对其作品进行了精当的点评。这部《红枫集》辑录的是作者多年散文随笔的精品。

一纲三目

——序张锡杰《红枫集》

汤　恒

《红枫集》是张锡杰同志的散文集,收录了他历年创作的70多篇作品。总结一下,此书有一纲三目:红为总纲,游、忆、记是三目。《红枫集》纲举目张,既有统领的精神,也有丰富的层面。

先谈谈总纲吧。《红枫集》中的散文内容丰富,或描述作者拜谒革命导师、革命领袖和革命前辈的情景,或歌颂革命圣地、祖国大好河山,或介绍域外名人,或回忆故人与故事,或记录作者经历、体悟与感受,或展现他对家乡、亲人和朋友的真挚情感。这些散文角度不同,或抒情,或议论,或言志,或记事,或怀古,或述今,但其底色都是红色,无一例外地体现了作者对党的忠贞,表现了他坚定的理想信念,展现了他对祖国和人民的热爱和对中华优秀传统文化的礼赞。

游是目之一。游是游历，不游不能广见闻，不游不能扩心胸。张锡杰同志游历了很多地方，马克思家乡、列宁墓、井冈山、大沽口炮台、台儿庄、五龙口、桃花源、阿里山等。游历罢，他写下一篇又一篇游记，譬如《寻梦台儿庄》《挪威的峡湾》《惹人心醉的小三峡》《偶遇俄罗斯婚礼》等。游亦是游心，因此这些游记不完全是写景，更包含了张锡杰同志对革命传统的追忆、对祖国大好河山的赞颂，也包含了他对人生的思索、对祖国的热爱、对世界局势的关切。

忆是目之二。忆是忆故人和故事。张锡杰同志一路走来，感受到时代的巨大变迁，看到人的变化、事的发展，有很多感慨和思考，并聚焦于笔端，见之于散文。这些散文往往角度很小，但立意很高，以小见大，见微知著；也往往视野开阔，融几十年甚至几百年变化于一瞬，在与历史的对比中展示现状。《十年击水在南海》写在南海游泳的“美好和美妙的记忆”，既写了南海的历史和当前情况，也写了与同事之间的友谊。《甜水井的故事》一方面追忆1968年合作社打井的故事，也写了作者家乡的现状，展现了农村现代化的伟大进程和重要成果。《三谒菊香书屋》写作者三次拜谒菊香书屋的经历，此文一方面描写了毛主席书房的构造和所钟情的书籍，对于了解和研究毛主席有重要的参考价值，同时该文也叙述了作者自己的变化。三谒菊香书屋，菊香书屋同，但作者的境况与境界已有了非常大的变化。

记是目之三。记是记录。张锡杰同志曾是记者，他以灵动之笔记录过很多重大时刻，记录过很多重要人物，也记录过很多默默奉献的平凡英雄。《邓妈妈的故乡情》记录了邓妈妈对故乡的深情,写她几次回家乡的情景,展现了邓妈妈的“慈祥、睿智和平易近人”。《“当代鲁班”与他的彩虹桥——田雄和韩村河印象记》写作者四次到韩村河参观的经历,每次感受都不同。由此文可见作者积累与功力之一斑,一篇不长的文章写出了“‘当代鲁班’们艰难创业的历史见证和理想抱负的才艺展示”。

张锡杰同志大作既成,求序于予。我拜读了全书,在内容上感觉“若行山阴道上,应接不暇”,他的文字言简而意赅、辞约而义丰,也是我非常喜欢的。于是惶恐写下一些印象与感受,读者可自己阅读全文,体会散文之美及作者之睿智、抱负。

(汤恒同志系中共中央宣传部文艺局局长)

目 录

红墙情结

神州寻幽

域外采撷

友谊之歌

心香一瓣

附　录

寻踪觅迹

从特里尔走来

马克思

“我们是谁？我们从哪里来？我们到哪里去？”2011年3月10日的《南方周末》，刊登记者袁蕾、夏辰发自德国的报道《回望马克思》，谈到德国电视二台去年12月推出了第二部《德国人》，不仅每集的片头都重复着开头的疑问，而且这部10集系列片的第7集是《马克思与阶级斗争》。据说，由于2008年国际金融危机的爆发，再次证明了马克思对资本主义的病理分析和关于经济危机的天才预见，因而《资本论》在德国乃至欧洲洛阳纸贵，发行量骤增，有些人还以此书做圣诞礼物赠人，德国媒体将此现象称为“马克思重新发现”。这不由得唤起了我12年前访问马克思诞生地——德国小城特里尔的

马克思故居

美好记忆。

那是1999年7月中旬，我们结束了在波恩的培训，在离开德国前大家希望去拜谒一下马克思的故居。主办方爽快地答应了，因为在德国有句俗语："外国人若不到特里尔，就不能算来过德国。"这倒不单是因为特里尔是马克思的故乡，还因为在整个德国，特里尔是最古老的城市之一，并曾经是东罗马帝国的首都所在，特里尔的古罗马建筑如圣彼得大教堂和圣玛利亚教堂等，被列入了《世界遗产名录》。在欧洲人眼里，特里尔因其骄人的历史，可以与罗马、伦敦、巴黎并称为欧洲四大古都。

7月16日傍晚，我们来到了绿树成荫和弥漫着宁静气息的小城。特里尔位于德国西部，靠近卢森堡，仅有10多万人口。弯弯的摩泽尔河潺潺流入市区，小城就坐落在狭长的河谷盆地里，依山傍水，景色非常秀丽。参观安排在第二天上午，但大家按捺不住急迫的心情，饭后散步时就议论起了马克思，什么马克思的"两大发现"（发现了人类历史的发展规律、发现了现代资本主义生产方式和它所产生的资本主义社会的特殊运动规律）啦，什么马克思对女儿20个问题的回答啦。给我留下深刻印象的是同行的张大山讲的小故事：部队战士学马列，可有的战士怎么也记不准马克思的诞生日，指导员急了，说："你怎么那么笨，我教你个办法：'一巴掌一巴掌，打得资本家呜呜哭'（即1818年5月5日）。"一席话逗得大家哈哈大笑，但这种形象记忆法，却使我把马克思的诞生日牢牢实实地记在了脑子里。

第二天，我们怀着崇敬的心情，早早来到特里尔市布吕肯街10号。马克思的故居是一座灰白色的三层楼房，泛黄的粉墙、棕色的门楣和窗沿、乳白色的窗扉，是当时德国莱茵地区的典型建筑。1818年初，犹太人亨利希·马克思律师租下这幢房子，二、三两层作为居室，一层为律师事务所。同年5月，妻子生下儿子，取名卡尔·马克思。马克思故居现被辟为纪念馆，顺着不太大的门进入一层，右手边是工作人员办公的地方，柜台前陈列着马克思的著作和画像，其余房间摆放着马克思生前使用过的桌子、椅子、书柜和其他用具。二层的第一展室是马克思父母的卧室，马克思就是在卧室后的小套间里出生的。第五展室里摆放着马克思和恩格斯的全身铜像，他们肩并肩地站在一起。三层是介绍马克思为无产阶级事业奋斗一生的图片、文字资料，玻璃橱窗里陈列着《共产党宣言》的各种版本，其中德文版《共产党宣言》目前在世界上只有3本，还有陈望道根据日文版翻译的最早的中文版《共产党宣言》等珍贵资料。使我心灵受到强烈震撼的是马克思在《青年在选择职业时的考虑》的作文中，留下的铿锵有力、气势磅礴的话语："如果我们选择了最能为人类幸福而服务的职业，我们就不会被任何重负所压倒，因为这是为全人类做出的牺牲，那时我们感到的将不是一点点自私而可怜的欢乐。我们的幸福将属于千万人，我们的事业虽然并不显赫一时，但将永远存在。"

听工作人员介绍，马克思在特里尔生活了17个年头，直到1835年10月进入波恩大学，才离开家乡。马克思上中学时，经常到郊区走访农民，与他们促膝谈心。在这里，马克思目睹了劳动人民苦难的生活，也听到了受苦群众愤怒的呼声。这些社会最底层血淋淋的现实使他的心灵深深地受到了触动，他决心站在劳苦大众一边，为大多数人的幸福而斗争。这是青年马克思世界观形成的社会基础，也是他日后成长为马克思主义创始人最深厚、最持久的力量之源。在被反动派驱逐和流亡的日子里，马克思的生活极其艰难与曲折，由于贫病，他先后失去了三个子女，但他矢志不渝，殚精竭虑，终于创立了马克思主义的伟大学说，为无产阶级和全人类的解放事业做出了杰出的、不可磨灭的伟大贡献。

离开特里尔时，导游告诉我们，来马克思故居参观的中国人最多，留言的也最多。我想这并不奇怪，是马克思科学社会主义的理论影响了中国的历史、改变了中国的面貌，而中国共产党人又创造性地发展了马克思主义，形成了毛泽东思想、邓小平理论、"三个代表"重要思想，走出了一条科学发展的中国特色社会主义道路。马克思有句名言："理论在一个国家实现的程度，总是取决于理论满足这个国家的需要的程度。"从特里尔走来，我们的思想更加充实；从特里尔走来，我们的步伐更加坚定。我们党全心全意为人民服务的宗旨，与马克思"为人类幸福而服务"的誓言一脉相承，是鼓舞我们前赴后继、奋斗不止的力量源泉；马克思创立的伟大学说，必将指引和激励中国共产党人，沿着中国特色社会主义道路继续走下去！

(2011年4月，载同年4月29日《江西日报》、5月5日《组织人事报》和2012年第1期《晚枫苑》)

链接

陈望道与《共产党宣言》

最早中译本

在马克思故居的橱窗里陈列着陈望道翻译的《共产党宣言》的最早中译本。陈望道(1891—1977)，浙江义乌人，系上海共产主义小组8位成员之一。1920年初，酝酿建立中国共产党的陈独秀、李大钊和当时思想颇为激进的戴季陶，都想把《共产党宣言》翻译成中文，谁能担当此任呢？邵力子推荐了陈望道。陈望道早年曾赴日本早稻田大学留学，精通日文、英文。于是，戴季陶提供了《共产党宣言》日译本，陈独秀通过李大钊从北大图书馆借来了英译本，供陈望道翻译时对照。陈望道译完后由李汉俊、陈独秀先后进行了校阅，于1920年8月在上海出版了《共产党宣言》中译本，初版印了1000册，不胫而走。

列宁墓前的感慨

他的胸怀/包容/整个世界，
他能看透/时间/掩盖的一切……

2004年9月11日上午，当我怀着激动的心情，来到列宁墓瞻仰列宁遗容的那一刻，脑海里突然浮现出了苏联著名诗人马雅可夫斯基的长诗《列宁》中的名句。

列宁是马克思、恩格斯逝世以后国际共产主义运动的伟大领袖和导师。他创建了布尔什维克党，发动和领导了伟大的十月革命，开创了无产阶级专政的新纪元。他在理论上和实践上极大地丰富了马克思主义，把马克思主义发展到了列宁主义的新阶段。所以，每一个到莫斯科的中国共产党人，都有一个心愿——去红场瞻仰列宁墓。

不巧的是，我们在俄罗斯学习考察期间，俄罗斯接连发生了客机坠毁、地铁爆炸、北奥塞梯劫持中小学生等一系列震惊世界的恐怖事件。俄罗斯治安形势空前紧张，莫斯科建市857周年的大型文艺活动都取消了，红场和列宁墓也暂停开放。所以，直到回国的前一天，我们才实现了夙愿。

鸟瞰莫斯科红场，右下方建筑物为列宁墓

那天，红场依然戒备森严。瞻仰列宁墓的人并不多，而且主要是外国人。我们排队接受安全检查，然后沿着克里姆林宫的墙边走向列宁墓。望着对面钟楼塔楼上依然闪烁的红星，我不由得感慨万千：

20世纪是共产党在社会主义国家执政并取得巨大历史进步的世纪。正如马雅可夫斯基的长诗中所写的那样：

伊里奇的小册子/像闪电一样/划破长空，
蒙昧的阶级/碰到了/列宁，
从此就/浩浩荡荡/奔向光明；
充满着群众的/力量和思想，
列宁/也和阶级/一同成长。

1917年俄历10月，在列宁的领导下，俄国工人阶级首先取得了革命胜利，建立了无产阶级专政的国家。“十月革命一声炮响，给我们送来了马克思列宁主义。”从此在全球范围内，掀起了社会主义革命的第一次浪潮。特别是第二次世界大战，对社会主义的发展起到了加速器的作

2013 年 9 月作者在莫斯科红场留影

用。全世界共产主义政党由战前的69个，发展到战后的76个；社会主义国家由战前的2个增加到1949年的13个。在经济建设、科技教育、文体卫生、国防建设等各个方面，社会主义国家都取得了举世瞩目的成就，形成了强大的社会主义阵营……

20世纪又是共产党和社会主义运动遭受重大挫折的世纪。1989年至1991年，在国际大环境和东欧小环境的共同影响下，两极中的一极——华约集团国家发生了多米诺骨牌那样的惊人变化。剧变首先从波兰开始，后蔓延到匈牙利、民主德国、捷克斯洛伐克、保加利亚、罗马尼亚、南斯拉夫，最后是苏联解体。1991年12月25日晚，苏联国旗从克里姆林宫徐徐落下，宣告苏共这个列宁缔造的、执政74年的老党大党丢掉了政权。

苏东共产党丢掉政权、断送社会主义的原因固然是多方面的，但长期忽视执政党建设特别是执政能力建设，无疑是最重要的原因。十月革命后，列宁对执政党的建设进行过积极的探索，提出了一些至今仍很有现实意义的问题，比如党政分开、改革过度集中的领导体制、克服官僚主义、从制度上保证集体领导和对领导人的监督等。列宁的思路是探索如何把苏共从夺取政权的党的建设模式,转变为执政党的建设模式。可惜,列宁逝世后,苏共没有能够按照列宁的思路继续探索,党的指导思想和领导体制没有能够与时俱进。

邓小平同志曾经指出:"过去的成功是我们的财富,过去的错误也是我们的财富。"苏东共产党兴衰成败的经验教训,深刻证明了党的十六届四中全会揭示的一条真理:共产党的"执政地位不是与生俱来的,也不是一劳永逸的"。无产阶级政党夺取政权不容易,执掌好政权尤其是长期执掌好政权更不容易!

(2004年10月,载同年10月21日《组织人事报》和11月25日《河北日报》)

链接

莫斯科红场

红场位于莫斯科市中心,临近莫斯科河。在俄语中,"红色的"含有"美丽"之意,"红场"的意思就是"美丽的广场"。红场西侧是克里姆林宫,北面为国立历史博物馆,东侧为百货大楼,南部为瓦西里布拉仁教堂。我原以为红场很大,实际上没有想象的和在影视片中看到的那样雄伟壮阔。红场面积只有9.1万平方米,大约相当于北京天安门广场的1/5。地面很独特,全部由赭红色方石块铺成,油光瓦亮,显得古老而神圣。红场是莫斯科历史的见证,也是莫斯科人的骄傲。

十月革命后,红场成为苏联和俄罗斯庆祝重要节日的地方。列宁墓位于红场西侧,在克里姆林宫墙正中的前面。1924年1月27日建成,最初是木结构的,1930年改用花岗石和大理石建造。列宁墓一半在地下,一半露出地面。陵墓体积为5800立方米,内部容积为2400立方米。墓前刻有"列宁"字样的碑石重达60吨。墓顶是平台,平台两翼是可容纳万人的观礼台,每当举行重要仪式时,领导人就站在列宁墓上观礼指挥。沿黑色大理石台阶而下,可进入陵墓中心的悼念大厅。列宁躺在铺有红色党旗和国旗的水晶棺内,身穿黄色上衣,胸前佩戴一枚红旗勋章,脸和手都由特制的灯光照着,显得清晰而安详。

城南庄的灯光

“自打毛主席来到城南庄后，这屋里的灯光就一夜一夜地亮着。在漆黑的夜晚，灯光从贴着窗纸的缝隙中溢出，隐约闪烁，灿若星辰。在中国革命史上，它是指引我们前进的曙光！”

讲解员说，在这里，毛主席写出了《新解放区农村工作的策略问题》《一九四八年的土地改革工作和整党工作》等重要著作，为党中央起草了1948年《纪念“五一”劳动节口号》，还主持召开了有朱德、周恩来、任弼时及陈毅、聂荣臻、粟裕等战区首长参加的军事汇报会和有阜平、曲阳、定县三县县委书记及部分区委书记参加的土地改革座谈会，谋划了“三大战役”的作战方略，并第一次具体描绘了新中国的蓝图……如果不是那次敌机突然轰炸，历史可能重写，新中国有可能会从城南庄走来！

听着讲解员那富有感情的讲解，我的思绪不由得回到了那烽火连天的峥嵘岁月。

1948年，中国人民的解放战争进入了战略反攻的阶段。为了尽快

晋察冀边区革命纪念馆

夺取全国的胜利,3月中旬,党中央在陕北米脂县杨家沟召开的历史性会议上,审时度势,做出了战略性决定:离开偏远的陕北,东渡黄河,到河北太行山指挥全国的解放战争。

4月10日,毛泽东、周恩来、任弼时等一行人从山西五台山出发,踏着冬天的残雪,迎着乍起的春风,翻过雄伟壮观的长城岭,进入河北阜平县境。一路上,毛主席兴致很高,一边观赏太行深山的风光,一边和随行的同志谈古论今:“咱们今天走的这条路,古称西大道。当年,清朝皇帝康熙和乾隆去五台山进香时,走的就是这条路。”谈笑之间,就来到了龙泉关。晋察冀中央局副秘书长周荣鑫,奉晋察冀军区司令员聂荣臻的命令前来迎接毛主席一行。毛主席高兴地同周荣鑫等人亲切握手:“一到阜平,就像到了当年江西苏区一样!”这天晚上,毛主席一行就居住在龙泉关东不远的西下关村。

4月11日傍晚,日落西山,炊烟袅袅。毛主席等人在夕阳的余晖中来到了晋察冀军区司令部驻地城南庄。城南庄位于阜平县城东南20公里处,背倚巍然挺拔、郁郁葱葱的菩萨岭,村前有条清凌凌的胭脂河缓缓流过,环境优美,民风淳朴。为了迎接毛主席一行,聂荣臻司令员腾出自己的住房,让司令部作战科也搬到民房中去住。知道毛主席喜好读书,他还特意在办公室里摆了个简易书架。毛主席一到城南庄就喜欢上了这个地方。他高兴地对聂荣臻说:“你这个城南庄,三面环山,一面环水,环境优美,空气新鲜,是个难得的好地方!”

在城南庄,毛主席听取了聂荣臻关于晋察冀军区的汇报。1937年

11月，聂荣臻司令员率一一五师独立团、骑兵营、师教导队一部和六八五团一个连及随营学校近3000人，来到阜平创建晋察冀根据地。当时人们开玩笑说："咱司令部呀，一锅菜就够吃，一条炕就够睡了。"10年过去了，晋察冀军区的兵力发展到32万多人，民兵90多万人，累计歼灭日伪军33万多人（包括击毙日军中将旅团长"名将之花"阿部规秀），晋察冀边区也发展成为跨3省72个县、拥有1200多万人口的一块根据地，阜平也有了"华北的延安"的美誉。毛主席对晋察冀的工作给予了高度评价和赞扬，称赞它是"模范抗日根据地"。

在阜平的46天里，毛主席经常利用茶余饭后的闲暇时间，到农民家里拉家常，了解农民的生产生活情况。他对随行的同志说："这趟来到晋察冀，感受颇深。那天我们一过龙泉关，沿途群众都很热情，就像当年回到了江西兴国，吃上了红米饭、南瓜汤！"他在同城南庄老贫农李国祥拉家常时，了解到李国祥过去由于家里贫穷，吃了上顿没下顿，3个男孩出生后不久都先后病饿而死了。八路军来了，日子好了，才活下来两个女儿。毛主席安慰他说："女儿也顶儿子用，今后的日子会越过越好！"为了纪念这次会见，李国祥老人事后特意在毛主席住过的院子前栽了棵花椒树，经常给孩子们讲他当年见到毛主席的情景。

敌机的突然轰炸发生在1948年5月15日（一说18日）上午。那天早饭后，城南庄上空突然出现了国民党的一架侦察机，随后又飞来两架美制B-25轰炸机，在村庄上空盘旋。聂荣臻非常诧异，因为这种情况过去是没有过的。他大步流星地来到毛主席住处，警卫人员告诉他："主席工作了一个通宵，刚刚上床休息。"聂荣臻说："情况不好，快把主席叫醒！"说着就冲进主席的卧室，急切地报告："主席，敌机来了，请您赶快进防空洞。"

被惊醒的毛泽东，镇静而风趣地说："敌机来了有什么要紧呀，投炸弹也没有什么了不起！无非是送来一点钢铁，正好打几把锄头开荒哩！我呀，照样睡我的觉。"聂荣臻急了："主席，我们要对您的安全负责，您必须立刻进防空洞！"随即冲着警卫员大喊："快取担架来！"这

晋察冀边区革命纪念馆前的毛泽东雕像

时，秘书和警卫人员早已在门口等候，大家七手八脚地硬把毛泽东抬上担架，迅速地抬起跑向屋后山脚下的防空洞。刚进洞不久，就听到洞外炸弹惊天动地的爆炸声，一时间城南庄浓烟滚滚、火光冲天，人们吃惊得直伸舌头，好险啊！

待到敌机飞走后，人们走出防空洞，看到一枚杀伤力很强的炸弹正落在毛主席住的小院，卧室的前墙已被炸塌，弹片飞进屋里，把桌子上的暖水瓶打破了，乡亲们送的十几个鸡蛋也被炸了个稀巴烂。弹皮嵌进房子的柱子上，留下了深深的坑，几十年后的今天仍清晰可见……

种种迹象表明，敌机的这次轰炸是有情报、有目标而来。人们当时就诧异：毛主席一行到城南庄是保密的，毛主席的住处更是一般人不知道的。那么消息是怎么走漏的？敌机为什么能够找到准确位置？这个谜，直到1949年5月1日大同市和平解放后才彻底解开：我方在查阅敌伪档案时发现，晋察冀军区司令部管理处王快烟厂经理孟宪德是国民党潜伏特务。他见常来烟厂买烟的军区司令部小伙房司务长刘从文爱贪小便宜，就用大把钞票和银圆收买刘从文当了特务。毛主席一行到城南庄及毛主席住处位置的情报，就是刘从文告诉孟宪德，并报告敌司令部的。由于这次情报，刘从文被国民党有关部门任命为上尉谍报员。

国民党特务理所当然地受到了应有的惩处。但是，由于这次突发事件，毛主席在敌机轰炸的当天就离开城南庄，转移到了晋察冀边区公安总局所在的花山村。1948年5月26日，毛主席一行离开阜平，迁往平山县西柏坡。在形势急剧变化的过程中，有时一个突发事件确实会改变历史！

今天，在庆祝新中国建立62周年的时候，我们凝神伫立在晋察冀军区司令部旧址和毛主席旧居前，仿佛又看到了那灿若星辰的闪烁灯光！虽然那灯光不再具有黎明前曙光的意义，但它却无时无刻不在提醒我们：不要忘了那段历史，不要忘了中国革命历程的艰辛，不要忘了新中国的建立乃至我们今天幸福生活的来之不易！

（2011年10月，载同年10月13日和20日《组织人事报》）

链接

晋察冀边区革命纪念馆

晋察冀边区革命纪念馆，是全国爱国主义教育示范基地，也是毛泽东进京之前在河北保留最完整的原始旧址。纪念馆坐落于河北省阜平县城南庄镇，整个景区由展览馆、雕塑广场、晋察冀军区司令部旧址和后山防空洞等组成，占地面积14.7万平方米。

1937年至1948年，聂荣臻司令员领导晋察冀军区，以阜平为起点创建的晋察冀抗日根据地，是中国共产党和八路军创建的第一块敌后抗日根据地，被毛泽东誉为“模范抗日根据地”。它不仅是华北抗战的坚强堡垒，也是对日进行战略反攻和解放战争时期我军进军东北、夺取华北的前沿阵地。晋察冀边区创立的崭新的民主制度和完善的机构，为新中国的政权建设积累了宝贵的经验，因此被称为“新民主主义社会的雏形”“新中国的雏形”。陈毅元帅曾诗赠聂荣臻元帅赞扬他：“十年驻马胭脂河，抗日反顽除万恶。我来共话艰难史，人民事业壮北岳。”

寻找马林

共产国际代表马林

22年前，我第一次去上海瞻仰党的一大会址，心中对创建中国共产党的革命先驱们充满敬仰之情，而对“催生”中国共产党的共产国际代表马林，除了敬仰和感激，还觉得他有一种神秘感，因为在他身上笼罩着传奇的光环。

据史载，1921年6月初，受列宁的委派，马林绕道欧洲来到上海，和他一同抵达的还有受共产国际远东书记处派遣来协助马林的年轻人尼克尔斯基。马林来上海，肩负着列宁交派的一项重要使命——帮助中国先进分子秘密建立共产党。马林是个雷厉风行的人，抵达上海后很快就与上海共产主义小组的代理书记李达及李汉俊取得了联系。“二李”代表陈独秀向马林汇报了情况：当时全国仅有57名党员，且绝大多数是知识分子，分散在上海、北京、武汉、长

沙、济南、广州等几个城市和旅日学生中。这些人对宣传马列主义很有激情，但对如何建立无产阶级政党却没有经验，特别是当时处在白色恐怖下，稍有不慎就会被关进监狱甚至掉脑袋。可富有革命斗争经验的马林却信心十足。他认为在半封建半殖民地的中国建立统一的无产阶级政党的条件已经成熟，尽管传播马列主义的主要人物陈独秀、李大钊都不在上海，但马林还是果断地建议立即召开党的代表大会，尽快建立党的全国统一组织。后来的历史证明这是多么富有远见的判断和正确决策啊！中共一大参加者包惠僧在回忆这段历史时，曾深有感触地说："如果不是他（马林）来，我们党的'一大'会议可能要推迟一两年，或许更多一点酝酿时间。"

马林又是个粗中有细的人。在"二李"给各地共产党早期组织发信邀请他们各派两名代表来上海开会时，马林经慎重考虑，从共产国际给他支配的经费中拿出一部分，给每位代表随信寄去100银圆。这在当时绝对不是个小数目。李大钊刚就任北大图书馆主任时，月工资是120元，半年之后才增加到140元。正是有了这笔路费，各地那些没有固定收入的革命先驱们，才于7月中下旬陆续赶到上海。7月23日晚，党的第一次全国代表大会在上海法租界望志路106号（现兴业路76号）开幕，此地当时是李汉俊之兄李书城的私宅。出席党的"一大"的共有15人，包括13名代表（据新版的《中国共产党历史》），以及共产国际的代表马林和尼克尔斯基。当时，中国年轻的共产主义者大多对马列主义的建党学说不甚了解，但富有革命斗争经验、时任共产国际执行委员会委员和民族殖民地委员会书记的马林，却胸有成竹。他在会上侃侃而谈，一口气讲了三四个小时，从国际形势到共产国际的概况，从制定中共党的纲领到如何建立党的组织，给与会代表留下深刻印象。毛泽东对他的印象是"精力充沛、富有口才"；包惠僧的印象是"声若洪钟，口若悬河，有纵横捭阖的辩才，我们在他的词锋下开了眼界"；张国焘则回忆说"说起话来往往表现出他那议员型的雄辩家的天才"。

突发事件发生在7月30日。那天晚上，"一大"代表们正在开会，一名穿灰布长衫的男子突然闯入，环视一周后以“找错了地方”为借口匆匆离开。机警且具有秘密工作经验的马林，立即断定此人可能是敌探，建议马上中止会议，让大家迅速撤离转移，会议改期换地点进行。果然不出所料，十几分钟后，法租界巡捕就包围了会场，并进屋搜查盘问，但一无所获。今天回望这段惊心动魄的历史，实在令人有些后怕。“一大”代表李达曾回忆说：“当时真危险，假如没有马林的机警，我们就会被一网打尽。”果若那样，即将建立的中国共产党也可能会胎死腹中！如此说来，马林不仅是中国共产党的“催生婆”，还是挽救党的“一大”的功臣呢！

马林对中国的第二大贡献，是促进了国共的第一次联合。马林是一位伟大的国际共产主义战士，还是一位富有远见的政治家。中共建立后，怎样迅速发展壮大党的力量，推动革命高潮的到来？马林的脑子里开始酝酿共产党与国民党的合作。为此，他亲自去找孙中山会谈，还向共产国际提出了国共两党实行党内合作的建议，并得到了共产国际的批准。但是，在中共党内，陈独秀、李大钊、蔡和森、张国焘等大多数领导人都不赞成马林的主张。面对重重困难，马林还是那么信心十足、还是那么坚定和乐观。他建议中共中央执行委员会在杭州西湖举行会议（时间为1922年8月29日—30日），讨论共产党员加入国民党的问题。会上，他苦口婆心地解释和说服：目前中共还是中国政治舞台上的一个小党，要进行民主革命，就必须与资产阶级革命派建立联合战线，以壮大反帝反封建阵营和力量。最后终于说服了陈独秀、李大钊等党的少数负责人，以个人身份先行加入国民党，但党内大多数人对这种做法仍存有疑虑。直到1923年6月在广州举行中共“三大”，经过激烈争论，最后才决定“采取共产党员以个人身份加入国民党的方式实现国共合作”。后来的历史证明，当时这样做，既有利于国民党的改造，又有利于共产党走上更广阔的政治舞台，得到锻炼和发展，这也是党的“三大”的重大历史功绩。

马林参加完中共“三大”后，于1923年8月（一说1924年初）调回莫斯科，从此与中共断了联系。有人说他是由于与共产国际的意见不一致，以休假的名义辞职回了荷兰；也有的说是由于列宁的逝世，深受列宁赏

识和器重的马林受到了冷遇。总之,曾在中国的政治舞台叱咤风云的马林,从此销声匿迹了。那时,中国正值军阀混战之际,兵荒马乱,信息不通,所以留下的关于马林的资料简直是凤毛麟角。

参观完党的“一大”旧址,我曾突发奇想:如果有一天,能去马林的家乡,向这位伟大的国际共产主义战士、中国共产党的“催生婆”进行凭吊,表达一名中共普通党员的敬仰和怀念之情,该有多好啊!然而,那时我还没走出过国门,荷兰与中国远隔千山万水,所以我的夙愿只是个美好的“梦想”。

没想到,这美好的“梦想”,却在8年后实现了。1999年7月9日,中办和中央党校市场经济培训班结束了在德国北部海港城市汉堡的培训。第二天一大早,我们就离开诺尔福特(NOV0TEL)旅馆,驱车赶往下一个培训点波恩。汽车沿着宽阔的高速公路以每小时120公里的速度奔驰。我原以为会从德国境内直奔波恩,没想到穿过不来梅市不久,就长驱直入地进了荷兰。导游小陈告诉我,之所以选择走经荷兰、比利时的高速路,一是这样比走德国境内道路顺畅,二是明天(11日)是周日,联邦政府部门不上班,还不如让大家在路上放松放松呢。

这倒遂了我走访马林家乡的心愿。荷兰位于欧洲西北部,东面与德国为邻,南接比利时,西面和北面濒临北海,地处莱茵河、马斯河和斯凯尔特河三角洲,总面积为41526平方公里。“荷兰”在日耳曼语中叫尼德兰,意为“低地之国”,全国60%的国土海拔不超过1米,最低点海拔为-6.7米。荷兰海岸线很长,多风,大部分国土地势平坦,农牧业发达,所以一进入荷兰境内,映入眼帘的是一幅美丽的田园风景画:蔚蓝的天空飘着朵朵白云,旋转的风车整齐地排列在一望无际的田野里,毛色黑白相间的奶牛在绿色的草地里悠闲地吃草和咀嚼,还有掩映在绿树丛中的尖顶农舍和静静流动的潺潺小河,仿佛带你进入了梦幻般的童话世界……古老的风车和木鞋被视为荷兰风光的象征,而围海造田则是荷兰人的骄傲。在欧洲有句广为流传的话:“上帝创造了世界,风车创造了荷兰。”这话道出了荷兰人几百年来与海斗争的历史,荷兰人早在13世纪就筑堤坝拦海水，再用风动水车抽干围堰内的水。如今荷兰国土的18%是人工填海造出来的，镌刻在荷兰国徽上的“坚持不懈”字样，记录着他们围海造田的业绩，也展现了荷兰人的民族性格。

马林本名亨德里克斯·斯内夫利特，曾用过马丁、马灵、马伦、斯列夫利特等十多个化名，马林是其俄文译名的中译名。他1883年5月13日生于荷兰第二大城市鹿特丹一个贫苦工人家庭，自幼丧母，青年时代曾在荷兰铁路工会任职员，从事铁路工人运动。马林1902年参加荷兰社会民主党，曾被派往荷兰的殖民地印尼爪哇岛从事革命活动。1920年7月，他以爪哇共产党团代表的身份参加了共产国际第二次代表大会，并当选为共产国际执行委员会的成员。他因杰出的工作才能和在爪哇领导殖民地革命斗争的丰富经历，深受列宁的赏识和器重。我们在马林曾经生活和战斗过的地方寻踪觅迹：驶过堪称世界奇观——简直可与我国的长城相媲美的巍巍拦海大坝，穿过郁金香盛开、具有多姿多彩风貌的首都阿姆斯特丹，漫步在素有“欧洲最美丽的村庄”之誉的国际化大都市海牙的金色海滩，而后来到曾经是世界第一大港的鹿特丹，一路上虽斑斓多彩，风光无限，但我的心里却是凉凉的。因为，在荷兰寻找不到任何有关马林的纪念物，我请导游帮忙询问路人，没有人知晓他的名字和事迹，倒是我国的党史专家李玉贞、杨云若不辞辛苦地赴荷兰查阅历史档案，才了解了马林的后半生及牺牲时的悲壮一幕：

1924年，马林从中国回莫斯科后不久，就因种种原因退出了共产国际的工作。回荷兰后，在斯大林于1926年反对托洛茨基派的斗争中，马林选择站在托洛茨基一边。这样，他在荷兰共产党内也无法立足，于1927年宣布退出。但这位国际共产主义战士并没有放弃理想、放弃斗争。1940年，德国法西斯侵吞荷兰，马林积极投身于反法西斯的斗争。他秘密编辑发行的报纸《斯巴达克》，鼓励荷兰人民奋起反抗侵略者。1942年3月6日，马林不幸被捕，不久被德国法西斯枪杀。在狱中，他留给女儿女婿的遗嘱是：“多年来我始终是一个忠诚的战士，告发我的人和法官们无不承认我死得光明磊落……高举我信仰的旗帜，奋斗到最后一息！”幸存下来的狱友普雷特尔，1945年在荷兰《火炬》周刊上记述了他目击的悲壮一幕：临刑前，马林对与自己一起被执行死刑的反法西斯战友说：“恪守我们的信念，相信共产国际的事业，未来是属于我们的！”于是7个人一起唱着《国际歌》走向了刑场……

走进马林的故乡，我无限惆怅。因为无法知道马林的墓在哪里，我无法在他的墓前寄托哀思、献上一束他生前喜爱的郁金香！但是，中国人民是永远不会忘记这位为中国共产党的建立和中国革命做出过卓越贡献的伟大的国际共产主义战士的。我梦想有一天，马林也能像白求恩那样，不仅在中国家喻户晓，在英雄的出生地，也能像加拿大有白求恩纪念馆和纪念广场一样，在荷兰鹿特丹也有展现马林不平凡一生的纪念场地。因为，马林不仅是荷兰人民的骄傲，也是中荷人民真诚友谊的象征！

（2013年5月，载2013年第7期《党史文苑》和5月30日《组织人事报》）

链接

加拿大的白求恩纪念馆

白求恩纪念馆，坐落于加拿大安大略省北部小镇格雷文赫斯特。这里位于多伦多市的北面，紧邻着美丽的莫斯科卡湖，风光秀丽。白求恩的旧居，已经被加拿大政府收购并辟为白求恩纪念馆的一部分。2012年，联邦政府还花费250万加元修建了白求恩故居纪念馆新游客中心，并把举行新游客中心落成仪式的7月11日，定为“白求恩日”。至于政界和商界为什么会在白求恩逝世70年后，把他作为著名历史人物来纪念，当地的官员列举了三点理由：首先，白求恩是一个理想主义者，一个献身于反法西斯事业的富有勇气的人，一个从事人道主义工作并殉职的医生。在他身上承载的普世价值，永远值得追求。其次，中国人对白求恩有深厚、真诚的感情，白求恩故居是促进两国人民友谊的一个纽带和桥梁。凡是来安大略省旅游或居住的中国人，一般都会到白求恩的故居看一看。最后，中国的影响越来越大，在加拿大有投票权的华人也越来越多。若按此三条理由，也应在荷兰鹿特丹为马林修建纪念馆。我相信，这也是许多中国人的心愿。

赣南松

驱车在赣南的原野上穿行，你会看到公路两旁、坡地岗上，到处长满了郁郁葱葱的青松。那苍劲挺拔的树干，硕大宽阔的树冠，那傲雪凌霜不改容，直指青天舞寒风的英姿，让人赞佩，令人心醉。

我爱赣南松，还有更深刻的原因。

位于罗霄山脉东部、赣江中游的吉安地区，历史上虽有“江南望郡”“金庐陵”“文章节义之邦”的美名，但它在近代留给人们的记忆却是：荒山、荒坡、红土岗。一下暴雨，水土流失，河道淤塞。有句顺口溜“开门见山野，满目和尚岭”，就是对那时荒山荒坡的真实写照。

绿化荒山荒坡是祖祖辈辈的美好愿望，也是为建立新中国立下汗马功劳的革命前辈们的多年夙愿。大革命时期，曾任红军总前委常委、江西省苏维埃政府主席，新中国成立后历任纺织部、商业部、内务部部长的曾山同志，1962年10月回到家乡后关注的第一件大事就是植树造林、绿化荒山、改变老区贫困面貌。他不顾年老体弱，亲自上山挖坑种树，倡导要在荒山荒坡上兴建林场、果园。

在那创业的年代，吉安人民制订了绿化荒山的宏伟计划，并且建立了油桐、杉树、马尾松、油茶等四大林业基地。然而，由于红壤地土质瘠薄、酸性过重和黏性过大，人们辛辛苦苦种的几十万亩林不是稀稀落落、所剩无几，就是变成了残次林，收效很低。

挫折和失败，并没有动摇人们的信念。在那困难的时候，人们想起了陈列在吉安县烈士纪念馆的写有“奋斗”二字的半面红旗。1934年10月，中央红军长征后，曾山同志临危受命，担任中共江西省代理书记。他率领的一个团在掩护主力红军转移时，损失很大，队伍被打散。突围时，为激励大家的斗志，曾山同志拿出一面写有“艰苦奋斗”四个大字的红旗，一剪两半，他和胡海各执一半，进行突围。胡海拿的半面写有“奋斗”的红旗，在他被捕就义前托人保管，一直保存到今天。曾山拿的半面写有“艰苦”的红旗，虽然在九死一生的突围转移中遗失了，但在人民的心目中它早已和留下的半面红旗缝成了一面。在这块英雄的土地上，不知有多少革命先烈洒尽了最后一滴血，只曾山部长一家就有四位烈士。1962年，他曾深情地写下过一副对联：“家慈五男二女留独子，先父三难一死为人民。”若说那红壤土是烈士的鲜血染红，也并不是夸张。

看到革命先辈浴血奋战的山山岭岭，如今面貌依旧，邱崇鸿这位吉安县林业局副局长，感到无地自容。他1954年从赣州林校毕业，怀着把荒山野岭变绿洲的雄心壮志来到吉安，如今壮志未酬，岁月却在他的额头上刻下了一道道深深的皱纹。他不灰心，不气馁，井冈山精神和艰苦奋斗的传统已融进了他的灵魂。他到处寻找适合红壤土质生长的树种，积极探索绿化荒山的新路。功夫不负有心人。1968年春的一天，他在途经青原山地区林科所时，突然眼睛一亮：这里的红壤丘陵地上，生长着一片苍翠茂密的松林。他扔下自行车，跑过去细细观察，发现这是一种不同于油松、马尾松的新树种。这种新树种就是原产于美国东南部的湿地松。

说起来话长。1947年，联合国粮农组织作为对二次世界大战受害国的援助项目，为我国引进了部分湿地松树种。江西是实验地区之一，分到了一小包树种。种子交给了当时青原山苗圃负责人、工程师刘家英。当时这里还是国统区，兵荒马乱，党政要员们谁也没看上那包树种。然而，刘家英却把它当成宝贝，细心栽培，精心管理。20年过去了，这些来自大洋彼岸的树种，已经在中国的大地上从幼苗长成了大树，并且结出了灯笼似的松球果。邱崇鸿高兴得像个天真的孩子，一蹦一跳地去找刘家英。刘老面露难色，因为湿地松才结果，一年才收1~2公斤种子，并且上边已明文规定，种子要上交。邱崇鸿“赖”着不走，从革命前辈的夙愿，讲到全县人民的决心，老工程师被感动了，破例给了他一小包树种。不，是给了他绿色的希望，给了他治理这荒山荒坡的“金钥匙”。

邱崇鸿把多年的美好理想和愿望，拌着树种撒到地里。不久，一棵棵嫩绿的小树苗破土而出了。湿地松在红壤岗地上长得很快，并且虫害少，充分显示了它耐酸、抗旱、耐贫瘠的顽强生命力。邱崇鸿用育出的一千多棵树苗，在东瓜塘附近的荒山上造了一片基地林。这片松林就在吉安至井冈山的公路旁边。它像一幅立体宣传广告，吸引着无数的过往行人前来参观考察；它像一份写在大地上的宣言书，用事实宣告了“红壤岗地不可绿化论”的破产！

1973年，当时任吉安县委书记的王国本同志考察了这片基地林后，县委很快做出了以湿地松为当家树种，绿化全县丘陵荒坡的战略决策。他还带领县直干部亲自绿化了一座荒山。从此，每届领导班子绿化一座山头就成了一个响亮的口号。至今，县委、县政府的班子已换了五六届，绿化的接力棒一直在传递着。后来，王国本同志调到地区当了专员、书记，“绿色接力棒”又传到了全区各县。

改革开放的富民政策，为湿地松的大面积推广开辟了广阔的前景。国家、集体、个体、联户一齐上，造林的亩数成几何级数增长，15年累计造林量比1978年前增长120多倍。此外，前期植的树已进入产脂、产材期。据测算，一亩湿地松一个开发利用期（25年）的经济价值可达上万元。截至去年，吉安全区的湿地松保存面积已达322万多亩，其中吉安县就达82万多亩。全区的森林覆盖率已达46.86%。曾山部长等一些老革命

前辈绿化家乡荒山荒坡的愿望，经过广大干部群众20多年的艰苦奋斗，终于变成了现实。

1989年10月17日，江泽民总书记视察井冈山时，特地参观了吉安县的人造湿地松林。他兴致勃勃地走进苍翠茂盛的松林，边听介绍边高兴地望着那遒劲雄健的湿地松，还不时用手围围树干的直径。总书记对这里因地制宜地发展湿地松的经验，给予了很高的评价，并鼓励说："我期待你们在这方面做出更好的成绩。"江总书记到云南视察时，还叮嘱那里的同志到吉安取经。如今，湿地松像绿色的海洋，在不断地延伸、扩大，已经超越县界、省界，正在向江南各地乃至全国延伸。此时此刻，我的脑海里突然浮现出了60多年前"十万工农下吉安"的宏伟场面，眼前葱葱茏茏的千万棵青松，也就成了浩浩荡荡的队伍。他们不正是新时期英雄的赣南人民的象征吗?!

（1994年4月，载同年4月13日《江西日报》和4月24日《科技日报》）

链接

曾山生平简介

曾山（1899—1972），江西吉安人。1925年投身革命，1926年10月加入中国共产党。1928年春领导了吉安"官田暴动"。大革命时期，先后任吉水县委书记、赣西苏维埃政府主席、赣西南特委委员、赣西南苏维埃政府主席、江西省苏维埃政府主席、中华苏维埃共和国中央执行委员会委员、中央政府内务部部长。红军主力长征后，担任中共江西省委代理书记，1935年5月突围潜往上海找到党组织后，赴苏联入莫斯科列宁学院学习。1937年11月回国，12月任中共中央东南分局副书记兼组织部部长。1941年5月任中共中央华中局委员兼组织部部长。解放战争时期，历任华东局委员兼华东财经委员会副书记、书记、财经办事处主任，上海市副市长兼财经委员会主任。新中国成立后，任华东军政委员会副主席兼财经委员会主任、治淮委员会主任、中央财经委员会副主任、政务院委员、商业部部长、中央交通工作部部长、内务部部长等职。他是中共第七、八、九届中央委员会委员。

杜鹃红遍东固山

杜鹃花是春天的花。那年3月到赣南的东固山，看到漫山遍野盛开的杜鹃，一簇簇、一团团，似火焰一样把整座山都给映红了，于是明白了人们为什么把杜鹃花叫作映山红。老区人民喜爱映山红，因为这种花是我国三大自然花卉之首（另两种是报春花、龙胆花）。她报春早、花期长、耐严寒，冬天无论多冷也冻不死，待到冰雪一融化，她就迎春怒

杜鹃把整座山都映红了

解放战争时期曾山部长与夫人邓六金

放了。人们常常把映山红的这种品性，比喻成革命者坚忍顽强的意志。电影《闪闪的红星》里有首插曲《映山红》，歌中这样唱道："夜半三更哟盼天明，寒冬腊月哟盼春风；若要盼得哟红军来，岭上开遍哟映山红。"

东固山，地处江西省吉安、吉水、永丰、兴国、泰和交界处，四周是崇山峻岭，地势险要；腹地为小盆地，物产富饶。在中国革命史上，东固山革命根据地具有重要历史地位。新中国成立后，毛泽东曾多次谈道，他一生忘不了三个地方——井冈山、东固山和延安。谈到东固山时，他无限深情地说，如果当年没有东固山的一个星期休整，红四军将被拖垮，更不可能开创赣南革命根据地了。陈毅当时曾赋诗称赞："东固山势高，峰峦如屏障。此是东井冈，会师天下壮。"

那是1929年1月中旬，红军为突破敌人对井冈山革命根据地的封锁围困，决定由彭德怀、滕代远率红五军和红四军的第三十二团留守井冈山；由毛泽东、朱德、陈毅等率领红四军主力实施外线作战，向赣南发展，这就是具有历史意义的"下井冈山"。部队突破封锁占领大余县城后，循粤北的南雄进入赣南的信丰、安远、寻乌，一路上追兵紧随其后，反动民团助长声威，再加上“沿途都是无党无群众的地方”，耳目不灵。红军饥寒疲乏，屡遭敌人袭击，且战且退，朱德的夫人伍若兰也在一次袭击中被俘牺牲。毛泽东在致福建省委并转中央的报告中说这是“我军最困苦的时候”。

在岭上开遍映山红的时候，红四军辗转来到了东固山，形势立即发生了重大转折。东固山地区早在大革命时期，就建立了共产党的组织和农民协会，毛泽东领导秋收起义时，这里发动了“东固暴动”，建立了工农红军，创造了被毛泽东称赞为“李文林式”的武装割据形式。红四军开进这里，群众的欢迎热情就像满山遍野的杜鹃花那样红艳艳。人们抬着整猪、挑着粮食和棉花来慰问，争着把红军战士迎进家中款待。毛泽东、朱德、陈毅亲切会见前来迎接的赣西特委负责人曾山，江西红二、四团的负责人李文林、段起凤等，双方召开了隆重的会师庆祝大会。虽然红四军只在这里休整了一周，但壮大了队伍，补充了给养，治疗了伤病，重新焕发了战斗力。

东固山是老一辈革命家、江西苏维埃运动的主要领导人之一曾山施展才干、留下辉煌业绩的地方，也是他革命生涯发生重大转折的地方。在这里，他先后担任过中共吉水县委书记、中共赣西特委委员兼组织部部长、赣西南苏维埃政府主席、江西省苏维埃政府主席等职，参与领导了“十万工农下吉安”的波澜壮阔的围城斗争，特别是从第6次攻打吉安开始担任总指挥，一直到取得胜利。1930年2月，当映山红吐蕾欲放的时候，时任赣西临时苏维埃政府主席的曾山，再次迎来了毛泽东、朱德率领的红四军。这次，曾山参加了毛泽东在渼陂主持的著名的“二七会议”，并在会上当选为领导赣西南、闽西、东江根据地与指挥红四、五、六军的“共同前委”常委。会后，赣西南的革命形势就像盛开的映山红那样红红火火。3月，赣西南苏维埃政府成立，曾山当选为主席；10月，曾山又当选为江西省苏维埃政府主席。在曾山等同志的领导下，东固山发展成为和井冈山互为“犄角”的相互独立的革命根据地，成为湘赣边及赣西南乃至江西人民革命武装斗争的两面旗帜。所以毛泽东多次讲道：

“在江西根据地的斗争中，曾山同志是有功的。”

东固山还是苏区干部好作风的发源地。东固根据地的兴国县曾被毛泽东誉为“模范县”。曾山在任江西省苏维埃政府主席期间，带头参加兴国县的星期天义务劳动，帮助红军家属和贫困户耕田、积肥、砍柴、挑水。他下乡调查，布置、检查工作，身背斗笠，脚穿草鞋，自带干粮和菜干，到群众家搭膳还交菜金，搭床还交寄宿费。江西省苏维埃政府干部的这种艰苦奋斗、勤俭节约、密切联系群众的作风，就像开得漫山遍野的映山红那样，迅速传遍了苏区，对苏区干部好作风的形成起到了带动作用。当年的兴国山歌这样唱道：“苏区干部好作风，自带干粮去办公；日着草鞋干革命，夜打灯笼访贫农。”

2009年10月21日，在曾山同志诞生110周年前夕，原中共中央政治局常委、国家副主席曾庆红不顾山路颠簸和旅途的劳累，风尘仆仆地赶到了赣西南老区，满怀深情地参观了东固山革命根据地纪念馆、第二次反“围剿”战役陈列展览以及苏区干部好作风陈列馆，还回到吉

2009年10月，曾庆红同志和夫人在江西吉安故居院子里与乡亲们合影

安故居瞻仰先辈留下的遗物遗迹，睹物思人。他认真观看珍贵的图片资料，详细了解了东固山革命根据地的创建、巩固和发展史，以及东固山对于根据地建设和中国革命的意义，重温了曾山、赖经邦、李文林等东固山根据地和赣西南根据地创建者们可歌可泣的战斗历程和光辉业绩。

寻踪觅迹，抚今追昔，曾庆红动情地说："我们今天来这里参观，就是要缅怀先辈的业绩，继承先辈的遗志，弘扬先辈的精神和苏区的光荣传统作风，更好地做到立党为公、执政为民。"这时，广播里传来优美动听的《映山红》的曲调，我的眼前仿佛又出现了那"回看桃李都无色，映得芙蓉不是花"的漫山遍野的映山红！

(2010年12月，载同年12月17日《江西日报》，并作为优秀作品被收入江西教育出版社出版的《一座山的回响》一书)

链接

渼陂"二七会议"

"二七会议"是指1930年2月6日至9日，红四军前委、赣西特委和红五、六军军委在江西吉安陂头召开的联席会议。出席会议的代表有宋裕和、曾山、黄公略、李文林等40余人，毛泽东在会上做了《关于政治形势和党的任务》的报告。会议讨论了有关政治、土地、红军、党的组织、苏维埃等重要问题，确定党的任务是深入开展土地革命、建立革命政权和发展工农武装。会议纠正了赣西特委、赣南特委的右倾悲观思想和迟迟不分配土地或按劳力分配土地的错误做法，加强了党对土地革命和武装斗争的领导。会议决定成立统一领导红军和几块根据地的总前委，前委常委由7人组成：书记毛泽东，常委曾山、刘士奇、朱德、潘心源，候补常委黄公略、彭德怀。"二七会议"迎来了赣西南革命根据地的全盛时期，在中国人民革命史上产生了极其深远的影响。

邓妈妈的故乡情

邓六金妈妈走了，带着她对老区人民的深厚情感，带着她对江西那块红土地的眷恋。2003年7月16日6时50分，这位参加过二万五千里长征的中央红军32位女干部之一的老红军、我党的优秀党员、忠诚的共产主义战士，走完了91年不平凡的人生历程。

有人说，乡情是浓烈的酒，乡情是清香的茶。同邓妈妈促膝长谈，听她讲战争年代那惊心动魄的故事和艰难困苦的历程，你会感到，在她的记忆里、在她的心灵中，有一种深深的故乡情结——情系革命老区，思念父老乡亲。

1999年12月，江西省委为曾任江西苏维埃政府主席、共和国纺织部、交通部、商业部、内务部部长的老一辈革命家曾山同志，举办百年诞辰纪念活动。我作为工作人员有幸认识了邓六金妈妈，并同她老人家合影留念。当时，邓妈妈已是87岁高龄，但她精神矍铄、记忆清晰、说话声音洪亮。11日上午是预备会，邓妈妈满怀深情地给孩子们和工作人员讲起了曾山一家几十年来经受的血与火的磨炼和生与死的考验：

1999 年 12 月作者与邓六金妈妈在南昌合影

曾山部长的一家，是被毛泽东同志称赞“为中国革命做出了贡献”的光荣革命家庭。曾山的父亲曾采芹是清末秀才，为人忠厚正直。他以教书为掩护，承担中共吉安县地下交通站的秘密联络工作，先后3次被捕，坚贞不屈，最后被敌人活活打死在监狱里；母亲康春玉，是一位勤劳贤惠的农村妇女，她配合丈夫从事地下交通站的工作，5次被捕，从不屈服；哥哥曾延生，参加过五四运动，1923年入党，曾任中共九江地委书记、赣南特委书记，参加过南昌起义和领导了万安暴动，1928年3月与妻子蒋竞英一起被捕，不久双双被惨杀于赣州城；弟弟曾炳生，中共党员，地下工作者，1927年8月因叛徒告密而被捕，牺牲于九江沙河……讲到这里，邓妈妈若有所思地把话锋一转：“曾山同志在世时经常讲，我们的江山是无数先烈抛头颅、洒热血打下的，我们的一切都是劳动人民给的，可不能忘了老区人民啊！”

12日上午，在滨江宾馆综合楼3楼会议厅举行了“纪念曾山同志100周年诞辰座谈会”。下午，按照纪念活动的日程，曾山部长的亲属们要回吉安老家为先烈们扫墓。考虑到邓妈妈年高体弱,特别是体内已发现癌细胞,所以儿女们准备了好几个预案想阻止妈妈回老家。邓妈妈一听急了,把手一挥:“你们谁也不要让我留下遗憾!”一句话竟有千钧力。它既道出了老人“不到长城非好汉,不回老家心不甘”的执着,也充分展现了老红军战士对老区人民的深情厚谊。

从南昌到吉安坐汽车要花3个小时,虽然公路平坦,但长途跋涉,她老人家的身体是否吃得消?没想到一路上邓妈妈兴致极高,还不断地向孩子们讲述她一次次回老家的往事。

邓妈妈清楚地记得,她第一次回吉安是在1940年初。当时,皖南形势已经很紧张,虽然国共第二次合作还在继续,但国民党反动派已开始蓄意破坏统一战线。考虑到部队要行军打仗,孩子没法带,时任中共中央东南局副书记兼组织部部长的曾山,和妻子商量,把孩子送回吉安老家去,让妈妈帮忙带。邓六金心里很不情愿,但为了革命只能这样做。于是,她抱着只有4个多月的大儿子,踏上了回故乡的路。这是她结婚后第一次回婆家,曾山的嫂子到县城迎接她,还特意租了轿子。邓六金不坐,说她是苦孩子出身,不习惯让别人抬着。嫂子说:“你是新媳妇,按我们这里的风俗,第一次进家门必须坐花轿。”实在拗不过,邓六金只好抱着儿子坐上了花轿。进村时,鞭炮齐鸣,好不热闹。大门口还烧了一盆火,轿子从火上抬过,说是为了“红红火火”……

邓妈妈再次回吉安是22年后的1962年。这次是她陪着曾山部长回老家。一进村,他们就走村串户,访贫问苦,嘘寒问暖。他们到敬老院看望了军烈属和孤寡老人,曾山部长叮嘱村干部:“这些老人的亲属为革命牺牲了,我们要像孝敬自己的父母那样去孝敬他们,照顾好他们的生活,否则,就对不起死去的烈士。”针对村里人多地少、荒山依旧的问题,曾山部长提出要利用好荒山、荒坡、荒滩,大力植树造林、脱贫致富,还同邓妈妈一起上山种树。如今老一辈革命家绿化荒山荒坡的愿望已经实现,郁郁葱葱的湿地松已经遍布了吉安的原野……

1964年初,邓妈妈还陪同曾山部长回了一趟老家。这次,他们不仅

1984 年邓六金(前左)回老区考察时，认真倾听乡亲们的建议

走遍了吉安的山山水水，还到了老苏区的瑞金、宁都、兴国等地。当他们看到新中国成立后一些老革命根据地人民生产和生活水平没有多大改变，有的地方水土流失相当严重，不少粮田减产以至变成沙地时，深感内疚和不安。回到北京，曾山部长就向国务院写了《关于赣南部分地区农业生产和人民生活情况的报告》，邓小平、李先念、李富春等中央领导同志都做了批示……

1972年曾山部长去世后，邓妈妈多次想回老区看看，但一直抽不出时间。1982年她离职修养后，终于遂了心愿。次年夏天，她和陈兰、李人俊等老战友，到昔日战斗过的皖南、苏北等老根据地，一个月跑了两个省的20多个县，行程上千公里。1984年11月，他们又来到闽西老区。邓妈妈是闽西上杭人。1929年5月，毛主席、朱总司令率领的红四军来到闽南，17岁的邓六金和她的两个姐姐凤金、来金都参加了红军，被称为闽西的“三只金凤凰”。回到这块养育过革命也养育过自己的土地，邓妈妈心潮翻滚，久久不能平静。革命胜利几十年了，可一些老区的学校还破破烂烂，教室里连凳子也没有，孩子站着听课，有的孩子甚至连这样的学校也上不起。邓妈妈感到深深的自责。回京后，她和陈兰等同志一起向中央写了报告，提出应当给皖南老区派出医疗队，给闽西老区增拨教育经费。中央领导同志很快就在她们的报告上做了批示。当这两个问题先后得到解决时，邓妈妈欣慰地笑了。在她看来，没有什么能比为老区人民做点事更令人高兴了。

曾山部长百年纪念活动后，我几次去看望邓妈妈。每次坐在这位饱经风雨的慈祥、睿智、平易近人的老人面前，聆听她的谆谆教导时，就会感到在她那宽阔的胸膛里有一个巨大的海洋，里面装着老区的父老乡亲，装着老区的孩子们。“树高千丈不能忘了根，什么时候都不能忘记我们的衣食父母、父老乡亲。”这是尊敬的邓六金妈妈留给我们的临别赠言。

（2003年7月，载同年8月11日《解放日报》和8月15日《江西日报》，并作为优秀作品被收入江西教育出版社出版的《一座山的回响》一书）

链接

邓六金生平简介

邓六金（1912—2003），福建上杭人，1929年参加革命工作，1931年加入中国共产党。曾先后任中共福建省上杭县旧县区委青年干事、县委妇女部部长，福建省苏维埃妇女部巡视员、部长等职。1934年被组织选送到瑞金苏区中央党校学习。10月，随中央红军参加长征，任干部休养连政治战士。1935年红军长征到达陕北后任中央组织部妇女部部长。1936年9月，任甘肃省庆阳县委组织部副部长。1937年5月，任中央组织部妇女部巡视员。1938年底随中央东南分局副书记兼组织部部长曾山到东南分局工作，在西安八路军办事处等待发放通行证时，经中央组织部批准与曾山结为伴侣。到达皖南后任东南分局妇女部巡视员。1948年4月后，历任华东局保育院协理员、副院长、院长，抚养烈士子女，培育革命后代。

邓六金1953年调北京工作，先后任中央财经委员会人事处副处长，中央人民政府机关事务管理局人事处副处长，国务院机关事务管理局总务处副处长、办公室副主任，中共中央监察委员会驻国务院机关事务管理局监察组副组长，国务院机关事务管理局顾问等职务。她还是中国人民政治协商会议第五届全国委员会委员、中华全国妇女联合会第四届执行委员会委员。1982年12月离职休养，担任中国关心下一代工作委员会和中国儿童福利基金会理事。

红旗跃过汀江

汀江，发源于武夷山脉南段宁化、长汀的崇山峻岭之中，一路汇集山泉、小溪奔流南下，先后流经福建的长汀、武平、上杭、永定等县，进入广东大埔县与梅江汇合后称韩江，全长328公里。多少年来，她用甘甜的乳汁浇灌着两岸的土地，孕育了汀州的文明，哺育了一代代客家优秀儿女，其中许多人参加了两万五千里长征，有的还成为创建新中国的元勋。汀江因而被称为“客家的母亲河”。

1929年3月12日，毛泽东、朱德率领的红四军主力，为摆脱赣军张与仁部第三十五旅的紧追不舍，利用黑夜的掩护，悄悄越过闽赣分界的武夷山，进驻长汀境内的一个四面环山的小镇——四都镇。没想到这危机时刻的权宜之计，却自此扭转了红四军1月14日下井冈山以来近两个月“被动挨打的局面”，迎来了红军和中国革命山花烂漫、迅速发展的春天。

应当说，长汀是“朱毛红军”的福地，也是中国革命的圣地。在这里，革命先辈们谱写了一页页惊天动地的历史篇章，留下了许多彪炳史册

的第一笔:红军入闽第一仗——长岭寨战斗,消灭敌人2000多人,击毙福建省防军第二混成旅旅长郭凤鸣,缴获一大批武器,为开辟闽西根据地打下了坚实基础;红军第一次穿上统一军装、领到军饷——此前,红军军装都是手工缝制的,十分粗糙,颜色样式也不统一,打下长汀后,利用缴获的服装厂设备,为红军赶制了4000套灰蓝色的新军装,每一套都配有带有红星的军帽和一副裹脚,同时全军将士每人还第一次领了四个银圆的军饷;红军建立了第一个县级红色政权——长汀县革命委员会;组建了第一所中央红色医院——福音医院……

当然,最具历史意义的是毛泽东以他敏锐的目光捕捉到了一个极为重要的时机。是年的3月20日,即红军入闽8天后,毛泽东在长汀县城一栋盛开着红彤彤的宝珠茶花的“辛耕别墅”里,主持召开了红四军前委扩大会议。会议对红四军离开井冈山以来的情况进行了总结,对闽、赣、浙等省的政治经济状况和自然条件做了全面分析,做出了利用蒋桂战争爆发的有利时机,在闽西赣南“放手分兵游击,争取广大群众,进行土地革命斗争,组织自己的苏维埃政权”的重大决策。从此,红军的队伍不断壮大,根据地的面积迅速拓展。一年后,红一军团在此组建,此时“朱毛红军”已发展为3个军。1931年11月,中华苏维埃共和国在赣南的瑞金诞生……

毛泽东的词“红旗跃过汀江,直下龙岩上杭。收拾金瓯一片,分田分地真忙”,记述的就是当时激动人心的景象。83年后的今天,当我们在汀江两岸寻踪觅迹的时候,眼前仿佛又出现了当年红军所到之处,红旗招展、过水水清、入城城艳的壮观场面;从乡亲们的回忆口述中,也感受到了当年受够了地主豪绅欺压之苦的贫困农民,打土豪、分田地,翻身做主人的扬眉吐气的喜悦心情。而我们党的优秀党员、忠诚的共产主义战士、老红军邓六金,就是从闽西这块红土地走出去参加革命的客家优秀儿女之一。

1912年9月16日,邓六金出生在上杭县旧县乡新坊村的一户贫农家庭。由于家里太穷,孩子又多,邓六金出生十多天就被送给临近的石院

老红军邓六金

村一户人家当“望郎媳”(即到没有男孩的人家去“等郎”)。生活的艰辛、命运的多舛，使她从小就爱憎分明、追求正义、向往光明。1929年，毛泽东、朱德领导的红军队伍来到上杭，发动群众打土豪、分田地。邓六金喜出望外，穷人要翻身、大众要解放，劳动人民当家做主的激情如同熊熊烈火在她心中燃起。她毅然打破封建枷锁，在全村第一个剪掉辫子闹革命，喝血酒宣誓加入共产党，开始了从一个童养媳逐步成长为革命战士的人生新航程。

在长汀县城汀州试院福建省苏维埃政府妇女部旧址，我们凝神伫立在邓六金妈妈的画像前，当年这位福建省苏维埃政府妇女部部长飒爽英姿、叱咤风云的英雄形象，仿佛电影一般在眼前一幕幕展现：红缨枪，扛在肩，斗地主，搞宣传，扩红军，支前线。1934年，中央军委发出《扩大红军的紧急动员令》，要求迅速“扩红一百万”来保卫苏区。当时正在瑞金上党校的邓六金，听到指令后立即赶回家乡，组织开展“扩红”工作。她首先动员自己的两个姐姐凤金、来金剪掉辫子加入红军、参加革命，从而带动了三里五乡的青年积极参加红军、支援前线。不到半月时间，她就提前完成了“扩红”100人的任务，受到上级表扬。她和两个姐姐还被时任福建省苏维埃政府主席的张鼎丞誉为“土窝窝里飞出的三只金凤凰”……

今天，当我们回望历史时，可以清晰地看到，长汀确实是“中国革命历史的一个转折点”(朱德语)——从创建井冈山农村革命根据地到在赣南、闽西创建中央革命根据地的历史转折点，从在井冈山提出“工农

武装割据"理论到探索"农村包围城市"的中国革命道路理论的转折点。同样，我们也可以清晰地看到，这里也是邓六金妈妈人生道路的转折点。没有土地革命，不参加红军，她就不可能从一个童养媳成长为福建省苏维埃政府的妇女部部长，延安时期的中央组织部妇女部部长，华东保育院的政治协理员、副院长和院长，以及第五届全国政协委员和中华全国妇女联合会第四届执委委员等。她的人生经历向我们昭示：一个人只有把自身的解放和个人理想同党的事业和民族的前途紧密结合起来，理想的种子才能开出鲜艳的花朵，结出丰硕的成果。

（2012年2月，载同年2月9日《组织人事报》、2月18日《闽西日报》和2012年第3期《党史文苑》杂志）

链接

何为"望郎媳"

"望郎媳"，是旧社会童养媳的一种。但一般的童养媳，是穷苦农民家孩子多了养不起，把未成年的女孩子提前送给或卖给有男孩子的家庭养，而"望郎媳"则是女孩子生下后即送到没有男孩的家庭里"等郎"出生。在当时闽西龙岩、上杭一带的农村，这种带有封建迷信的现象屡见不鲜。邓六金在养父母家"等"了十几年，也没等到养母生养儿子。于是，养父母决定"过继"个儿子，说是过继，实际类似北方的"招女婿"。结果，养父母招来一个一天到晚神神秘秘地搞法事道场的小道士，要她和小道士成婚。脾气刚烈的邓六金坚决不同意，就跑出家去找红军、找党组织，参加了革命，从而开启了从童养媳逐步成长为革命战士的人生新航程。

井冈丹桂情

桂花，是我国特有的观赏花木和芳香树种。由于它清香幽远，沁人肺腑，人们常把桂花作为崇高、吉祥、美好的象征。桂花花朵细小而量大，盛开时随风簌簌而落，人行树下，沐“雨”披香，心旷神怡。已到深秋时节，中国井冈山干部学院小广场的桂花树上，那藏匿于碧叶之间的点点金桂，还在羞涩地散发着阵阵幽香。员工们说，花也有情，它是在用淡雅悠远的清香迎接远方的亲人。

2009年10月24日，天朗气清。上午10时40分，原中共中央政治局常委、国家副主席曾庆红来到了井冈山。情系学院、时时牵挂学院的曾庆红，谢绝了去宾馆小憩的建议，心情急迫地直奔中国井冈山干部学院。听到信息的江西省委副书记、学院第一副院长王宪魁，常务副院长李小三等院领导和教职员工，涌到校门口热烈欢迎老首长。

望着老首长慈祥的面孔，学院的员工们记起了：老首长第一次来到井冈山干部学院，是2003年1月11日。当时正值三九严寒，学院筹建工作面临着重重困难。在听取了江西省委、省政府关于井冈山干部培训基地

2009 年 10 月，随曾庆红同志和夫人王凤清大姐
在江西考察,左一为警卫秘书王全德

筹建情况的汇报后,老首长说:“在井冈山、延安和上海浦东建设三所干部学院,是党的十六大后以胡锦涛同志为总书记的党中央深思熟虑的科学决策,体现了党中央对干部教育培训工作的高度重视。井冈山是中国革命的摇篮,是毛泽东、朱德等老一辈无产阶级革命家创建的中国第一个农村革命根据地。中央之所以选择在这里建设一所新型干部学院,就是要充分利用井冈山独特而宝贵的革命历史资源,对干部进行革命传统教育和基本国情教育。”老首长还指示当地党委、政府,一定要全力支持办好这个干部培训基地。学院干部员工听了心里亮、浑身暖……

2004年10月19日,老首长第二次来井冈山视察时,学院的主体工程已基本竣工，他看到学院的主体建筑同井冈山优美的自然景观浑然一体,朴素、典雅、大方,各项培训设施也配套齐全,非常高兴。在兴致勃勃地视察了施工和装修工地后,老首长亲自主持了学院建设座谈会,还满怀希望地在小广场栽下了一棵桂花树……

2007年5月12日，老首长第三次来学院时，学院的教学培训工作已步入正轨。在视察了学院的软硬件建设，听取了学院负责人、教师代表、学员代表的发言后，老首长总结了学院建设和发展的四个特点：硬件建设与软件建设相结合、体现共性的办学要求同突出自身办学特色相结合、借鉴与创新相结合、开发利用内部资源与借用外部资源相结合。他要求学院按照“实事求是、与时俱进、艰苦奋斗、执政为民”的要求，紧紧围绕党和国家工作大局，坚持用井冈山精神办好井冈山干部学院，给了学院员工极大的鼓舞和鞭策……

这次是老首长第四次来学院。常务副院长李小三兴奋地汇报了学院近年来坚持特色立院、创新兴院、人才强院的方针以及社会反响越来越好的情况：截至今年9月底，学院共举办各类培训班390期，培训学员18561人，其中今年举办培训班80期，培训学员3938人。学院深入挖掘教学资源，初步形成了以培训主题实际需要为“纲”，以重大历史事件为“点”，以历史进程脉络为“线”，以不同的革命根据地为“面”，纵横交错、有机连接的教学资源网络。学员普遍反映，通过培训思想受到震撼、灵魂得到洗礼、精神得到升华，特别是独具特色的“重走朱毛挑粮小道”的体验式教学，很受学员欢迎。有的学员感慨地说：“一次井冈行，一生井冈情。”

曾庆红对近年来学院在教学培训、学院管理、队伍素质方面取得的成绩和进步表示祝贺，称赞学院教育培训亮点多，培训资源整合好，学院管理模式新，班子队伍素质强，真正“把干部学院办成了激发广大领导干部永葆革命激情的‘加油站’”。他勉励大家要认真贯彻十七届四中全会精神，充分利用好“红色博物馆”的独特资源，不断提高教学质量和管理水平，圆满完成中央下达的培训任务，把学院办得更好！

正在参加培训的厅局级培训班学员和华能集团培训班学员，听说老首长来了，都自发地聚集到院子里。曾庆红勉励大家要珍惜这次学习机会，把井冈山的好传统、好作风带回去，把井冈山精神带回去，进一步发扬光大。他还高兴地和学员们合影留念。老首长要走了,学院员工们恋恋不舍地说:“当年老首长种下的桂花树,如今已枝繁叶茂,芳香四溢;老首长提出的办学方针和培训要求,已经化为教职员工的自觉行动,在井冈山干部学院开出了鲜艳的花朵。”

(2009年12月,载同年12月24日《组织人事报》)

链接

中国井冈山干部学院

中国井冈山干部学院,地处风景秀丽的革命摇篮井冈山。学院2003年6月20日破土动工,2004年底基本建成,2005年3月正式投入使用。学院占地面积268亩,建筑总面积6万平方米,整个建筑为徽派风格,主体建筑包括学员一号楼、学员二号楼、学员三号楼、图书馆、教学楼、专家(省部)楼、后勤综合楼等,基本建成了“生态化、园林化、网络化”的校园。学院教学设施先进,可同时容纳500名学员在院培训。

井冈山干部学院同浦东干部学院、延安干部学院,是党的十六大后党中央建设的三个干部教育培训基地。中央确定的办学要求为“实事求是、与时俱进、艰苦奋斗、执政为民”,功能定位为“把学院建设成为进行革命传统教育和基本国情教育的基地、激发广大党员干部永葆革命青春的‘加油站’、提高领导干部素质和本领的熔炉以及开展国际培训交流合作的窗口”。学院由中央组织部管理、江西省委负责日常事务,系国家财政全额拨款的中央直属事业单位。

寻梦台儿庄

在北京南站看到一条醒目的标语“古城台儿庄，一个寻梦的地方”，心中不免有些狐疑。因为记忆中的台儿庄，总是和74年前那场战役连在一起，总是和被夷为平地的废墟连在一起。记得几年前路过台儿庄，那儿还破破烂烂，蓬头垢面，不成样子，寻的啥子梦？同伴似有同感，不无幽默地说：“都说东北人能‘忽悠’，没想到山东人更能‘忽悠’！”

玩笑归玩笑。到达济南后，不知是心灵的感应，还是听到了我们私下的议论，反正学习调研的第一站就安排去台儿庄“寻梦”。不过，这也正应了我们要去探个究竟的心愿，于是欣然前往。

过去对台儿庄印象最深的有两点：一是台儿庄战役时第五战区司令长官李宗仁将军在“台儿庄”站牌前的留影；二是20世纪90年代大陆拍的电影《血战台儿庄》。这次到台儿庄，有机会对运河文化古城、中华民族扬威不屈之地的历史和古城复建梦想的实现，有了宏观的了解，也有了微观的感受。

台儿庄地处山东和江苏的交界处，系旧兰陵县治，京杭大运河上重

要的“水旱码头”。清代的《峄县志》记载：“台(儿)庄跨漕渠，当南北孔道，商旅所萃，居民饶给，村镇之大，甲于一邑，国朝高宗(乾隆皇帝)赐为‘天下第一庄’。”据说，当年这里舟楫如林，人流如织，酒楼茶肆比肩而立，是一个“商贾迤逦，一河渔火，歌声十里，夜不罢市”的繁华世界。只是无情的战火摧毁了它，让它的历史容颜消逝于灰烬之中了。不过，也正因为1938年春的台儿庄大捷，使这座小城成为中华民族的扬威不屈之地，成为与滑铁卢、凡尔登、葛底斯堡等齐名的具有历史转折点意义的名城。

2012年4月19日，我们抵达台儿庄时已日落西山。在旧址上“复活”的台儿庄在夜幕中巍然而立，西城门上“台城旧志”4个大字隐约可见。城门仿佛一本史书的封面，记载着老城厚重的历史。在蒙蒙的夜色中，古今穿梭、新旧交融的古城，仿佛在我眼前变成了梦幻般的世界。如同台儿庄当年的毁灭只是一瞬间，古城的“复活”也只是这两三年间的事儿。对于台儿庄人造梦的速度，中国国民党荣誉主席连战、吴伯雄和亲

2012 年 4 月在台儿庄古城留影，右二为作者

民党主席宋楚瑜、新党主席郁慕明等台湾知名人士都感到惊讶和佩服——因为当年国民党没完成古城重建的梦想，在改革开放的今天实现了。这也正应了毛泽东那句话:“在共产党的领导下,只要有了人,什么人间奇迹也可以造出来！”自然,今天这里强调的“人”是指具有现代科技文化素质的人,特别是具有战略思维和世界眼光的领导者。在台儿庄,人们称赞前任枣庄市市长、现任市委书记陈伟的远见,是他在这块土地上谋划和导演了“台儿庄复活”的威武雄壮的大型实景话剧!

晚餐后,我们坐上游船,开始夜游古运河。主人介绍说,台儿庄有3公里风貌遗存完整的古运河,有1.5公里明清时期的古驳岸,有13个古码头,还有一个体现明清时期运河沿岸居民生活特点的纤夫村。古城重建时,他们既保存了古城水系框架和古城肌理,又注意恢复了部分有代表性的庙宇和古建筑,如天后宫、船型街、参将署、万家大院、马可·波罗驿馆等,使复建的古城成为“运河文化的活化石”“中国民居建筑的博物馆”。说话间,游船驶入了古运河最美的河段,只见璀璨的灯光把两岸鳞次栉比的古建筑点缀得五彩缤纷,碧水中倒映着岸上的亭台楼榭。舟楫摇曳,桨声灯影,好一幅东方古水城的水韵胜景,真如天上仙境一般,简直可以和“十里秦淮河”相媲美。不同的是,古运河比秦淮河水面更开阔,两岸的景观也更为壮观。此时此刻,不知从哪里传来悠扬悦耳的歌声:“风依船,柳依岸,梦中的水乡不曾改变。梦也绕,魂也牵,走出了乡愁走不出思念。月河街,爱河巷,复活的古城今夜无眠。灯影长,桨声远,一河的渔火道一声晚安……”美不胜收的景色加上美妙动听的歌声,让人心都醉了。

清晨也是台儿庄寻梦的好时光。晨曦微露,薄雾笼罩,古城宁静而美丽。我从下榻的马可·波罗驿馆出发,沿着河边的步道和重建的古街一路走来,一处处战争遗迹标识牌上的说明文让我震惊和感动:

——长沙女子中学学生刘守文,瞒着家人参加抗日救护队,在台儿庄前线用石块砸向袭击我伤员的日本鬼子时,被弹片炸伤,不治而亡,年仅18岁;

台儿庄大战纪念馆

——为帮助守城部队筑街垒、修工事，万家粮店老板打开仓库，毁家纾难，粮包防御工事在巷战中发挥了大作用；

——太平巷和月河街巷战，我守军与日军逐街逐巷、逐院逐屋地反复争夺，一拨敌人消灭了，另一拨又冲进来，守城官兵前赴后继，街道和院落尸体枕藉、鲜血横流、极其惨烈；

——我守军三十一师一八五团二营营长颜省吾，腹部中弹，肠子顺着伤口流出一截，他左手挽住肠子，右手持枪继续指挥，直至击退敌军进攻，李宗仁将军称赞其为“保家卫国的模范军人”；

——1938年4月1日，日军攻陷古城西北角，欲夺取西门，切断我守军与城内联系。我守军二十七师一五八团三营57名官兵，自愿组成敢死队，趁着夜色绕道敌后，以迅雷不及掩耳之势冲入敌阵，与敌人展开白刃战，配合正面攻击部队夹击敌人，午夜收复城西北角阵地时，57名勇士只剩13人，被誉为“57把大刀定乾坤”……

我的心灵受到了极大的震撼。每一处遗迹都是一个感天地、泣鬼神的传奇故事，每一处旧址都是一座中华民族英儿扬威不屈的丰碑。

面对着这些战争遗迹和当年守城将士浴血奋战的旧址，我潸然泪下，肃然起敬。

台儿庄大捷，歼灭日军1万余人，是抗战爆发后中国正面战场取得的首次重大胜利，极大地鼓舞了全国军民坚持抗战的信心，也沉重打击了日本侵略者的凶焰，粉碎了敌人“3个月灭亡中国”的梦呓。但是，由于双方武器装备的差距，我方也付出了3万多将士和百姓伤亡的沉重代价！

台儿庄寻梦，不同的人可能有不同的答案。我寻到的是千年运河古镇南北交汇融合的传统文化，寻到的是在强敌面前扬威不屈的中华民族精神！

(2012年5月，载同年6月1日《枣庄日报》和6月18日《北京旅游报》)

链接

马可·波罗到过中国的又一佐证

威尼斯商人马可·波罗是否到过中国，历史学家们一直在质疑。那质疑也不是没有一点道理，如他的游记中为什么没有提到长城？而认为其到过中国的则辩称：现在的长城主要是明长城，秦长城到元代早已破烂不堪。德国汉学家蒂宾根大学教授汉斯·乌尔里希·福格尔，在其著作中提出了马可·波罗到过中国的新论证。这位汉学家在研究中独辟蹊径，指出《马可·波罗游记》对元代货币、食盐生产和来自食盐垄断收入的陈述，与当时纸币没有在中国所有地区流通，边远地区的福建、云南主要使用贝币、盐币、黄金和银等文献资料相符，而这些文献资料是在马可·波罗时代过去很长时间以后才编纂成的，证明马可·波罗确实到过中国。我在马可·波罗驿馆读到了游记对大运河的记载。游记不仅记述了临州城的名字(台儿庄历史上称临城)，还记述马可·波罗在这里住了“八日”，看到船只在这里“能够从一条大河转入另一条大河”，“为沿岸许多城市的人民造福无穷”。还说，“当时社会经济文化呈现繁华之盛景”，“我告诉你们的远不及我亲眼看到的一半”。这些陈述同文献资料相符、同事实相符，证明马可·波罗不仅到过中国，还到过运河古城台儿庄。

大沽口炮台凭吊

到天津滨海新区参观，有一个地方不能不去，那就是大沽口炮台遗址。因为，它不仅是中国近代史上著名的海防设施——“南有虎门，北有大沽”，而且还是中华民族不畏列强、抗击外侵的历史见证。毛泽东就曾于1919年和1954年两次赴大沽口炮台遗址凭吊，表现了伟人对这里所承载的厚重历史的尊重。

大沽口乃海河的入海口，系津门屏障、入京咽喉，战略地位极为重要。明世宗嘉靖年间，大沽口开始设防，当时主要是防范倭寇（日本海盗）的侵扰。清嘉庆二十一年（1816年），在大沽口两岸筑造了南北两座炮台。鸦片战争爆发后，清廷在南岸增建炮台两座，北岸增建一座，形成了较为完整的炮台群。1858年，重建的大沽口炮台分别以“威”“震”“海”“门”“高”命名，寓意炮台威风凛凛地镇守在海上门户的高处。

然而，无情的事实却是落后要挨打，苟安不可能：四次大沽口之战，炮台两次被英法联军炮火摧毁，最后一次，腐败无能的清政府被迫按照丧权辱国的《辛丑条约》的规定，拆除了大沽口炮台，泱泱大清帝国沦落

1954 年 4 月 23 日,毛泽东视察天津大沽口古炮台遗址

为“无防之国”。这不仅让国人义愤填膺,也让那些为守炮台而壮烈殉国的将士们在天之灵难以安息。

“威”字炮台遗址,位于海河大桥西侧。它是一座圆形炮台,三合土构筑,残高13.79米,底座周长约200米,直径63.5米,台顶、垛墙已严重风化。我们沿着坡道登上这饱经沧桑的古炮台,追忆历史,祭奠忠魂,心情悲壮与沉重。那出土的锈迹斑斑的铁炮,炮口对着大海,仿佛还在演绎抗击外辱、荡气回肠的历史篇章;猎猎的西风,吹动旌旗,发出震耳的呼啸,仿佛在向人们诉说着那惊天地、泣鬼神的血泪悲歌。

第一次大沽口之战,败在清政府的苟且偷安。鸦片战争后,清政府认为威胁已经过去,在苟安心理下做出了沿海撤防的决定。大沽口海防兵员减少至几百名,炮台闲置,多年失修,在风吹雨淋和海潮侵蚀下,有的炮台坍塌。结果,在英国蓄意挑起第二次鸦片战争,1858年4月英法联军进攻大沽口时,炮台守军虽奋起还击,但土炮台经不住“船坚炮利”的联军炮火的猛烈轰击,再加上直隶总督谭廷襄临阵脱逃,致使炮台失

陷。津门被侵略者的大炮轰开，清政府被迫签订了屈辱的《天津条约》。

第二次大沽口之战，是自鸦片战争以来中国军队抵抗外国侵略军所取得的最大一次胜利，胜在准备充分，同仇敌忾。在第一次大沽口之战中吃了苦头的清政府，于1858年9月拨出重金重建大沽口炮台，不仅在原址复建了原来的5座，还在北岸新建了“石头缝”炮台，以备后路策应。重建后的炮台外围布防和火力配置都得到加强，每座炮台设置大炮3门，驻兵500人，炮台水师总兵力达3000余人，大沽海口形成了完整的防御体系。咸丰九年(1859年)五月，英法联军舰队麇集大沽口外再次向清政府挑衅。25日，联军舰队疯狂向大沽口炮台轰击，中国官兵奋起还击，守将直隶提督史荣椿、大沽协副将龙汝元亲临炮台，点燃巨炮向敌还击，先后不幸在战斗中牺牲。但他们的精神大大鼓舞了中国官兵，经过一昼夜激战，将侵略军击败，英舰悬挂白旗狼狈逃走。此役，英军参战的13艘舰艇中，有4艘被击毁或击沉，有6艘丧失了战斗力，英法联军共死伤638人，英军司令贺布受重伤，其副手重伤致死，法军司令也受了伤。只可惜，当时清军水师“瘸腿”，倘若有一支舰队乘胜追击，哪里会有洋鬼子的逃生之路！

第三次大沽口之战，败在僧格林沁决策指挥失误——没有及时加强大沽口临近地区的整体防务，防止英法联军报复，反而莫名其妙地撤掉了蓟运河入海口的北塘炮台，导致英法联军一枪未放就轻易占领了北塘要塞，从后路包抄大沽口炮台。

1900年6月第四次大沽口之战，清政府更加腐败无能，奉行不抵抗政策，大沽口炮台守将罗荣光在敌众我寡的情况下，率众殊死抵抗，击沉击伤敌舰6艘，击毙击伤八国联军255名，但因惧战的直隶总督裕禄贻误军情，致使炮台守军孤立无援，寡不敌众，炮台失陷，近千名清军将士全部壮烈殉国，令人唏嘘不已！

凭吊之时，适逢“中国航海日”。在古炮台上遥望浩瀚的大海，我不由得百感交集。其实论航海史，早在1405年7月11日，郑和就率领浩浩荡荡的船队，踏上了西行航海的征程。郑和7次出航，驰骋南海，纵横印度

大沽口炮台

洋，足迹遍布亚洲和非洲的大小40多个国家，威名远扬两大洲。国人常以郑和下西洋早于西方航海家近百年而自豪，殊不知在中国航海史上那只是一时的辉煌，更多时间则是闭关自守、外敌侵略和遭受屈辱。

回顾历史，人们可能觉得费解：当年郑和的航海壮举和开创的大好局面为什么没有继续下去？先进的航海技术和无敌舰队为什么没有转化成大明帝国强大的海防力量？原因是多方面的，本文限于篇幅不能全面阐述，但非常重要的一点是：中国历来是一个陆权国家，虽然我们的海岸线很长，但国人的海洋意识很淡薄；海洋国土面积虽很大，但长期不去开发管理。当年朱棣派郑和率武装船队下西洋，主要是为“炫武扬威”，还有就是追捕被他赶下台的惠帝朱允炆（传说逃到了海外），并没有在朝野上下达成共识。所以，朱棣逝世，他的儿子——信奉程朱理学的朱高炽，一上台就把下西洋的政绩当作老爹的暴政，全面停止，甚至把郑和下西洋的一些档案也销毁,以免再有人仿效,真是匪夷所思！清朝皇帝也是如此,1840年鸦片战争后,奉行道光皇帝“妥协退让”政策的钦差大臣兼两广总督琦善，一到广东就拆除林则徐辛辛苦苦建起的虎门等防御设施,并谕令沿岸各海口撤兵撤防。腐败无能的清政府,没想到这一愚蠢做法,招来的却是1841年1月英军强占香港岛和丧权辱国、割地赔款的《南京条约》《天津条约》《北京条约》《辛丑条约》的相继签订。

历史是一面镜子。从这层意义上讲，大沽口炮台应当成为我们的“警示台”!

(2012年7月,载同年7月19日《组织人事报》和《滨海时报》、10月12日《江西日报》)

链接

《辛丑条约》

关于大沽口炮台的条款

1901年9月7日,清政府的代表奕劻(庆亲王)、李鸿章和德国、奥地利、比利时、日本、美国、法国、英国、意大利、俄国、西班牙、荷兰等11国的公使,在北京签订了《中国与十一国关于赔偿1900年动乱的最后协定》。因清政府按干支纪年,该年为辛丑年,故名《辛丑条约》。《辛丑条约》12款,外加19条附件。其中第8款规定:拆除大沽口炮台和北京至海通道的各炮台。第7款规定:在天津周围20里内不得驻扎中国军队,列强可以在北京驻扎防守使馆的卫队,并在京沪铁路沿线包括山海关在内的几个要地驻扎军队。这是帝国主义列强强加给中国的又一不平等条约,一个主权国家所珍惜的主权在条约里被践踏殆尽。它的签订标志着中国已完全沦为半殖民地半封建社会。

家乡恋情

油菜花

1976年4月中旬，我到景县西刘高堡大队采访。

当时，正是油菜花盛开的季节。每天当朝霞像五彩缤纷的彩绸挂满了蓝天的时候，我总爱去那碧绿的麦田里看那黄澄澄的油菜花。

12行小麦中间，夹着2行油菜。远远望去，宛如给那绿毯似的麦田扎上一条条金带子。在火红的霞光映照下，更显得金光灿灿，格外迷人。

房东刘大伯是位风趣的老人，见我采回一束金灿灿的油菜花，就笑嘻嘻地说："同志，你知道吧，油菜的'娘家'在黄河以南，是这几年才搬到这里'插队落户'的。刚种时好像有点不适应，这两年越长越茂盛了。"

"南方的油菜一般是整片地种，你们为什么搞小麦、油菜间作？"我好奇地问。

"小麦、油菜间作有许多好处，可以解决粮油争地的矛盾，一年四种四收，做到粮油双增产。再说种油菜还能肥田。俗话说：'油菜根，小肥堆。'这可是科学种田的新事物啊！"

确实，这一带过去不种油菜。我从小在冀南农村长大，从没有见过

油菜花

油菜花。过去，我对油菜花并没有多少了解，像现在这样醉心地爱它，还是近两天的事呢！

那是来到这里的第二天早上，我正在地里出神地看那金黄金黄的油菜花。突然，春风送来一阵银铃般的歌声。扭头一看，一位留短辫的姑娘，肩扛一把圆头铁锹，迈着矫健的步子向我走来。没等我作声，她就操着清脆的天津口音发了言：

“同志，你也稀罕这油菜花吗？”

听口气，她对油菜花有着很深的感情。我打趣地反问她：“这么说，你是很爱油菜花的啦！”

“嗯，我很爱油菜花。”姑娘顿了顿，若有所思地说，“我爱油菜花的顽强劲儿。冬天，任北风怎样呼号，也动摇不了它那深深扎下的根，三九寒天，冰冻三尺，它的心总是那样火热。”“油菜全身都是宝。油菜籽可榨油，花粉还能入药，补肾固本，用于腰膝酸软、前列腺增生等症的治疗呢！”

这姑娘好熟悉的面孔，在哪里见过？噢，我想起来了，是在河北新闻图片上。心头一热，话涌出了嘴：“你就是河北省上山下乡知识青年会议代表、西刘高堡大队党支部副书记乜桂欣吧！”

姑娘爽朗地笑起来。

“你不是到县里开会去了吗？啥时回来的？怎么一大早就下地了？”我发出了一连串的问话。

她理了理被风吹散的头发，不紧不慢地说：“昨个夜里散了会，趁着月光赶回来的。到家时天已蒙蒙亮，看到社员们正为油菜浇扬花水，我撂下车子，就跟着来了。”

原来她一宿没睡觉,可一点也看不出疲倦的样子。我不由得肃然起敬。在我脑海里,报上介绍她的那些事迹也像珠子一个个连起串来了。

乜桂欣是1969年10月来这里插队落户的。当时,桂欣的爸爸正患着肺结核病,母亲有心脏病,妹妹小,也需要照顾。学校看她家庭有困难,正研究让她留在城里。可是,这位17岁的姑娘再也憋不住了,她的心像汹涌的波涛,奔腾翻滚。"知识青年到农村去",这个时代的强音鼓舞着她。她终于说服了爸爸、妈妈。临行前,大娘家的姐姐赶来看她,姐妹俩叽叽喳喳说了一夜:

"桂欣,人家都还没走,你着的哪门子急?"

"姐,咱是毛主席的红卫兵,在天安门宣过誓,对革命的热情可不能只挂在嘴皮上啊……"

姐姐来劝桂欣,反而被桂欣说服了,第二天,也办了下乡手续。就这样,姐妹俩怀着建设社会主义新农村的美好理想,一同来到了这个黑龙港流域的小村子里。

秋收时节,晨鸡方鸣,星儿还眨着眼,姐妹俩就披着露水下地了。她们在田垄里踏着老贫农的脚印,把自己的理想掺进麦种里,一粒粒撒到浩瀚的原野,盼着它早日发芽、生根。她们手上打了血泡,拳头一攥咯巴响,用干土一搓又增一层茧;腰疼挺胸干,腿疼步更坚,皮肤变黑了,和贫下中农的心贴得更紧了。姐妹俩有说有笑,还时常放开嗓子唱段革命样板戏……

此时,我想起了一件事。"桂欣,"我问,"当初你姐妹俩那么要好,后来怎么'闹分家'的?"这一回,姑娘的脸上掠过了一层阴影。她回忆着说,那是下乡的第二年夏天,她们正在研究科学种田,姐姐突然要去姨家串亲戚。平日姐妹俩学习、劳动、唱歌,干什么总是形影不离。可这次,姐姐一去十几天。有的人来劝桂欣:"傻闺女,别一条道跑到黑了,你姐姐找着对象了,人家一过门就进工厂了。"

那阵子,桂欣的笑声听不到了,可学习更上劲儿了。她那小屋里的油灯天天亮到深夜;干起活来,一个人恨不得使出两个人的劲儿。那股

我爱金灿灿的油菜花，是爱它严寒吓不倒，迎春花开放的顽强劲儿

倔强劲儿，就像油菜迎着西北风狠劲往下扎根一样。贫农大娘拍着手乐了："这闺女有心机！"老队长也捋着花白的胡子笑了："桂欣是棵好苗苗！"

这天，姐姐回来了，还跟来了姐姐的姨母。桂欣喜得眼泪都流出来了，忙着给姐姐和姨母做饭。晚上，姐姐说话了："桂欣，上学有毕业，学徒有满期，刨土坷垃啥时算个头？"

桂欣一听愣了。"怎么？你当初铁嘴钢牙说得那么硬，这会儿怎么走半截道？"姨母见姐妹俩闹翻了，赶紧来劝桂欣："妮，别着急，你姐走了我也撂不下你，过个一年半载我也给你找个出路。"桂欣的脸都气白了，她那水汪汪的大眼睛里泛出泪光。从此，姐妹俩分道扬镳了。

"提起来，也是对我的一场很好的考验呢！"说到这里，桂欣脸上又露出了微笑，她接着说，"你知道，后来我们又和好啦。她后来终于没有离开农村，在贫下中农管校委员会的帮助下，当了小学教师，干得还蛮不错呢！"说这话时，我发现姑娘的眼里，像有一汪清水。

到吃早饭的时候了，我们俩顺着油菜的垄背向村里走去。桂欣接着

说:“同志,你说什么叫幸福?是吃得好、穿得好吗?是找一个舒心如意的工作吗?不!幸福是斗争。贪图安逸、怕苦怕累的人是尝不到幸福的滋味的。眼下咱们国家还存在着三大差别,是被这条鸿沟挡住呢,还是甘愿做一个‘石子’去填平它?”

望着姑娘那坚定刚毅的神色,听着她那激昂有力的话语,我明白了为什么县里3次选送她上大学她不去,2次招工调她她不走;也明白了为什么1973年春天抽调她到公社工作,她又几次找领导申请,坚决要求重返农村干革命。

乜桂欣下乡7年了。7年来,她和干部、社员们一起战斗在风风雨雨的田野里。如今,辛勤的劳动已结出了丰硕的果实。西刘高堡大队由后进变先进了!粮食亩产超千斤。乜桂欣也由一个满脸稚气的姑娘成长为工作老练的大队党支部副书记。

从那次采访至今,已经几个月了,然而,我眼前总浮现出那铺天盖地的油菜花,仿佛油菜花的芬芳在时时沁入我的心脾。它们狂风拔不起,严冬吓不倒,心红红似火,迎风花开放。是它们无私地把自己的“芬芳”献给了人类,用那绚丽多彩的花朵装点着社会主义江山。

(1976年5月,载同年8月19日《衡水日报》)

链接

跋涉的起点

此文写作时,“文化大革命”还没有结束,当时社会上还在批“名利主义”,新闻稿件也只署“本报通讯员或本报记者”,所以写了散文更不便署名。此文发表时用的笔名“冀哲”,系记者二字的谐音。我之所以把它收入本书,其一,这是我在报刊上发表的首篇散文,虽然稚嫩,但却是跋涉的起点;其二,虽然“下乡知识青年”已成为过时的词汇,后来乜桂欣也在“返城潮”中回了天津市,但是那一代年轻人建设新农村的热情、执着,甚至在今天看来有点近似“疯狂”的献身精神,却让我深受感动。那毕竟是一份真诚,而真诚的东西是弥足珍贵的。

描绘母亲的形象

记得2002年母亲节那天，香港凤凰卫视播出了一条很有特色的新闻:香港有30多名3至5岁的儿童聚集在一起,通过用彩笔描绘心目中妈妈形象的形式,来为母亲们庆祝节日。孩子们的画技是蹩脚的,描绘的妈妈的形象让人忍俊不禁,但妈妈在孩子心目中的形象,永远是最美好的。

母亲节的历史可以追溯到古希腊时代。现在把每年5月第二个星期日定为母亲节,它是根据一名叫安娜·贾维斯的美国姑娘的建议,由美国总统威尔逊于1914年决定的。我小的时候,母亲节还没传到中国来,母亲又去世得早,所以在她生前,我没能向她老人家问候一句:“妈妈,节日快乐！”至今想起来,还感到遗憾呢。

今年5月11日是母亲节,全世界的亿万母亲都在这一天,收到了孩子们的良好祝愿。妻子说起在武汉读书的儿子给她打电话庆贺节日时,眉目神情丰富得像满天的彩霞那样五彩缤纷。这不由得使我怀念起50年前病逝的母亲。母亲1953年1月30日去世时,我只有6岁。母亲的形象

在我脑海里本来是模糊的，这时却似乎清晰起来。于是，我挑灯夜战，学着孩子们的举动“描绘”起母亲的形象来。

母亲叫张大钧，1906年农历五月初八辰时生于冀南平原索泸河畔的一个小村子里。她的父亲叫张福增，是个勤劳、朴实的庄稼人。她有1个哥哥、3个妹妹。母亲心灵手巧、热爱劳动，从小就讨人喜欢。她四五岁上便会帮着姥娘拉风箱做饭、带孩子玩。她个子矮，够不着灶台，就踩着凳子往锅里贴饼子，学着大人的样子在面板上擀面条。那时候家里开着个香油坊，炒芝麻的技术性很高，关系着出油多少和油香不香。母亲9岁上就帮着姥娘炒芝麻，小小年纪就掌握了这门技术。13岁上她成了家里的主要劳动力。她有心计，干活手头利索，针线活、磨香油、地里活都能拿得起，是姥爷姥娘的得力助手。

这一时期，姥爷家的日子过得挺红火，买了20多亩地，新盖了一处大瓦房。由于姥爷太爱大女儿，同时也希望她多给家里拉几年“磨”，所以一直到大女儿21岁时才给她完婚，这在早婚现象严重的旧社会是不多见的。不过，姥爷也没亏待女儿，陪送的嫁妆在当时来说是一流的。

母亲比父亲长3岁。“女大三，（日子）过破天”，旧时在我们那一代是很流行的话。我的父亲当时在“彰德府”（现河南安阳）当店员，用乡亲们的话说叫“出外”。“出外”的人很受尊敬，这大概是姥爷选中父亲做女婿的原因吧。母亲结婚时，我们家是个有十多口人的大家庭。当时，我爷爷、奶奶已60多岁，大伯因病早逝，二大伯经常出去扛活打短，两个大妈都有孩子，所以，母亲一进婆家门就成了主要劳动力。她身强力壮，拔麦子比男人拔得还快；100多斤的口袋，扛起就走。母亲孝敬公婆，尊敬哥嫂，疼爱侄子侄女。父亲从河南寄回的钱，她如数交给老人；带回的布料，她分给妯娌和侄子侄女，自己从不留“后手”。奶奶按份分给她的东西，她省给这个、想着那个，常常吃不到嘴里、穿不到身上。对于母亲的深明大义和勤劳能干，乡邻们给予很高的评价，夸赞“母亲是百里挑一的好媳妇”。后来，爷爷奶奶还授权母亲“当家”，料理家庭的日常事务。

1937年七七事变后，日本鬼子来到了冀中平原，在离我们村3里地的肖张镇安上了中心炮楼。鬼子扫荡时，乡亲们都跑到树林里、庄稼地里去躲藏。我爷爷奶奶当时已是70多岁的人，跟着乡亲们跑跑不动，留在家里又让人不放心。母亲是个有胆识的女人，每逢这时，她就让婆婆躺到炕上蒙上被子装病。婆婆头前放上药锅，炕边放上尿盆。她自己也把头发弄乱，脸上抹上灰，怀里抱着孩子。鬼子怕传染病，一看这阵势，便捂着鼻子逃走了。

母亲对抗日工作很热心。那时生活很艰苦，特别是1943年冀中平原大旱，“碌碡不翻身”，家里没吃的。母亲就把自己平时舍不得穿的陪嫁衣服，拿到集市上卖了换点粮食，掺上野菜和树叶，凑合着填饱肚子。可是八路军、游击队来了，她又是站岗、又是做饭，热情地照顾同志们。一次，游击队宿到了我们家，可家里一点米也没有，她抱着孩子走了7家，才为同志们借来一碗米。那会儿，村里经常为八路军织布、做鞋、做衣服。每逢有任务，母亲总是抢着干。她针线活好，做得又仔细，区里干部验收，她做的鞋在全村数第一，她织的布和村西头李三贤织的并列第一名。

母亲心地善良、乐于助人。她鄙视那种“穷在闹市无人问，富在深山有远亲”的世俗观念，虽然家里的日子不算太宽裕，可她却常常接济比她更穷的人。艾单驼村有个叫大斌的远房外甥，饭量大、吃得多、穷困潦倒，每次大斌来了，别的人躲着他，而母亲把大斌迎进门，吃饭时怕大斌吃不饱，特意为大斌挑个大号碗，有时还周济大斌些粮食和衣服。母亲去世后多年，大斌还常常讲起这件事，说：“我三妗子真是菩萨心肠！”

旧社会，农村里常有讨饭的。每次讨饭的来了，母亲总是亲手给拿些东西吃；路上遇到了讨饭的，只要身上有，她也要给几个零钱。有一年冬天，来了个讨饭的，住在村中的奶奶庙里。夜里纷纷扬扬一场大雪，讨饭人衣服单薄，冻得浑身发抖。第二天早晨，我二哥和孩子们去庙里玩，看到屋角蜷缩着的讨饭人，回来给娘学舌：“奶奶庙里的要饭的快冻死了！”母亲听说后，同情、怜悯之心油然而生，她用了一天时间，用旧布赶做了一件大棉袍，晚上让儿子悄悄地送给了讨饭人，并且还嘱咐孩子不要对外人说。同情弱者、做了好事不图报不留名，这是母亲留给儿女们

最重要的遗产。

母亲一共生了7个孩子(其中两个夭折)。她爱孩子,但从不娇惯孩子。母亲结婚第二年(1928年)是农历“龙年”,她生了大哥。喜得“龙子”,全家人喜得合不上嘴。爷爷奶奶宠着,大爷大妈惯着,叔伯哥姐让着,使得大哥有一种“小皇帝”的优越感。那时,村西头刘存法开了个煎饼铺,看到人家孩子吃煎饼,大哥就趁着大人午睡的机会,偷偷地用上衣袖子装了小米去换。人家一称足足有四五斤,给换了一大卷子煎饼。这时大哥才发了愁,那么多煎饼,吃不了啊。于是,悄悄地回到家里,把煎饼放到母亲的炕橱下。晚上,大哥放学回来了。一家子围在院子里吃晚饭,奶奶、爷爷、大妈和别的孩子都吃煎饼,母亲不让大哥吃。等到脱了衣服睡觉时,娘拉出大哥,冲着小屁股一顿好打。打完孩子,母亲伤心地大哭一场。她抚摩着儿子又红又肿的小屁股说:“娘不愿打你,可你这么小,就

1995年冬,兄妹五人汇集北京,搜集母亲生平资料,感激母亲的恩德。前排为姐姐兰臻、妹妹兰琴;后排从右至左为二哥锡柱、大哥锡良、作者

学着从家里往外拿东西，养成坏习惯，长大了是个‘贼’啊。‘子不教，父之过’，你爹不在家，为娘的不能不管啊！”直说得大哥口服心服，并终生牢记不忘。

我记事时，爷爷奶奶已经去世，大家庭已经分家。母亲由于在“伙里”时操心出力太多，造成身体透支，特别是有一年，她生孩子，没满月就下地劳动，干起活来又不惜力，落下病根儿，这时已积劳成疾、卧床不起。母亲留给我的印象是头发蓬乱、面孔消瘦、脸色蜡黄。“妈妈”两字，在别的孩子心灵里留下的是甜蜜的记忆，在我的心灵里留下的却是无限的悲痛和哀伤。

大约是1952年春季的一天，家里人都去地里干活了。娘躺在炕上，我守在娘身边玩，只会给娘端端尿盆。春天天长，母亲饿了，喊着我的小名：“洪恩，去看看鸡下蛋了吗？”不一会儿，我从鸡窝里捡回一个。娘说：“你往砂锅里放点油，给娘煎煎行吗？”5岁的孩子，按照娘的指挥，在外间屋锅台边的屋角，戳起两块砖，坐上砂锅，拿来几根高粱苗，划了3根火柴才点着火，倒上油，磕开鸡蛋，也不知煎得生熟，给娘端过去，娘喜得不行，搂着我亲了又亲。中午，家里人回来了，娘见人就夸：“我小儿子会给我煎鸡蛋了！”这是我对母亲养育之恩仅有的一点报答。

长大了，每逢回忆起这段往事，就感到无限的怅恨。因为，在母亲最需要帮助照顾的时候，我还是个无行为能力的孩子；而在我有能力报答母亲恩德的时候，她老人家已乘黄鹤西去不复返。人常说，寸草难报三春晖，自己有了儿子就更深刻地体会到了这一点。古人说：“老吾老以及人之老，幼吾幼以及人之幼。”因此，我呼吁、我希望，我们国家也能把母亲节像五一劳动节、三八妇女节、六一儿童节那样确定为正式的节日，以便人们在这一天共同为赋予我们生命、养育我们成人的母亲们庆祝节日。

（2003年5月，载同年7月22日《重庆日报》和第9期《吉林通讯》）

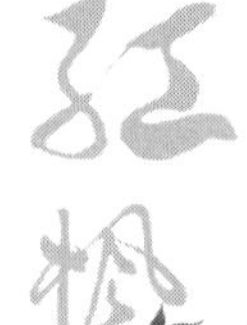

链接

用"心"去写

《描绘母亲的形象》一文，是我蘸着泪水用"心"写成的。"妈妈"，在别的孩子心灵里是甜蜜的字眼，可在我的心灵里留下的却是悲痛和哀伤。

我记事时，娘已积劳成疾，卧床不起。娘的病——淋巴结核，在今天，并不是什么致命的病，但那时农村缺医少药，开始是在臀部尾巴根部位长了个疙瘩，后来结核病毒逐渐扩散到身体的其他地方。再加上遇到巫医，在疙瘩上切了一刀。结核不连口，这一刀加重了病情。

娘终于没有熬过寒冬。就在"五九"即将过去、"立春"即将来临的时候，她像一支耗尽了自身的蜡烛，熄灭了。那一天是1953年1月30日。从小就失去母爱的我，吃不饱、穿不暖，经常以泪洗面。现在的孩子，都十八九岁了，还在妈妈怀里撒娇，而6岁的我却要照看比我小3岁的妹妹。记得一次挨了爹的打，我跑到娘的坟上去痛哭，二大娘拉起我哭得像泪人一般，许多善良的大娘大婶也为我这个没娘的孩子流下了同情的眼泪……

因为过早失去了母爱，所以更加渴望母爱。听到孩子们唱《妈妈的吻》，我特羡慕。记忆中的一次妈妈的吻，仿佛也历历在目。于是，我萌生了要在母亲逝世五十周年的时候，为她老人家写篇纪念文章的念头。我给哥嫂、姐姐写信，搜集母亲的生平资料，我也利用假期访谈了一些知情人，在广泛收集资料的基础上写成了此文。《吉林通讯》总编辑温敬堂同志说，他读完手稿，感动得落了泪，立即批了"全文照发"。

这篇散文，以我对母亲的深情贯穿全文，写到动情处，我竟泣不成声。记得初稿写出时，一看手表已是深夜两点。夜静更深，思绪万千，五十年前的往事，历历在目，言犹未尽，吟成几句歪诗：

白驹过隙五十年，当年孩童两鬓斑。
需报恩时儿无力，能报效时母不返。
寸草难报三春晖，养儿更知恩难还。
孝心化作千滴泪，一纸空文作悼念。

春雨遐思

有一种声音，把我从睡梦中惊醒，我不敢相信，因为这声音太久没听到了。“滴答，滴答”，又分明是它的声音。我从床上爬起，披上衣服，来到窗前。屋外防护窗上滴着水滴，地上的积水在微弱的灯光下闪闪发亮。“啊，下雨了！”这久违的春雨，这迟到的春雨！

北方春天历来缺雪雨，2008年尤甚。春节前，当南方遭受50年一遇罕见雨雪冰冻灾害之际，北京正盼雪盼得望眼欲穿。听着窗外的雨声，我睡意全无，思乡之情萦系心头，油然从心底涌出几句散文诗：啊／春雨／人们喜欢你／大地期盼你／是因为你的到来／小草儿伸开膀臂／迎春花绽出笑意／啊／春雨／你随风潜入夜／润物细无声／不与闪电雷鸣为伍／也不发暴雨倾盆的脾气／你奏出了“滴答”的美妙乐曲／你带来了春天的气息！

春雨还让我想起了小时候盼雨的往事。我的家乡在冀南平原的枣强县，那时老家还没有浇地的深水井，农民全靠天吃饭。天旱了，村里的老太太们就聚集到“关老爷庙”求雨，而一旦真下雨时，孩子们不是往家

跑，而是跑出院子到街上去“撒欢”。尽管淋湿了衣服，也不会受到大人的批评。每逢这时候，老爷爷就笑嘻嘻地捋着白胡子念叨：“麦收八（月）十（月）三（月）场雨，这是在下白面啊！”

我小时候农村还是泥巴路，冒雨上学免不了会摔屁蹲儿。一天，上课前，老师看到浑身泥巴的孩子们，笑着讲了个故事：古时候，有个小朋友叫铁小诗，自幼聪明过人，7岁时就能出口成章。这天，铁小诗背着书包蹦蹦跳跳地去上学，路过茶馆时，地上有个水洼，他纵身一跳，没想到落地时脚下一滑，摔了个大屁蹲儿。正在茶馆屋檐下避雨的几个大人乐得哈哈大笑。铁小诗爬起来，看看衣服上的泥巴，再看看茶馆里捧腹大笑的人们，不由得噘着小嘴吟了一首诗：“春雨贵如油，下得满街流。跌倒铁小诗，笑死一群牛。”虽然时间过去了50多年，当时的许多事情已淡忘了，但老师讲的这个故事却记忆犹新。

后来，读了杜甫脍炙人口的《春夜喜雨》“好雨知时节，当春乃发生。

家乡雨后的麦田一派生机勃勃

随风潜入夜，润物细无声”，更感到这首诗形象地刻画了农民盼春雨、爱春雨的喜悦心情，同时也深刻揭示了诗人与劳动人民同呼吸、共命运的深厚感情。城里人喜欢下雨，多半是因为雨能降温和净化空气，而一般不会首先想到雨下得及时，能够对农作物的生长发育大有好处。妄断一句，像“随风潜入夜，润物细无声”这样生动形象、寓意深刻的诗句，没有当过农民或缺乏长期农村生活经历的人，大概是写不出来的。

北京的这场喜雨，降在“春分”之际，是个好兆头。俗话说：“春分有雨兆丰年。”这场喜雨又降在温家宝总理的《政府工作报告》公开发表之时，不由得引起了我新的遐思。今年的“两会”，总结了5年来我国各方面工作取得的重大成就和有益经验，明确提出了今年乃至今后5年的主要任务和工作部署，选举和决定了新一届国家机构领导人。可以说，这次“两会”是更加民主团结和促进社会和谐的会议，也是更加关注民生和推动科学发展的会议。“两会”的精神如春风化雨，像这“润物细无声”的春雨正在各地传达贯彻落实着，“晓看红湿处”，伟大祖国一定会万紫千红、莺歌燕舞，春光无限好！

（2008年3月，载同年3月27日《组织人事报》和3月31日《衡水晚报》）

链接

家乡的韵味

家乡是什么？有人说，“家”是孩提时代每天生活嬉闹玩耍的地方，穷也罢，苦也好，在孩子的记忆里都是斑斓的时光；长大了，别离后，才成了“家乡”，成了内心深处割舍不掉的情感。席慕蓉有一首诗歌《乡愁》，倾诉的就是这种情感：“故乡的歌是一支清远的笛，总在有月亮的晚上响起。故乡的面貌却是一种模糊的怅惘，仿佛雾里的挥手别离。离别后，乡愁是棵没有年轮的树，永不老去。”久居大城市的我，家乡的风、家乡的雨、家乡的收成年景和家乡人的亲情，经常萦绕在心头和梦中，成了生活中最悠长的歌。《春雨遐思》就是这样一种乡愁的韵味。

衡水湖寻踪

衡水湖，家乡的湖。它北倚衡水市桃城区，南靠具有“九州之首”美名的冀州市，面积75平方公里，是华北平原单体面积最大的天然湖泊。衡水湖分为东、西两湖，好像天空熠熠生辉的双子星座，又如同大地母亲的一双明眸，使冀南平原显得那样富有灵气。据说，衡水的得名，就是因为发源于太行山东麓的滏阳河，似玉带般穿越衡水全境，取“水路通达，风水衡存”之意。不过那时，它因水势浩渺、碧波万顷，被称作“千顷洼”。在20世纪50年代末那火红的年代，它才有了这美丽的名字——衡水湖。参加工作后，离别家乡，来到京城，虽然家乡的湖常驻胸中，但一直抽不出时间去踏青。国务院将清明节列入公休假日后，朋友盛情邀请我去衡水湖踏青、吃鱼宴，为寻踪衡水湖提供了契机。

这些年，从家乡来人的诉说和媒体的新闻中了解到，衡水湖这个面积与蓄水规模仅次于白洋淀的华北平原第二大淡水湖，自2000年7月河北省政府同意建立衡水湖湿地和鸟类省级自然保护区以来，真正走上了保护建设、开发利用的良性循环之路。随着其蓄洪防旱、调节气候、改善生态环境等作用的发挥，其明显的区位优势、独特的湿地资源、优美怡人的自然风光和悠久的历史文化等得天独厚的条件和重要性，也进一步得到显现。2003年6月，衡水湖晋升为“国家级自然保护区”；2005年国务院批准的《湿地保护计划工程》中，衡水湖被列为“国家重点投资的自然保护区”；同年，国家林业局正式向联合国申报把衡水湖国家级自然保护区列为国际重要湿地……

春和景明，万物复苏。一路上，“春风得意车轮急”，上午10点就到了衡水湖。应当说，四月上旬不是衡水湖最美的时节。因为夏日那郁郁葱葱的芦苇荡这时才钻嫩芽，嫣红妩媚、亭亭玉立的百亩荷塘还一片凋零；秋季在湖区栖息的须浮鸥、大雁、野鸭、大苇莺等水鸟也不见踪影。但“梨花风起正清明，游子寻春半出城”的盛况，“绿柳才黄半未匀”的行行岸柳，横无际涯、水天一色的湖面，使我们这些在京城高楼大厦之间生活久了的人，感觉是那样的清新和心胸开阔。泛舟湖上，微风拂面，船儿激起层层浪花，荡起波波涟漪。我睁大眼睛寻觅，努力搜寻着脑海中那远去的记忆：

1961年自然灾害吃“瓜菜代”，正在县城枣强中学读书的我，曾和老师同学一起来到衡水湖西岸捞水草，住的村庄边上有两个大土堆。传说三国时期，曹操围困冀州时为诱使袁绍出城作战，连夜让军士堆起两个大土堆，在上面撒上粮食，引得四面八方的鸟儿都来觅食。袁绍中计，出城抢粮，结果大败。后来考古发现，这两个大土堆是汉代古墓，此是后话。

1962年衡水湖放水还耕后，这里成了冀衡农场的辖区。1967年衡水大旱，地里庄稼不长，草也很少。但湖底地势低洼，满洼的玉米、高粱一眼望不到边。正在接受“贫下中农再教育”的我，为储备生产队牲口过冬饲草，曾利用农活挂锄的间歇，和村里的年轻人来衡水湖扎营拔草。夏日的夜晚，凉风习习，躺在湖边的草地上，数着天上的星星，听老人们讲衡水湖历史上的多次兴废演变，以及“大禹掘土成湖”“竹林寺飞升成幻境”等美妙动人的传说，尽享大自然的美妙。

“大禹掘土成湖”，说的是很久很久以前，大禹治水来到冀州。他看到滏阳河的河道狭窄，洪水季节经常泛滥成灾，决计挖宽河道。他请玉皇大帝派来助阵的金龟将军帮忙把河道“挖宽一些”，没想到体圆力大的金龟将军，身子往下猛然一蹲，竟蹲出一个“千顷大洼”，历经时代变迁，最后演变成了现在的衡水湖。这古老的传说有些离奇，不过，这一带历史上确实是黄河和漳河的故道，水灾频繁。

“竹林寺飞升成幻境”，说的是古时候，冀州城东北的湖边，有一座香火颇盛的竹林寺，后因小和尚遵照成仙的人参果的嘱托，把人参汤围着寺庙浇了一圈而飞到了天上。自打那以后，衡水湖上空就经常出现海市蜃楼幻境，天气晴朗时可以隐约看到亭台楼阁悬于空中，云雾缥缈，犹如仙境。明嘉靖年间，一位冀州官员召集能工巧匠，依照海市蜃楼幻境修了一座寺庙，取名“悬空寺”，后又改称“竹林寺”，香火极盛，后因洪水冲击等原因而毁废。竹林寺碑现存冀州市文物所……

正忙着寻踪，不觉已到中午吃饭时间。朋友刘先生和高女士特意在衡水湖东岸的“船上人家”订了包间。这饭店仿船体而建，使人仿佛有船上用餐之感。饭菜是湖里新捞出的鱼虾，还有新采摘的野菜、小笼蒸的

衡水湖国家湿地公园

金黄金黄的玉米窝头等。正宗的家乡菜,浓浓的家乡情,让饥肠辘辘的我们,吃得格外香甜!

衡水湖踏青,既观赏了美景,又饱了口福,应该说非常惬意。可我似乎还有些缺憾。陪同踏青的《衡水日报》记者马少华,似乎看透了我的心思,快言快语地说:“您时间紧,许多景点还没顾上看呢!”她介绍说,衡水市领导和有识之士,正在采取措施大力挖掘衡水湖悠久的人文历史资源,丰富衡水湖的内涵,完善衡水湖的文化设施,并力求把历史遗址和现实景点很好地结合起来,提升衡水湖的软实力。相信不久的将来,衡水湖这颗镶嵌在冀南大地的明珠,不仅会被赞为大自然的生态湿地,也会被誉为传承人文精神的“文化湿地”!

“哈哈哈,那明年清明我们再来踏青!”

(2009年3月,载同年3月28日《河北工人报》、2011年9月29日《北京旅游报》)

链接

衡水的“雅号”

衡水,历史上素有“桃城”之称。为什么旧社会十年九涝、低洼盐碱的穷乡僻壤,却起了个富有诗意的名字?比较权威的说法是,因衡水“古为桃县”而得名。据史载,桃县始建于隋,县城旧址在衡水市西南7.5公里的旧城村。1982年衡水县撤县建市,群众俗称“小衡水市”;1996年撤销衡水地区行署建立大衡水市后,“小衡水市”改称桃城区。

关于“衡水”的得名,除了前面提到的来历,还有另一种说法,即来源于史载的“漳河横注”和“漳河横流”。明永乐六年(1408年),漳河泛滥,淹桃县7年。永乐十三年(1415年),桃县从县城旧址迁至地势较高的范家疃村,即今天衡水老石桥(安济桥)一带。为什么叫“衡水”而不叫“横水”?20世纪七八十年代,我在《河北日报》衡水记者站工作时曾做过探究,当时得到的解释是古代“横”与“衡”通用。2008年5月我赴河南红旗渠参观,始知在漳河上游的河南林州,也有一个千年古镇——“横水镇”,其建镇历史比老衡水镇还要悠久。因此,我猜想,此地之所以称“衡水”,可能也有与河南林州古镇——“横水镇”相区别的原因吧。

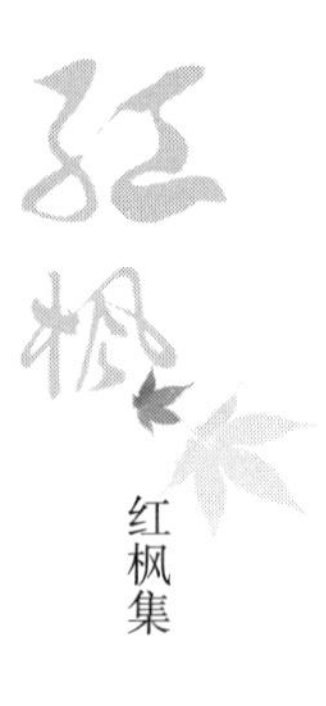

甜水井的故事

从太行山蜿蜒流向东北的索泸河，在这里流过了上千年。河道在由枣强进入衡水的地方转了一个弯，弯前形成了一个长年积水的洼淀。古时候，因为这里有个造纸的作坊，所以河两岸的5个村庄也因此而得名“纸坊”。但某个喝过些许墨水的乡人望文生义，把村名写作“纸房”（谁住过纸做的房子?！），且以讹传讹，上了官方的地图册，以至于是非颠倒，此是后话，暂且不提。

风沙在我的家乡——刘纸坊村东的河岸边，堆积出两个大沙丘，乡亲们称为北岗子和南岗子。

在北岗子和南岗子中间的低洼处，有一口甜水井。井水清醇甘甜，用这口井里的水煮粥香甜可口，用这口井里的水做的豆腐、粉条，味道鲜美。记得小时候，夏天在地里锄地、砍草，渴了喝一口甜水井的水，清醇甘甜，比如今冰镇的矿泉水还要好上几分。

甜水井，开挖于哪一年，没有文字记载。但从井口上放置的汉白玉质圆井盘的磨损程度推断，甜水井的开挖年代，不会晚于明朝万历年间。最有利的证据是村中“关老爷”石像背后的记载。1963年8月，五百年一遇的滔滔洪水围困村庄时，一群老太太在一群大孩子们的帮助下，刨出了土改时埋入地下的“关老爷”石像，请他老人家保佑平安。笔者因此看到了石像背后的雕刻时间——明朝万历年间，以及捐资修庙人的名单，还有五百年前的村名“西纸坊”。

水是万物之源。没有水就没有绿色，就没有生命，就没有人类的文明。所以，人们推断，关乎全村人生存的甜水井开挖在先，满足人们信仰的“关老爷”雕刻在后。从这层意义上说，甜水井养育了刘纸坊的世世代代，孕育了索泸河西岸的文明。它是我们的祖先在这块土地上辛勤劳动、繁衍生息的见证。

在科学技术日新月异的今天，我们仍十分惊叹：我们的祖先在那样的条件下，是怎样找到这个井址，又是怎样打成这口甜水井的？

水利是农业的命脉。兴水利，除水害，是治国安邦的大事，也是人民的心愿。20世纪50年代农业合作化和人民公社时期，乡亲们在村周围的地里打井，砖井、人蹬轮子的机井，打了十几口甚至几十口，但是却没有一口是甜水。60年代末70年代初兴起的大锅锥井，能锥30~60米深。人们在村周围的地里少说也钻了十几个深深浅浅的窟窿，也没有钻出一口甜水井。后来，水文地质部门用仪器测量证实：这一带原来是沼泽，60米以上基本是苦水，只有索泸河两岸，20米以上有一条甜水带。

人们这才恍然大悟：原来合作化以来十多年轰轰烈烈的打井运动，竟是无谓的劳动。

也难怪，人类在与自然的斗争中，不知付出过多少学费。由此想到：我们祖先在寻找甜水的过程中，不知经历了多少艰难曲折。

从用汉白玉做井口盘，可知我们的祖先是怎样珍惜这口甜水井的。记得小时候，家家户户都有两口水缸。一口盛从400米外的甜水井挑来的甜水（用来做饭、烧水），一口盛从村头苦水井挑来的苦水（用来洗脸、洗菜、喂饮牲畜）。是的，只有通过艰难困苦换来的东西，人们才会加倍珍惜。由此，我记起了一个打井的故事。

那是1968年春暖乍寒的时候。东边生产队要在距甜水井50米以外的地方打一口井,用来浇菜园。此事由老队长张丰年倡议,我当时在公社当半脱产干部,听到消息后,特意赶回村参加了打井,并有生以来第一次下了井。下井,异常艰苦,并且危险。6个年轻力壮的男人,分成两批,披着麻袋片、穿着短裤轮流下井挖泥。天冷水凉,喝口白酒;泥沙沾锨,手锨并用。挖到两丈多深时,流沙把井筒挤扁了,可见压力之大,富有经验的老队长此时也有些紧张。经过小伙子们的顽强拼搏,终于闯过了流沙关,打出了又一口甜水井。甜水井浇的菜水灵灵的,种出的甜瓜、西瓜又沙又甜。周围村的人羡慕得不行,小伙子们馋极了,就晚上来偷瓜。老队长生气了:“白天来要瓜吃可以,谁晚上来偷瓜,打断他们的腿!”

人类的生产、生存活动,是一部永无休止的史诗。人力挖出的甜水井,虽可以满足人畜的食用和浇灌小面积的菜园,但无法浇灌大面积的农田,实现不了农业的水利化。刘纸坊难道就没有出路了吗?

正在人们一筹莫展的时候,传来了冀县小韩庄请钻井队打出深200米的甜水井、农业连年获得丰收的消息。这为寻找甜水的人们带来了希望,使人们看到了一线曙光。

然而,要打深井却不那么容易。

第一是花钱多。打一眼深水机井,当时需要3万元。对于土里刨食吃的庄稼人来说,这可是个天文数字。当时,小麦1.47角一斤。东西两个生产队一年的粮食总产也不足10万斤。除去种子、口粮、饲料和其他费用,一年所剩无几。

第二是打深井技术高。深井一般需二三百米,要用钻机钻。当时能打深井的只有地区和县里的钻井队。没有经济实力,怎么能请来钻井队?

“穷”字像一座大山,压得父老乡亲喘不过气来。打深水机井虽好,但是刘纸坊的老老少少却只能望井兴叹。

1968年春天,刘纸坊大队革委会成立了。有多少个夜晚,村革委会的办公室里灯火通明，烟气呛人。兴办企业，积累资金打深井是上策。但是办企业也要有启动资金，钱从哪里来？一天晚上，我从公社回来，看到几个村干部还在那里抱着脑袋发愁，就说："程杨村想出了个办法，向本村在外工作的干部职工发信，筹借一部分打深井的钱。信发出一个星期后，已收到首批汇款单。"大队会计刘怀英听了喜得拍手称赞："这是个好法儿，这是个好法儿。"于是，大家决定，在没有办法的时候，只好用此下策——给在外工作的乡亲发信借钱，并且说："你喝的墨水多，肚子里有词，就代村革委会起草一封信吧。"

记得当时那信也写得很悲壮，在表示一定要打出深井、改变村里穷困面貌后郑重保证：今后"宁愿光着膀子露着腚，也要把钱还上"。

那时，城里的干部职工都是低工资，挣得多的一个月也才六七十元，一般的是四五十元，挣得少的一个月只有30多元。所以，大家手里都不富裕。但是，村里张嘴借钱了，总得有所表示啊。再说，有些人的妻子、儿女生活在农村，打了深井对他们也有利。

钱陆续地寄回来了。一般一张汇款单只有10元、20元，最多的也才一两百元。钱虽说不上多，但这是在外工作的职工从牙缝里省出来的。应当说，每张汇款单都饱含着他们对家乡的无限深情。

寄回的钱累计只有一两千元，对于打深井来说，虽然是杯水车薪，但是，它却为村里兴办企业提供了可贵的启动资金。

刘纸坊大队笔刷厂等企业办起来了。张西桥、张洪印、张福兴、张桂起、张锡桐等人，为兴办村企业做出了重要贡献。经过一年多的积累，到1969年赚了1万多元钱。县里支持打深井，每打一眼井补助5000元。但算来算去，还缺大几千元。张洪印拍着胸脯表示："就是把生产队刚繁殖的小骡驹卖掉，也要凑钱打深井！"可见打井的决心之大。

1970年秋天，高高的钻井架子在村西竖起来了。隆隆的钻机声引来了全村男女老幼的围观。20多天后，深井打成了。伴随着水龙头哗哗喷出的甜水，人们的心里也乐开了花。又经过一年多的积累，在村西南又打成一眼甜水深井。

从此，刘纸坊真正结束了靠天吃饭的历史，使农业水利化变成了现实。如果说，村东古老的甜水井是五百年文明的源泉，那么，深水甜水井的打成则是刘纸坊农业迈向现代文明的里程碑。

（1996年9月完成初稿，2011年7月修改，载2011年7月21日《衡水日报》“滏阳花”版和同日的《衡水晚报》）

链接

刘纸坊村名小考

据记载，索泸河两岸的五个叫“纸坊”的村庄，甄纸坊（现屈纸坊）的历史最长，明代前即有此村落，明末清初时改名为屈纸坊。刘纸坊的历史也比较长，大约起源于明初，只不过当时不叫刘纸坊，而叫“西纸坊”。最有力的证据是村中“关老爷”石像后的记载：1963年五百年一遇的洪水围村时，一群老太太提出求“关老爷”保佑，于是人们把土改时埋入地下的“关老爷”石像刨了出来。石像背后详细记载着雕刻年代——明朝万历年间（1573—1619），以及捐资人的姓名。据载，当时的村名叫“西纸坊”，属梅章管辖。笔者和长林、长茂等人看得很清楚，印象很深。那么何时改名刘纸坊的呢？据推断，应在明末清初或更晚一点。为什么改名？一是与东李纸坊李氏家族的部分人迁来河西有关。现在西李纸坊所在的地方，历史上是东李纸坊的场院屋和看庄稼人住的地方。那时夏天常闹洪水，过河耕作很不方便，于是一些李氏家族的人就在河西盖了房屋，同时扛活打短的长工们也在这里安营扎寨，于是就形成了一个新村庄，人们称为“西李纸坊”。一个西纸坊，一个西李纸坊，不好区别，于是才有一个村子改了名字。二是与村中刘姓家境富裕起来有关。

家乡的红薯

红薯，又名番薯、白薯、地瓜、山芋等，在植物学上的正式名字叫甘薯。

家乡的红薯在衡水是远近闻名的。它的出名首先得益于“模样俊”。沙地红薯，粉里透红，块形匀称、顺溜，不像黏土地种出的红薯，被地夹得七扭八歪，薯筋一条条露在外皮上。其次是口感好。特别是放到春天的红薯，生吃好似甜梨；蒸熟了，剥开红皮，金黄色的瓤儿，香喷喷，甜似蜜，非一般人间美味堪比。最后是营养价值高。它富含蛋白质、淀粉、果胶、纤维素、氨基酸、维生素及多种矿物质，有“长寿食品”之誉。近年来，红薯已被国际营养界推崇为太空保健食物，加之食疗专家们又将红薯列为最佳抗癌防癌食品，于是这一往日“不起眼”的食品身价陡增，就连县里每年春节进京慰问，带的礼品也是家乡——肖张镇纸坊的红薯。

然而，在我的记忆里，红薯却是同旱灾、饥荒、救命的食粮相联系的。记得1961年那会儿，还是靠天吃饭。麦子收了，老天爷不下雨，玉米硬是种不上，等到下透雨了，已过了播种的季节。富有经验的老队长当

机立断："抢种山药（家乡人把红薯叫山药）！"红薯繁殖力极强，夏天种红薯，不用育秧，只需到春天种的红薯地里，把已长到二三尺长的红薯蔓一根根剪下，再剪成一段段十公分长的秧儿，插进湿土里就能成活。如果雨水及时，薯秧儿便很快地抻长出绿蔓，巴掌形的叶儿逐渐覆盖地表，整个田垄很快由黄转绿，不久就变成了绿色的海洋。说到红薯的管理，也很简单，不用间苗、基本不用锄草，只需在大雨后及时翻翻蔓子，目的是防止它到处生根，影响了主根果实的成长。

记得小时候，家家户户都会在院子里或空闲地方，挖一个3米多深的红薯窖，待到秋天红薯收下来，就小心翼翼地放到窖里储藏，因为它是冬天的主要口粮，储藏得好的还可吃到来年春天。春天种的红薯淀粉含量高，收获后可剖开切成片状，晒干水分后进行储存。红薯干可以磨成面粉，用饸饹床子轧成面条似的饸饹吃，也可同玉米面掺和起来蒸窝窝头，还可做成粉条。不过，那会儿家里缺油，人们不知炸薯条更是美味。20世纪50年代末60年代初三年自然灾害期间，人们缺粮少菜，面黄肌瘦，有的还得了浮肿病，红薯不知救了家乡多少人的命！

无独有偶。据说，红薯最初能传入中国，也是因为爱国华侨陈振龙想到家乡经常闹饥荒，百姓生活非常困苦，才冒着生命危险把薯种带回中国的。

那是明朝万历年间的事。福建华侨陈振龙，幼年饱读诗书，年未二十就中了秀才，后弃儒经商，经常往返福州和菲律宾吕宋岛之间。他看到吕宋岛种植的红薯耐旱、适应性强，且产量惊人，可救灾荒，想起家乡福州府所属各县也经常闹饥荒，于是萌生了把薯种带回家乡福建种植的念头。当时菲律宾是西班牙的殖民地，统治者发布禁令，严禁薯种外传。陈振龙不辞艰难险阻，于万历二十一年（1593年）农历五月下旬，冒着危险把薯种带回了福州，试种后当年获得丰产。福州巡抚闻知，非常高兴。因为时值天旱饥荒年景，巡抚让陈振龙教民种红薯度荒，济救了许多灾民。此后，陈振龙父子还深入各地教人栽种，对红薯在各地的推广起到了重要作用。

家乡种植红薯的年代，没见到文字资料。但据史载，在山东全省大力推广种植红薯的，是清雍正年间任山东布政使的李渭。李渭乃雍正皇帝的亲信，做事大刀阔斧，敢做敢当，推广红薯种植一样毫不含糊。家乡距山东德州市只有60公里，且卫运河两岸村庄的归属，历史上多次划来划去。比如《水浒传》中大名鼎鼎的山东好汉武二郎，就是现属河北省的清河人氏。所以，我推断，家乡种植红薯的年代，也会在这一时期。可喜的是近年来，乡人田玉峰等种红薯专业户，发挥优势，开拓创新，还从外地引进了脱毒红薯和紫薯，使家乡红薯的产量和品质都有了新的提高，成了城市人餐桌上的美味佳肴。

至于红薯的药用价值，我小时候并不知晓。农村实行大包干责任制后，解决了困扰多年的吃饭难题，但当时人们追求的是天天吃细粮、有肉蛋，红薯在一段时间里淡出了人们的视野。转变出现在实现小康以后，吃腻了大米白面和大鱼大肉的人们，一觉醒来，才猛然发现红薯既是香甜可口的美味食品，又有防治“城市富贵病”的药用价值。据说，近年来红薯已被国际营养界推崇为太空保健食物，加之那些洞悉人类生活端倪的食品专家，也顺应形势，传授养生秘诀，提倡健康食品，红薯因此被推上了长寿食品的宝座。

我最近读到一则“红薯清肠治乾隆便秘”的传说，更加深了红薯能防病医病的认识。据传说，乾隆皇帝晚年曾患老年性便秘，腹胀食欲不振。御医见他年高气衰，怕有闪失，不敢用通便泻药，所以其病情一直未见好转。一年冬天，宫廷御厨房内的小太监们正围着炭火炉边取暖边烤红薯，正巧乾隆路过此处，不由得被那缕缕香味所吸引，循香走进御厨房。小太监们见皇上来了连忙跪地磕头，恭敬地呈上烤红薯让皇上尝尝。乾隆吃后觉得烤红薯皮脆心软，又甜又香，便吩咐御厨逐日进呈。没想到过了一段时间，大便居然通畅了。乾隆大喜，从此视红薯为养生佳品，命人种植，不时食用，还用来赏赐爱妃。对于这则传说，我无法考证其真伪。但红薯中含有丰富的纤维素，确实具有润肠通便之功效。家乡索泸河两岸几个村子的老人，很少有患直肠癌或肛肠疾病的，这与常年

吃红薯不能说没有关系。

我之所以钟情于家乡的红薯，不仅因为它提供了物质食粮，而且还使我从中得到了精神感悟。我有时想，原产于南美洲秘鲁、厄瓜多尔、墨西哥一带的红薯，1492年由航海家哥伦布从美洲带回欧洲，然后由欧洲经葡萄牙传入非洲，再由太平洋群岛传入亚洲。在500多年时间里，竟能传播到地球上110多个国家或地区，靠的不是官方的行政命令，不是“托门子、走窗户、拉关系”，而是自身的优势和内在活力——极强的生命力、广泛的适应性，加之栽培简便、产量很高且营养丰富。红薯的这些特性或叫“红薯精神”，不正是人们应当借鉴和学习的吗?!

(2011年7月，载同年8月3日《衡水晚报》和8月4日《衡水日报》)

链接

紫色红薯具有防癌作用吗?

答案应当是肯定的。李时珍在《本草纲目》中说，红薯有“补虚乏，益气力，健脾胃，强肾阴”之功效。据2010年4月29日的《科技日报》报道，日本国立癌症预防研究所对26万人的饮食生活与癌的关系进行统计调查，证明蔬菜具有一定的防癌作用。他们通过对40多种蔬菜抗癌成分的分析及抑癌试验的结果，筛选出了20种对肿瘤有显著抑制效应的蔬菜，其中红薯排在首位。而紫色红薯，由于含有丰富的花青类色素和植物蛋白、游离氨基酸、多糖、维生素、矿质离子等人体所需的重要成分，营养价值明显高于其他薯类，尤其是抗癌物质碘、硒的含量，比其他红薯高出20倍以上，占食品中的第一位。近年来，国内外研究表明，紫色红薯具有清除自由基、抗肿瘤、预防和治疗心血管疾病、抑菌等多种药用功能。

枣树情

春节期间，有友来访。谈到籍贯，朋友问："你祖籍枣强，是因为老家枣树多、枣的品质上乘而得名吗？"我点头称是。

确实，枣强栽培枣树的历史悠久。早在战国时期，这里就以蒸煮枣油（大概类似口服液）闻名于世，并因此得名"煮枣城"。西汉武帝元朔三年（公元前126年），这里更加"枣木强盛"。为了有利于枣树的发展，于是分广川县在其南部置枣强县，其遗址在今县城东南约15公里的崔母一带。至今县城东边还有好几个以"枣林"命名的村庄，可以想象当年这里是一望无际的枣树林。

记得40年前我在河北大学中文系读书时，一位姓魏的资深教师听说我老家是枣强后，问我家乡的枣儿是不是个大、皮薄、质地细而脆。他告诉我，古书上说枣强的枣"个大如卵，落地而酥"。可惜当时我没有这个意识，没有及时请教老师典出哪本文献。

据说，枣强成片的枣林毁于兵荒马乱年代的战火。我小时候，虽然枣树林没有历史记载的那样壮观，但是岗岗坡坡、河滩沙地、村口路边、

房前屋后，凡是能生长植物的地方，到处都有枣树的影子。枣树对土壤要求不高，对环境的适应能力强，基本上不用施肥修枝和喷洒农药，尤其是它繁殖方法简单，嫁接育苗、断根分蘖，甚至从枣树上砍下根枝条插到地里就能活。农业合作化前，我家有两亩沙岗地，种庄稼不长，种其他树不好活，可扦插的枣树枝条七八成都活了，并且当年秋天就挂了枣，所以民谚说："桃三杏四梨五年，枣树当年就还钱。"枣树还有一个优点就是耐旱。枣树的卵状披针形叶子，表皮上面有层角质，能减少水分蒸发；而斑驳如黑鳞般的枝干，不仅耐高温，还似铁柱般坚硬。遇到"碌碡不翻身"的年头，田里的庄稼收获无几，可它还枝繁叶茂，果实累累，显示出极强的生命力。所以，乡亲们称枣树为"铁杆庄稼"。

家乡的马莲小枣曾在全国首届农产品交易会上获得金奖

我家的院子里有两棵枣树，一棵是果皮薄、质细脆、适合鲜食的马莲小枣；一棵是果实大、肉质厚、适合晾晒制干的婆枣。每年的五月，枣花开了，金黄色的小花在闪闪发光的绿叶簇拥下，散发出蜜一样的淡淡香味，招惹一群群的小蜜蜂围绕着枣树飞舞。这个季节产的蜜叫枣花蜜，为蜜中上乘之品。到了夏天，茂密的树冠成了天然的凉棚，在树下铺上席子或放个马扎乘凉、看书是我童年时的乐趣。当然，最令人神往的是秋天，红褐色的串串大枣，犹如红玛瑙似的挂满枝头。一阵风刮过，兴许会掉下几个枣儿，孩子们跑过去捡起来，用手擦擦就往嘴里放，枣儿皮薄肉厚，甘甜清脆，味道美极了！农谚说：“七月十五红眼圈，八月十五动枣竿。”那意思是说，农历七月十五，枣儿红眼圈，可以挑熟了的吃鲜儿，到了八月十五就要拿枣竿打枣了。每到这时，也是院子里最热闹的时候，大人们一竿子打下去，熟透的大枣就噼里啪啦地落下来，砸到孩子们的身上、头上，有的笑、有的叫、有的闹，欢声笑语洋溢在宁静的村庄……

我爱枣树，是因为我们那一代人，对枣树有一种感恩情结。20世纪50年代末的“大跃进”时期，我正在镇上读高小。大人们有的被征召去挖水库，有的参加深翻土地会战。留在家里的孩子，在村里的集体食堂吃不饱，只好摘枣儿充饥。院子里的枣儿摘完了，我就和几个十多岁的男孩子，利用中午跑到沙土岗子上去摘枣。我的家乡坐落在索泸河西岸，岸边有南北两个大沙丘，乡亲们叫它沙土岗子。每个沙土岗子都生长着上百棵枣树，最老的树龄可能有二三百年了。我们爬到树上边摘边吃，吃饱了有时还给班里的女生带点枣儿。但家里做的单衣没有兜兜，于是我们就脱下褂子，把袖口扎住，用袖管装上枣儿，带着收获者的自豪，兴冲冲地赶到学校，把红红的枣儿往课桌上一倒，于是教室里又是一片欢声笑语……

一晃几十年过去了，我也从市里调到省城，又从省城调到北京。但对家乡枣树的感情却像陈年老酒一样，随着岁月的推移愈发浓烈。据记载和考古证实，枣树原产于我国黄河流域的陕西、山西、河南、河北、山东等省，而后传播到全国各地。最早的文字记载见于《诗经·豳风》中的“八月剥枣”。《战国策》中苏秦对燕文侯说：“北有枣粟之利，民虽不由田作，枣粟之实，足食于民矣。”可见当时枣已成人们重要的木本粮食。红枣营养价值极高，乃上乘的补养品。据说周恩来总理病重期间，医疗护理组组长吴阶平就经常为总理煮枣吃。枣树的栽植，还传到了朝鲜、俄罗斯、印度、泰国、巴基斯坦等邻国。大约在公元一世纪初传入亚洲西部，经过伊朗、叙利亚传入意大利以西的地中海沿岸国家，再传到西班

牙、葡萄牙等国。约在公元九世纪前从我国传入日本。美国以及东欧国家的枣树也是先后从我国引种的。我觉得，如果说黄河是中华民族的母亲河，那么枣树其实是我们的母亲树！

大美枣强，盼望您早日再成为“枣木强盛”的枣乡！

(2012年2月，载同年2月29日《衡水晚报》和3月20日《衡水日报》“滏阳花”版)

链接

“枣”忧

那年秋天我回老家，看到村东偌大的两个沙土岗子，竟被三里五乡的砖窑取土拉平了——持续几十年的沙岗保卫战以守护者的失败而告终。沙土岗子上众多的枣树包括上百年的老树也不见踪影，不知是被做成家具还是当成了劈柴。而老家院子里的两棵枣树，由于疏于施肥管理，显得有些凋零颓废，最让我心痛的是枣儿落了满地竟无人问津，让人唏嘘不已。侄儿解释说：“忙着摘棉花，没工夫打枣儿！”又说，“现在水果多了，孩子们不那么稀罕枣儿了，再说也值不了几个钱！”

一席话让我从惆怅陷入了沉思：在“养生”成为热点的今天，具有很高滋补和药用价值的红枣，成了老少皆宜的保健佳品，枣树也成了各地下大力气开发的重要资源。但是，机遇并不能和经济效益画等号。如果还是依靠传统的思维模式和粗放栽培，就形不成枣产品的规模效益；如果不下大力气开发科技含量高的“拳头产品”，不仅占领不了市场，“枣乡”也会变得徒有虚名！对家乡枣树前景的忧虑促使我写下了这篇散文。

周窝的“金音”

武强县周窝是一个注定产生“神话”的地方。暂不说起源于元代、全盛于清代的“武强木版年画”，就是改革开放以来，据笔者所知，这里就产生过两则 “神话”——也可以说是这个地处冀中平原默默无闻的小镇，在中国农村改革开放大协奏曲中奏出的优美动听的“金音”。

故事是从不久前的一次参观引起的。9月上旬，我陪同《北京旅游报》的刘涛编辑去衡水湖参观，回来的路上想顺路去看看武强年画博物馆。我的挚友，武强县委常委、纪委书记李战旻听说后，力邀我们再去看看“周窝音乐小镇”。他还介绍说，小镇依托中国最大的管弦乐器生产企业——金音集团，正在将武强的千年传统文化与现代的乐器制造、音乐演绎、休闲文化结合起来，建设世界级的、具有中国农民特色的西洋乐器博物馆群。末了，还跟上一句极具诱惑力的话语：“厌倦了城市高楼大厦、汽车川流的人们，到小镇后都感受到一种回归自然的温馨和舒适，欢迎你们也来体验体验！”

一席话把我“忽悠”得云山雾罩。在人们的习惯印象中，音乐是一种高雅艺术，总是和美妙、优雅等词汇联系在一起。我再富于想象力，也想象不到头上顶着玉米花、满手老茧的庄稼人，怎么和小提琴、大提琴、贝斯、长笛、萨克斯管等西洋乐器“完美结合”。9月6日上午，我们冒着蒙蒙细雨，带着几分疑惑来到了距武强县城5公里的周窝镇，亲自考察了“怎么也想不到的奇迹”是如何变成现实的。

这个村子20多年前我曾来过，那时是为寻访周窝镇菊里村的一则“神话”——农村妇女蔡书芬创造的“家庭管理学”。如今故地重游，小镇还是乌墙红瓦，民风古朴，只是整齐的街道两旁的国槐，经过这些年的生长，已形成绿色长廊，使小镇更显得和谐静美。然而不同的是，沿着纵横交错的红砖小巷走进一户户的院子里，却是“外土内洋”、鸟枪换炮了。听说，这是由北京著名的璐德文化艺术中心帮忙打造的。公司将周窝镇的沿街200套店铺、农家院承租后，进行专业包装，形成有张弛、有韵律的空间序列，分别建成了音乐吧、音乐饰品屋、音乐制作室、音乐名人堂等文化设施；还准备建设乐器博物馆，在村中心建造音乐广场，修

周窝音乐小镇

建雕塑、喷泉、景观灯、休闲椅等设施，为游客打造舒适的小憩场所……周窝，这个普通的北方小镇，正在变成余音绕梁的音乐小镇！

这样的华丽转身，听起来简直像“神话”。而这神话最初的创造者是两个名不见经传的“小人物”：一个叫陈学孔，他辞掉了天津一家乐器企业的工作，回到家乡创业；另一个叫周国芳，是周窝村的农民企业家。两人一个懂技术、善经营，一个有场地、有资金，于是一拍即合，于1989年办起了通达乐器厂，开始生产西洋乐器。最初主要是生产单簧管，后来逐步发展到生产小提琴、大提琴、贝斯、短笛、长笛、圆号、小号、双簧管等管弦乐器。经过20多年的励精图治和精心打造，丑小鸭变成了金凤凰，当年的小作坊发展成了拥有过亿元固定资产的河北金音乐器集团有限公司（简称金音集团）。他们生产的乐器，涵盖了管弦类乐器的所有品种，乐器年产量超过80万件，乐器箱包类年产量超过100万件，年利税达3000多万元，金音集团也跨入了中国最大西洋管弦乐器制造企业的行列。

“让世界倾听金音的声音”，是金音集团总经理陈学孔发出的誓言。他们的乐器从1993年开始出口，如今产品已销售到欧洲、美国、日本等80多个国家和地区，还同德国托曼、法国塞尔玛、美国肯尼基等大公司建立了长期合作关系。金音的产品多次被评为“河北省名牌产品”“中国知名品牌”“中国著名畅销品牌”；金音集团连续10年被中国乐器协会评为“中国乐器行业强势公司”，同时还获得了“中国轻工业乐器行业十强企业”“国家文化出口重点企业”“国家文化产业示范基地”等荣誉称号，成为我国文化产业中的一朵奇葩。

周窝的“金音”在冀中平原上传播流动，周窝的“神话”在新的时空中也不断延续。2010年，金音集团与北京璐德文化艺术中心合作，创建了璐德国际艺术学校；今年3月，璐德国际艺术学校又与维也纳音乐学院签订合作协议，面向全国招生，培养高端音乐人才。学校现有师生200多人，今年已有2名学生考进了维也纳音乐学院。著名古典吉他演奏家、中国人民大学艺术学院研究生导师王友民，璐德文化艺术中心总经理董玉戈等专家的悉心指导，衡水市和武强县领导的支持，为周窝人的梦想插上了翅膀，让神话般的传奇在神州乃至世界范围内翱翔。在我们参观的时候，听说为加快周窝音乐小镇的建设，衡水市的11个县(市)每个县(市)都在周窝承建一个主题院落，把本县(市)的传统文化同现代音乐韵味融为一体。我们还即兴参观了正在改建中的枣强县的主题院落。环视小院，茂盛的核桃树、古朴的茶座、别致的乐器制作小屋、舒适的游客休憩房间，处处呈现着音乐的温馨，充满着浓郁的艺术气息，让人感到仿佛走进了具有农家风味的音乐殿堂。

音乐，让世界的目光聚焦武强。周窝音乐小镇，正在成为华北平原上的一道亮丽的风景线！

(2012年9月，载同年9月28日《衡水晚报》和10月18日《北京旅游报》)

链接

蔡书芬的“家庭管理学”

周窝另一则“神话”的女主角——农村妇女蔡书芬，家住周窝镇菊里村。她文化程度不高，却很有经济头脑。为适应大包干后的新形势，她在家庭经营中实行有“分”有“和”、民主管理的办法，充分调动了一家13口人的积极性。比如，种地——家里的责任田实行统一耕种、施肥，而田间管理和收获则分垄到人；吃饭——三房儿媳“分股立灶”，一家人也不吃“大锅饭”；财务——收支公开，账目清楚，并且“伙里”和“各股”之间实行公平交易。如养貂是“伙里”的副业，养猪养鸡是“各股”的“小自由”。貂需喂鸡蛋，老大家拿来30个鸡蛋，蔡书芬给3元钱，老二家拿来50个，蔡书芬就付5元。由于蔡书芬治家有方，勤劳致富，所以在农村实行大包干责任制后迅速富了起来。她家承包了26亩地，喂养了2匹马、3头猪、5只奶羊、40只鸡、100多只貂，还搞起了豆油加工、木器加工、塑料加工等副业，粮款收入双过万，成了远近闻名的“五好家庭”。蔡书芬的治家之道被经济学家称为“家庭管理学”，她的事迹如同“神话”，传遍了四里八乡。当时在《河北日报》供职的我，风尘仆仆地赶到周窝，总结了她的经验。著名杂文家、《河北日报》原副总编辑杜文远，看了我写的新闻稿，非常兴奋，认为这是农村家庭承包经营的新事物，亲自配了一篇《家庭经营管理大有“学问”》的短评，刊登在1984年2月24日的《河北日报》头版头条。

绒花树的记忆

每当绒花树花开的季节,我总会在树下凝神伫立,心中充满了爱恋之意。这不仅是因为绒花树的花美,形似绒球、红花成簇、清香袭人,它的叶奇,纤细似羽、昼开夜合、绿荫如伞,而且是因为人们常用它来表示忠贞不渝的爱情,由此引出了我一段美好的回忆。

那是1969年初秋,衡水地区召开了一次较大规模的通讯报道会议。参加会议的除了各县的报道组负责人,还有许多工厂和农村的通讯报道员,如当时名声很大的“冀红农”的辛向党、王二烈、崔纪敏,武强的刘金英、贾湘云,安平南王庄的刘新坦,阜城小吴庄的朱德胜等。我是枣强“肖张小评论组”的代表,还在会上发了言。我们住的地方是衡水地区行署办公楼改成的招待处,楼东墙外马路两旁是婀娜多姿的绒花树,树龄有七八岁,大约是建行署办公楼时种的。那时衡水还没有公园,会前饭后人们就沿着绒花街散步、交流学习心得,因为那是当时衡水最美的地方。

时值绒花盛开的季节。徜徉在美丽的绒花树下,细看那由一片片小羽毛组合成大羽毛的绿叶,感觉是那样的神奇,它日出而开,日落而合,仿佛在向远方的客人示好；粉红色的绒花，柔柔的，像一把把小小的折扇挂满枝头，随风飘逸，轻盈得像天使一般，远远望去仿佛一片粉红色的雾，渲染了那一棵树，朦胧得醉人，让人流连忘返。

绒花树

当时我还不知道绒花树有那么多别名——合欢树、夜合树、马缨花，也不知道它的树皮就是《本草纲目》记载的能够安五脏、和心态的合欢皮，更不知它是传播友谊、表示忠贞不渝爱情的象征。之所以留下美好而深刻的记忆，是因为那次通讯报道会，不仅为基层通讯员提供了学习交流的平台，搭建起增进友谊的桥梁，还帮我破除了“新闻神秘论”，增强了攀登高峰的信心和力量。就在那年的11月1日和12月2日，我执笔的两篇小评论《“锄把子”与“印把子”》和《越忙越要走群众路线》，分别登上了《河北日报》和《人民日报》的“工农兵论坛”。此是后话，暂且不提。

在那次通讯报道会结束后约半个月的时间，我到衡水送稿，巧遇“冀红农”的崔纪敏也来送稿。我是在通讯报道会上才认识她的，再次见面自然添了几分亲切感。说来也巧，我们在报社的走廊里碰到一个新来的编辑。他个子不高，皮肤白皙，人很精干，刚转业到报社不久，在通讯报道会上人们都喊他“小高”，名字记不起来了。因临近国庆了，他约我们赶写一首反映农业丰收的诗歌。记得我和崔纪敏即兴给他凑了8句顺口溜，大约是“高粱红，谷子黄，千亩棉田白茫茫”之类的话，然后署上了两个人的名字。没想到，发表时不知是哪位编辑为了突出我们的农民身份，就在我们的名字前加上了“枣强县农民”几个字。我看到报纸后，感到有些不好意思，因为崔纪敏是冀州（当时还叫冀县）人。事后我向她解释，她倒很坦然，淡淡地一笑说："无所谓的事儿。"然而，这却在我的心底激起了涟漪。

记得还是在这年的冬天，衡水地区召开学习毛主席著作积极分子代表会。碰巧枣强、冀县的代表都住在新华旅馆，我因此又见到了崔纪敏。记得散步时，我们还到过绒花街。冬天的绒花树，虽然没有了夏日的婀娜多姿，但它树冠整齐，枝序优美，有的枝干上还留有串串荚果，在瑟瑟寒风中顽强地挺立着，显示着一种内在美，给同为下乡知青的我们一种催人奋进的感染力。闲谈中，她谈到自己当上大队革委会委员后，工作忙了，开会多了，参加劳动少了。一天，老贫农金兰大伯给她送来一条"既当'官'，又当老百姓"的语录，她不由得联想到毛主席关于"干部通过参加集体生产劳动，同劳动人民保持最广泛的、经常的、密切的联系"的教导，陷入了沉思，决心不脱离劳动，不负乡亲们的期望。

说者无意，听者有心。我觉得这是条好线索，于是连夜赶写了一篇小通讯《一条语录一片心》。《河北日报》发表时，美术编辑还特意配了一幅插图，做到了图文并茂。随着岁月的推移，彼此的了解也在加深。一年后，我进入了河北大学，又过了一年，她上了河北师范大学。虽然她学习忙我也忙，又不在一个城市，平时接触并不多，但是绒花树下结下的情谊，却渐渐地在心底生根发芽，待到风和日丽、翠碧摇曳之时，爱情之花就像那含羞少女的红唇，终于绽开了。有人说，绒花树是秀美之树，是浪漫之树，它能为你单调的爱情之旅增添无限浪漫色彩。我觉得这话不无道理。

我毕业后来到《河北日报》驻衡记者站工作，她毕业后被分配到《衡水日报》。结婚后单位没有住房分配，只好暂住我的办公室。时任地委宣传部副部长的李忠信帮忙从地区电影公司家属院借了一间宿舍，地点就在绒花街东侧。说起来，我们与绒花树特有缘分。从此，每天上班我们携手并肩从绒花树那美丽的绿色"羽毛"下走过，下班在它粉红色的"小伞"迎接中归来。夏天，它用枝繁叶茂的树冠为我们遮阳；冬天，它用粗大的树干为我们挡风。此时此刻，我才真正体会到了那句"花言茶语"：绒花树是夫妻好合、永远恩爱的象征。

我们是1978年搬离绒花街的。不过，当时那街还没有正式命名，只

是群众那样叫它，并且街也很短，只限于铁道桥南至人民路的一段。至于它被命名为与“绒花树”不同树种的“榕花大街”时（为此《燕赵都市报》记者曾撰文《衡水榕花街：“榕花”本应为“绒花”》），我已回到石家庄《河北日报》编辑部。20世纪90年代初，我离开眷恋的新闻行业，从燕赵大地来到北京的红墙里，当了一名默默无闻的文稿起草人员。近30年里，虽然城市换了又换，岗位变了又变，但我对绒花树的钟爱、眷恋之情依旧。有一首动人的歌曲唱出了我的心声：“绒花树上那甜甜的梦想 / 甜甜的回味 / 在青春的季节里歌唱 / 绒花树下那淡淡的过往 / 淡淡的回忆 / 在蓝蓝的天空中飞翔……”

多年的“第一读者和评论者”——我的夫人，看了这篇小文，大约是引起了思想的共鸣，即兴赋诗一首《谢花神》，收在这里，权作本文的结尾吧：“绒花树下忆合欢 / 桃城四十四年前 / 论国论政论理想 / 切磋稿件也浪漫 / 牵手漫步树丛间 / 偕老之心意绵绵 / 感谢花神护佑我 / 一路辛苦一路甜。”

（2013年6月，载同年6月13日《衡水晚报》和8月29日《北京旅游报》）

链接

“绒花”不同于“榕花”

榕树，桑科，常绿大乔木，树冠大而开展，叶椭圆状卵形或倒卵圆形。全世界已知榕树有750多种，中国有100多种，主要分布在热带和亚热带地区的广东、广西、福建、台湾、云南等省，多生长于山林或村边，寿命长，常见百年以上大树，为华南地区优良的庭园树和行道树。由于气候原因，除了室内栽培的盆景，在北方的田野和城市街道是看不到榕树的。至于榕树是否开花，答案应当是肯定的。但榕树是隐头花序，花很小，没有花瓣，小花隐藏在小罐子似的花托内，人们只能看到黄豆大小的花托，看不见花托内的小花。花开后，多数隐头花序脱落，少数发育成球形小果，到了秋天，果实成熟，由绿变红。人们只见榕树结果，不见开花，所以常把榕树称为“无花树”。我猜想，衡水市给街道命名时，工作人员把“绒花”与“榕花”搞混了，“榕花大街”显然同街道两旁茂盛的绒花树名不副实。

老树春深更著花

2014年1月23日是农历的“小年”，按照老家的风俗，这一天要扫房子，里里外外都要打扫得干干净净。这不仅是为了给“上天言好事”的灶王爷留下美好的印象，也是为辞旧迎新——描绘新的一年的梦想。进城这么多年了，我还始终保持着这一习惯，就是再忙也要在这一天“扫房子”——打扫卫生，而此举让我无意间找到了因搬家遗失的20年前的一封来信和一份珍贵资料。

那信写于1994年2月16日晚。写信人叫张光远，是我的远房叔叔，也是我在枣强上初中时的语文老师。寄来的珍贵资料是叔叔写的生平小传《苦尽甜来话平生》。叔叔在写信的那一年初冬与世长辞，这信和资料也就成了绝笔。今天重温那久违了的清秀刚劲的文字，重读那质朴生动的感人叙述，叔叔慈祥的面孔、魁梧的身影又浮现在我脑海，他那跌宕起伏的传奇人生也像电影一样一幕幕在眼前展现……

1915年冬，叔叔出生在枣强县肖张镇刘纸坊村的一个贫苦农民家庭。他的父亲叫张永言，性格豪爽，富有民族正义感。1937年七七事变

后，张永言毅然举起抗日救亡大旗，宣传群众，创办农会，曾任中共肖张区第一任区委书记、枣强县县委委员、县参议会常委等职，绰号“七星子”(手使一把七星子手枪)。在反映冀南人民抗日烽火的长篇小说《平原枪声》中，张永言是主人公马英的重要助手——老贫农“老孟”的原型。受父亲的影响，身为高小教师的叔叔投笔从戎，于1938年参加了抗日工作。由于他是省立六师(冀县师范)毕业的高才生，所以不久即被调到县战委会，负责编辑抗日刊物《前进周报》。1940年在日寇铁壁合围中，他父亲张永言壮烈牺牲，此后叔叔也不幸被捕，被关进衡水监狱，严刑拷打，受尽折磨，后经组织营救才脱险……

张永言烈士

叔叔是家中的独子。父亲牺牲后，悲痛欲绝的母亲不同意他再出去革命，亲友们也好言相劝：“上有老，下有小，你再有个好歹，妻子孩儿怎么活？”但叔叔坚定地说：“国破家何在？不赶走日本鬼子，谁家也没有好日子过！”他继承父亲的遗志，更加积极地投入了抗日工作。1945年抗战胜利后，组织上有意安排在县政府文教科工作的叔叔出任县文教局局长，但不为名利、甘于奉献的叔叔，就像斗寒傲雪但不争春的梅花，当“山花烂漫时”却毅然选择重回学校当老师，为国家培养人才。他先在北流常高小任教导主任，因深得师生拥戴，不久即调至县师范和枣强中学任教。1966年，因战争年代留下疾患而提前离休的叔叔，本可以在县城颐养天年，没想到他以“不给组织添麻烦”为由，自愿回到农村当起了农民。在今天一些人看来，叔叔在重要关头的两次选择，足以说明他是天字号的“大傻瓜”，而叔叔自己却心平似水、悠然自乐。

叔叔的传奇故事，是乡亲们茶余饭后的美谈。一个烈士后代、“三八”式的老革命，县人大代表和县政协委员，回村后竟没有一点架子，以普通百姓自居，像雷锋那样助人为乐。比如，担任校外辅导员为肖张中学的孩子们讲革命传统，新年为家家户户送春联，义务收发报纸信件包括为不识字的老翁老妪代写书信，而且还在耄耋之年，自学医学知识和针灸技术，在村里的“赤脚医生”入伍参军后，他主动挑起了全村医疗工作的重担，义务为乡亲们祛病解痛、健体强身，后来还被县和地区卫生部门树为学习榜样，在衡水地区卫生会议上做了典型发言……

我对叔叔的清晰记忆，分为前后两段：头一段是20世纪50年代末60年代初我在枣强中学读书时，叔叔和婶母对我生活上关心，学习上帮助，使年幼丧母的我心灵上得到抚慰，学习上有了引路人。当时正值三年经济困难时期，人们缺粮少菜，叔叔自己饿得浮肿，可节假日还和婶母约我去他们家吃饭，此情此恩当永世不忘。在学习上，叔叔建议我记日记，说这既能对所学知识加深记忆，也有利于提高写作水平。他对我的日记像看学生作文一样认真批改，有的还写了大段批语。此举有效地提高了我的写作能力，初一时我的作文还成绩平平，初三时作文就常常被贴在教室里，供同学们学习观摩。这也许是日后我能成为燕赵大地小有名气的记者的启蒙吧！

对叔叔的另一段记忆是共同创办“小评论组”。1968年春天，《衡水报》复刊的喜讯伴着春风吹进我的耳朵里。正在农村接受“贫下中农再教育”的我，在叔叔支持下开始向报社投稿，后来我们还一起创办了“小评论组”。我们立足农村实际，替农民“发声”，把群众田间地头“说说道道”的庄稼话、实在理儿，整理成文章，投到报社电台。由于文章没有穿靴戴帽的八股调，很受人们的欢迎。我执笔撰写的一些小评论还登上了《人民日报》《河北日报》和中央人民广播电台的“工农兵论坛”。在这一农民创造神话的过程中，叔叔既是我的老师，帮助我修改稿件，又是我的“助手”，及时把我写的小评论抄写到黑板报上，发挥其宣传群众、鼓舞群众的作用。

叔叔曾引明末清初顾炎武的诗“苍龙日暮还行雨，老树春深更著花”来自勉。黄昏将临，壮心不已的苍龙，仍要聚云播雨；春日将尽，生命长青的老树，还要热烈地花开满枝。此诗恰如其分地抒发了叔叔活到老、学到老、做到老的“烈士暮年，壮心不已”的志向，给后人以深深的启迪。如今自己也年奔70，所以读了叔叔20年前写的信和他的生平小传《苦尽甜来话平生》，感到格外亲切。我觉得，这份珍贵资料，不仅对老年人就是对青年人也颇有教育意义。因为，让后代记住他们的先辈是从怎样艰难困苦的环境中走过来的，是叔叔的一个心愿。

（2014年2月，载同年3月13日《组织人事报》和3月2日《大周刊》）

链接

张永言烈士小传

叔叔的父亲张永言（1888—1940），年轻时为生计所迫四处漂泊，曾在旧军队当过兵，还当过邮差、职员、警察，为人豪爽，富有民族正义感。1937年卢沟桥七七事变后，投身抗日救亡大业。1938年春在肖张区创建农会，建立中共党组织，并任该区第一任区委书记。1939年夏，任中共枣强县委委员，冬天又当选为县参议会常委。张永言身材魁梧，右肩挎着用白粗布枪套装着的七星子手枪，左肩挎着文件包和大砍刀，威风凛凛，群众送绰号“七星子”。他常用“我不怕敌，敌必怕我”激励大家，曾率3名背着“单打一”枪的游击队员，追击20多个敌人，缴获敌人的6支捷克式步枪。1940年3月24日夜，在赴唐林参加县委会议途中，在王均遭遇400余名日伪军包围，虽顽强抵抗，终因寡不敌众，壮烈牺牲，时年52岁。

红墙情结

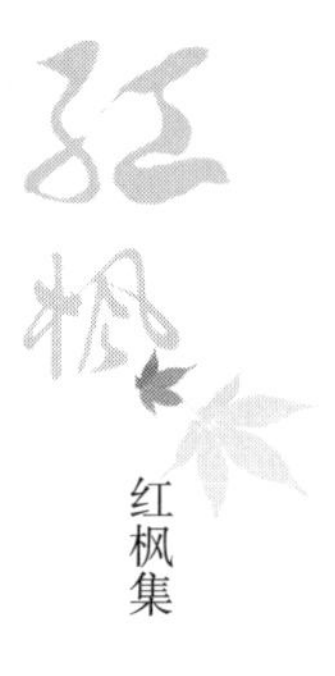

三谒菊香书屋

菊香书屋位于中南海丰泽园颐年堂的东侧。毛泽东主席从1949年入住到1966年8月搬出，在此居住、读书、办公，夙兴夜寐、日理万机达17个年头，党和国家的许多重大决策都是在这里做出的。我曾有幸3次拜谒毛主席的故居——菊香书屋，睹物思人，追忆伟人风范，感慨系之，永不能忘。

第一次瞻仰菊香书屋是在1987年5月。那时我在河北省委整党办公室工作，来北京中央整党指导委员会办公室（简称中指办）送材料，地点在今万寿路甲十五号六区的七、八、九号楼。中指办宣传组的周长年，原是新华社的记者，个子不高，对人很热情，见了我笑嘻嘻地说：“小张，历时3年半的整党工作就要结束了，明天单位组织没到过中南海的同志去参观毛主席的故居，你来得正巧，想不想一同去？”我喜出望外，连说：“想去！想去！做梦都想去呢！”说心里话，去中南海参观，确实是我梦寐以求的夙愿。

20世纪80年代有段时间，中南海曾有限度地对外开放，每逢节假日或周日,允许中央国家机关和北京市的一些单位集体组织参观。中指办的许多同志都是各单位抽调来的,有的还是外省市来的,不少人没到过中南海,所以中指办应大家的要求组织了这次参观。当时实行的是单位组织、个人购票、凭票参观。我于是兴冲冲地跟着周长年去中指办秘书组买了一张“中南海参观券”,无比珍惜地看了又看。那票约10公分长,5公分宽,白底蓝条,上面的“内部参观、不准转让”8个字非常醒目。中南海对外开放,这在当时是轰动全国的新闻。“普通百姓走进中南海,少先队员毛主席故居过队日”,是那时家喻户晓的美谈。

第二天上午,我随中指办的同志一起坐车来到南长街,从81号门走进神秘的红墙里。此时,只见远处的瀛台绿树葱茏、亭台水榭,近处参观的人们已挨着拉起的绳子排起了蜿蜒的队伍,尽管人很多,但秩序井然。我跟着队伍走过亭内地面上凿有流水九曲、匾额为乾隆御笔亲题的“流水音”,经过瀛台和勤政殿,就到了丰泽园。丰泽园坐北向南,门前有一片阔地,院里有挺拔的雪松。走过门厅,通过一条不长的甬道,就是主体建筑颐年堂。颐年堂阔5大间,中间3间为会议厅。新中国成立到1966年的17年间,这里一直是第一代中央领导集体讨论国家大事、决定重大问题的地方。沿着颐年堂的前廊往东走到尽头,有两座小四合院,南面的称松寿斋,北面就是毛泽东的故居菊香书屋。

菊香书屋是一个四方形的四合院,四面各有5间房,内有办公室、会客室、卧室、餐厅、门厅,以及书房、藏书室等。菊花清雅高洁,迎风傲霜,与梅、兰、竹合称“四君子”。据说,“菊香书屋”的称谓清朝时即有,康熙还曾为书屋撰有一联:“庭松不改青葱色,盆菊仍霏清静香。”毛泽东生平喜爱菊花,“不似春光,胜似春光”“战地黄花分外香”的名句,充分展现了他对菊花的钟爱。所以,1949年他从香山双清别墅搬来后沿用了这名字。菊香书屋内高橱林立,百余个书橱满是经史子集、诸子百家的线装古籍,以及中外哲学、文学、艺术、科技等著作,真可谓汗牛充栋,墨香溢天。历史学家评价说,毛泽东大概要算“二战”以来各国领导人中最喜欢读史,也读得最多的一位。毛泽东生活简朴,一条毛巾被补了又补,但

菊香书屋的一角

对买书藏书却从不吝啬。瞻仰菊香书屋，我印象最深的就是满屋子的书。办公桌上有书，床的一侧也堆放着书。为了避免摞起的书倒了影响休息，堆书的一侧床脚垫得稍微低一些，可谓“一床补丁半床书，床脚垫起分高低”。

再次瞻仰菊香书屋是在1991年5月。此时我已借调到中央办公厅调研室工作，室里为进行传统教育，特意组织我们几个新借调来的同志瞻仰了毛主席旧居。如果说头一次瞻仰我感到的是兴奋、新鲜和神秘，那么再次瞻仰想到的则是敬佩和责任。毛主席从小就勤奋学习，挑灯夜读，博览群书，即便在戎马倥偬的战争年代，也总是手不释卷。1930年2月红四军在赣西南的渼陂召开“二七会议”时，毛泽东住的房子的影壁上有一副对联“万里风云三尺剑，一庭花草半床书”，可说是他几十年革命和读书人生的写照。1976年8月底，毛泽东已沉疴在身，弥留之际还向身边工作人员索要他喜欢读的《容斋随笔》，毕生学习的精神感人至深。我作为一个贫苦农民的孩子，能从冀南大地的“沙窝窝”走进中南海，成为党中央身边的一名工作人员，抚今追昔，浮想联翩，既感到无比幸运又感到肩上的责任重大。如何学习领袖先哲的精神，发奋读书，夙夜为公，甘于奉献，立足岗位报党恩，是我当时经常思考的问题。

第三次瞻仰菊香书屋是在2004年7月。那年7月20日，解放战争时期创建的中央人民政府人民革命军事委员会工程学校（简称张家口军委工程学校）繁衍发展成的八所院校联席座谈会在北京召开。作为东道主——中央办公厅电子科技学院（北京电子科技学院）的党委书记，我陪同其他院校的领导和专家，怀着崇敬的心情瞻仰了毛泽东故居。说起张家口军委工程学校，还有段光荣的历史呢。辽沈、淮海、平津三大战役结束后，为适应夺取全国胜利和由乡村转到城市的战略任务，中央军委于1949年3月发出通令，决定在华北重镇张家口创办一所机要干部通信学校，抓紧培养自己的密码通信和破译人才。是年11月，张家口军委工程学校开学时，毛泽东主席曾为学校题词“全心全意为人民服务”；朱德总司令题词“学习科学技术，巩固人民国防”；聂荣臻总参谋

与学院领导班子在毛泽东主席故居合影，从右至左：方勇、陈子真、作者、曹俊德、毛明

长题词"树立埋头苦干实事求是的优良作风"。三位伟人同时为一所名不见经传的工程学校题词,足见其创办的不寻常意义。"先贤乘鹤西归去,辉煌光焰照后人。"如今,同为张家口军委工程学校传人的八所院校的同仁,相聚毛主席故居,睹物思人,心潮澎湃,感慨万千,决心在新的征程上,传承弘扬老一辈革命家培育的优良传统作风,把领袖先贤的题词和教导发扬光大,为党和军队培养更多的优秀信息安全人才。

"领袖教诲记在心,鞠躬尽瘁育新人。"一位同志的诗道出了大家的心声。

(2014年2月,载同年2月21日《衡水晚报》和3月10日《滨海时报》)

链接

张家口军委工程学校繁衍形成的八所院校

1949年11月张家口军委工程学校开学时,学员被编为六个大队,学校建制调整后改为六个部,专业涵盖英语、日语、电机、通信、译电等。截至2004年已繁衍发展成八所院校,即西安电子科技大学、解放军外国语学院(洛阳)、解放军电子工程学院(合肥)、解放军信息工程大学信息学院(郑州)、解放军信息工程大学电子技术学院(郑州)、解放军理工大学通信工程学院(南京)、空军工程大学电讯工程学院(西安)、中央办公厅电子科技学院(北京电子科技学院)。

中南海里布谷鸣

在城里住久了，对农历的二十四节气渐渐地淡漠了。说起来也难怪，因为这些年，城里人的米袋子、菜篮子受农业丰歉的影响越来越小了。特别是随着现代科学技术的蓬勃发展，城里人的菜篮子已没有春夏秋冬之分。冬天，可以吃到新鲜的西红柿、黄瓜、青椒等夏天的时令菜；夏天，也可以吃到过去只有秋冬季节才有的大萝卜、大白菜。然而，不久前的一件小事，使我想起了二十四节气，想起了家乡和一些往事。

那是几天前的一个晚上，我正在中南海丙楼的办公室伏案工作，突然窗外传来布谷鸟熟悉而又动听的鸣叫。我不由得放下笔，走到窗前张望。此时，中南海里万籁俱寂，楼上闪亮的灯光掩映在高大而茂密的白杨和银杏树中间，犹如繁星点点。布谷鸟疏疏密密、带有节奏的“咕咕咕咕”的叫声，此起彼伏，连绵不断。俗话说，芒种时节布谷叫。我意识到，家乡的麦梢此时已经黄了。

我的家乡在冀南平原，从太行山蜿蜒流向东北的索泸河，从我们村边绕过。每逢芒种节前后，布谷鸟就来到冀南平原，在田野里昼夜飞鸣。

作者(中)在中南海工作一瞬

小时候,我曾经感到奇怪,为什么每到麦收时节布谷鸟就叫?老爷爷说:“那是布谷鸟催促人们,早早收割,快快耕耘,抓紧夏播。不信你听听,它是不是在说‘布谷布谷,割麦种谷,不怕辛苦’? ”我一听,真是那么个音儿。所以,拔麦子累得腰酸腿疼也不敢休息,因为布谷鸟在不停地催促呢。到了地头,哥哥往树荫下一躺,说真舒服。我说,布谷鸟说“不怕辛苦”。哥哥说:“你听它这会儿在叫‘舒服舒服’呢! ”我一听,也有点那么个音儿。

后来我才知道,布谷鸟又叫杜鹃、杜宇,或子规,是一种吃毛虫的益鸟。初夏时节,布谷鸟为求偶时常昼夜不停地叫,所以有子规啼血之说。再到后来,我工作了,有幸到“天府之国”调查,特别是参观了地处成都西北方的郫县“望丛祠”,听说了关于杜鹃的美丽传说,对布谷鸟的感情不由得又增加了几分。

传说2700多年前,成都平原还是一片莽莽苍苍。黄帝的后裔——最早的蜀帝杜宇(史称望帝),率领蜀人填沼泽、围垦田,将茫茫荒原改造成沃野良田,为日后的“天府之国”打下了初步基础。望帝以教民务农、首创按季节耕种的制度而闻名遐迩。他死后还恋农事,想蜀人,变成杜鹃鸟,用自己的呼唤,教民务农,催促耕种。蜀人感其厚德,为他修了规模宏大、祠门高悬"功在田畴"匾额的望丛祠,此是后话了。

中南海里闻布谷,使我生发出许多感慨。比如,一些多年不见的鸟儿又飞回来了,说明北京的环境保护有了改善;再比如,人们的爱鸟、护鸟意识有了明显提高,特别是中南海的警卫战士和工作人员注意保护鸟类生存的环境,使布谷鸟在闹市区有了栖身之地。然而,使我心灵受到震撼的还不是这些。

此时此刻,我想到了古人"居庙堂之高,则忧其民"的警句。这个"庙堂",我想是否可以有两种解释:一是指官职,一是指住所。中南海是党中央、国务院的所在地,"庙堂"不可谓不高。作为党中央身边的文稿服务人员,能够参与中共中央全会及其他重要会议的服务工作,能够参与一些中央文件及中央领导同志讲话稿的起草工作,要当好参谋助手,更

参加中共十六届一中全会服务工作，从右至左：
李军、彭清华、作者、王尔乘

应时刻牢记全心全意为人民服务的宗旨，经常想着关乎农业耕种的时令节气，想着农村和农业生产，想着九亿农民的衣食冷暖。切不可因为与基层干部群众相隔层次较多，特别是工作一忙起来，就忘了时令节气，忘了衣食父母，疏远了与农民的感情。当前，农业在国内外市场竞争和产业结构调整中面临着许多新的问题。远的不说，今年春天以来，一些农副产品价格大幅度下降，北京早市上的猪肉降到七八元钱一公斤，西葫芦一元三个（约三四公斤）。作为消费者，当然物价越便宜越高兴。但是，这样的价格，农民怎么会有积极性？农民增收的目标怎么实现？农业又怎么能够保持续增长？如此等等，都需要我们去研究，去思考，去引导，去解决。

从这层意义上讲，感谢布谷鸟提了个醒。

（1999年5月，载同年第8期《吉林通讯》）

链接

人生没有浪费的经历

我有8年的农村知青经历，曾干过起肥圈、打坯、拔麦子等农村最脏最苦最累的活，吃过最差的饭食——有时菜饼子就咸菜还不管饱，身体简直到了难以忍受的程度。也就是在这时我接触到了中国社会最底层人民的生活，了解了农民、农村和农业。我干过农村生产队的记工员、保管员、会计员，当过村团支部书记、生产队长、大队革委副主任，这些经历使我在走进中南海，成为党中央身边的一名工作人员后，特别是有机会参与农村政策制定和中央文件起草时，能够将心比心，常常思考反映的情况符不符合农村实际，制定的政策农民欢迎不欢迎，提出的措施能不能在农村落实。由中南海里布谷鸣，想到节气、想到家乡、想到“三农”问题，正是出于这样一种“农民情结”。

珍珠梅记

在纪念建党90周年的日子里，我想到了一种极普通的花，记起了一些极平凡的人。

花是珍珠梅。1991年5月，我走进中南海红墙里的时候，在我办公的丙楼周围，丛生着一蓬一蓬的灌木，高1.5米至2米，株丛丰满，枝叶清秀，不久它就结出珍珠般的一个个小花蕾，绽开一朵朵清雅的小白花，并且那米粒大的花蕾不断地结，似玉的小花也不断地绽放，整个夏季它都在默默地生长和开放。

开始，这种小白花并没引起我的关注，因为它太普通、太普遍了，在中南海许多建筑物的阴面都生长着这种灌木。这种原生态的花朵，虽有蜜蜂围绕，但没有丁香、米兰那样浓郁的香味。花小、不艳、无香，再加上灌木丛生的树形，所以难以引起人们的青睐和登上大雅之堂。

后来，我听说它有个富有诗意的名字——“珍珠梅”，民间也有人叫它“雪柳”。早晨散步时，再细看那墙角的株株珍珠梅，发现小小的花蕾极其精细，盛开的花儿如雪凝枝头。一丛丛的小白花，在绿叶衬托中，给

人一种繁星点点、如瀑倾泻的感觉。据说，由于珍珠梅适应性强，栽培管理比较容易，对土壤要求不严，对施肥要求不高，而且花期长，所以在各类园林绿地中都有种植，特别是其具有耐阴的特性，是北方城市高楼大厦及各类建筑物北侧阴面绿化的灌木树种。还听说，在东北地区它的别名叫山高粱、八木条，其茎皮、枝条和果穗可入药，能够活血散瘀、消肿止痛，用于骨折、跌打损伤、关节扭伤及风湿性关节炎的治疗。我渐渐地对这种“不起眼”的小花产生了兴趣和敬意。

然而，我真正爱上珍珠梅，并想为它写点什么，却是在读了王安石“墙角数枝梅，凌寒独自开。遥知不是雪，为有暗香来”的《梅花》诗之后。诗人在这里运用拟人的手法，通过对长在不显眼的墙角凌寒开放、暗暗散发清香的白梅花高洁品性的赞赏，讴歌了坚强高尚的人格所具有的伟大魅力。我觉得，白梅花的这种高洁品性，在珍珠梅身上体现得也很突出。你看它，生长在高楼大厦的阴面或墙角，不显山露水，不哗众取宠，没有大红大紫，像淑女般的纯净、清雅；它不求索取，对土壤要求不高，不用经常浇水施肥，却在尽力地绽放出美丽的白色小花，默默地展现着洁白与纯真，无私地点缀着大自然，向人类奉献着绿和美。所以，我觉得在珍珠梅身上，体现了一种甘当无名英雄的精神。

由花想到了人，想到了那些在党中央身边勤勤恳恳、默默无闻长期从事“三服务”工作的办公厅人员。

珍珠梅

我首先想到的是张思德。这个曾给毛主席当过警卫战士的“川娃子”，1933年12月参加红军，1937年10月加入中国共产党。他平时不爱多说话，像珍珠梅那样默默无闻、兢兢业业、勤勤恳恳。长征途中，他曾两度翻雪山、过草地，历尽千辛万苦。在一次反击敌人六路围攻的战斗中，他右腿先后两次负伤，但强忍剧痛，冲入敌阵，缴获了敌人两挺机枪。到达陕北后，他调到中央军委警卫营通信班当班长。1942年10月部队整编时，领导将张思德由班长改为战士，张思德愉快地接受了组织安排。此时与他同期入伍的同志有的当了团长甚至旅长，张思德却从不计较职务高低。他说："当班长是革命工作需要，当战士也是革命工作需要。"1944年夏天，张思德带领4个战士到安塞县烧炭。9月5日，他正在炭窑内工作时，炭窑突然崩塌，不幸牺牲，年仅29岁。若不是毛泽东的那篇《为人民服务》，可能至今也没人晓得他的名字和事迹。

随后，我想到了电影《永不消逝的电波》中李侠的原型李白烈士。这位原红四军无线电台台长，为了加强敌占区的秘密工作，受组织的派遣，1937年10月只身赴上海筹建党的秘密电台。在抗日战争和解放战争期间，他和妻子裘慧英架起了上海和延安之间的"空中桥梁"，冒着生命危险，为党秘密传送了大量日、美、蒋方面的战略情报。1948年12月30日凌晨，就在他向党中央电台通报过程中，国民党特务破门而入，李白沉着地发完电报后，发出了"同志们，别了，我想念你们"的绝电。我每次读到此，都会感动得落泪。英雄牺牲在黎明前。1949年5月7日他被秘密杀害时，离上海解放仅有20天……

接着，我还想到了一位不为外界知晓的烈士，他就是"一号机密"的保卫者陈为人。在参观中央档案馆时，有人惊奇地问："在敌人的血腥围剿下，我们党从一大到六大的珍贵档案，何以能保存得这样完整？"说起来，这应感谢陈为人。20世纪30年代初，由于向忠发、顾顺章的叛变，党中央领导机构不得不由上海迁往苏区瑞金。但是，中央秘书处直属的档案却由于安全原因无法随行。于是，党中央于1931年创建了"中央文库"，而陈为人就是文库的保管员。在白色恐怖下，陈为人夫妇为保证机密文件万无一失，开始独门独户，离群索居，不在公共场合抛头露面。为了掩人耳目，他们在党组织的资助下，开了一家湘绣店，白天穿着入时

地经商，晚上则反锁门窗，遮严灯光，在阁楼上猫腰整理党的最高机密。多少次惊心动魄，多少个不眠之夜，一直到1936年冬，形势好转，他们才将保存完好的“中央档案”移交组织……

思绪在飞快地翱翔。此时此刻，我还想到了许多在和平建设和改革开放时期从事文秘、警卫、机要、保密、交通、档案工作的办公厅工作人员。同那些叱咤风云、战功显赫的英雄相比，这些同志虽然也信念坚定、视死如归、对革命的贡献很大，但是由于革命需要和工作性质的不同，他们的名字很少为外界熟知，他们的事迹也显得平凡，就像那珍珠梅一般默默无闻。

但是，他们的精神却值得我们永远敬仰和学习！毛泽东同志在《卜算子·咏梅》中写道：“俏也不争春，只把春来报。待到山花烂漫时，她在丛中笑。”在中国共产党90年艰苦奋斗的伟大征程中，有无数无名英雄不争名、不争利，默默无闻地奉献着。愈平凡，愈伟大，愈值得继承和发扬。我们在感佩他们模范行为的同时，也应当把点点滴滴和持之以恒的努力，汇集成推进中国特色社会主义事业的洪流！

（2011年7月，载同年7月28日和8月4日《组织人事报》“芳草”版）

链接

调研室情结

20世纪90年代初，我从石家庄来到北京，从燕赵大地火热的新闻第一线来到庄严神秘的中南海。我在中央办公厅调研室先后工作近20年，最重要的体会就是要有无私奉献、甘当无名英雄的精神。2008年以来，随着调研室原来办公的丙楼和秘书局办公的丁楼的拆除翻建，庄严肃穆的新办公大楼拔地而起，楼周围的绿化树木也由“不起眼”的珍珠梅，换成了雪松、龙爪槐、金叶女贞、对节白蜡古树桩等名贵花木。但是，我觉得，办公条件改善了，也不应忘记曾经默默地展现洁白与纯真、无私地点缀大自然、向人们奉献美的珍珠梅；张思德、李白、陈为人等许多革命先烈逝去了，老一辈办公厅工作人员，就连“文化大革命”前参加工作的同志，也大都离休或退休了，但是老一辈的优良传统和作风应当在新的形势下继续发扬光大！

十年击水在南海

走进中南海的第一年夏天，一天中午，艳阳高照，天气闷热。忽听楼下有人嚷着要去南海游泳，我兴冲冲地跑下楼去看。嗨哟，人们还很踊跃，我们办公的丙楼门前已聚集了十几人，有男有女、有老有少，室领导陈主任、李主任也在其中。有的推着自行车，有的步行，一干人等说说笑笑地沿着岸边的林荫道向南海走去。我也好奇地去凑热闹，心里暗想，过去听说毛主席在中南海游泳，不知是否在南海里也游过?

南海位于中南海的东南部，西长安街的北侧。它与中海、北海(现为北海公园)，合称“三海”。据记载，三海始建于元代，“海”是蒙古语“海子”的简称。明朝以前曾称为太液池、西海子和西苑。“太液秋风”为著名的燕京八景之一。南海与中海以蜈蚣桥为界，桥南为南海，桥北为中海。

当时，南海是党中央机关工作人员和警卫战士的游泳场地。每到暑期，管理人员就会在南海东北隅“流水音”南面临水的亭子边，放置一把带扶手的铁梯，以便游泳的同志下水。那天中午，单位的同志先去乾隆题写匾额的“流水音”旁边的淋浴室更衣，然后在岸上做了简单的准备活动，就沿着铁梯依次下水了。夏日的南海，碧波荡漾，岸柳依依，周边的亭台楼榭和天上的白云倒映在水里，仿佛一幅流动的水墨画。戏水其中，那感觉自然是妙不可言。

看着大家在水中如鱼临渊的兴奋劲儿，我心里也跃跃欲试。虽然我没上过体校和游泳培训班，自由泳、蛙泳、仰泳都游得不标准，但从小在冀南农村的水坑里泡大的我，自信游200米不成问题，何况1963年洪水时还曾在家乡游过激流、捞过庄稼呢。于是，下午我抽时间去西单商场买了泳裤和泳帽，第二天中午就跟着大家下海了。

没下水时很自信，真下水了又有些忐忑不安。因为，南海要比家乡的水坑大几十倍，刮三四级风时浪就很大。南海不像游泳池分浅水区、深水区，也没有海岸的沙滩，一下去脚就够不到底儿了。心里没底儿，肌肉也僵硬，刚游了二三十米，就感到体力不支，赶紧游回岸边喘息。如此往来反复，一次比一次自信，一次比一次游得远一些。经过3天的持续练习，我才大着胆子游到瀛台东北面的一个小亭子边，直线距离大约有100米——这是我十年击水在南海的第一步，也增强了我戏水搏浪的“雄心壮志”。在此后的日子里，我不断提升自己的“奋斗目标”：先是游到瀛台南面的石台阶——直线距离大约200米；而后是游到警卫战士在海中间搭起的浮台——直线距离大约300米；再往后是一股气游到新华门——直线距离大约500米。

在南海游泳，既能享受到“海阔凭鱼跃，天高任鸟飞”的惬意，还能受到中华悠久历史文化和革命传统的熏陶。南海南邻的新华门，重楼重檐，面阔七间，卷棚歇山顶，绿剪边黄琉璃瓦。此门原为乾隆时期建造的宝月楼，辛亥革命后，改楼为门，并以“新中华民国”之意取名为“新华门”。每游到此，就会想到辛亥革命的历史功绩。居南海之中的瀛台是半岛，三面临水，北面有石桥与岸上相连。岛上建筑雕梁画栋，风景如画，似海上蓬莱，故名为瀛台。这里曾是帝王处理朝政的场所，也是戊戌变法失败后囚禁光绪皇帝的地方。在瀛台南边的石阶上小憩时，往往会发思古之幽情，想“戊戌变法”之艰难。瀛台北面就是有名的丰泽园，20世纪五六十年代，毛泽东主席曾在丰泽园的菊香书屋生活、学习、工作了17个年头，夙兴夜寐，日理万机，呕心沥血。“先贤乘鹤西归去，辉煌光焰照后人。”瞻仰故居，睹物思人，会受到生动深刻的革命传统教育，生发出公仆宗旨记心间，激荡起“拚将肝胆为国酬”的豪情……

十年击水在南海，留下许多美好和美妙的记忆。记忆最深刻也最浪漫的一次是和组长于维栋雨中横渡南海。老于年长我10岁，当年已56岁，酷爱游泳，水性甚好，曾畅游过大江大海，还是冬泳爱好者，三天不下水就浑身不舒服。一次连续两天阴雨绵绵，午饭时老于对我说：“饭后去南海游泳啊！”我面有难色：“那还不淋成落汤鸡啊！”老于胸有成竹地说：“我想好了，咱们先在办公室洗手间换好泳衣，然后外面套上雨衣，去了脱掉雨衣就下水，游完再穿上雨衣回来换衣服。”我觉得这办法好，既能不淋湿衣服，也能保持必要的礼仪风度。于是，午饭后我就跟着老于冒雨去了南海。细雨沥沥，浪拍湖岸，发出哗啦哗啦的响声。此时此刻，在偌大的南海击水搏浪，我不由得想到了毛泽东当年畅游长江时发出的“到大风大浪中去锻炼”的名言，生发出“到中流击水，浪遏飞舟”的勇气和力量。中间小憩时，看到南海周边的亭台楼榭和岸边的树木笼罩在雨雾之中，天水一色，又想起杜牧《江南春》中“多少楼台烟雨中”的名句，颇有些诗情画意。那天风浪大、气温低，一上岸就冷得浑身瑟瑟发抖。不过，老于风雨无阻、不惧风浪的精神，对我日后工作中培养不畏艰难、坚持不懈的作风有很大影响。

最美妙的回忆是在南海摸湖蚌。记得是1992年，有关部门为了保护水质，要对南海进行清淤。为了保护海里的鱼和生物，那水是慢慢排放的。水浅了，游泳时鱼儿会擦肩而过，有时还会碰到你身上。虽然谁也没赤手抓住过鱼，但增加了游泳的情趣。忽然有一天，有人发现南海有的地方脚够着底儿了，还有人说脚下踩着大鱼了，可扎个猛子下去，挖出的却是湖蚌。蚌是生活在淡水里的一种软体动物，贝壳长圆形，黑褐色。我在农村长大，喜欢潜泳，所以就潜到湖底去摸。大约是南海多年没有清淤了，淤泥很深，湖蚌的个儿也大，有的三四斤甚至五六斤。有人说，

蚌壳内有珍珠，还有的说蚌能熬汤。几个单身的同志还真抓回去两个，珍珠没发现，蚌肉也老得咬不动。不过，由于南海捞出的鱼多，单位食堂每天中午都有红烧鱼，且价格优惠。连续十几天，天天有物美价廉、味道鲜美的南海鱼吃，如今回忆起来还流口水呢！

2000年后，由于种种原因，南海不再开放游泳，工作人员游泳均去游泳池。游泳池位于中海西岸，民国时期的地图上就标有此地。游泳池于新中国成立后曾进行改建，长50米，宽25米，南深北浅。在深水区一边，还有跳台和跳板。当年，毛泽东、刘少奇等领导人就曾在此游泳。不过，习惯了在南海游泳，总觉得在游泳池有些“伸不开腿脚”。这倒不单纯是“失去的东西才是珍贵的”，而是在南海游泳有一种回归大自然、在江河湖海击水的感觉，特别是遇到风浪，能够锻炼意志，培养不惧风浪、勇往直前的精神呢！

（2013年8月，载同年8月28日《衡水晚报》和9月1日《大周刊》）

链接

“丙楼”小传

中办调研室办公的楼叫“丙楼”，建于20世纪50年代初。之所以叫“丙楼”，是因为当时同时建了四座楼，分别叫甲楼、乙楼、丙楼、丁楼。丙楼是一座砖混结构的三层筒子楼，当年曾是中央办公厅主任杨尚昆和中办第一办公室的办公地点。党的十一届三中全会后，胡耀邦、姚依林、胡乔木、冯文彬、邓力群等领导同志都曾在此办公。1987年后，成了调研室的办公楼。记得1991年我到调研室工作后，一次随组长于维栋去拜访农业问题专家吴象同志。吴象问我在哪个房间办公，我说204室。他笑着说，他也曾在204室办公，说起来还是“室友”呢！2001年春我任调研室副主任后，搬到老主任王青林用过的103室，屋内有一个比现办公桌大一倍多的办公桌，上面的铜牌上标着“政务院258号”。有人告诉我：这就是当年胡耀邦同志的办公室和办公桌，我听后诚惶诚恐。1976年唐山大地震波及北京，此楼受到影响，1992年春曾进行加固，2008年翻建办公楼时拆除。我在丙楼工作、生活了12年（刚调来时没有宿舍，住了两年多办公室），对丙楼有很深的感情呢！

回归大自然

1994年3月3日，雨后乍晴，晨曦初露。我们怀着对武夷山这“大自然宠儿”穷幽探胜的心情，急匆匆地踏上了攀登天游峰的路程。天游峰，在六曲溪北，东接仙游岩，西连仙掌峰，壁立万仞，高耸群峰，号称“武夷第一胜景”。古人说：“不登天游，等于没游；不坐竹排，等于白来。”

行至胡麻涧边，清道光年间武显将军徐庆超题写的“第一山”三个大字，霍然映入眼帘。再往上攀，山路崎岖蜿蜒，路两旁的摩崖题刻不胜枚举。古今的文人墨客览景生情，吟诗唱和，盛赞武夷山有“黄山之奇，泰山之雄，桂林之秀”。我的印象是这里的碧水丹山，层林叠翠，美得纯真，美得自然。置身其中，领略亚热带森林原始生态的自然风光，确实令人心旷神怡。

一览台，是天游峰上的一个小巧亭台，据说始建于明嘉靖三十九年（1560年）。此台濒临悬崖，高居万仞之巅。徐霞客赞其“不临溪而能尽九曲之胜”。从这里凭栏四望，九曲溪的山光水色尽收眼底。白云在脚下飘，人好像在天上游，仿佛真的到了蓬莱仙境。

正在我们飘飘若仙的时候，又一支队伍攀上山来。瞧那装束打扮，一看便知是境外来的游客。我们招呼他们一起登高览胜，并送上武夷山的蜜橘请他们品尝。一位身穿红色运动服的50多岁的女士感激地说："你们有机会去台湾，我请你们游阿里山、吃台湾的橘子。"

听说是台湾同胞，大家关心地问："你们是台湾什么地方的？什么时候到的大陆？"

一位叫朱丹秋的老先生介绍说，他们一行30多人，是台湾新竹扶轮社的旅游团，昨天从福州来到武夷山。他指着那位穿红色运动服的女士介绍说："这位是台湾'清华大学'的刘教授。"刘教授咯咯地笑着说："朱老先生是台元纺织公司的副总经理，噢，'纺织大王'！"

"欢迎，欢迎！是第一次到武夷山吧？印象如何？"

"好极了，好极了！真是遍地是文化，处处有亲人啊！"

哈哈哈，朱老先生的一席话引得大家开怀大笑。在笑声中，我们分手开始了新的登攀。

天游观，位于天游顶峰的南端。此观初建于宋代，近年经过重修，面貌焕然一新。观后的妙高台上，有一株硕大的红豆树。每当成熟季节，山风轻拂，豆荚纷纷洒落地上，从中滚出一颗颗晶莹闪亮、鲜艳可爱的红豆。正当我们在天游观小憩之时，没想到又与朱老先生、刘教授一行不期而遇。此番相遇，感情上又近了几分。坐在当年宋美龄女士游天游观时住的地方，品着美名冠天下的武夷岩茶，吟诵着唐代诗人王维"红豆生南国，春来发几枝？愿君多采撷，此物最相思"的名诗，不知是心灵的感应，还是偶然的巧合，两岸同胞几乎同时发出了"回归大自然，两岸一家亲"的感慨。

台湾新竹天九兴业股份有限公司的黄佐辅董事长，主动向我们队伍中一位50多岁的中年人送上名片，并问："'团长'贵姓？"

"团长"笑着说"姓曾"，并礼貌地向客人解释："我没有名片。"

黄先生等台湾客人似乎猜到主人的身份不寻常，主动抛出橄榄枝："我们扶轮社是企业界的联谊会。我们这次来，一是参观，二是想选择合作伙伴。”

“团长”说：“好啊，欢迎你们多回来看看，多到大陆投资办厂。”他还指着身边的赵学敏风趣地说“他是南平地区的‘最高长官’”，又指着张燮飞说：“他是武夷山市的‘最高长官’，你们投资办厂有什么困难，可找他们！”

在武夷山九曲溪漂流，后中为时任武夷山市委书记的张燮飞

朱先生、黄先生等高兴地说：“这可好了，遇到‘贵人’了！”

末了，“团长”又关心地问：“来大陆有什么不方便的吗？”

朱老先生说：“如果能通飞机，从台北到武夷山，半天时间就到了。可现在走香港，再转乘火车，到这里得两天时间，太不方便。”

福建省委常委、南平地委书记赵学敏接过话头：“武夷山机场已经扩建好，能起降波音737飞机。”

“那就快一点开通航线啊！”台湾客人急迫地说。

“我们的心情和你们一样，只要台湾当局同意‘三通’，马上可开通武夷山至台北的航线。”

“同是炎黄子孙，都是骨肉同胞，有什么不能谈的？有什么不能解决的？”

“对对对，树同根，水同源，书同文，话同语嘛……”

那感人肺腑的话语，那血浓于水的感情，就仿佛是久别的兄弟姐妹又重逢。此时此刻，我突然想到，在空中和水上运载工具日益发展的今天，影响两岸经贸发展和人民往来的不再是天然的海峡，而是台湾当局人为制造的障碍。虽然两岸和平统一的目标尚未实现，但是人民的确早已紧紧连在了一起。两岸和平统一的历史潮流，是谁也阻挡不了的！

（1994年5月，载同年6月24日《闽北日报》和香港《紫荆》杂志8月号）

链接

武夷山简介

武夷山景区，位于武夷山脉北段东南麓，南北长约12公里，东西宽约6.5公里，旅游景区面积达70平方公里，有奇秀甲于东南之誉。主要风景有“溪曲三三水”（九曲溪）、“山环六六峰”（三十六峰），此外还有七十二洞穴和九十九座山岩。弯曲碧绿的九曲溪水，荡漾着无数赤黑斑驳的岩峰，群峰拔地而起，秀拔奇伟，千姿百态，山光水色交相辉映，构成一幅碧水丹山的天然美景。明代伟大的地理学家徐霞客（1586—1641），曾在万历四十四年二月二十一至二十三（1616年4月7日至9日），游览武夷山。他先是乘船沿溪而游，然后登陆从山中行，对九曲溪水惊而不险，水绕山转，林傍石生，水、木、峰、岩各具神韵的美景，以及山中寺庙、飞瀑和林木都做了详细记述，留下了著名的《游武夷山日记》。

窗前玉兰花

热爱绿色是人的本性。因为，绿是大地的肤色，是自然的盛装，是春天的使者，是生命的乐章。5年前的春天，我从高楼林立、楼下只有巴掌大绿地的洋桥旧居，搬到院里绿草如茵、鲜花盛开的万寿路新居，感到十分新鲜与惬意，特别令我高兴的是窗前新种了一棵玉兰树。

玉兰花

玉兰在我国有2500多年的栽培历史，因“色白微碧，香味似兰”而得名，也有的地方称木兰花。古人称玉兰为“辛夷花”，唐代诗人王维写有一首《辛夷坞》，写的就是玉兰花。“辛”是苦的意思，“夷”是远的意思，“视之不见名曰夷”。我不知古人为什么为它取这么富有诗意的名字，是因为玉兰树生在山野——就像《北国之春》中唱的那样“木兰花开山岗上”吗？不知古代是否这样，而今在城市里却能经常看到它的身影。

新居窗前的玉兰树，是物业管理部门刚从外地买来的，带着大土台子，有两米多高，树枝上结满了毛茸茸的花蕾，栽下后不久就开出了色白微碧的花朵。花朵像一个个朝上的小喇叭，一团团、一簇簇，像雪似玉，犹如国色天香的白牡丹，圣洁无比，艳而不妖，豪放而不失优雅，具有独特的风姿。

儿子振环与窗前玉兰树比着长

玉兰花是春到北京的象征。记得1991年春天，我作为出席全国人大会议的河北代表团的随团记者，从石家庄来到北京，参加“两会”的报道。3月的京城，阳光明媚，春意融融。虽然长安街两旁的草坪刚泛新绿，京城还是一片冬天的景色，但是新华门两侧的玉兰花和迎春花却含苞待放了。后来，我调到北京工作，每年全国人大和全国政协会议期间，我都要到新华门两侧去观赏玉兰花，感受春天的气息，高兴了还会诌几句顺口溜：“又是一年春草绿，又是一年‘两会’时。年年岁岁花相似,岁岁年年会不同。”自然,花也是不同的,此是题外话。

搬入万寿路新居后的第一年春天,窗前的玉兰树开了68朵花,第二年却只开了38朵花。我有些狐疑,心想玉兰树虽不结果实,但是否也像苹果树那样有大小年?谁想第三年玉兰树没遇上“大年”,反而一朵花也没有开。这究竟是为什么?经过仔细的观察和分析,我初步找到了问题的症结。

原来,那玉兰树是农民在苗圃里精心培育出来的,幼树生长在土质优良、水肥充足的良好环境里。而窗前的土地,是房子盖好后用杂土填起来的,不但贫瘠,还夹杂着不少砖头瓦块。虽然物业管理人员也偶尔浇浇水,但“大呼隆”式的管理,不经常也不及时。玉兰树从肥沃的苗圃移到这样贫瘠的土地,就像城里的娇女嫁到了雪域高原或贫困山区,能适应空气稀薄、严寒贫瘠的环境已属不易,哪里还有养分和精力育蕾开花?

于是,我利用闲暇时间,找来镐头铁锨等工具,挖出掩埋在树下的砖头瓦块,以利树根的伸展;星期天去早市购来花肥掺入土中,有时也将吃剩的排骨和鱼骨埋在树下,增加土壤的有机质;还经常从家中自来水管接水浇树。自然,在这个过程中,也播撒下了我对玉兰树的期盼和对大自然绿色的眷恋。虽然有时累得气喘吁吁,但我却乐此不疲,似乎有一种“采菊东篱下,悠然见南山”的田园感觉呢。

树木不负有心人。经过这样的松土、施肥和浇水,窗前的玉兰树长得枝繁叶茂,呈现出勃勃生机,树身明显地高了,树干也粗了。秋天树叶落时,树枝上就长满了密密麻麻的花蕾。这时我才明白,原来第二年开多少花,早在头一年就注定了。搬入新居的第四年春天,窗前玉兰树上开了102朵花;第五年玉兰花不但开得早、开得多,那花也特别大。自那以后,每年都繁花似锦,数不胜数了。

说起来还有个小插曲。去年春天,邻居因为他家窗前的玉兰树没有开花,向我请教。我讲述了其中的“奥秘”和我的实践,还帮助他给树施肥、浇水。不用说,第二年他家窗前的玉兰树也开出了鲜艳的花朵。这以后，有人戏称我为“护花使者”。其实，我觉得，只要我们稍微改变一些思维方式和行为模式，人人都可以成为“护花使者”“护树使者”“护草使者”。问题的关键是要心中有绿，从身边的小事做起。这些年，北京和许多城市都种了不少树，植了不少绿地。但是政府的投入和有关部门的管理只是一方面，而另一方面则是市民的环保意识和自觉的环保行动，这也许是更重要的。因为，建设人与环境、人与园林和谐共处的生态城市，创建“绿色文明”，最终取决于市民心中“绿”的意识，以及这种意识和行动的互相传递、互相渗透与集中凝聚！

（2002年5月，载同年6月26日《中国核工业报》、7月15日《重庆日报》和第7期《吉林通讯》）

链接

地球是属于树木的

人类生活在地球上，但地球是属于树木的。考古学已经证明，地球上的树木出现于古生代泥盆纪，距今已有3.6亿年。人类的历史却只有300万年，而且人类远古的祖先诞生于非洲的热带森林。我国历史悠久，是人类的发祥地之一。“北京猿人”“蓝田猿人”“元谋猿人”，都是生活在原始森林的山洞里，吃的是树上的野果，穿的是树皮树叶，取暖烧的是干树枝。因此也可以说，人类是树木的“孩子”，而热爱树木，呵护树木，保护地球上的森林资源，就是保护人类自己。我刚搬到万寿路新居时，院子东侧有一条南北走向的小路，约三四米宽。路边长着20多棵挺拔的大杨树，再往东是个小桃园。春天，桃花盛开，芳草鲜美，落英缤纷。雨后，在小路上散步，有一种在农村田园才能闻到的草木清香和田野的潮润气味。这是家乡的气息，是我心目中“桃花源”的气息，嗅到它我的心都醉了。清晨或晚上，在小路上静静地散步，是我的最爱！但好景不长，20多棵合围的大杨树被强势部门无情地伐倒，小桃园被盖上了楼房。写作此文，也是对大杨树和小桃园的惋惜与怀念！

校园“天使”

5月是北京电子科技学院一年中最美的季节。蓝天白云下，丹红色的教学楼、图书馆和艺术中心，在茂密的绿树和地毯似的草坪环绕中，显得更加气势恢宏、熠熠生辉。攀附在学院四周乳白色铁栅栏上的月季花，像一道立体的花廊，红的像火，粉的像霞，白的像雪，招惹蜜蜂嗡嗡地围着转，学生们抢着在花前摄影留念。然而，2003年的校园却显得比往年更壮美，原因是师生与肆虐京城的“非典”(SARS)病魔进行的殊死斗争，还有那些为确保学院“双零”(师生零感染、学生零离校)纪录而置个人安危于不顾的“白衣天使”们，为校园增添了一道亮丽的风景线。

2002年11月，在广东和香港地区，出现了一种莫名其妙的呼吸道传染病：病人发烧、白细胞不高或降低，肺部感染非常明显，而且进展很快。这种传染病传播力很强、死亡率很高，不少医护人员也被感染。世界卫生组织医生卡洛斯·乌尔巴尼，在越南河内法国医院照料一位美籍华裔商人时，不幸被感染，不久也被夺去了生命。但在北京，由于信息不透明，人们对这种全新的传染病知之甚少，也没有想到“非典”病魔会像偷

作者(左三)与电科院教职工一起铲雪

袭者一样,突如其来地降临京城。

3月初,一名山西患者来北京求医,此人不久前曾到过南方。他就是被人们称为“毒王”的患者,在求医期间他把“非典”病毒传染给了许多人。到4月中下旬,北京“非典”的确诊和疑似病例,就像放入热水瓶里的温度计,一个劲地往上蹿,很快就超过广东、香港,跃居为全球第一位。许多医务工作者也被感染上了“非典”,人民医院甚至不得不停诊关门。群众中的“恐非症”达到了谈“非”色变的程度。饭店和娱乐场所门前车水马龙的场面不见了,往日摩肩接踵的商场变得冷冷清清,朋友见面也只远远打个招呼,大批民工和一些高等院校的学生开始了“大逃亡”……说起来也难怪,因为SARS是尚未被人类认识的疑难病症,传染性强、死亡率高、病因不清,如何才能远离“非典”,人们心里没底呀。

电科院潜存着巨大的危险,面临着巨大的压力。学校当时有学生1200多人,教职员工(含离退休)近300人。据了解,学院培训部正举办着一个各省市区的机要培训班,还有部分师生串亲访友去过有“非典”感染者的高校或场所,需仔细排查甄别;一些家长见其他高校学生“大逃亡”,也要自己的孩子回家,甚至把车开到了校门口。在这场没有硝烟的战争中,院党委按照党中央、国务院关于做好高等院校防疫工作的指示和厅领导的要求,高度重视,靠前指挥,完善措施,严格管理,带领党团员和各级干部冲在先、抢在前、干出样儿,将“非典”拒于校门之外,让电科院成为抗击“非典”的一座坚强的堡垒,在抗击“非典”的斗争中交出了一份满意的答卷!

有一种力量,叫责任;有一种精神,叫奉献。为了确保师生的健康安全,院卫生所6名白衣战士把个人安危置之度外,英勇地冲锋在第一线。除了日常门诊,他们还承担起全院的防治工作。宣传预防知识,购买防护用品,消毒、煎药、测试体温,24小时值班,工作量是平时的两三倍或更多,但没有人叫苦。刘亚红和马洪芹的爱人是医生,也战斗在抗击非典第一线,家里孩子没人管,自己克服困难,舍“小家”顾大家,马洪芹甚至连母亲病故也没休息一天。五一前后,发热学生数量呈上升趋势,先后有70多人发烧,不得不把准备招收研究生的宿舍,作为临时隔离室。从流行病学的传染规律来说,这些发热学生因在封闭管理前上过街、去过其他高校,都有染上“非典”的嫌疑。校园“天使”们,明知有危险,迎着危险上,以高度的责任心仔细诊断,精心治疗,科学排除。遇有拿不准的病例,就送到专门医院的发热门诊去复诊,学校先后送到医院复诊的学生达30多人。这在当时是一个吓人的数字!护送时,大夫和司机都要求穿上防护服,而学院只有两套防护服,关键时刻,刘亚红挺身而出:“我和马大夫是党员,我在我去送,我不在马大夫上,然后是曹大夫等其他同志上。”这种把生的希望带给别人,把死的危险留给自己,用生命去拯救生命,用自己的血肉之躯筑起保护师生生命健康安全屏障的精神,让我感动得落泪。令我感动的还有车队司机和四个系的党总支书记徐涛、曲云珠、顾志强、融燕及学工部和班主任老师们,在对学生封闭时,是他们冒着危险去街上一次次为学生采购学习和生活用品,还有水果和新鲜蔬菜……遗憾的是,限于篇幅我不能一一记下他们的名字。

谁没有家庭，谁不怕传染？假如复诊的学生中，有一个人被确诊是“非典”感染者或疑似病例，那么不仅护送的大夫、司机，还有老师、同学等亲密接触者都要隔离观察。学校是人口密集区，如果诊断出一两个疑似病例，就会隔离几十人甚至上百人。作为学院党委书记，在那些日子里，我和院领导班子成员日夜战斗在抗击“非典”的第一线，不畏艰险，废寝忘食。由于去看望患病在家的刘玉庭同志，事后我也在办公室被隔离观察，只好用电话遥控指挥。但是，面对肆虐的“非典”，我们没有选择，因为任何犹豫和退却都会给人民带来更大的灾难。所以，从某种意义上讲，SARS是显微镜、是CT机，它能快速照出一个人心灵的美与丑，折射出灵魂的高尚与卑鄙。苟利师生生死以，岂因祸福避趋之。这就是白衣天使们崇高境界和高尚医德的真实写照啊！

(2003年5月，载同年6月12日《组织人事报》)

链接

始终保持“双零”纪录的电科院

北京电子科技学院在抗击“非典”的斗争中，不仅始终保持着师生零感染、学生零离校的“双零”纪录，而且确保了学院正常的教学秩序，始终没停一天课。2003年6月4日，中共中央政治局候补委员、书记处书记、中央办公厅主任王刚，在学院《总结抗击非典经验，推进学院党的建设》的简报上批示：“电科院在抗击‘非典’的斗争中，认真贯彻党的方针政策，确保教学质量和教学秩序，保持了‘双零’纪录，特别是学生零离校的纪录，在北京地区高校中是唯一的，难能可贵，值得表彰。希望再接再厉，继续努力，夺取抗击‘非典’和教学科研双胜利。”2003年7月25日，北京市委、北京市人民政府、北京防治非典型性肺炎联合小组，在人民大会堂隆重召开防“非典”工作总结表彰大会，电科院党委被授予“首都防治非典型性肺炎工作先进集体”荣誉称号。

电科院的“雪莲花”

我认识她是在学校的理发室。当时她正在做头发，为晚上主持系里毕业生联欢会做准备。我问她叫什么名字，她说叫杨玲，是0041班的学生。

“就业岗位定了吗？”我顺口问道。

“我要回西藏去，那里有祖辈的足迹、儿时的梦想。”她深情地说。

我虽没到过雪域高原，但对这块神秘的土地特别是那美丽的雪莲花却充满着向往。我下意识地看了一眼这位眉清目秀的女孩儿，带着几分疑惑地问：

“你是藏族人？”

“我不是藏族人，但是我的家乡在西藏。”姑娘咯咯地笑着，瞧那眉目眼神，就像雨后的彩霞。她快言快语地介绍起自己的身世：

“我祖籍山东章丘，爷爷是1960年为支援西藏建设进藏的。进藏前，爷爷是鞍山钢铁厂的工人。奶奶当时已有4个孩子，最大的8岁，最小的才3岁。带着一大家人进藏，是要有一种精神的。”

“进藏后，我爷爷一直在自治区建筑队——也就是后来的建筑三公司工作。奶奶在拉萨又生了两个孩子——我的姑姑和小叔。现在，亲人们还在那里工作，我自己也是喝着拉萨河的水长大的，我说西藏是家乡，没‘夸大其词’吧！”说着，又送上一串银铃般的笑声。

望着姑娘那灿烂的笑脸，我不知怎么又想起了那神圣高洁的雪莲。我问她：“你喜欢雪莲花吗？”

“非常喜欢。但我没有见过盛开的雪莲花。”

我有些不解：“难道拉萨的公园里也没有雪莲花吗？”

她说：“没有。雪莲是一种多年生的草本植物，叶子长椭圆形，花深红色，花瓣薄而狭长，同冬虫夏草一样是一种名贵药材。雪莲生长在海拔3000米左右雪线的石缝中，所以人们又称其‘冰山雪莲’。由于其生长在艰险遥远、人所罕至的地方，所以一般很难看到它的倩影。我曾和爸爸开着车翻越唐古拉山口，可能由于季节不对，没有寻到雪莲花。”

我告诉她：“在我的书房里，珍藏着一个朋友送的雪莲花标本，闲暇时我常看看。因为，在我心目中，雪莲是迎风傲雪、不畏艰险、勇于向恶劣环境进行抗争的花中英雄，是不求索取、无私地向自然和人类奉献绿

雪莲花

和美的精灵。如果能亲眼看看那些在雪山之巅亭亭玉立的雪莲花，该是何等的荣幸啊！”

俗话说：“没有得到的东西才是宝贵的。”越是不容易找到、看到的东西，就越想找到它、看到它。记得2002年8月，我在四川海拔3000多米的黄龙沟景区参观时，曾想要寻找雪莲花，导游小姐带着我在绝壁陡崖中寻觅，争奇斗艳的芍兰、五彩缤纷的报春花、美丽的绿绒蒿……无数高山珍奇花木目不暇接，可独不见那梦寐以求的雪莲花。

时间在畅谈中流失，友谊在交流中加深。我一看表：“不好，要误事了！”

“老师，您有什么急事？”她问。

我说：“下午要开毕业生座谈会，还有部分同学就业期望值过高，看不清严峻的就业形势，不能正确地认识自己和把握机遇，一些不错的就业岗位也不愿去。作为学院领导，我和学生家长一样揪心着急呀！”

“老师，如果您同意的话，我去谈谈我的就业观，怎么样？”活泼开朗的姑娘主动请缨。

我高兴地一拍巴掌：“好！就讲讲你决定回西藏的前前后后。”

下午的毕业生座谈会开得非常成功。面对着同学们的炯炯目光，姑娘敞开了心扉：

“同学们，我和大家一样，也为北京的博大、繁华和深厚的文化底蕴而叹为观止。我也曾经想留在这个充满生机与活力的城市发展。我很羡慕北京户籍的孩子，他们比我们西部地区的孩子有更好的发展条件和环境。但是当我这样想的时候，我总觉得西部在召唤我。我是热血青年、中共预备党员，我应当响应党和国家的号召到西部去，到艰苦的地方去，把学到的科学文化知识贡献给西藏的建设和发展。”

“没到过西藏的人，最担心的可能是西藏恶劣的气候和贫穷落后。其实，那里有迷人的风光，有粗犷而豪放的藏族同胞，还有许多优厚的条件和政策，有展现和施展才能的广阔天地和巨大舞台。就说待遇吧，同职位公务员年薪比内地高2.4倍，每两年还有3个月的假期。总之，那里才是我们新一代有志青年甘洒热血的一方圣土……”

此时此刻，我突然想起了辛弃疾的名句：“众里寻他千百度，蓦然回首，那人却在灯火阑珊处。”热爱雪域高原、甘愿为这块圣土奉献青春和智慧的杨玲及其他同学们，不就是一朵朵盛开的雪莲花吗？

（2003年7月，载同年8月30日《西藏日报》和第8期《吉林通讯》）

链接

电科院简介

电科院，全名为中央办公厅电子科技学院（北京电子科技学院），是一所有着光荣历史和优良传统的高等院校。毛泽东、朱德、聂荣臻等老一辈革命家曾为学校题词，江泽民同志曾为学院题写校名。学院创建于解放战争由战略防御转入战略反攻之际的1947年8月，前身为中央工委在河北省平山县西柏坡韩家峪村开办的中央机要干部训练班，之后经历了张家口军委工程学校（三部）、南京机要干部学校、北京机要干部学校、宣化机要干部学校、北京电子专科学校等发展阶段，如今已成为全国党政机关培养信息安全和办公自动化专业人才的摇篮。2003年写作此文时，作者系学院的党委书记。

神州寻幽

泰山挑夫

夏日的泰山，堆碧叠翠，整个大山就好像一块精心雕刻的绿宝石。旅游车像一只被这壁峭谷深的大山吓惊了的甲虫，在崇山峻岭中钻来钻去。上午11点，车来到中天门。凭栏远眺来路，只见脚下万壑逶迤，烟雾弥漫，远村平畴，汶河如带，别有一番天地。再望岱顶，奇峰峻岭，云横烟锁，南天门宛如一颗红色宝石，镶嵌在蓝色的天空。十八盘如同白帛，从蓝天与红宝石相接处飘落下来，就如从天上掉下来的一条路。

"上！"我们下车从中天门拾级而上。山路越来越险，过快活三里，跨云步桥，经五松亭，过万丈碑，升仙坊便历历在目了。这升仙坊在前后十八盘之间，据说是"人间"与"天堂"的分界线，过了升仙坊便会成仙。但此时，我们早已筋疲力尽，汗流浃背。时值中伏，天气炎热，口渴得很。真后悔，不该为了轻装，把水壶放到山下旅馆里。

"爬！"听从山上下来的人说，上边有清凉饮料，身上立刻添了劲儿。这后十八盘的两百级石阶，几乎垂直上下，又陡又险。猛抬头，南天门犹如悬在头顶。借助石磴两旁的扶手，我们终于攀完了这云架天梯。

登上南天门，来到未了轩，买了两瓶青岛啤酒，要了一盘小菜，举杯畅饮。此时，仙风拂身，清爽异常，遥望远方，云海茫茫，碧峰隐没，不由得心旷神怡，飘飘欲仙。

泰山挑夫

正当我们憧憬在神仙般的意境里的时候，突然传来了一个粗犷的声音："闪一闪！"猛回头，几个农夫模样的人挑着沉重的担子，攀上来了。我吃了一惊，连忙闪开。身旁一位同志介绍说："这是'担山工'。"爬上南天门，担山工们也放下担子小憩。我怀着崇敬的心情，凑到一个约莫40岁年纪的中年人面前，伸出大拇指，说："你们真是这个！我们空身上山，还难如上青天，你们竟能挑着担子上山！"

中年人平淡地看了我一眼，说："也是个练劲儿，习惯了就好了！"

我嘴里没说心里想：一天爬山，三天腿疼，你说得怪轻巧。于是又问："从山下到山上，要走多长时间？"

"早晨出发，晚上回去，一天一趟。"

"这一担子有多沉？"

"不多，百十斤。"他说得还是那样平淡。我越加觉得奇了，又问："你干了多少年这活儿了？"

大概他对我打破砂锅问到底的行为产生了兴趣，抬起头深沉地望了我一眼。一瞬间，我瞅到了他那张脸竟像铜雕木刻的一样。他冲我伸出了食指和中指。

"呵！20个年头啦？"

"啥，这算什么，老人们还有挑过40个年头的呢！"那中年人拧了一把能挤出汗水的毛巾，走到山边的泉水处，用双手接了水喝。

这时，我才注意到他们的担子。这担子和平原上挑东西的担子不一样。平原上的人总爱在扁担两头拴上很长的绳，而他们把扁担直接固定到两只竹筐上，筐里装有面、米、猪肉、活鸡、新鲜蔬菜等。我清楚地看到那中年人的筐子里挑的是啤酒、汽水和刚摘下来的伏苹果。

喝完了泉水，那中年人打了个招呼，担山工们又挑起担子，向着玉皇顶攀登了。他们光着膀子，排成一行，随着扁担的颤动，一步一级，不慌也不忙，身子一摆一摆，就像钟摆那样有节奏。攀登，攀登，向着极顶，向着云端。瞧那专心劲儿，好像他们不是在登山，而是像姑娘绣花那样点缀着东岳泰山。

望着他们那渐渐远去的身影，我心里一热。这红宝石一样的南天门，那金碧辉煌的碧霞祠，还有天街上的旅馆、食堂，就连那烧火的煤炭，不都是担山工们一步一步从山底担上来的吗？他们一辈子要爬三四十年的山，算起来要攀一亿级石阶呢！当游人们观看泰山日出那壮观的奇景时，或者趁着酒兴，对这名山大川感慨吟诵的时候，不知想没想到那些平凡的担山工们。他们的青春，他们的生命，年复一年地留在了这7000级石磴上。他们挑的是美味的清凉饮料和新鲜的水果，而自己喝的却是山泉。如果没有他们的辛勤劳动，泰山也可能不能成为令人向往的东岳，而变成一座荒山了。真是山美水美比不上他们的心灵美啊！

此时此刻，那些憨厚、朴实、平凡的担山工的身影，突然在我眼前高大起来，高大得竟超过了位居五岳之尊的岱宗！

（1982年8月，载1982年9月1日《河北日报》）

链接

泰山"朝圣者"

登泰山，令我心灵震撼的除了泰山挑夫，还有那些泰山的"朝圣者"。她们多是些六七十岁的老太太，从几百里外的家乡赶来，去给泰山顶上碧霞祠里供奉的碧霞元君（民间称"泰山奶奶"）上香。碧霞元君是泰山上最显赫的神灵，传说她能掌生死、主丰歉、管生育、避灾祸，因此每逢她的生日，信徒们便从各地赶来为她祝寿。由于路途遥远，过去是提前几天就上路，现在交通方便了，一般头一天坐车赶到泰山脚下。她们头一天下午开始登山，第二天中午12点前爬到山顶。我们登山时，就碰到好几拨这样的"朝圣者"。她们年长的拄着拐杖，年纪稍轻的提着为"泰山奶奶"油灯里添油的油瓶，沿着陡峭的山路，艰难地向上攀登。渴了双手捧着喝一口山泉，饿了吃两口背着的山东大饼，晚上走累了就在泰山上的人家借住一宿。只要还能走得动，每年都会来，几十年如一日雷打不动。我是无神论者，虽对她们的信仰不敢苟同，但她们为了信仰，坚持不懈、不畏艰难险阻的攀登精神，让我深受感动。

中秋夜游鼓浪屿

吃罢中秋晚饭，我们一行人便急匆匆赶往鼓浪屿。听人说到厦门不游鼓浪屿，就不算到过厦门。鼓浪屿是厦门西南方的一个美丽的小岛，全岛面积只有1.87平方公里。岛上海礁嶙峋，千姿百态，山峦叠翠，风光旖旎，被誉为“人间仙境”。鼓浪屿与厦门本岛隔海相望，现在是厦门市的一个区。我们赶到轮渡码头时，一轮明月才从海上冉冉升起。

在鼓浪屿留影，背景为日光岩

月下的鼓浪屿像一只游弋在海面上的巨大的黑天鹅，更像是一艘停靠港口的军舰。瞧啊，耸立于岛中央的日光岩，多么像是舰船高高的桅杆；那漫山遍野的灯光，多么像是军人一双双警惕的眼睛啊！头一次

登岛的兴奋，让人们在遥望鼓浪屿时，浮想联翩。

500多米的轮渡，转眼就到了对岸。鼓浪屿区区委郭书记和办公室小林，听说北京的客人要来，早早地等候在岸边。岛上没有汽车，也没有闹市的喧哗。我们坐上电瓶车，沿着宁静的环岛公路，穿过笔山洞、龙山洞、鼓声洞，尽情地领略文人墨客笔下的“月下风情”。此时，月光如流水一般洒下来，整个鼓浪屿仿佛镀了一层银。望远处，宽阔的海面上映出一大片银鳞，闪烁跳跃；望近处，岸边奇石多姿多态，鬼斧神工。路边绿树染黛，花放奇香，月光穿过茂密的枝条洒下条条银线，仿佛在为游人编制如梦如仙的意境。

就在我们移步换景，被“海上明月共潮生”的美景所陶醉的时候，随着海风传来阵阵悠扬的钢琴声。郭书记兴致勃勃地介绍说，大概是受了“鼓浪洞天”的熏陶吧，鼓浪屿人非常喜爱音乐，尤其是高雅音乐。也不知从什么时候起，人们喜爱上了钢琴。一时间岛上家家置琴，人人学琴，以弹琴为乐。一些著名的钢琴家如周淑安、林俊卿、殷承宗、陈佐煌等从这里走向全国、走向世界。所以，鼓浪屿又被誉为“音乐之岛”“琴岛”。说罢，他领着我们循着琴声，沿着绿荫浓密的小路，来到了一处欧式建筑风格的小楼。过去这里是西方列强的租界，所以房屋的建筑风格别具一格。

外国语学校教师林寿源的家在二楼。他的爱人叫王玉梅，是厦门双十中学的音乐教师。二女儿林靖在集美师范专科学校任教。“有客自远方来”，给这个教师之家增添了欢乐气氛。林老师兴奋地说：“此刻，皓月当空，花好月圆，让我们全家伴着海涛潮音和钢琴乐韵，为远方的客人演唱一曲《鼓浪屿之歌》吧！”我们热烈鼓掌欢迎。林老师、王老师的学生和邻居的孩子们，也闻讯赶来主动献艺。有的弹奏，有的引吭高歌，有的自弹自唱，水平之高令人赞叹、让人惊奇。

林老师和王老师的学生、厦门经济台音乐节目主持人王小余，在自弹自唱了一首《烛光里的妈妈》后说：“两位老师像蜡烛一样，燃烧自己，照亮别人。多少年来，每逢周末，他们家里热闹得像台戏。有的来学声乐，有的来学弹琴。不管是远的、近的，认识的、不认识的，两位老师都耐心辅导，精心培育。他们辅导的学生有的考上了国内名牌大学，有的在全国和全省比赛中获了大奖。社会上有人高薪聘请他们外出挣钱，可两位老师不为所动，他们只讲奉献，不求索取，一门心思扑在育人上……”

告别了林、王两位老师，我们又来到了区委机关旁边的篮球场。这里正在举行厦门独有的中秋传统活动——赏月博饼联欢会。我们赶到时，区委机关的工作人员和家属早已围在一张张圆桌旁开始博饼了。“博饼”，是厦门人最钟爱的一种中秋娱乐活动，也是最热闹的一个民俗节日形式。每当中秋月圆之时，一家人就围坐在一起，按规则轮流投掷骰子，谁掷出的点数好，就可获得相应的“会饼”。久而久之，就发展成独特的“中秋博饼文化”了。对于我们这些北方生、北方长的外地人来说，过去听都没听说过博饼的游戏，虽然桌上摆着会饼，可谁会玩啊！

区委办公室的小林是个热情开朗的姑娘。她看到我们面有难色，就笑着说：“不难，不难，两分钟就能学会。”说着，她拿来一个大瓷碗和6个骰子，这是博饼的主要工具。博饼的方法大致是这样的：头一个人把6个骰子抓在手里，一下投进大碗（既要落地有声，又不能把骰子投出碗外，否则会受罚），然后众人依次投骰子，一圈下来谁的骰子点数多就依规则得到不同的饼。至于如何计算点数，说道就比较多了，如什么“四点红”“窝窝头”等。我对博饼的具体规则不太感兴趣，但对这种传统娱乐活动来历的传说印象颇深。

相传，中秋博饼是郑成功屯兵鼓浪屿时为了化解士兵的中秋相思之情、激励鼓舞士气而发明的。当年，郑成功据厦抗清，积极操练水师准备攻克台湾、驱逐荷兰殖民者。但他的士兵多来自福建、广东等地，久居厦门不免有些涣散，特别是中秋前后愈发思亲怀乡。郑成功的部将洪旭为了化解士兵思乡愁绪，激励士兵先国后家、克敌制胜的斗志，便与后衙部属经过一番筹划，设计出了中秋博饼的游戏。他们参照科举制度的头衔，一套会饼设有：状元饼1个，对堂（榜眼）饼2个，三红（探花）饼4个，四进（进士）饼8个，二举（举人）饼16个，一秀（秀才）饼32个，总计大小630块饼。此游戏经郑成功亲自批准，让全体将士在中秋前后的5天夜晚，轮流欢快一博。后来这种娱乐活动也传到了民间，成为厦门人对历史的一种传承。

由于我的手气不佳，或因为注意力不集中，那天我“博”的饼并不太多，好像我们那桌的“状元”是“才高八斗”的刘德福博士。就在各桌博饼的同时，整个晚会的“博饼”也在进行，只不过用的不是6个骰子，而是摇号机。参照博饼的奖项设置，先从层次较低的奖项摇起，待摇到一等奖时，“251号，251号”，工作人员连呼两遍没人应。我此时才想起进场时每人发的那个号，从兜里掏出一看竟中了一等奖。奖品是一台希贵牌的红外线消毒柜。喜出望外是自然的，因为我根本没想到会获奖——特别是在鼓浪屿的中秋夜！

告别鼓浪屿时我的心情久久不能平静。我想，鼓浪屿山美水美人更美。正是因为有了千千万万像林寿源、王玉梅那样辛勤耕耘、默默奉献的“园丁”，有了清正廉洁的公务员和爱岛敬业的鼓浪屿人，才把过去原本杂树丛生、怪石嶙峋的小岛，建设成了伟大祖国东南海岸线上绚丽多彩的“海上花园”。在迈向新世纪的征途中，有了这种辛勤耕耘和无私奉献的精神，就一定能创造出鼓浪屿乃至厦门的现代文明！

(1997年9月，载同年11月15日《人民政协报》，收录时有补正)

链接

鼓浪屿的女儿林巧稚

著名妇产科专家林巧稚(1901—1983)，出生在鼓浪屿晃岩路47号一座白色的欧式建筑里。小楼地下有隔潮层，二楼单独设一尖形拱门，门楣上有飞翔的白鸽，屋顶呈八角形，又称“小八卦楼”或“八角楼”。小楼四面通风，既适合居住又很雅观。林巧稚就出生在二楼一间向阳的房间里。林巧稚毕业于北京协和医科大学。她医德高尚、医术精湛，一生中亲自接生的婴儿有5万多个。她是北京协和医院第一位中国籍妇产科主任和首届中国科学院唯一的女学部委员(院士)，是中国现代妇产科学的奠基人之一。位于鼓浪屿复兴路的毓园是为纪念林巧稚而建的。园中有她的汉白玉石雕像、“林巧稚大夫生平事迹展览室”和邓颖超亲手种植的两株南洋杉。

天池仙女

听人说，登长白山览胜，如果不能一睹天池绝境如碧如玉的秀丽风姿，沮丧的心情会使人感到长白山那险峻的峰峦、奇特的自然景观都黯然失色。

1998年7月27日早6时，我们从整洁、美丽的小城敦化，乘上马力颇大的"蓝箭"，向着长白山区进发。开始，天空布满浓雾，我们还暗暗庆幸，因为俗话说"一雾三晴"嘛。没想到，越往前走，天阴得越沉，待到进入深山区，竟乌云翻滚，噼噼啪啪地下起雨来。人们的心情也随着天气由晴转阴，刚才还一路欢笑一路歌，此时车里竟鸦雀无声了。省里陪同我们的陈德才兄是位博学多才、妙趣横生的人。此时，他逗趣地说："自古美人爱才子，诸位皆京城佳士、文人墨客，我想'天池仙女'一定会高兴地'接见'大家的。"

不过，他说的也并非全是玩笑话。据史料载，湖面海拔2194米的天池地区的天气，经常瞬息万变。有时在山下看到天晴了，可爬到山顶，却乱云飞渡，天昏地暗；有时在山下看到乌云密布，待攀到山巅，却烟消云散，碧水蓝天。有的人在山下等上几天，数度登临，每次都是乘兴而上，败兴而归。可也有人每次登临都能看到天池的芳姿。所以人们说，能不能看到天池，是一种"天缘"。

就在人们一筹莫展的时候，奇迹出现了：先是乌云裂开一条缝，再是太阳跳出云彩，再后来是天开云散……此时举目遥望，已能看到直插云霄的山头。我们顾不上长白山区如立体画卷般的奇特垂直景观，匆匆驰过以挺拔的红松、榆树和黄菠萝为主的混交林带，急急穿过以冷杉、云杉和落叶松为代表的茂密的针叶林带，艰难翻过矮曲、稀疏，形似藤树般的岳桦林带，来到了地上开满无名小花的高山苔原带。这里平均海拔2000多米，偶有灌木，也是高不盈尺。

上午9时5分，我们终于攀上了长白山巅。此时，风和日丽，白云缭绕，抬头仰望，真有一种离天只有三尺三的感觉。记得过去曾有一首民

长白山天池

歌曰："对着太阳点袋烟，摘朵云彩擦擦汗。"对着太阳点袋烟是夸张，但摘朵云彩擦擦汗，这时对我们来说却易如反掌，因为时有白云从我们身边擦肩而过。俯瞰群峰围峙的天池，碧水澄清，波纹荡漾，仿佛是镶嵌在高逾万仞的长白山之巅的一块椭圆形蓝宝石。白云飘过，倒映于如镜的天池内，其形如山、如鸟、如兽，其色如碧、如黛、如墨，各种景物如万花筒般瞬息万变。此情此景，使不善诗文的我也不由得套用古人名句，吟道："此景只有天上有，人间能得几回观？"

饱览天池美景，我突发奇想：登临而不得见天池芳颜是何等情景？大概"天池仙女"有灵，我的话音刚落，就飘过一大块白云，像块神秘的面纱，把南北长4.85公里，东西宽3.35公里，湖面面积9.82平方公里的天池，覆盖了个严严实实。此时望去，只能看到山峰之间烟雾弥漫，哪里还有天池的半点踪影。陪同我们登山的韩英珍，是位生在长白山、长在长白山、工作在长白山的朝鲜族同胞。他告诉我们，若遇到那种恶劣天气，天上寒风凛冽，时雨时雹；池中乌云翻滚，飓风惊涛；山上飞沙走石，游人时被其伤。当时我还有点狐疑：温情脉脉的"天池仙女"真的会变得那般可惧吗？可没过几天，《长春晚报》就刊出了天池龙门峰发生山体滑坡，6名游人被砸死、24人被砸伤的消息。时距我们登临只有5天，想起来还有点后怕呢。

震惊之余，我想到，这也许是"天池仙女"向我们发出的惩戒，就像"厄尔尼诺""拉尼娜"现象是大自然对人类的报复一样。比如，长白山以"终年积雪""山色纯白"而得名。可如今，史料中记载的盛夏山头冰雪不化的景象已不复存在，长白山已名不副实。这是否与地球生态环境的破坏、"温室效应"有关？据长白山自然保护区管理局有关同志提供的资料，尽管这些年注意了森林资源的有计

划开发和植树造林，可长白山区的森林覆盖率仍由1958年的80%，减少到近年的62.4%。再如，天池乃松花江、图们江、鸭绿江“三江”之源。有关资料说，天池丰富的水资源主要来源于“天然降水和少量地下水”，诚如此，那么随着山头积雪的减少，天池会不会外泄量减少，甚至有一天“长流不息”也名不副实了呢？如果这不是杞人忧天，那么，在进入现代文明的今天，如何以科学的态度和方法，加强对长白山区的综合研究、开发和保护，让“天池仙女”更美些，则是我们面临的一个重大而紧迫的课题。

（1998年8月，载同年9月5日《人民政协报》和9月18日《吉林日报》）

链接

天山天池与孟达天池

天池(Heaven Pool)，高山湖泊名。我国虽有数十处高山湖泊，但最有名的是吉林长白山天池、新疆天山天池和青海孟达天池。1998年饱览长白山天池美景后，2003年和2006年我有幸先后游览了天山天池和孟达天池。

天山天池，地处天山博格达峰北侧，位于新疆阜康市南偏东40余公里处，东距乌鲁木齐110公里，海拔1980米。湖面呈半月形，长3400米，最宽处约1500米，最深处约105米，面积4.9平方公里。湖水清澈，晶莹如玉；湖边绿草如茵，野花似锦。天山天池传说是王母娘娘的“瑶池”。20世纪70年代初，郭沫若陪同西哈努克亲王游天池时，留下了“一池浓墨沉砚底，万木长毫挺笔端”的佳句。天山天池比起长白山天池，最主要的区别在于它不是由火山喷发形成的火山湖，而是由第四纪大冰川活动形成的高山冰碛湖。所以天山天池四周群山环抱，山上生长着雪莲、雪鸡，松林里出没着狍子，遍地长着蘑菇，还有党参、黄芪、贝母等中药材。山壑中有珍禽异兽，湖区中有鱼群水鸟，众峰之巅有现代冰川，还有铜、铁、云母等多种矿物。丰富的资源和奇特的自然景观，使天山天池极具魅力和吸引力。

孟达天池，位于青海循化县孟达自然保护区木厂沟中部，水面海拔2504米，东西宽约350米，南北长约800米，水深25米，面积300亩。孟达天池是冰川泥石流堵塞河道形成的高山堰塞湖。它犹如一颗晶莹美丽的明珠，镶嵌在万山绿树丛中，湖水清澈如镜，湖光山色，雾霭轻腾，苍松翠柏，鸟翔鱼游，风光迷人。尤其是夏秋季节，百花吐艳，轻舟竞流，游人漫步，被誉为“高原明珠”。

惹人心醉的小三峡

古往今来，长江三峡一直以其壮美雄奇的气势和幽深秀丽的风光令人心驰神往。特别是李白的《早发白帝城》，更是脍炙人口，从孩提时代起我就背得滚瓜烂熟：“朝辞白帝彩云间，千里江陵一日还。两岸猿声啼不住，轻舟已过万重山。”那美妙的意境，飞舟直下的气势，是何等的动人心弦！

昔日的小三峡，更让人留恋

蓄水前的龙门峡

然而，不久前到重庆出差，听人说："游了小三峡，不想看大三峡。"我虽对此"高论"不敢苟同，但其却增加了小三峡的神秘色彩，促使我下决心游一游小三峡，去亲身领略和感受一番。

小三峡是龙门峡、巴雾峡、滴翠峡的总称，位于长江三峡第一大支流——大宁河下游的巫山县境内，全长50多公里。听人说，它的特点是峰奇秀、水奇清、峡奇幽，堪称中华奇观和天下绝境。

二月不是游小三峡的最佳时节。上午9时，在蒙蒙细雨中，我们乘船从龙门峡溯流而上。此时，头上缭绕的云烟轻轻飘过，尽展"巫山云雨"的风姿；两岸山崖陡峭，千姿百态；船在江中顺着山势前进，左一弯，右一转，一弯一转，就是一道绝妙的风景线。

导游小姐姓万，毕业于重庆旅游中专，已经在小三峡做了6年的导游。小万一边引导我们欣赏小三峡的美景，一边讲述着小三峡的不解之谜和美丽传说。比如，大宁河曾是历史上的一条繁忙的河流，巴楚的盐、粮要通过这里运到川陕的关中，峡内绝壁上至今仍留有当年纤夫拉纤走的古栈道的木桩孔。在科学技术日新月异的今天，要在绝壁上凿出千千万万个这样方方正正的木桩孔也绝非易事，而在古代那样的条件下，这些木桩孔是怎样凿成的？至今仍是个不解之谜。还有，大宁河水流湍急，要拖着重载的船只逆水上行，其艰难程度和纤夫们的辛苦可想而知。这从当时纤夫们唱的歌中可以得到佐证："脚蹬石头手刨沙，当牛做马把船拉。一步一鞭一把泪，恨得要把天地砸。"

就在我的思绪随着导游的解说遨游的时候，游船进入了滴翠峡。小万说，滴翠峡是猴子们经常出没的地方，春暖花开的时候，特别是"五一""十一"等旅游黄金周时，成群结队的猴子出来玩耍，它们跳跃着从山上奔至河边，捡吃游客投扔的食物。有的猴子纵身蹦跳于树枝之间，做出各种活泼调皮之态，吸引游客和博取人们的欢心。

为唤起人们的游兴，小万拿出了自己的"看家本领"——唱起了当地的情歌。有一首叫《凤凰歌》的情歌是这样唱的：

哥哥唱：一样的凤凰，一样的头，一样的尾巴生在妹后头，妹往那里走，我拉妹的手；妹往那里行，我扯妹的裙。

妹妹唱：叫声情哥哥你慢些追，我要往那娘家走。

看来这是一对恩爱的小夫妻，妻子要回娘家，丈夫拉着不让走。

"看啊，快看啊！"小万突然大声喊起来。

顺着她手指的方向，我们看到几只小猴子正在岩壁之间跳跃。小万介绍说，这是一种很少见的袖珍猴，个子大约只有茶杯那般高。

"看啊，快看啊！"小万又喊起来。

顺着她手指的方向，人们看到十几只鸳鸯正在江边悠闲地游着。

小万喜笑颜开地说："你们真有福气！这个季节能看到猴子攀岩，还能看到鸳鸯戏水，我做导游几年了，也没碰上几次。"

大概天遂人愿吧，此时云彩裂开一条缝，太阳露出了笑脸，人们立即感到暖洋洋的。这时再看那山、再看那水、再看那深山古寨的神韵气

作者在三峡工地

魄，那是任何语言都难以描述、任何画家都难以画出的一幅气势恢宏、气象万千的山水画。

就在我们心旷神怡、陶醉于小三峡美景的时候，导游小万却躲在一边默默无语了。我们不免有些诧异，细问缘由，小万那水一般清澈的大眼睛里流露出了无限惋惜的神情：“你们可知道，待到2003年三峡水库蓄水后，这里的大部分景色都会永沉水底，小三峡风景区会是什么样，还是个未知数。”说到这里，她的眼泪都快流下来了。

此时，同行的县委副书记老张也激动起来：“三峡工程是世界上最大的水利枢纽工程，三峡库区移民也是迄今世界上最多的移民。百万大移民，谁听说过？哪本史书上记载过？除了本地安置，还有一部分移民要外迁到上海、广东、浙江、江苏、安徽等省市。我们巫山是重庆库区的首淹县，全县动迁人口近6万人，县城和7个乡镇都需要搬迁，我不久也要搬家了……”

俗话说热土难离，说到这里，老张的眼睛也湿润了。

这天中午，我听到了许多库区移民感人泪下的悲壮故事，深深地被他们“舍小家、顾大家”“搬老家、为国家”的精神和行动所感动。比如，有一户移民，用多年的积蓄盖了新房、办了工厂，家产值几十万，虽然国家按政策对移民给予了补偿，但比起他家的损失却是九牛一毛。这位移民说：“为了建设三峡水库，为了造福子孙后代，我就是把家底都贴上也心甘情愿。”还有一位叫陶元香的移民，在准备离开故土、远走他乡的前一天，从小相依为命的哥哥突然病逝。失去亲人的痛苦没有动摇这个弱女子的决心，她说：“建设三峡是我和哥哥的共同心愿，不能因为哥哥去世而影响全县的移民工作。”她为哥哥守灵到凌晨5时，吃了早饭就随大部队离开了祖祖辈辈繁衍生息的故土……

此时此刻，我的心底涌现出一种难以形容的激情，我要说，我要喊，小三峡的山美水美景美，比不上三峡儿女的心灵美！

(2002年3月，载同年3月28日《重庆日报》和4月10日《解放日报》)

链接

中外水库移民史上的“绝唱”

三峡工程举世瞩目，三峡水库百万移民世人关注。三峡库区共淹没湖北省、重庆市的20个区县、270多个乡镇，累计移民130万人，其中外迁移民30多万人。这在世界水利建设史上是独一无二的，也是空前绝后的，可以称得上中外水库移民史上的“绝唱”。

有人说：“搬迁一座城市容易，搬迁百万人艰难。”因为生于斯，长于斯，三峡的文化已沁入人们的骨髓。移民告别故土时，面向熟悉的江河山川焚香跪拜、凝神伫立。他们留恋世世代代生活的热土，告别长久相伴的亲朋好友，离开熟悉而温馨的家园，迁移到陌生的地方去打拼、去创业，胸中是一种何等复杂的心情？他们一步一回头，恋恋不舍，一张张泪流满面的脸，让国人感动、世人震撼……回到北京后，“老三峡”那“世之奇伟、瑰怪、非常之观”和三峡移民告别故土时的悲情画面，在我脑海里挥之不去、剪之不断，于是我在中南海的办公室里，挑灯夜战写下了这篇赞扬三峡和三峡人大美大爱、大情大义的文字。

触摸鸣沙山

凡是到敦煌的人，在参观世界佛教艺术的宝库——莫高窟后，一般都会去看一下被称为“大漠奇观”的鸣沙山与月牙泉。2003年8月中旬，我们去敦煌调研期间，也怀着探秘的心理去“触摸”了一下，不料却引发了更多的梦幻之谜。

下午4时，我们走出了敦煌博物馆，按照惯例会顺便去登一下鸣沙山，因为鸣沙山就在敦煌城南不远处。可好客的主人却把我们拉回了宾馆，说是天气太热，晚饭后再去。当时的感觉，真有点像听评书卖关子：你着急地想听个究竟，他却说且听下回分解。

看到我们心急火燎的样子，陪同的周局长和达主任，饶有兴趣地讲起了鸣沙山与月牙泉的“千年之谜”和历史传说。关于鸣沙山与月牙泉的记载，最早见于东汉《辛氏三秦记》：“河西有沙角山，峰崿危峻，逾于石山，其沙粒粗色黄，有如干糒。又山之阳有一泉，云是沙井，绵历今古，沙不填足。”《后汉书·郡国志》记云：“水有悬泉之神，山有鸣沙之异。”古时的“沙角山”即今鸣沙山，“沙井”即指今月牙泉。看来，在一千七八百年前，人们就对鸣沙山的鸣响和月牙泉的沙填不满感到好奇和惊异。到了清代，更是把“沙岭晴鸣”与“月泉晓澈”列为敦煌八景。

千百年来，人们由于无法解释这大自然的奥秘，于是就生出许多美妙的甚至是离奇的传说。比如，说鸣沙山下面原来是块绿树成荫、水清草茂的沃土。有一年正月十五，凶猛残暴的黄龙太子偷跑出来看庙会，看到精彩处，不由得手舞足蹈。没料想这一下搞得狂风大作、黄沙倾泻，将全城人都压在了下面。还有的说，山下压的是守卫边疆的兵士和入侵的敌兵的尸体，现在山上的红、黄、绿、白、黑“五色沙”，就是将士们盔甲的颜色。而山鸣是压在山下的冤魂们在敲锣打鼓向人们诉说。直到今天，当地还流传着这样的顺口溜：“后山响，轰隆隆；前山响，锣鼓声……”

正听到兴头上，服务员来喊我们吃饭了。此时，再好的饭菜也觉得无味。草草填饱肚子，驱车匆匆奔向城南。翻过几座沙包，就到了鸣沙山。汽车能一直开到月牙泉旁的玉泉楼，我们下车后先围着月牙泉转了一圈。那泉水东西长300余米，南北最宽处也就是50米左右，古人说是“沙井”，也自有道理。抬头望，四周是高耸的沙山；低头看，月牙泉边芦

月牙泉

苇摇曳，绿草茵茵，泉内游鱼成群。几千年来黄沙与清泉共存于大漠之中，确实神奇！

看完“沙漠第一泉”，我们开始登山。鸣沙山虽然海拔1700多米，但山脚距山顶的相对高度，也就是三五百米。有过攀登东岳泰山和西岳华山经历的我，根本没把鸣沙山放在眼里。没想到，一登起来却不是那么回事。绵绵细沙，没过脚面，进一步，滑半步，比攀登“十八盘”和“一线天”还要费劲，憋足劲一气也只能前进个十几米。时间已是下午7点多钟，在北京太阳就要落山了，可在这里太阳还高高地挂在西天上，烤得我们一个个满头大汗。抱着“不到长城非好汉”的决心，费尽九牛二虎之力，好不容易才爬上了山顶。

站在山顶，极目远眺，鸣沙山就像一条巨龙，东起莫高窟，西至睡佛山，绵延几十公里。远远望去，一道道沙峰如金子一般灿黄，像绸缎一样柔软。而山下的月牙泉，犹如从天上落在沙漠里的一弯新月，神秘、美丽、清澈。陪同的达主任是位风趣的人，他望着大家干涩的嘴唇说：“我觉得月牙泉像一个沾满露珠的白兰瓜，是那样的碧绿、晶莹、甘甜。”

“哈哈哈”，一句话勾起了大家吃白兰瓜的滋味，起到了望梅止渴的效果。这时，达主任又有滋有味地讲起了鸣沙山的历史传说。我们问：“您多次来鸣沙山，听到过山鸣吗？”

达主任摇了摇头：“这就像尼斯湖水怪，都那么传，真正见过的有几个？”顿了顿，他又风趣地说：“听说大福大贵的人才能听到山鸣，你们是北京来的‘贵客’，可能有戏！”一句话又把大家逗乐了。

趁着兴头，我们开始下山。多人结伴下滑，推动流沙急速滚动，犹如山洪奔泻。达主任看到我的滑速不够快，嬉笑着跑过来拖着我的一条腿往下拉，没想到，就在这一刻奇迹发生了——我的屁股下面发出了“咚咚咚”的响声，真的像敲锣打鼓一般。此时此刻，始信“沙岭晴鸣传不误”。

关于山鸣之谜，现代科学有三种解释：一曰静电发声，二曰摩擦发声，三曰共鸣发声。从我这次的经历看，可能介于前两者之间——因摩擦产生静电而发生鸣响的吧。但新的疑问随即产生:科学实验是能够重复的、是有规律的,为什么我们重复以上动作没有再听到山鸣?为什么其他同志下滑时只相隔一两米,没有出现山鸣?还有,汉唐以来,西域诸国出于自然环境的变化等原因纷纷消亡,为什么鸣沙山与月牙泉却能够千百年和谐共存?如果说,“沙不填泉”是由于风流沿着山坡做离心上旋运动的结果,那么“泉不枯竭”的奥秘又在哪里?

没想到“触摸”了一次鸣沙山,却引出那么多梦幻之谜。然细想起来又不奇怪,因为,宇宙、自然界包括人类自身,都还有无穷的奥秘在等着我们去探索呢!

(2003年8月,载2003年第11期《吉林通讯》)

链接

敦煌月牙泉

月牙泉,位于敦煌鸣沙山北侧,也称月牙湖,古称沙井,因其形酷似一弯新月而得名。月牙泉的奇异之处在于其四周被沙山环绕,流沙与月牙泉之间仅隔数十米,却相安无事,相映成趣。沙和水本是难以共存的,但千百年来,鸣沙山和月牙泉沙泉共处、沙水共生,在年降水量只有40毫米,蒸发量高达2400毫米的环境中,泉水不枯;在大风和沙尘暴肆虐的情况下,沙不进泉。《敦煌杂钞》说:“沙夹风而飞响,泉映月而无尘。终古光音,仙灵异境,来游者留恋不能去。”据资料显示,1960年月牙泉最大水深还有9米,湖水面积22亩。但此后月牙泉水位急剧下降,1980年时最大水深已下降至2.5米,平均每年下降33厘米,泉水面积减小到9.8亩。而如今,月牙泉最大水深已下降至1米,泉水面积减小到7.8亩,面临着干涸枯竭的危险。为此,有关部门在积极准备上马从哈尔腾河向党河引水的“引哈济党”工程,维护和保持敦煌市的水生态环境的平衡,解决月牙泉水位下降的问题。

细雨云台山

云台山，地处太行山南部、豫北修武县境内，古称覆釜山，因山势极为高耸险峻，山顶常有云雾缭绕，改称云台山。云台山以山称奇，以水叫绝，是一处以峡谷类地质地貌景观和悠久历史文化为内涵，集科学价值和美学价值于一身的科普生态旅游景区。虽早有登山愿，但一直没机会。2010年5月中旬，有幸随单位离退休老同志赴河南学习考察，听说安排一天时间去云台山参观，心中甚喜。人老了，有时竟像孩子一般，提前几天就盼着到时有个好天气，好饱览一下被誉为“人间仙境”的云台山风光。

谁知怕什么偏遇什么。5月16日早晨一睁眼，天雾蒙蒙的，从窗户往外一瞧，地上湿漉漉的。去云台山有西线东线之说，我们走的是从焦作到云台山的西线。一路上细雨霏霏，大家的心情像天气一样阴沉沉的，有人小声嘀咕：“遇上这鬼天气，今天的参观八成要黄了。”

车到云台山，看到停车场有上百辆来自各地的大巴，说明早有人冒雨先登了。导游为每人发了一次性雨衣，我们就冒着蒙蒙细雨进山了。第一站参观素有“第一奇峡”美称的红石峡。听导游说，这里原名温盘峪，峡长约一公里，外旷内幽，集秀、幽、雄、险于一身，融泉、瀑、溪、潭于一谷，夏日凉爽宜人，隆冬仍有青草斑斑，故此而得名。我们从高处俯视那峡谷，只见宽处有数十米，窄处只有三五米，顺山就势，蜿蜒盘旋。在霏霏细雨中，等待参观的人流排成四路纵队，沿着一米多宽的山路缓缓而行，那五颜六色的雨伞、雨衣就像一条缠绕峡谷的彩带。

据说，红石峡是远古时代的沙滩，形成于12亿年前，7000万年前的造地运动，把它推上了地表，形成了峡谷类地质地貌景观。峡谷属石英砂岩，紫红色，石质非常坚硬。两旁峭壁高耸，仿佛鬼斧神工雕琢而成，气势甚为壮观。峡谷的北端有黑龙瀑布流下，阔处似锦，细处如丝，飘飘洒洒如散玉碎珠落入下面的黑龙潭中，正是丹石绿水皆妙趣，峭壁清流幽而雅。明代怀庆知府徐以贞曾写诗赞道："何年鬼斧劈层崖，鸟翼飞来一线开。高挂珠帘飞乱雪，直垂银柱吼千雷。"

由于人多路滑，一公里多的红石峡竟走了两个多小时。中午在云台山庄吃饭，看着电视里不断播放的云台山风光片，大家的心里酸酸的，有人羡慕地说："那种风和日丽、白云蓝天、云飞树奔、群山连绵的景色我们是看不上了。"服务员小曹是个眼灵嘴巧的本地姑娘，看到我们有些沮丧，就笑着劝导说："雨中游云台山，云雾缭绕，泉水瀑布，别有一番风味呢！美景就在眼前，关键是你眼里有没有景。"姑娘还拿云台山的风光打比方，说这些年常有旅客好奇地问："这么好的地方，过去怎么没发现呢？"你猜乡亲们怎么答，他们说："云台风光自古有，砍柴的、采药的、打猎的天天行走在中间，改革开放前没发现，是因为那会儿还没解决温饱，人们肚里没'食儿'，眼前有景也不见景啊！"

"哈哈哈"，姑娘富有哲理的一席话引来满屋子的笑声，也让我们茅塞顿开，增添了雨中登山的乐趣。下午参观被称作云台山"峡谷精品"的潭瀑峡。这峡谷长约2公里，谷底巨石林立，泉瀑潭比比皆是，三步一泉，五步一瀑，十步一潭，真可谓秀水破壁出，清泉处处流。峡中有一"Y字瀑"，瀑高约20米，上下相逢，形成一个Y字形，瀑飞流直下，甚为壮观。沟底有一水帘，喷珠漱玉，撒下层层珠帘，特别绚丽。由于长年泉水冲刷，峡内形成许多芦管岩，并附生着碧绿的苔藓和蕨类植物，有的像龟头吐珠，有的似白蛇出洞，有的如蛟龙喷雾。在那碧玉叠翠之间，偶有一两只猕猴出现，更增添了人与自然和谐相处的情趣。游人至此，仿佛进入了如梦如幻的人间仙境。

雨还在淅淅沥沥地下着。它洗涤了自然界的污垢，也洗涤了人的心灵。由于心里有了情，眼里有了景，所以感到那雨中的山格外青、水格外绿、云格外美，“横看成岭侧成峰，远近高低各不同”。我似乎还听到了那情人瀑里甜蜜的窃窃私语，听到了那水帘洞里传出的流瀑欢歌。我想，云台山旅游资源的开发利用是社会变迁的缩影，云台天瀑传出的不正是时代的天籁之音吗？回答应当是肯定的，因为没有改革开放的春风沐浴，云台山原本只是“荒山一片少人知”呢。

雨中游云台山，虽然留下了许多遗憾，风光无限的茱萸峰也没来得及登，但雨中的奇景却给了人们灵感，使我感悟到一条人生哲理：“美景处处有，就看你眼里有没有，自然景观如此，生活景观亦如此！”

（2010年6月，载同年8月19日和26日《组织人事报》）

链接

竹林七贤与云台山

魏正始年间，政局混乱，嵇康、阮籍、山涛、向秀、刘伶、王戎、阮咸等七位名士，为避杀身之祸，辞官归隐山林，经常在云台山百家岩一带，饮酒赋诗，纵论古今得失，用清谈狂放的形式来排遣内心的苦闷，用比兴象征的手法隐晦曲折地揭露统治集团的罪恶，史称“竹林七贤”，也是山水园林文化的鼻祖。至今，云台山留有竹林寺、刘伶醒酒台、嵇康淬剑石等遗迹。近年有学者去云台山寻访竹林七贤隐居地，据说在竹林寺遗址寻访到残碑，清晰地记载着：“竹林寺位于太行山之阳，背依峰峦叠翠，云林溪流，俯临阡陌纵横，沃野千里。本寺创建于东汉末年，因‘竹林七贤’临寺结庐隐居而闻名天下。”

太行深处的“香格里拉”

没想到竟有这样一个地方，完全“颠覆”了我对太行山多年形成的巍峨苍凉的印象——它就是河北省平山县的驼梁。

驼梁位于平山县西北部的太行山中段，主峰2281米，是平山、阜平和山西五台三县的分水岭，为河北省五大高峰之一。驼梁的得名是因其主峰此起彼伏，酷似骆驼的峰脊。今年8月初，当我来到这犹如江南胜似江南的人间仙境时，我诧异地瞪大了眼睛：“这是太行山吗？”

横卧于山西高地和华北平原之间的太行山，像一条东北—西南走向的巨龙，巍峨峨、莽苍苍，绵延400多公里。由于太行山是古老的断块山，西坡和缓，东坡急陡，从华北平原西望，山势陡峻挺拔，悬崖深谷非常险要，诗仙李白有诗说它“磴道盘且峻，巉岩凌穹苍”。多少次从飞机上鸟瞰太行山，那裸露的山梁和深谷，就像刀劈斧砍出的一只只巨大的龙爪，给人一种悲壮凄凉之感。

当然，太行山也有生态环境保护较好的地方，也有许多植树造林、绿化荒山的典型。20世纪70年代到90年代初，我曾在《河北日报》供职，

驼梁瀑布

采访过太行山的许多典型。比如，发扬战天斗地精神，植树造林，治水造田，曾被誉为“全国农业学大寨”一面旗帜的灵寿县瓦房台村；再如，5年绿化、6年造田、3年治水，16年综合治理，使全村范围内的32座山头、10条大沟、72条支沟得到全面治理，曾荣获联合国“环境保护全球五百佳”提名奖和“全国造林绿化千佳村”的邢台县前南峪村等。然而，在岩石裸露的八百里巍巍太行中，这样山场绿荫环绕、山村绿树环抱，村在林中、人在绿中的典型显得太少了，那宝贵的绿色只是繁星点点，不足以改变人们对太行山的整体印象。

那么，驼梁是怎样“颠覆”我对太行山的印象的呢？

首先是它的“灵气”。有人说，树木花草乃山之貌，水才是山之魂。这话颇有哲理。水乃万物之源，有水才有绿色，有水才有生命，有水山才显得灵秀。游过驼梁，你才能领略到什么叫“山有多高水有多高”。从谷底到山巅，在十多里的长峡中有大大小小数百条瀑布。我们沿四道沟（又称南沟），向北面的驼顶攀登，盘旋蜿蜒的山路与奔流而下的溪水相依相伴、相向而行。什么人字瀑、白龙瀑、三叠瀑、五指瀑、通天瀑……千姿百态，飞珠溅玉，清溪漱石，叮咚作响，犹如条条白绢飘舞在满目翠绿的幽峡之中，让人感到心旷神怡，顿生诗情画意。同行的全国政协文史与学习委员会副主任、国家档案局原局长、中央档案馆原馆长毛福民，情不自禁地赋诗高歌："百瀑溅花欢淌 / 万树举臂高扬 / 群峰低吟轻唱 / 一碧蓝天心飞翔 / 太行山 / 驼梁！"

其次是它的原始自然生态。宋代王安石曾说："世之奇伟、瑰怪、非常之观，常在于险远，而人之所罕至焉。"正是由于驼梁地处偏僻、艰险遥远，过去人们很少到达这里，所以才使驼梁的自然生态仍然保持着原始状态。这里遮天蔽日的原始森林，依山势高低而品种各异：山脚为灌木林带、山腰为针阔混交林带、再往上是桦树和落叶松林带。我们沿山路攀登，路在丛林中延伸，人在丛林中穿行，到处都是叫不出名字的树木和野花小草，耳边不时传来鸟儿的鸣叫，眼前还常有松鼠跳跃。听导游说，驼梁的原始森林里，生长着蕨类、裸子类、被子类等植物600多种，栖息着80多种鸟类、20多种野生动物，如果夜宿驼梁，晚上偶尔还会听到狼叫呢！

登上山顶草甸，发现那更是一处让人惊叹的大自然的神奇杰作。隐于蓝天白云和杉松林波之间的草原，简直是一片花海：在茵茵绿草之

在驼梁山顶远眺(右一为杨公之，中为曾宪金，左为作者)

中，盛开着野玫瑰、杜鹃花、金莲花、百合花、灯笼花等多种野花和中草药。置身其间，使人觉得仿佛到了风光无限的塞外草原。

站在驼梁顶峰远眺，我突然想到一个美丽的词汇和一个神秘的地方——“香格里拉”。“香格里拉”一词，从语言上讲是藏语，英语发音源于中甸藏语的土方言，意为“心中的日月”。自从被小说《失去的地平线》介绍后，成了西方人眼中的“人间乐土”和永恒、和平、宁静的象征。我想，驼梁不就是太行深处的“香格里拉”吗？

由驼梁想到了整个太行山。据资料记载，生长在东北深山老林里的人参，原产于太行山，据说那种子是经燕山山脉逐步传向东北地区的。也就是说，在那久远的年代，雄威险峻的太行山，曾经古树参天，郁郁葱葱，远不是今天这般光秃秃的模样。太行山还是华北平原多条河流的发源地。1963年洪水后，毛泽东发出了“一定要根治海河”的号召。海河乃“九河下梢”，如今华北平原上的这些河流不少都已干涸断流。1984年5月，我曾到过衡水的母亲河——滏阳河的源头黑龙洞。滏阳河发源于太行山南段邯郸市峰峰矿区的滏山南麓，故名滏阳河。它流经邯郸、邢台、衡水、沧州等地，历史上曾是一条防洪、灌溉、排涝、航运等综合利用的骨干河道，记得20世纪六七十年代，衡水用的煤不少都是漕运过来的。后来，由于大的气候环境的变化和矿产开发等人为原因，滏阳河渐渐地断流了。我到达那里时，滏阳河源头满目疮痍，河床淤积，历史上“群泉珠涌、波光潋滟”的壮观场面早已不见，只有主泉眼还在潺潺地冒水，几个妇女围在泉水边洗衣服，周围污水横流，垃圾成片，让人欲哭无泪，唏嘘不已。人类对大自然的掠夺式、征服式开发利用，不知毁了多少好山好水！

从驼梁归来，我想了很多。驼梁是滹沱河的主要源头之一，河北人民的“两盆水”——岗南水库和黄壁庄水库的水就来源于这里。因此，如何处理好旅游开发和生态保护的关系，切实保护好这“太行深处的‘香格里拉’”，就显得尤为迫切和重要。另外，我还觉得，在人与自然的关系上，应当摒弃那种掠夺式、征服式的开发利用，代之以与自然和谐共处的生态建设，尊重规律，关爱生态，建设更多的“香格里拉”。我期盼多年后，整个太行山都能成为满目青山绿树、处处鸟语花香的“香格里拉”！

（2011年8月，载同年9月6日《衡水晚报》和9月17日《河北工人报》）

链接

香格里拉与小说《失去的地平线》

“香格里拉”一词，是1933年英国小说家詹姆斯·希尔顿在小说《失去的地平线》中描绘的一块永恒、和平、宁静的土地。书中讲述了一个故事，20世纪30年代，几个英国人因为一次意外而来到一个陌生的地方。这里是藏区，四面雪山环绕，大峡谷的谷底有金矿。这里居住着以藏民族为主的居民，他们的信仰和习俗各不相同，有儒教、道教、佛教等教派，但彼此团结友爱、和睦相处、幸福安康。从此，这一名词成了一种永恒、和平、宁静的象征，成了西方人眼中人间乐土“伊甸园”和“乌托邦”的代名词。香格里拉究竟在哪里？1996年，云南省人民政府组织调研组，进行了为期一年的研究论证，得出了“香格里拉就在云南迪庆”的结论。因为，迪庆不仅惟妙惟肖地拥有《失去的地平线》一书中描写的一切，而且更加巧合的是，“香格里拉”一词是迪庆中甸的藏语，为“心中的日月”之意，它是藏民心目中的理想生活环境和至高无上的境界。1997年9月14日，云南省政府在迪庆召开新闻发布会向世界宣布：迪庆就是人们寻找了半个多世纪的“香格里拉”。

峨眉宝光

峨眉山的佛光,科学上称为“峨眉宝光”,是峨眉山十景之首。前些日子,央视直播在峨眉山“等待佛光”的纪实,虽然那天没有等到那可遇不可求的佛光出现,但却勾起了我对那梦幻般往事的美好回忆。

那是1987年9月中旬,我们参加十二省市区地方记者联席会的同志,在主人的盛情邀请下,来到我国四大佛教圣地之一的峨眉山参观学习。峨眉山位于四川盆地西南部,屹立于大渡河与青衣江之间,山势巍峨雄壮,草木浓郁葱茏,素有“峨眉天下秀”的美称,而著名的峨眉佛光,又为这片圣地增添了许多神秘的色彩。

为了让大家“有机会”欣赏到峨眉山佛光、云海、日出等壮美的奇观,9月16日傍晚我们就来到了山脚下当年蒋介石曾下榻过的红珠山宾馆。主人介绍说,神奇的佛光,最有可能出现的时间是下午的2点到5点,最佳的观赏地点是金顶的舍身崖。提到舍身崖,还有一段传说:据《嘉州志》的记载,第一个发现奇异佛光的是北宋真宗大中祥符年间(1008—1017)一个叫蒲海通的人。他住在峨眉山洗象池。一天他上山采药时遇到一头小鹿,追踪至金顶,小鹿不见了,可眼前却突然出现了绚丽的光环。他大吃一惊,急忙下山请教住在茅庵里从西域天竺国(今印度)来的宝掌法师。宝掌回答说:“那是普贤菩萨显灵,来化度一切众生的。”后来这种说法越传越广,来到峨眉山的人如能看到佛光,就认为自己与普贤菩萨有缘,是大吉大利之兆,痴迷者甚至不惜性命,从山顶纵身跃入光环,希望受到菩萨的接引,到西方极乐世界去。“舍身崖”之名就由此而来。

那天晚上我们是听着美丽动人的传说,在兴奋和期盼中度过的。为了保存体力登山,17日上午没安排活动。吃完午饭,12点半就从宾馆乘面包车出发了。下午2点,到达了当时公路能够通达的接引殿,随后就开始步行向金顶攀登了(当时还没有索道)。

金顶是峨眉山的次高峰,海拔3077米。它的得名是因为顶上原有一座铜殿,太阳一照就金光闪闪。接引殿距金顶有6公里,沿途重峦叠嶂,山势甚为险要;路旁古木参天,天光一线。尽管行前做了充分思想准备,但在海拔2500米的条件下沿着陡峭的山路攀登,不一会儿就气喘吁吁。个别身体素质较差的同志,甚至出现了头昏、乏力、呕吐的现象。好客的主人,劝我们停下来小憩,要我们放慢节奏,还教我们爬陡坡要采用“Z”字形路线,以节约体力。此时,“背夫”也凑过来热情地招揽生意——由于山势陡峭,这里不是用“滑竿”抬人,而是用架子背人。但我们看到路上一些虔诚的老人,有的是从峨眉山下直接爬上来的,还在一步一歇、不辞艰苦地向上攀登,从而受到激励,增添了信心和力量。峨眉山云低雾多,刚才还天朗气清,转眼就飘起了小雨。不过,踩着被雨水润湿的山道,呼吸着混杂着草香的空气,听着潺潺的溪水声和山雀的鸣唱,饱览着清幽的峨眉胜景,倒也心旷神怡,十分惬意。

大约下午4点钟,我们“第一梯队”的七八个人到达了金顶。顶上原来是个小平原,这时,雨过天晴,风静云出,万象排空,气势磅礴。极目四望,千山万岭,起伏如浪,成都平原尽收眼底。就在快到舍身崖的时候,听到前面的人兴奋地喊:“佛光!佛光!”当我赶到崖边俯身下望时,只见

舍身崖下的云层上，有一个虚明若镜、极其绚丽的光环，直径大约有一米，环周光芒四射，环中有一个人影，就像画册上佛像身后环绕的彩色光环一样。尤为奇特的是“影随人动，人在环中”，无论多少人看，所见的也是一个光环和自己的影子。

太壮观了！太震撼了！我当时激动得说不出话，简直不相信自己的眼睛：因为在此之前，我对佛光一直是半信半疑的。亲眼看到那“非云非雾起层空，异彩奇辉迥不同。试向石台高处望，人人都在佛光中”的奇特景观，始知峨眉佛光是真实存在的自然现象。就在我们诧异之际，天上飘过一片云，那神秘的胜景奇观突然消失了。后续到达金顶的不少人没有看到佛光，他们在遗憾之余都称赞我们几个有“佛光缘”。说起来，这也不是溢美之词。川报的同志介绍说，峨眉佛光的神秘之处，就在于它随缘应化，稍纵即逝。有的人登一次峨眉山就能看到佛光，有的人在山上20多年也没看到过，能不能看到佛光确实是一种缘分。

美好的东西总是印象长留、回味无穷的。“峨眉宝光”的壮美绮丽，不仅给我留下了美好而深刻的记忆，还使我增长了知识阅历，了解到佛光是一种非常特殊的自然物理现象。按照科学解释，佛光是由于阳光照在云雾表面所起的衍射和漫反射作用形成的。它的出现需要阳光、地形和云海等众多自然因素的结合，而那一天，我们到达金顶时，雨过天晴，空气湿度比较大，当阳光从我们身后射来，将人影投射到舍身崖下的云彩上时，深层的云层就把阳光反射回来，经浅层云层的云滴或雾粒的衍射分化，就形成了佛光。至于为什么只能看到自己的身影，则是因为人们所见的光环，只是每个人眼睛所视为顶点的那个光锥面的水滴或冰晶点作用的结果，就如同各自照着一面小圆镜子，照见的自然就是各自的身影。

当然，科学探索也是无止境的。比如当佛光出现时，为什么会出现“影随人动、人去环空”的景象，至今还无法找到站得住脚的科学解释，神秘的峨眉佛光还有待于科学工作者进一步的深入研究、探讨。不过，也有人认为，越神秘越有诱惑力、吸引力，越神秘越能引起人们的丰富联想,越神秘越美丽动人的传说和故事就越有魅力!

(2011年9月,载同年10月11日《衡水晚报》)

链接

峨眉山的寺庙

峨眉山是我国四大佛教名山之一,系普贤菩萨的道场。僧人们称它为"大光明山",又被誉为"震旦第一山"。到峨眉山旅游,印象最深的是寺庙。一是数量多。据记载,峨眉山的佛教寺庙从魏晋时期开始兴建,到了明代道教开始衰落,一些道观也被改建成寺庙,清代香火最盛时,全山大小寺庙共达170余座。现存寺庙多为明清建筑,主要有报国寺(康熙题写寺名)、伏虎寺、华严寺、大峨寺、洪椿坪、万年寺、光相寺(峨眉山的第一座寺庙,据说建于汉代)、善觉寺、雷音寺、牛心寺、遇仙寺、大乘寺、白云寺、极乐寺等。二是管理好。寺庙妥善保存了许多文物古迹,有的是稀世珍宝。比如,报国寺的圣积寺大钟,铸于明嘉靖十二年(1534年),重达125吨,系峨眉山第一大钟。还有北宋太平兴国五年(980年),宋太宗派人以黄金3000两头赤铜30万斤,为万年寺铸造的普贤菩萨骑象铜像,通高7.4米,重约62吨,是目前国内极为珍贵稀有的文物。这些文物反映了佛教在峨眉山传播的情况,以及历代统治者与峨眉山佛教的渊源。三是游人可在寺庙吃住。徒步登峨眉山,从报国寺出发,经清音阁、洪椿坪、洗象池至金顶,全程长75公里;下山时,从金顶出发,绕千佛顶、万佛顶,下到洗象池,经万年寺到马路桥,全程55公里。一上一下130公里,沿途寺庙可吃可宿,既方便了旅客,也增加了寺庙的收入,还有利于保护景区的生态环境,避免一些部门和老板在旅游景区盖高级宾馆。我曾在金顶和万年寺各住宿一夜,晚上在暮鼓声中入眠,早晨在木鱼和诵经声中醒来,特别是在万年寺亲历了峨眉山佛教协会会长宽明法师带着众僧做法事的盛况,非常惬意,也颇有感受,回来还专门写了一期供领导参阅的内参。

走进太鲁阁

从台湾花莲县北行25公里，就到了太鲁阁峡口。迎面可看到一座高大牌楼，横匾上写着“东西横贯公路”6个大字，这里既是中横公路的起点，也是面积达9.2万公顷的太鲁阁森林公园的东门。穿过牌楼，就进入了奇冠天下、鬼斧神工，被列为台湾“宝岛八景”之冠、中国“十大最美峡谷”之一的太鲁阁峡谷。

走进太鲁阁

太鲁阁峡谷是立雾溪中上游峡谷的总称。从太鲁阁到天祥这一段，称内太鲁阁峡；

天祥西迄合欢垭口，称外太鲁阁峡。内太鲁阁峡连绵20余公里，两岸悬崖万仞、怪石嵯峨、飞瀑溅若银珠，谷中溪曲水急、林泉幽邃、蜿蜒如带，为中横公路风景区的精华，也是太鲁阁森林公园的核心。同其他峡谷相比，太鲁阁峡谷最神奇的有两点：一是一般峡谷上方的开口很开阔，属于"V"形峡谷，而太鲁阁峡谷的上方开口，几乎和底部宽度一样，且又深又窄，属于"U"形峡谷。二是峡谷高耸的陡峭绝壁，全部由大理石岩层构成，所以"太鲁幽峡"也称大理石峡谷。那么，为什么会有这些不同呢？台湾东南旅行社金牌导游、博学多才的邱玲玲女士，用形象的解说为我们揭开了它神秘的面纱。

原来，在2.3亿年前，台湾还未诞生之时，这里是一片温暖的海洋，海底生长着许多珊瑚、有孔虫、纺锤虫等生物。这些生物死亡以后，经过很长的时间，沉积在海底的遗骸堆积成厚厚的一层，胶结成石灰岩，然后再受到地层深处的高温与高压作用而发生变质，形成大理石。大约在650万年前，发生了"蓬莱造山运动"，菲律宾板块碰撞到欧亚大陆板块，在这两大板块强烈的挤压之下，横空出世的台湾岛露出海面，原来深藏在海底的厚厚的大理石层，也被推挤上来。然而，之所以会形成太鲁阁峡谷，还有另外一个重要原因，那就是溪水的长年切割。台湾雨量丰富，而丰沛的雨水形成许多河流，被称为太鲁阁"生命之河"的立雾溪，就发源于海拔约3600米的奇莱北峰。它一路向东，奔腾而下，在新城注入太平洋，全长58公里。立雾溪水流经质地致密但可溶于水的大理石岩层，出现了一种奇特的自然现象：溪水竟像利刃一样，以每年0.5公分的速度垂直地把大理石往下切割。大峡谷就在陆地不断上升、溪水不断下切的两种作用力下，经过数百万年的时间，慢慢形成了集高山、峡谷、断崖、河阶、瀑布、溪流于一体的太鲁阁峡谷景观。

进入峡谷的第一景叫"太鲁长春"。汽车沿着溪流上行，绕过一座座巨崖，倏然一座壁立万仞的大断崖出现在眼前，人们称它"屏风岩"。危崖乃垂直石壁，无路可通，唯有凿岩取道。隧道光线太暗，施工人员就在隧道一侧的崖壁凿出一个个窗口来取光，工程之艰难，实属罕见。坐落

于公路对岸崖壁下的长春祠，黄瓦红柱，十分醒目，祠内刻着为修建中横公路而殉职的212人的姓名。导游介绍说，中横公路是当年为防备大陆解放台湾而修的一条穿越中央山脉的战备公路。1956年7月开工，1960年5月19日竣工通车，历时3年零9个月。中横公路促进了当地的经济和文化发展，特别是开发了太鲁阁峡谷得天独厚的旅游资源，使这里得以于1986年建立了太鲁阁森林公园。今天，当我们这些来自大陆的游客，伫立在长春祠前的时候，不由得感慨万千。因为，当年的筑路工大多是随蒋介石退到台湾的老兵，台湾民众称他们"荣民"。在当年技术和设备落后的条件下，这些筑路工靠着炸药和铁锤钢钎，硬是在悬崖峭壁上开出了比"难于上青天"的蜀道还要艰险的道路。他们心向大陆，却把血汗洒在了太鲁阁甚至长眠在这里。"不是当年血汗流，安能今日赏佳景！"如果不是怕耽误大家的行程，我真想去山上采束鲜花献于他们墓碑前。

乘车继续前行，地势愈高而崖和峡也愈险愈奇。两岸大理石峭壁在流水作用下被溶蚀成许多小孔穴，地理学上称之为壶穴效应。每年春夏之际，成群结队的燕子以小洞为巢，飞鸣其间，穿梭往返，形成"百燕鸣谷"的奇观，故名"燕子口"。但如今隆隆的车声、嘈杂的人声，已将燕子驱赶得不见踪影，只留下一个个空巢，令人唏嘘不已。燕子口也是峡谷公路最窄的路段，我们沿着峡谷步道前行，燕子口尽头有一座"靳珩桥"，是以筑路时殉职的一位段长的名字而命名的。过桥西行，就来到了锥麓大断崖。这是一片垂直陡立的峭壁，宽约1200米，上面是高耸入云端的绝岩峭壁，下面的山壁是深入水中的崖面石墙，高低落差达1000多米。人在谷中，仰视断崖峭壁，云天一线，因而被称为"虎口线天"。

在崇山峻岭之中，"天祥河阶"是一处难得的开阔腹地，断崖幽谷的险峻地形，到此也让位于峰峦起伏、草木葱郁、云海苍茫的山地。这里自古就有台湾先民居住。太鲁阁人称此地为"塔比多"，意为"山棕"。可以想象，早年这里曾长有大量的山棕。中横公路修通后，台湾当局在这里树立南宋爱国名臣文天祥塑像，镌刻《正气歌》全文，并将此地更名为

“天祥”。其实，太鲁阁人自古就有着抵御日本侵略的光荣传统。1895年，腐败无能的清朝政府割让台湾给日本，但台湾民众不接受，对日军进行了多年的顽强抵抗。最初，日军侵入太鲁阁山区时，太鲁阁人凭借熟悉地形和机智勇敢，使敌人的一次次扫荡无功而返。1906年，太鲁阁人发动“威里暴动”，杀死花莲港支厅厅长等36人，震动了日本政府。1914年5月13日，日军经过缜密的策划与地形勘察，调动数千名武装警察和陆军，发动了“太鲁阁战役”，由当时的台湾总督佐久间左马太亲率大军，动用两轮大炮等先进武器，分东西两路夹击太鲁阁山区的少数民族部落。太鲁阁的勇士们经过2个月又13天的顽强抵抗，终因力量悬殊和武器落后而失败。但是，他们前赴后继、坚持抗敌18年的英雄气概和民族精神，将会像巍然屹立的太鲁阁主峰一样与世永存！

太鲁阁之美在于山水，山是太鲁阁的骨架，水是太鲁阁的血脉，山水孕育了这里的万千生命和太鲁阁的文明！

（2012年3月，载同年3月20日《衡水晚报》和3月29日《北京旅游报》）

链接

太鲁阁的峡谷步道

如果时间允许，游览太鲁阁最好走峡谷步道。因为，走步道不仅能近距离地欣赏奇冠天下、鬼斧神工的峡谷美景，还能观赏到亚热带次生林的典型树种构树、血桐、野桐和品种繁多的花草植物，运气好的话或许能看到台湾猕猴、长鬃山羊和珍稀鸟类。这些步道最早是台湾少数民族打猎的路径，还有清政府开筑的官道、日本占领时修筑的军用道路，以及国民党修建“中横公路”时民工走的路。太鲁阁森林公园建立后，有关部门将这些步道规划整修为景观步道，加强沿线安全设施，增设休憩平台和解说设施，还根据山势的坡度和道路的远近，将步道分为景观型、健行型、登山型、探险型。比如，景观型步道，路面平整，坡度平缓，安全设施良好，老少皆宜，且步道行程半日即可完成；而登山型步道，则位于偏远山区，步道路径尚算清晰，但部分路段较崎岖，适合体力好且有初步登山经验者。因路途较远要有过夜准备，需备齐水、食物、地图、御寒衣物和急救药品。

阿里山的红桧

“高山青,涧水蓝,阿里山的姑娘美如水呀,阿里山的少年壮如山……”

一首高山族山歌曲调的《阿里山的姑娘》,不知给人们带来多少美丽的遐想。听人说,词作者邓禹平应邀写歌词时没到过阿里山,他是在回忆与女友在家乡山水间嬉戏的场景时产生灵感,写出了这首传唱甚广的情歌。我猜度,如果他当时到过阿里山,那么歌词里就可能会增加“阿里山的红桧坚如铁”。因为,凡是到过阿里山的人,都会为阿里山“神木”——红桧树的遭遇而震撼,都会为红桧树生命的坚强而赞叹!

阿里山位于嘉义县境内的中央山脉中段,主峰海拔2600米,是闻名遐迩的风景旅游区。有人说,到了台湾不去阿里山,就好像到了北京没登上八达岭长城。但是,由于阿里山地处北回归线附近,是台湾最大的降雨带,常有旅游团因天气或路况不好去不了阿里山。今年2月22日,我们抵达桃园机场后,心里就一直忐忑不安。因为天气预报说,受东北季风影响,台湾自北向南有一次降雨过程,部分地区甚至有大雨。24日我们驱车南下时,台北已下起了大雨,然而幸运的是,雨速没有车速快。25

日一大早，我们从南投县出发去阿里山时，竟是万里无云的好天气。

我们乘坐旅游车，从山脚沿着云雾缭绕的蜿蜒山路向山顶爬行，沿途经过热带、亚热带、温带三条温度带，森林丰富多变，景观气象万千。从高大挺拔的桉树、椰子树、槟榔树等热带树木，到四季常绿的樟树、楠树、槠树、榉树等亚热带阔叶树，再到红桧、扁柏和小姬松等茂密生长的温带针叶林带，奇木异树品种繁多，旖旎风光无限。导游介绍说，红桧隶属于柏科，也叫刺柏。它对生长的环境要求非常苛刻，年平均温度须在10.8摄氏度以上，年降水量要在2500毫米以上，空气相对湿度要在85%左右，生活海拔高度须1050米至2400米。目前只在台湾地区、日本和北美有分布，因此成为世界稀有树种。阿里山海拔1500米以上的云雾区，雨量充沛，温湿多雾，土质优越，很适合红桧生长，所以形成了连片的红桧林。

下了旅游车，我急切想去目睹高大挺拔的红桧林，导游却领我们走进了林中的巨木栈道。森林里树密藤绕，光线昏暗，云雾在树缝间飘悠，栈道和周围的草木都湿乎乎的。就在我诧异之时，一向活泼幽默的导游玲玲，这时神情异样地指着路边一棵树围需五六人才能环抱的大树桩说："这就是阿里山最珍贵的红桧树，树龄约2000年，是100年前被日本人砍伐的！"沿着湿滑的小道继续前行，巨大的红桧树桩随处可见，苍老遒劲的根条，紧紧地抓着岩土，百十年风吹雨打，枯而不死的树桩上又长出二代甚至三代新树。即便是枯朽成了千奇百怪的自然桩景，如"凤爪木""同心木""三兄弟""四姐妹"等，依然倔强地挺立在那里，仿佛饱经沧桑的老人，向人们诉说着大陆同胞不熟悉或不了解的那段悲惨的灾难史：

1895年《马关条约》签订后，台湾成为日本的殖民地。20世纪初，日本人发现了阿里山珍贵的红桧林资源，就贪婪地开始了毁灭性的掠夺。上千年的巨大宝树，被侵略者们一棵棵无情地伐倒，源源不断地运往日本。为了加快红桧树的砍伐运输，他们不惜耗费巨资，从1906年至1912年，专门修了一条从嘉义到阿里山山顶的盘山铁路。从铁路修通到1945年日本投降，短短30年左右时间里，阿里山被砍伐的千年红桧树达30余万棵（免遭砍伐的不足30株），据说现今日本的皇宫、神社等著名建

2012年2月在阿里山红桧树下留影

筑所用的木材，几乎都是从阿里山运回的。

被尊为阿里山“神木”的那棵红桧树，如今静静地躺卧在神木火车站售票房对面的铁轨旁，在风雨侵蚀中诠释着坚强与不屈。据资料记载，它是1906年被发现的，曾是神木火车站的命名树和阿里山的坐标，倾倒前高达58米，胸径6.5米，材积504立方米，树龄约3000年，为世界上最大树木之一，是仅次于有“世界爷”之称的美国加州红杉的又一棵大树。也许是此树有灵，在大片红桧林被砍伐后，它就像人“绝食”似的长势渐衰，后来半边树身开始枯萎并渐渐地倾斜，最后因遭受雷击而神奇地结束了生命。有些悲壮，有点宿命。不过，它是日本侵略者灭绝性掠夺我国红桧树资源的历史铁证。

上午11时许，我们来到了山顶被称为“光武桧”的巨树面前。此树树龄约2000年，也就是说幼树生在东汉光武帝在位期间。抬头仰望有十几层楼高，也是我有生以来见到的最大的巨树，不由得想道：“此树是怎样逃过劫难的呢？”导游像是猜透了我的心思，指着树旁不远处的“树灵塔”说，那是20世纪日本人修建的。据说当年大量砍伐红桧时，许多日本人和被抓来的劳工纷纷生病或死亡，有人怀疑是千年神树显灵。做贼心虚的侵略者于是建了供人们祭祀用的“树灵塔”，名义是安抚惨遭砍伐的树木的“灵魂”，实际是用封建迷信来稳住伐树劳工的心！

让我想不到的是，离巨树不远的高坡上立着一块为侵略者树碑立传的“旌功碑”。碑立于昭和七年(1932年),内容是表彰林学博士琴山河合于1904年发现阿里山红桧林的贡献。看完碑文，我的心灵受到的震撼,就像被电击了一样!对于侵略者来说,阿里山红桧林的发现,为他们修建皇宫、神社提供了难得的上好木材,但是对于阿里山红桧林资源乃至人类的环境来说,带来的却是灭绝性砍伐和恣意破坏的灾难。黑白是非不容混淆,历史功过不能颠倒。台湾当局没炸毁此碑,也有一个好处,就是让它时时刻刻警示中国人:千万不要忘了旧中国积贫积弱、受人欺负、任人宰割的屈辱史!

(2012年3月,载3月27日《衡水晚报》和5月31日《北京旅游报》)

链接

阿里山的小火车

阿里山森林小火车,从嘉义火车站起,至阿里山站止,全长71.4公里。这条窄轨小火车是日本侵略者为掠夺台湾珍贵的红桧树资源而抢修的。1895年《马关条约》签订后,台湾沦为日本的殖民地。日本人不久便发现了阿里山的红桧树,认为这是上天赐给他们建筑神社的最佳木材。但阿里山山高路险,山路陡峭,巨大的“神木”运不出来。于是,日本人以近乎疯狂的速度在阿里山修建铁路。阿里山小铁路与八达岭8字形爬山铁轨不同,日本人修建的是进两步退一步的Z字形铁轨,爬山铁路犹如拾级直立般行驶,当地人叫“碰碰火车”。从小火车通车到日本投降,短短30年左右时间里,阿里山千年红桧树被砍伐30余万棵,红桧树资源遭到毁灭性掠夺。这些年,小火车被开发用来搞旅游,但由于小火车绕山跨谷钻隧道,行驶距离是公路的近5倍,全程需要近4个小时,所以选择坐小火车上山的游客并不多。

日月潭边的“国宝”

日月潭位于台湾中部南投县鱼池乡，是台湾最大和最美丽的高山湖泊，海拔高度约760米，被誉为台湾的“天池”。日潭和月潭以湖中的圆形小岛拉鲁岛为界，东半部形如日轮，曰日潭，西半部形似月钩，名月潭，二者合称日月潭。日月潭面积虽不太大，但湖周围群峰葱茏，碧水蓝

作者在日月潭留影

天,如诗如画,幻若仙境。特别是在晨曦,一层薄纱轻罩湖面,朦胧婀娜之美在静谧里荡漾;而日落时分,夕阳洒下万道金光,将湖面装扮得五彩缤纷;当夜幕降临,明月当空,渔火点点,倒影随着水波摇曳浮动,简直美得无法形容。"双潭秋月"为"台湾八景"之一。清人曾作霖称赞日月潭"山中有水水中山,山自凌空水自闲"。

2月24日下午,我们来到了向往已久的日月潭,不仅为这里美不胜收的山光水色陶醉,更为这里美丽动人的传说神往。据说,在很久以前,以狩猎为生的台湾少数民族的一支,从阿里山追逐一只白鹿,一路跋山涉水追到了这个山清水秀、鱼群丰肥的地方,白鹿却跳入潭中不见了。猎手们深信这是上天的恩赐和指引,于是经过族人的讨论,全族人迁移到了日月潭。这个族群现名"邵族",2001年经台湾当局批准正式成为台湾少数民族的第10族。由于邵族不仅是台湾少数民族族群中人数最少,也是世界上人数最少的一个民族,所以导游戏称他们是"比大熊猫还珍稀的'国宝'"。

最惬意的自然是泛舟日月潭。驾驶游艇的司机是位活泼开朗、精明强干的邵族小伙子,叫江小齐。据他说,当地政府为保证少数民族民众的就业机会，规定日月潭的各项旅游业务都由邵族人来经营，所以他就司机和导游“一肩挑”了。他一边带着我们在湖中遨游，一边通过扩音器介绍着引人入胜的典故和日月潭的特色景物，游艇前方的屏幕上也不时播放着介绍邵族历史的图片。于是，一幅日月潭人与自然和谐相处的全景式“电影”一幕幕在我们眼前展现。

邵族自称“以达邵”，即“人”的意思，猫头鹰被视为吉祥的象征。他们世世代代生活在日月潭湖畔，以渔猎、农耕和山林采集为生，农业作物主要是以板栗、番薯和花生为主。一直到清朝嘉庆、道光年间，汉族、平埔族群陆续迁入这里开垦，稻谷的种植才传到这里。邵族的文化与日月潭有着相互依存的密切关系。邵族人生活平和、安逸，为人乐观、热情好客。最为世人熟知的“杵音之舞”，便是邵族人用来祭祀丰年、歌颂收获、歌颂生活的。在美丽的日月潭湖畔，各民族共同谱写了和谐相处的多元文化与族群发展史。

然而，天有不测风云，人有旦夕祸福。1999年9月21日凌晨1时47分，一场20世纪末台湾伤亡损失最大的天灾突然降临南投县集集镇，震中在日月潭西偏南方9.2公里处，震级达7.6级。短短的几十秒钟，数万栋房屋倒塌变成废墟，数千人死亡，上万人受伤，1000多名婴儿成为孤儿，10万人无家可归。受灾最严重的就是邵族聚居的村落，全族3000来人，2000多人在睡梦中遇难。2009年的莫拉克台风，台湾地区称为“八八风灾”，又使这个族群受到重创。现在全族只剩下47户，283人，实在令人惋惜！为了保护这“国宝”级的族群，邵族的有识之士担心族内人数太少，近亲通婚可能会造成后代退化，因此提出严禁族内通婚。台湾当局也积极鼓励汉族和其他民族同邵族通婚，鼓励男的上门当女婿，女的嫁给邵族小伙子，并制定了非常优惠的政策。

我们临下游艇时，江小齐半开玩笑半认真地招呼说：“各位有单身的吗？欢迎留下来，同邵族姑娘或小伙结婚，政府奖励20万新台币。你们大陆只生一个好，我们这里生得越多越好，生一个孩子奖励6万新台币！”末了，他又补充了一句：“我们老村长有本事，共生了19个孩子！”一席话，逗得大家哈哈大笑。

走进邵族部落，是我们此行的一个心愿。但登岸后与我们想象中不一样的是，他们的房屋不是具有民族风情的茅草屋或特色房舍，而是一栋栋依山傍水、极富现代气息的小洋楼。导游介绍说，这些房屋都是地震和风灾后重新规划、有关部门帮忙建设的，其中还包含很多大陆同胞的爱心捐赠。在这里，穿着鲜艳服装的邵族姑娘，跳起丰年祭祀等重要节日时才跳的“杵舞”来欢迎远方的客人。“杵舞”就是姑娘们一边用长短轻重不同的杵杆，敲击地面的杵石，演奏出旋律美妙的杵音，一边歌唱跳舞。“湖上杵声”是邵族迎宾或重要庆典时的表演活动。当然，聪明的姑娘们也没有忘记及时推销当地的牛樟芝、鹿茸片等土特产品以及她们的手工艺品和皮革产品。

离开日月潭的时候，我突然想起了马克思的一句话：“一个民族所经受的灾难，一定会在这个民族的进步中得到补偿。”我怀着一颗虔诚的心，祝愿日月潭边的“国宝”族群——邵族，在经济发展和民族进步中努力繁育壮大，更加繁荣昌盛！

(2012年4月，载同年4月17日《衡水晚报》和6月28日《北京旅游报》)

链接

台湾的少数民族

1945年抗日战争胜利后，中国将台湾的少数民族统称为高山族。根据语言、风俗的不同，分为阿美、泰雅、排湾、布农、卑南、鲁凯、雅美(达悟)、赛夏、邹族等族群，有50余万人。邵族是2001年才经台湾当局批准，正式成为台湾少数民族第10族的。由于台湾少数民族多居于山林或海滨，因而在生产、生活和习俗上仍保留着农耕、狩猎、捕鱼等传统生产形态的文化特色。比如，他们的食品山珍、肉、鱼、蔬菜等直接取自自然，烹调技巧简单，吃法简单豪迈。他们用米或粟酿的酒，风味独特。他们祈求丰收的歌舞，还有独到的编织、木雕技巧等都很有特色。再如，在喜庆节日，他们会穿上特别编织的传统服装，并佩戴用兽牙、贝壳、银、铜和玻璃珠等材质做的饰品、腰带，男子还会带佩刀。

五龙口的猕猴

感谢郭绍兰女士，抓拍下这精妙绝伦的镜头——一只猕猴端坐在我的肩头上，目视远方，泰然自若，踌躇满志。这样的场景，过去只在马戏团的表演中看过。可马戏团里表演的猴子，战战兢兢，提心吊胆，眼睛总盯着耍猴人的鞭子，远没有坐在我肩上的这猴头神态自然、情绪淡定

2010年5月摄于五龙口猕猴自然保护区

呢！

这人猴和谐相处的美好景象，就发生在太行山南麓的河南省济源市五龙口猕猴自然保护区。那是5月中旬的一天上午，我们慕名前往“太行猕猴”聚集地参观。景区人员介绍说，这里的猴群是地球上纬度最北的猕猴群落（北纬35°—35°30′之间），比巴基斯坦北部喜马拉雅山麓所处的北纬34°03′的猕猴种群还偏北。目前我国温带地区仅剩下河南与山西交界的太行山和中条山区域有野生猕猴群，其生态系统已非常脆弱，猕猴群灭绝速度比热带和亚热带地区猴群更快。

五龙口的猕猴，给我的第一印象是数量多。车到保护区，漫山遍野都是猴子。它们游戏于山水丛林之间，有的在路边溜达，有的在山坡上嬉戏，有的攀在树上瞭望，还有的躺在石头上晒着太阳，悠然自得地挠着痒痒。我有生以来还从没见过这样多的猴子。记得1987年秋天去峨眉山，为到扁担崖看猴子，我参加急行军小分队，一天爬了30多公里山路，可也只看到十几只猴子。而五龙口景区有猕猴12大群，总数达3000只之多。来到这里，简直就像到了当年孙悟空的花果山，游客们一到，猴子们就成群结队从山坡上跑下来，像迎接贵宾那样欢迎人们，真让人感到有点当年“齐天大圣”回家的味道！

二是五龙口的猕猴长相很“靓”。猕猴在进化系统上属灵长目猿科，为国家二级保护动物。我国目前只有两个猕猴自然保护区，一是五龙口，一是海南南湾猴岛自然保护区。两个保护区，一个地处温带，一个地处热带；一个是内陆山地，一个是海岛雨林。由于太行山山峰陡峭、气候较冷、生存条件较差，所以生活在这里的猕猴，在长期的气候变迁中逐渐适应了当地的气候环境，形成了太行猕猴独有的皮毛长、体型大、身体壮、耐寒冷、抗病害等生理特征。它们不仅行动敏捷，善于攀缘，而且毛色金黄，形体健美，走到近处端详，个个都是双眼皮呢。所以，它们称得上是世界猕猴中的“帅哥”“靓姐”！

三是五龙口的猕猴特别“灵”。据说，联合国曾派人来五龙口猕猴自然保护区考察，认定这里的猕猴为世界猕猴中进化最优、最聪明的一种。这些野生的猕猴不仅会剥花生皮、糖果的包装纸，还会开启易拉罐和矿泉水瓶，动作相当敏捷熟练。经过工作人员的驯化，有的还会敬礼、翻跟头、爬高杂耍，与游客玩耍嬉戏，有的甚至能进行简单的加、减、乘、除四则运算，智力相当于三四岁的孩子。由于猴子机敏聪慧，所以下车前导游就提醒大家，给猴子喂食要一次喂完，不要留一点在手中；也不要拎塑料袋，更不要在衣兜里装食物，不然猴子会以为你在挑逗它们，一拥而上进行抢夺。尽管提醒了，但还是出现了意外的情况。先是一位男士的"农夫山泉"喝了一半，倒背手拿在背后，一只猴子趁其不备，"唰"地一下就抢走了。然后那猴子用嘴咬住瓶盖，双手快速转动瓶身，打开瓶盖，仰脖洋洋自得地喝起来，憨态顽性尽显。继而一位女士打开手提包拿相机，一只胆子大的猴子以为里面有食物，猛地扑上来就要去掏，吓得那女士哇哇大叫，幸好工作人员赶来才解了围。

五龙口的猕猴，最令人惊异和感到有趣的莫过于猴王的"竞选换届"。听景区工作人员说，据他们多年的观察，猴王每4年一"换届"，并且可以连任，驯猴坪的现任猴王就连任3届了。不过，猴王的"换届"不是靠"文斗"拉选票，而是靠"武斗"定天下——谁力气大、爪子利，"打遍天下无敌手"，谁就当猴王。每到猴王任期届满的农历十月前后（我插话：为什么是十月？回答：十月是母猴的发情期），那些觉得有实力竞争猴王的公猴（它们一般躯体庞大、威猛健壮、毛色油亮），便摩拳擦掌，跃跃欲试，有的当着猴王的面翘尾巴，有的公然调戏"王妃"向猴王挑战。于是，一场残酷的厮杀便告开始：倘若能在你撕我咬的大战中战胜猴王，还要接受其他竞争者的挑战，赢到最后才能当猴王。不过，一旦当上了猴王，立即八面威风，一呼百应，整个猴群都听它发号施令。普通猕猴一般是"一夫一妻"制，但猴王不受其限制，也搞"三宫六院"，而且其他公猴对猴王的"爱妃们"，不得有非分之想、非礼之举。

五龙口的猕猴令人惊喜、乐而忘返，但景区周边的生态环境面临过度开发、修路等威胁，让人担忧。据文献记载和考古学的成果证实，在那久远的年代，整个太行山区曾是古树参天、流水潺潺、灌木丛生、花果飘香，适宜鸟类等多种动物生存的乐园。可由于人类的过度开发和天灾如雷击等，破坏了这里良好的生态环境，巍巍太行呈现给世人的是裸露的山梁和深谷，只在南麓偏僻区域存活下这些岌岌可危的猴群。如果不是1982年及时建立猕猴自然保护区进行抢救，说不定“太行猕猴”也会销声匿迹了呢！记得某位哲人说过：“地球上的生物灭绝之日，就是人类的灭亡之时。”从这层意义上说，保护猕猴生存的环境，保护人类的近亲——猴子，就是保护人类自己！

（2012年8月，载同年9月11日《衡水晚报》和9月17日《北京旅游报》）

链接

五龙口的历史

五龙口历史悠久，系黄河流域古文化的重要组成部分。五龙口古称枋口。据记载，秦时即在沁河出山处开凿被列为我国古代四大水利工程之一的秦渠，引水灌田，渠口以枋木为闸，故名枋口。“枋”，《现代汉语词典》的解释为：“古书上说的一种树，木材可以做车。”可见这种树质地坚硬，耐水泡，耐磨损，而当时太行山出产这种木材，但由于古人的过度采伐，后人难觅其踪迹了。明代改称枋口为五龙口，是因为万历年间，在沁河口附近相继开挖了利丰、广济、广惠、永利和兴利五条水渠，形成了五龙分水之势，所以称五龙口。五龙口猕猴自然保护区，群峰耸立，沟壑纵横，悬崖陡峻，山势雄、险、奇、秀，平均海拔1000米左右，保护区总面积为128平方公里。景区内人文景观荟萃，名胜古迹众多，曾被乾隆皇帝称誉为“名山胜迹”。时任河南尹的唐代诗人白居易来此游览，曾写下“济源山水好，老尹知之久。常日听人言，今秋入吾手。孔山刀剑立，沁水龙蛇走。危磴上悬泉，澄湾转枋口”的千古名句，“沁口秋风”也成为济源九景之一。

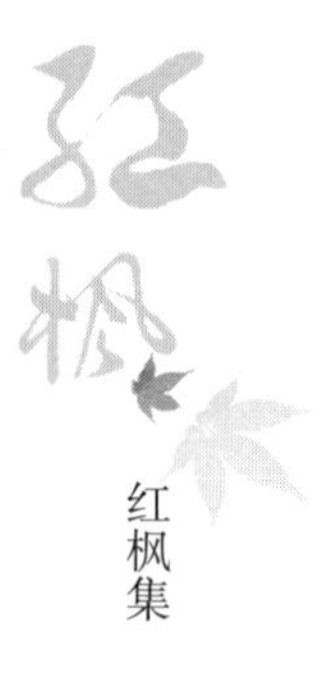

步云天然红豆杉

听朋友说，古田会议旧址西边的梅花山自然保护区，有片300多亩的国家重点保护珍稀植物、被称为“植物大熊猫”的野生天然红豆杉林，我很想去看看，因我还从没见过野生天然红豆杉。可是几次到古田，不是公务繁忙，就是来去匆匆，一直没有机会去。今年10月中旬再次到上杭，总算遂了心愿。

野生天然红豆杉林，位于闽西老区上杭县的步云乡。这里地处具有“北回归线荒漠带上的绿色翡翠”“神奇的宝山”之称的梅花山自然保护区的腹地，平均海拔920米，层峦叠嶂、烟波浩渺，原始森林遮天蔽日、郁郁葱葱，是“返璞归真、回归自然”的生态旅游的理想之地。

10月12日下午，天朗气清。我们从古田镇出发，沿着蜿蜒的山路爬行，虽然路旁沟壑幽深，但由于路边遍植青竹，坐在汽车里竟感受不到爬山的惊险，仿佛是在绿浪起伏的竹林中穿行。此时西望梅花山，风景秀丽，云絮轻飘，“云以山为体，山以云为衣”，汽车穿行其中，宛如行进在悠悠白云之间。听朋友说，富有诗意的“步云”的名字，最初就来源于

2012年10月在上杭步云红豆杉生态园(右二为县委书记邓菊芳,右三为作者)

此。台湾爱国诗人丘逢甲祖籍上杭,他在一首《忆游上杭》的七绝诗中这样写道:“梅花十八洞中天,闻有桑麻未垦田。洞口云封人不到,空中楼阁住神仙。”

红豆杉就生长在这艰险遥远、人迹罕至的地方。据林业专家介绍,红豆杉是经过了第四纪冰川遗留下来的古老树种,也是恐龙时代的植物,在地球上已生长了250多万年,享有植物王国里的“天然活化石”之誉。红豆杉在自然条件下生长速度相当缓慢,并且天然更新能力差。听说,红豆杉的种子直接掉到地上或埋在土里不会发芽,只有红豆杉果经过鸟类吞食,果核从鸟的粪便排出后才能传播繁殖。这也是造成天然红豆杉树零星、分散的原因。由于资源奇缺、繁殖又慢,所以野生天然红豆杉已被列为国家一级珍稀濒危保护植物,联合国也明令禁止采伐。我国的红豆杉有4个品种和1个变种,而步云乡崇头村的红豆杉林属于南方红豆杉。它喜潮湿温暖,一般生长在海拔700米至1500米的背风向阳处。可是导游说,在梅花山区,类似崇头村自然环境和条件的地

步云红豆杉林

段很多，为什么唯有这里能形成拥有三四千株红豆杉的天然红豆杉林，至今仍是一个未解之谜，也许这正是大自然的神秘之处吧。

我原以为南方天然红豆杉林，同东北小兴安岭原始森林都是齐刷刷的红松一样漫山遍野都是红豆杉。可走进空气富含负氧离子的原始森林，发现这种常绿针叶乔木却是同山毛榉、甜楮、栲类等阔叶树“和谐共生”的林中散生林。我们沿着蜿蜒崎岖的山路攀登，只见三三两两的红豆杉树，在其他树木的簇拥下耸立在山腰或路旁。有的红豆杉树单株独大，有的并体而生形似姐妹，还有的像恩爱缠绵的连理夫妻。它们树干粗壮，枝繁叶茂，苍劲挺拔，树龄有的已有千年。最令人叫绝的是一棵“红豆杉王”，树旁的木牌上标明树龄已有1678岁（掐指算来，它出生在东晋成帝年间），树高达50多米，爬满苍老青苔的树身要三人才能合围。这不仅在武夷山脉，可能在神州大地也算是树王了！

我曾查过资料，全国各地的红豆杉，大多都是人工培育的再生林，天然野生红豆杉已不多见了。《南方周末》上有篇《被剥皮的红豆杉在流泪》的报道说:在中国云南边陲的红豆杉之乡,美丽的红豆杉遭遇了灭顶之灾。在记者采访的十多天里,只看到死去的红豆杉,而活着长在大地上的一棵也没有看到。纳西族的老人痛心地说:“没有了,全剥完了!活着的红豆杉找不到了!”寿命千年的参天大树无法幸免,即使是那些粗不过手臂的红豆杉,树皮也被剥得精光……实在让人扼腕叹息!

导致红豆杉遭遇灭顶之灾的主要原因,是20世纪90年代初美国某公司发现,从红豆杉树皮中提炼出来的紫杉醇,具有独特的抗癌机制和较高的抗癌活性,能阻止癌细胞的繁殖、转移,是天然药物领域中最重要的抗癌活性物质,被称为“治疗癌症的最后一道防线”。因而,红豆杉树皮的价格暴涨,从中提炼出的紫杉醇的价格超过黄金。消息传到中国,传到红豆杉之乡,人们突然意识到财宝就在身边、发财的机会就在眼前,于是愚昧地、疯狂地剥红豆杉的皮,上演了一幕幕“杀鸡取卵”、皮光树死的悲剧!

我仰望着那郁郁葱葱、一派生机的“红豆杉王”,不由得盛赞上杭的生态保护工作做得好。乡亲们告诉我,应当感谢县乡领导特别是前任县委书记、现任龙岩市副市长赖继秋。他关注生态、关注未来,多次深入梅花山区调研,帮助乡里绘制了发展竹、茶、花、菜等生态经济和旅游经济的蓝图,投资建立了“南方红豆杉生态园”“华南虎保护园”等绿色生态旅游景点。他把保护古树名兽作为一项造福子孙后代的生态工程、民心工程来抓,村民从发展生态经济和建设生态文明中得到了实惠,从而自觉成为精心呵护红豆杉林的环境卫士。2009年10月,步云乡也通过验收成为上杭县第一个国家级环境优美乡镇。

导游是名在乡里挂职的大学生村干部。末了,她不无遗憾地对我说:“眼下还不是红豆杉林最美的时候,您如果12月份来,这些红豆杉树上便会结出一串串红彤彤的红豆杉果,外红里艳,宛如南国的相思豆,而斑鸠、竹鸡、长尾鸟、七尾鸟等群集其中鸣唱,红豆绿影,分外迷人,是梅花山最亮丽的风景线。”一席富有诗意的话,说得人们哈哈大笑。我笑着说:“虽然这次没看到红豆杉林最美的景象，但看到了上杭步云乡生态文明建设的丰硕成果,看到了老区人民比自然景观还要美的心灵！”

(2012年11月,载同年12月1日《闽西日报》和12月6日《北京旅游报》)

链接

步云书院与步云乡的由来

步云书院,坐落在步云乡梨岭村西北约2.5公里处,始建于乾隆五十四年(1789年)。书院的主要创建者林开莘,是梨岭村的一位进士。他看到这一带山势高峻,风景秀丽,云雾弥漫,步出院门,宛如置身于悠悠白云之间,便将书院取名“步云书院”。若与著名的白鹿洞、嵩阳、睢阳、岳麓等书院相比,步云书院名不见经传,但在闽西它却是家喻户晓。1934年10月中央红军长征后,这里是红军游击队活动的重要根据地之一。在闽西三年游击战争期间,原福建省委第一书记伍洪祥、原安徽省军区副司令员俞炳辉和革命烈士罗步云,都曾在这里战斗过。

罗步云,江西瑞金人,1929年入党,曾任瑞金县委书记。主力红军长征后,他奉命带领一支部队向闽西发展，因热爱这里的秀丽山水和淳朴民风，遂改名罗步云(原名已无可考)。罗步云身材魁梧,使得一手好枪法,带领队伍在长汀贴长和龙岩溪口一带打游击,反动派“闻罗色变”。罗步云还积极发动群众,开展打土豪、分田地的斗争,并在龙龟村建立了苏维埃政权,深受老百姓的拥护和欢迎。1936年12月,当地地主豪绅联合古田等地的反动势力,搞垮了罗步云帮忙建立的贴长游击队,罗步云也惨遭杀害。

步云乡,历史上叫“贴长”。明孝宗年间,从连成县四堡等地迁来一些人家,他们在梨岭、蛟潭、龙龟等地开荒种田,到清初发展到24个自然村。由于他们的税收交给长汀而不交给上杭,故称为“贴长”。新中国建立后,为缅怀罗步云烈士的英雄事迹,人民政府将烈士工作和战斗过的贴长地区,更名为步云乡。

桃花源探秘

之所以想到这个题目,是因为今年元旦前后读到两则有关桃花源的消息:一条是美国加利福尼亚大学终身聘任教授叶扬博士,在上海图书馆做了一个讲演《桃花源与乌托邦》(讲演录音稿载《解放日报》),从比较文学的视角,对陶渊明的《桃花源记》及其影响,做了深入探讨;另一条是武汉7个家庭,为让孩子逃离升学和考试的压力,在远离城市喧嚣繁华的乡下找了一所房子,办起了“世外桃源”教育——而孩子们的家长多数受过高等教育,其中还有的家长是“海归”。这不由得引起了我探秘“桃花源”的兴趣,也勾起了我20年前参观桃花源景区的美好回忆。

东晋文学家陶渊明(约365—427年)的《桃花源记》,虽然只有区区320字,但却讲述了一个亘古传颂的世外桃源的美妙故事,留下了一个桃花源究竟在何处的千古之谜。千百年来,它不知吸引了多少文人墨客和探险者去寻访探秘,也不知留下了多少墨迹和佳话。据史料记载,历代咏题过“桃花源”的名人,南北朝时期有庾信、徐陵等人,唐代有王昌龄、王维、李白、刘禹锡、杜牧、韩愈等几十个人,宋代有王安石、苏轼、黄庭坚、朱熹等人。清代诗人王士禛认为:“唐宋以来,作《桃源行》最佳者,王摩诘(维)、韩退之(愈)、王介甫(安石)三篇。”

王维的《桃源行》,据说是诗人19岁时的作品,反映了王维青年时代美好的生活理想,写得非常洒脱自然。此诗好在“诗中有画”,仿佛有一个摄像机的镜头,循着《桃花源记》的线索,一开始就展现出一幅“渔舟逐水”的生动画面:远山近水,红树青溪,一叶渔舟,在夹岸的桃花林中悠悠行进。诗人用艳丽的色调,绘出了一派大好春光。紧接着,“山口潜行始隈隩,山开旷望旋平陆”,这就是陶渊明笔下的“豁然开朗”。后面还有长镜头和特写镜头:“遥看一处攒云树”“近入千家散花竹”等。总之,这首诗采取的是步步深入的写法,写得有空间感,很美。韩愈一生信奉弘扬儒家理论,不相信鬼神,所以他的《桃源图》开头就是“神仙有无何渺茫,桃源之说诚荒唐”,对桃花源中人成仙的说法进行了批评。此诗虽然也复述了《桃花源记》的故事,颇为精彩,但中心句在结尾两句“世俗宁知伪与真,至今传者武陵人”,说明作者对世外桃源的种种传说是心存质疑的。而王安石的《桃源行》的出彩之处,则在于它的单刀直入,一语中的地指出了桃花源千古传诵的魅力,不仅在于桃红柳绿的美景,更在于“儿孙生长与世隔,虽有父子无君臣”的理想社会。应当说,王安石确实悟出了陶渊明《桃花源记》的真谛。

可遗憾的是,这些文人墨客的墨迹和佳话虽然延续了世外桃源的故事,但并没有回答桃花源究竟在何处的千古之谜。于是,问题又回到原点。人们细读《桃花源记》,寻找到两点线索:“武陵渔夫”和“南阳刘子骥”。人们推断,既然渔夫是武陵人,那么桃花源应当在武陵。古时的“武陵”又在哪里呢?查《中国古今地名大辞典》得到三解:一是武陵郡,汉置,故城在今湖南常德市西;二是武陵县,故城在今湖北竹溪县东(现属竹山县);三是武陵山,这是一个大的地域,贵州、湖南、湖北相交的地带都属武陵山脉。所以有学者认为,“武陵”在晋代可能是一个泛称,可以指武陵郡,也可以指武陵县,还可以指武陵山脉。可以说,在

桃花源

“桃花源”的地名之争中，湖南人争得了先机。据史载，宋太祖乾德元年(963年)，朝廷根据转运使张咏根的建议，在武陵郡下设置了桃源县。张咏根提出置县的理由就是：当地有一名为“桃花源”的风景秀丽、道观雄伟的胜地。可见，这里“桃花源”的名声在宋代就很响亮了。

1992年，我来常德参观的就是这个地方。“桃花源”地处桃源县西南的沅水河畔，由菊圃、方竹亭、桃花山、桃源山和秦人村等景点组成。这里有一条名叫桃花溪的小溪，两岸桃树成林，花开时节，红霞如云，落英缤纷。据说，这就是当年武陵渔夫前往桃花源时所遇到的小溪和桃花林。沿着小溪溯流而行，穿过“琼林桥”，经过“桃花潭”，便来到一个被称作“秦人洞”的山洞口。进入山洞，“初极狭，才通人”，走出山洞，天地“豁然开朗”：一幅土地平旷、屋舍俨然、阡陌交通、鸡犬相闻的古朴、纯真、自然、清新的画卷即展现在人们眼前，这就是所谓的人间仙境“秦人村”。只不过如今这里已不再是与世隔绝、幽静美丽的世外桃源，而成为游客成群结队、来来往往的闹市了。

然而，对常德的“桃花源”也不是没有争议，据说全国有30多个地方

在“据理力争”桃花源。其中最有竞争力的恐怕是湖北的竹山，即历史上的武陵县。因为据考证，晋太元年间，中国版图上叫“武陵县”的只有竹山。竹山境内的堵河旧称武陵河，河中峡谷至今还叫“武陵峡”。峡谷入口处的村子叫桃花源村，属竹山县官渡镇；出口处的村子叫桃花源乡，属竹溪县。桃花源的地名也是古已有之。华中科技大学张良皋教授长期致力于民俗历史文化研究，他曾3次赴竹山武陵峡实地考察。据说来自中国社会科学院、北京师范大学等单位的北京和武汉的20余位专家到武陵峡谷考察后认为，无论从历史文化还是武陵峡谷内的美景来讲，竹山桃花源更像《桃花源记》的原型。

这里有必要提一下陈寅恪大师。陈大师从陶渊明生活的年代着手研究。东晋末年，经过“八王之乱”和“五胡乱华”，中国进入大分裂时代，群雄崛起，民不聊生，因而常有百姓为躲避战乱逃进深山老林，建立远离社会动乱的“坞堡”。陈寅恪在《“真”桃花源究竟在哪里》一文中说，载入史册的“桃花源”，就来源于这种“坞堡”。桃花源，史称“古桃林”，在古代北方的弘农或洛水上游一带（现属河南），相传是周武王攻打殷商养牛的地方。《山海经·中山经》里就对“桃林”有记载。他还论证说，桃花源中人是为了躲避东晋末年的苻秦之乱，不是躲避秦始皇的嬴秦之乱。至于“南阳刘子骥”，则是根据刘子骥衡山采药的故事添加上去的。虽言之凿凿，但人们并没有停下寻求桃花源的脚步。这是因为，中国人向往和需要那个神秘而美丽的“世外桃源”，就像西方人向往和需要“乌托邦”一样。

这使我想起2005年10月去桂林时，曾在阳朔参观过一个比传说中更美的桃花源。听说那是一个台湾商人依据《桃花源记》，按图索骥修造的一个景观。他利用桂林山水的优势，再加上历史的传说和今天的想象，修造出了形象逼真、惟妙惟肖的小溪、古桥、涵洞、田园和古村落；为了增加娱乐性，还建了水上民族村寨，从云南请来原始部落进行表演……让游人感到仿佛真的走进了桃花源，不由得生发出一种“但使美景能醉客，不问何处是他乡”（套用李白诗）的感慨。

由此我想到，千百年来，人们苦苦寻求的“世外桃源”，其实不过是人们心中的一个梦。《桃花源记》展现的乃至后来人们寻找的地方，都是那个心向往之的理想社会和美好世界。倘如此，桃花源不就在今天、不就在我们的身边、不就在每个人的心里吗?!

(2013年2月，载同年2月24日《大周刊》和2月28日《北京旅游报》)

链接

桃花源记(东晋 陶渊明)

晋太元中，武陵人捕鱼为业，缘溪行，忘路之远近。忽逢桃花林，夹岸数百步，中无杂树，芳草鲜美，落英缤纷。渔人甚异之。复前行，欲穷其林。

林尽水源，便得一山。山有小口，仿佛若有光。便舍船，从口入。初极狭，才通人。复行数十步，豁然开朗。土地平旷，屋舍俨然，有良田、美池、桑竹之属。阡陌交通，鸡犬相闻。其中往来种作，男女衣着，悉如外人。黄发垂髫，并怡然自乐。

见渔人，乃大惊，问所从来。具答之。便要还家，设酒杀鸡作食。村中闻有此人，咸来问讯。自云先世避秦时乱，率妻子邑人来此绝境，不复出焉，遂与外人间隔。问今是何世，乃不知有汉，无论魏晋。此人一一为具言所闻，皆叹惋。余人各复延至其家，皆出酒食。停数日，辞去。此中人语云：“不足为外人道也。”

既出，得其船，便扶向路，处处志之。及郡下，诣太守，说如此。太守即遣人随其往，寻向所志，遂迷，不复得路。

南阳刘子骥，高尚士也，闻之，欣然规往。未果，寻病终。后遂无问津者。

夜宿九鹏溪

九鹏溪风景区，位于九龙江上游的福建省漳平市南洋乡，是天台山国家森林公园的核心景区之一。九鹏溪的得名源于一个美丽的传说。相传，在古代曾有九只大鹏鸟在此嬉戏，而后展翅直冲云霄。鹏是古代传说中的一种神鸟。庄子在《逍遥游》里说："北冥有鱼，其名为鲲。鲲之大，不知其几千里也。化而为鸟，其名为鹏。鹏之背，不知其几千里也。怒而飞，其翼若垂天之云。"毛泽东据此典故写下了"鲲鹏展翅，九万里，翻动扶摇羊角"的名句，抒发了一代伟人的鲲鹏之志。

九鹏溪历史上名为宁洋溪。明代著名的旅行家徐霞客，1628年春和1630年秋曾两度来到九鹏溪。第一次是崇祯元年（1628年）的农历三月二十七日，他从永安境抵达宁洋城，四月初一乘舟沿宁洋溪到漳平。第二次是在崇祯三年（1630年）再度重游。在《徐霞客游记》中，他用清丽的文字对九鹏溪石嘴滩、溜水滩、石壁滩三处险滩的原生态风貌和亲身感受进行了详尽的描述："溪从山峡中悬流而下。十余里，一峰突而西，横绝溪间，水避而西，复从东折……曲折破壁而下，真如劈翠穿云也。三十里，过馆头，为漳平界。一峰又东突，流复环东西折，曰溜水滩。峰连嶂合，飞涛一缕，直舟从云汉，身挟龙湫矣。已而山势少开，二十余里，为石壁滩。其石自南而突，与流相扼，流不为却，捣击之势，险与石嘴、溜水而三也。”

我去年10月14日到九鹏溪，并在那里住了一夜。那天上午，参观了世界文化遗产——永定土楼中具有“圆楼王子”之称的振成楼和邻近的方楼“庆云楼”，饱览了客家建筑艺术的奇葩。在湖坑镇吃完午饭后原准备回龙岩，但朋友力荐去“绿色生态景区”九鹏溪看看，说那里山奇、水秀，还有水岸茶园、原始森林和各种珍禽，在九鹏溪可以让人感受到山水之秀，自然之美，远离城市繁华喧闹的一种宁静。一席话说得我怦然心动。因为，多年搞文字工作，先是“爬格子”，后来常坐在屏幕前敲键盘，很少有机会出来放松放松身心，就是退休了还在“发挥余热”呢。

九鹏溪景区距漳平市区20多公里，福建省道永（安）漳（平）公路纵贯其间，交通十分便利。下午4点多抵达九鹏溪，只见两岸山势险峻，古木参天，一眼望去多是葱茏的原始阔叶树林。原生态的森林环境，造就了幽爽清新、带着丝丝甜味的空气，我们不由深深地吸几口气，就像饥饿的人扑到面包上一样。导游小姐笑着说：“这里空气负氧离子含量达到每立方厘米9820个以上，是一处不可多得的天然氧吧，大家尽情地吸吧！”

我们先来到水岸茶园。那茶园就在九鹏溪两岸海拔600米至800米的山坡上，依山而建，层层叠叠，随山势起伏，宛如绿波荡漾，置身在翡翠碧绿的茶丛中，仿佛空气中也弥漫着清幽的茶香。听导游说，茶山一年四季景色宜人，但最美的是清明时节。茶山云雾茫茫，采茶女穿梭于茶树之间，山歌悠扬，茶客们上山问茶、品茶，可谓别有一番茶山情趣。这一带产的茶名为“南洋水仙”，属乌龙茶，可以强身健胃，消油减肥，乃茶中之秀，曾多次在国内外博览会上获得金奖。

如今的九鹏溪，已不见徐霞客时代的“悬流险滩”。这除了全球气候大环境的变化，前些年搞蓄水发电，也让九鹏溪进入了“截断巫山云雨”的序列。不过，消失的东西往往会得到补偿——筑坝蓄水后，溪面提升

2012年10月与夫人崔纪敏在九鹏溪水上木屋

和扩展，出现了“高峡出平湖”的湖光山色的美景。景区中的水域长达7公里，清澈的水流，色彩斑斓的山林倒影，构成一幅生机勃勃的山水画卷。泛舟九鹏溪，你会有一种“舟行碧波上，人在画中游”的美的感受。由于九鹏溪生态环境保护得好，景区还是各种野生动植物的聚集地，有各种奇花异草和珍禽走兽。这些年，每年11月都会有一群鸳鸯飞临此地，在这水质清纯、环境优美的地方过冬，为景区增添爱的温馨、传播爱的信息。

九鹏溪已成为集观光、休闲、娱乐、度假等功能为一体的国家AAAA级旅游景区。好客的主人听说我从北京来，老伴也一起来了，就盛情挽留我在九鹏溪住一晚，并推荐我去住水上木屋别墅。那水上别墅，是按照“依山筑景，傍水生趣”的理念，在九鹏溪湖边建起的一座座建筑风格古朴的小木屋。居住在其中，既可以欣赏岸边的翠竹，抒发文人墨客对竹的钟爱之情，又能聆听鸟叫虫鸣，感受船上渔歌的情趣。末了，主人还风趣地说，住在这里不仅能亲近自然，感受久违的田园生活，还能寻找儿时的情趣和夫妻恋爱时的甜蜜记忆。如此，我只好“恭敬不如从命”了。

九鹏溪的夜色迷人，但早晨的景色更令人流连忘返。晨曦初露，我从睡梦中醒来，信步来到木屋的阳台上，只见对面雾气弥漫的青山如黛，倒映在水中，绿得幽深、绿得让人心醉。在那柔波脉脉的水面上，水汽如炊烟缥缈，八九只白鹭鸣叫着掠过湖面，继而阳光轻柔柔地洒向湖面，水汽渐渐退去，波光粼粼，瞬间气象万千……此时此刻，身处这仿若仙境中的惬意和对“美丽中国”的热爱之情，是难以用语言和文字表达的！

时间过去几个月了，但九鹏溪的青山绿水还时常浮现在眼前，特别是那醉人的绿色和远离城市喧闹的宁静，令我思念、让我向往。我常想，在神州大地，大自然馈赠的这样的人间仙境有很多，但不少随着人类的过度索取和开发消失了。在实现现代化和加快开发的过程中，我们应当像漳平人民那样倍加珍惜和保护这些美若天堂的生态环境。不然，我们将无颜面对后代子孙！

(2013年3月，载同年3月24日《大周刊》和3月28日《北京旅游报》《闽西日报》)

链接

徐霞客其人

徐霞客(1586—1641)，名弘祖，字振之，号霞客，江苏江阴人，明代伟大的地理学家、杰出的探险旅行家、游记文学家和伟大的爱国主义者，被誉为“千古奇人”。他博览群书，鄙弃权贵，拒绝仕途，立志考察祖国的山川地貌和探索大自然的奥秘。他从22岁出游“问奇访胜”直到生命结束，在30多年的科学考察中，他先后东渡普陀，北游幽燕，南达闽粤，西北勇攀华山之巅，西南远涉云贵边陲。游历了相当于今天的江苏、浙江、安徽、福建、山东、河北、山西、陕西、河南、江西、广东、广西、湖南、湖北、贵州、云南等省区和北京、天津、上海等市，足迹遍布19个省区市，行程数万里。他以敏锐的观察力和朴实的文字，记下行踪所至、观察所得，尽毕生之精力为后世留下了一部具有很高学术价值的科学巨著《徐霞客游记》。

寻觅彰德府

这是一个在新中国的地图上消失的地名，尽管它在中国历史上存在了700多年。这又是一个文人墨客寻根问祖不能不到的地方，因为它是孕育汉字之源——甲骨文和中华文明的摇篮。这里还是我父亲年轻时曾生活工作了24个春秋的地方，为寻觅父辈踪迹，我曾在睡梦中到过彼岸……它就是中国八大古都之一、甲骨文的故乡、《周易》的发源地——彰德府。

彰德府，乃是安阳一段时期的历史称谓。安阳曾叫过相州，金明昌三年（1192年）金章宗升相州为彰德府，隶属河北西路，下辖安阳、汤阴、临漳三县和林州。此名经元、明、清三朝一直沿用到民国初年，只不过自明初彰德府改属河南布政使司。这是安阳沿革史上一大变迁。因为自汉以来，漳洹流域一直是河北大政区的一部分，从此改属河南了。1913年，民国政府废掉了“彰德府”一名，重称安阳。不过在老安阳人的嘴里还是愿把自己称为“彰德人”，就是在河北的武安、临漳一带，一提起彰德府，许多老人仍然觉得很亲切，足见彰德府之名的深刻影响。

中国文字博物馆

寻觅彰德府,我们首先来到了位于安阳市人民大道东段北侧的"中国文字博物馆"。因为,它是集文物保护、陈列展览和科学研究为一体的国家级中国文字博物馆,集中展现了以甲骨文、青铜器、《周易》为代表的殷商文化,生动记录了我国历史上第一个有文字记载和文物可考的都城的历史。

在文字博物馆馆前广场,屹立着高18.8米、宽10米的庄重典雅的"字坊",那造型取自甲骨文中的"字"之形。它仿佛在默默地告诉人们:这片土地就是"文字之都"。字坊两侧各有金色铜质凤鸟雕塑一尊,取材于商周青铜器的凤鸟纹纹饰。凤鸟呈待翔之势,象征着新时期我国文字文明的新飞跃。在主干道两侧,由28片铜质甲骨片组成的碑林,隐含了殷商时期最具代表性的两种元素:甲骨文和青铜器。同时,它还代表着二十八星宿,象征着人与自然的和谐统一。解说员告诉我们,中国文字博物馆共有馆藏文物11300余件,涉及甲骨文、金文、简牍和帛书、汉字发展史、汉字书法史、少数民族文字等多个方面,分为4个大部分、9个展

厅。在“一片甲骨惊天下”的专题展厅，通过翔实的资料和实物，生动展现了自1928年以来，安阳殷墟甲骨文的惊奇发现、持续发掘和不断研究的艰难历程，让人震撼、令人感动。

甲骨文，简单地说就是古人刻在龟甲兽骨上面的文字。安阳已发掘出大约15万片甲骨，涉及近5000个单字，已识别的有约1500个单字。3000多年来，甲骨文虽然经过了金、篆、隶、楷等不同书写形式的变化，但以形、音、义为特征的文字和基本语法保留至今，成为世界上1/5人口仍在使用的方块字，对中国人的思维方式、历史延续和审美观产生了重要影响，也为独特的中国书法艺术的产生和发展奠定了基础。在世界四大古文字体系中，除甲骨文外的其他三种古文字（古埃及的圣书文字、古巴比伦的楔形文字、古印度河流域的原始文字），都已成为人类历史上的匆匆过客，在中世纪以前就淹没在历史长河中，只有以殷墟甲骨文为代表的中国古汉字体系，历经数千年的演变而承续至今，书写出了一部博大而精深的中华文化史长卷。郭沫若1956年来安阳时，深有感触地写下了“中华文化殷创始，观此胜过读古书”的名句。

寻觅彰德府，参观殷墟是必修的课程。殷墟，位于安阳市区西北郊的小屯村，横跨洹河两岸，是中国历史上被证实的第一个都城的遗址。据史料记载，约公元前14世纪，汤的第9世孙盘庚做了商王。盘庚是一位很有作为的国王，按照他力挽全局的方略，迁徙不定的商族人开始了第13次迁徙——也是最后一次迁徙，自“奄”（今山东曲阜城东）迁都于殷，当时称为“北蒙”（今安阳市区小屯村一带）。“北蒙”地处洹水之滨，土地肥沃，气候宜人，且依太行，临漳水，地势险要，是理想的建都之地。殷商王朝在此定都254年，历经8代12王，直至公元前11世纪，周武王姬发率诸侯之师，与纣王战于牧野（今淇县西南），纣王兵败自焚，殷亡。殷墟是一部精彩的地书，记录了中国3000年前灿烂的青铜文化，也构成了世界文化遗产的重要组成部分。应当说，它于2006年被列入《世界遗产名录》，乃是实至名归。

参观殷墟历史博物馆，凭吊六朝（曹魏、后赵、冉魏、前燕、东魏、北齐)古都,发思古之幽情,感慨颇多,但印象最深的还是“妇好墓”。这不仅是因为妇好墓是殷墟发掘以来发现的唯一保存完整的商代王室成员墓葬,墓室南北长506米,东西宽4米,深7.5米,随葬品种类丰富、数量巨大、工艺精湛,堪称国之瑰宝,而且还因为墓主人是位妇女。说到中国古代的巾帼英雄,人们都熟知花木兰、穆桂英,却不知早在3000多年前,就有一位著名的女将军。她就是商代国王武丁的妻子妇好,堪称才貌双全、功名显赫的“中华第一女将军”。甲骨文上有关她的记载多达200多条。一次她带领13000多名将士出征,男性将领都臣服于她的麾下,将士们同心协力,结果大胜而归。走出博物馆,我心中有些不解,就请教陪同的河南同行:“河南豫剧有脍炙人口的《花木兰》《穆桂英挂帅》,还有群众喜闻乐见的《朝阳沟》等戏,为什么没人挑头写一部反映3000多年前女将军妇好的戏呢?!”

寻觅彰德府,古都的老城也不可不看。据记载,明洪武年间彰德府城改筑后,城墙高2.5丈,厚2丈,外砖内土。有四门:东曰“永和”,西曰“大定”,南曰“镇远”,北曰“拱辰”。城内街道布局严谨,层次分明,以南、北大街为轴线,大街小巷,纵横交错,密如蛛网,有“九府十八巷七十二胡同”之说。20世纪80年代以来,安阳市政府为了提升安阳历史文化名城的地位,重建了府城隍庙、钟楼、郭朴祠和许三礼祠等古建筑,开通了文峰大道,改建了北大街北段的步行商业街,重现了彰德府古朴典雅的古城风格。我们下榻的中原宾馆,离步行商业街不远,晚饭后我们就沿着北大街散步,只见沿街富有古城特点的店铺鳞次栉比,游人如织。此情此景,不知是心灵的感应,还是梦中的幻觉,我仿佛来到了父亲生前不止一次描述的彰德府。1922年,父亲13岁上就跟着人称“祁掌柜”的大姐夫,千里迢迢来到旧彰德府学徒。他学徒的布店叫“庆祥布庄”,地点在北大街鼓楼后路东,有5间门面,是当时安阳较大的布店。听着晨钟暮鼓,伴着噼啪作响的算盘声,他在这里度过了24个寒暑……

“洹水安阳名不虚,三千年前是帝都。”安阳有太多值得寻觅的地方,历史上著名的文王羑里演《周易》、苏秦拜相、西门豹治邺、岳母刺字

等重大事件都曾经发生在这里；安阳曾不止一次地爆出让中国、让世界“石破天惊”的消息，就是今天它仍然留给人们太多的未解之谜，等着人们去寻觅、去探索、去挖掘……

安阳，你真是个让人“来了不想走，走了还想来”的地方！

（2013年6月，载6月27日《北京旅游报》、7月14日《大周刊》、7月30日《安阳日报》）

链接

父亲与安阳的缘分

父亲讳新桂(1909—1978)，字济民，父永春，母安氏，排行第三。小时候，多次听父亲讲起他在彰德府的往事。印象最深的是1937年11月5日，日本鬼子攻陷安阳城，烧杀抢掠，见一个杀一个，小西门一带商民全部被杀，血流成河。庆祥布庄的人都跑了，只留父亲一人看门。当时情况很危险，如果日本鬼子或盗匪来抢东西，就可能有生命危险。他紧闭店门，沉着应对，小心看守，失去主人的骡马在街上乱跑，他也不贪外财。外逃的人回来后，发现店铺里一草一木都没少，都伸出大拇指称赞他……父亲在安阳度过了24个寒暑，1946年闻家乡解放，即返乡参加土改，曾任村里的东间闾长、粮秣委员。人民公社时期，他先后任大队和生产队保管员，尽责清廉。晚年人老心红，精心为集体种西瓜、管果园。

我曾多次萌生去安阳寻踪觅迹的念头，然当知青务农时，无经济实力，参加工作后又身不由己。直到2010年5月才实现了多年的夙愿。回来后就一直想为安阳写点东西，但苦于没有时间。今年是父亲逝世35周年，6月16日是父亲节，想到“父爱如山”，于是下决心写下此文。寻觅彰德府的历史踪迹，也是寻觅对父亲的感恩与往事的记忆。

黄叶时谒黄叶村

周日香山观红叶的人数突破了20万，本想一起观赏红叶的毛兄福民提议说："咱们这些'60后'（年龄超过60岁），腿脚不那么好，挤不过年轻人，不如到香山脚下的黄叶村一游。"大家拍手称好，因为今年是曹雪芹逝世250周年，我们虽不是红学家，但对创作出传世巨著《红楼梦》的伟大文学家心中充满敬意呢！

10月31日上午9点，7个年过花甲的"老翁老妪"，从北京植物园南门进入公园，沿着幽幽曲径和淙淙的溪流，直奔曹雪芹的故居。深秋的西山层林尽染，路旁的银杏林已是黄叶满树、落叶铺地，呈现出"昨夜西风过园林，吹落黄叶满地金"的诗情画意。曹雪芹纪念馆——原正白旗三十九号院，就坐落在这绚丽的秋色之中。不过听当地人说，"黄叶村"的得名，是因为自古以来，卧佛寺、樱桃沟一带，漫山遍野都是黄松、枫树、柳树、黄栌树、柿子树，秋天来临的时候，先是黄栌叶、银杏叶变黄，接着是柳叶、柿子叶等树叶由青转黄。每当秋风劲吹，天上黄叶漫天，地下金黄一片，因而得名黄叶村。不过，这名字并非专指正白旗三十九号院，而

2010年9月作者摄于香山公园

是泛指这一带。据说卧佛寺也曾被称作“黄叶寺”，再加上古时“村”“邨”通用，所以我觉得，叫“黄叶邨”也许更为贴切些。

“门前古槐歪脖树，小桥流水野芹麻。”香山百姓的世代传说，把我们引到了坐落于金山右环脚下的院落。虽然时过境迁，但院外印证当年曹雪芹居住环境的歪脖古槐依然苍郁遒劲，院内重修的清代兵营式古屋古朴幽静。这处曹公故居是1971年发现的。那年春天，祖上为正白旗舒穆鲁氏的北京27中教师舒成勋，退休后即回到香山脚下的正白旗三十九号老宅居住，4月4日在修缮房间时因墙皮脱落，意外发现了与曹雪芹晚年生活有关的“西轩题壁”。墙壁上共发现7首诗和1副对联，虽题诗者署名为“偶录”“学书”，但位居中间的菱形对联“远富近贫以礼相交天下少，疏亲慢友因财而散世间多”，却与民间流传的鄂比送给曹雪芹的对联仅有3字之差。尽管对这处故居红学界有争议，但在此建一处曹雪芹纪念馆却是大家的共识。1984年纪念馆落成时，傅杰曾为纪念馆亲笔题写馆名。2001年10月27日，能诗善文的江泽民参观了黄叶村曹雪芹纪念馆。现纪念馆展室内外的照明和消防设备，就是当年总书记指示有关部门拨专款修建的。

这些年，曹雪芹纪念馆经过整修和不断充实内容，已开放3个院落和4个展室，分别为旗下老屋、建馆由来、家世渊源、雪芹一生、千古风流等几个部分。全面介绍了曹家自高祖曹振彦在努尔哈赤攻打沈阳时被俘为奴后，靠着自身的才干和屡立战功，成为“从龙入关”的勋旧，到后来曹家3代4人做了58年的江宁织造，曾4次接驾南巡的康熙皇帝，极尽富贵荣华。后来，曹家由于康熙、雍正皇位更迭的政治变故受到牵连，开始由盛变衰。雍正六年（1728年）曹家被撤职抄家并递解回北京，此后曹家又遭到一次重大变故，终于一蹶不振，曹雪芹搬到香山正白旗时竟沦落到“寒冬噎酸齑，雪夜围破毡”“举家食粥酒常赊”的窘境……因感慨曹家的盛衰荣辱，才思敏捷的毛兄福民当即赋诗一首：“晚秋黄叶村，诗友梦笔飞。审美看《红楼》，细解辛酸泪。贫富无定主，盛衰有轮回。叶红叶黄落，常青谁能为？”

我曾多次拜谒黄叶村，每次都有新感受。此次拜谒，触动心扉的是纪念馆门口镌刻的敦诚那首《寄怀曹雪芹》：“劝君莫弹食客铗，劝君莫叩富儿门。残羹冷炙有德色，不如著书黄叶村。”可以想象，曹雪芹亲历了家道急骤中落的变化，饱尝了穷困潦倒的世态炎凉，看到了统治阶级盛衰轮替、无可挽救的命运，决计“醉余奋扫如椽笔，写出胸中磈礧时”，一定会遇到许多意想不到的困难。同为宗室子弟、志同道合的好友敦诚感同身受，于是在乾隆二十二年（1757年）丁丑之秋赠诗曹雪芹，鼓励他莫向权贵低头、莫学冯谖寄人篱下，宁肯残羹冷炙、雪夜围毡，一定要把《红楼梦》写出来。富贵难常在，友谊却长存。这种正直清高的知识分子之间的友谊，这种艰难困苦中的互相砥砺、互相鼓舞，对于“批阅十载，增删五次”，呕心沥血创作“字字皆是血”的不朽巨著的曹雪芹来说，是莫大的鼓舞和激励。正是在敦敏、敦诚兄弟包括脂砚斋等一批友人的大力支持下，曹雪芹才完成了中国文学史上的不朽巨著《红楼梦》！

细读这段历史，感到曹雪芹和诗友们当年提倡的“远富近贫”的理念，今天仍有借鉴意义，特别是对于爱“傍大款”的官员们，很有现实意义。对于文学家来说，“远富近贫”，才能“接地气”，了解中国社会最底层的真实情况，创作出针砭时弊的好作品。就是对于我们这些曾经担任过一定职务的离退休“老翁老妪”们来说，“远富近贫”，才能自觉想老区、做奉献，更好地回归群众、回归自然呢！

(2013年11月，载11月26日《北京旅游报》、11月29日《江西日报》、12月8日《大周刊》)

链接

曹雪芹与敦敏、敦诚兄弟

敦敏、敦诚兄弟，系努尔哈赤第十二子英亲王阿济格五世孙。他们于1744—1755年间在右翼宗学(专为皇室子弟开设的官学)读书。在这里，他们结识了在右翼宗学管理日常事务的曹雪芹。他们小曹雪芹约十多岁，对曹雪芹的患难遭遇深表同情，对曹雪芹的人品和才学非常敬佩。同为宗室子弟的身世，命运多舛、怀才不遇的经历，使他们成了最为了解曹雪芹的忘年之交。敦诚的《寄怀曹雪芹》一诗全文为：“少陵昔赠曹将军，曾曰魏武之子孙。君又无乃将军后，于今环堵蓬蒿屯。扬州旧梦久已觉，且著临邛犊鼻裈。爱君诗笔有奇气，直追昌谷披篱樊。当时虎门数晨夕，西窗剪烛风雨昏。接罗倒着容君傲，高谈雄辩虱手扪。感时思君不相见，蓟门落日松亭樽。劝君莫弹食客铗，劝君莫叩富儿门。残羹冷炙有德色，不如著书黄叶村。”

域外采撷

韩国考察随记

虽然新闻传媒对“1993年大田世界博览会”的报道已经不少，但是当我随国家自然科学基金会科技考察团，来到气势磅礴、场面壮观的博览会大门时，还是感到那样的新奇和兴奋。

韩国历史上经济文化比较落后，同我们一样也遭受过日本帝国主义的侵略。韩国从1904年被迫与日本签订《韩日协约》，逐渐沦为日本的殖民地，到1945年日本帝国主义投降，遭受日本的侵略和殖民统治达40年之久。韩国人口4400多万，人口密度比我国还大。韩国幅员不大，国土面积只有9.9万平方公里(相当于辽宁省的2/3)，国内资源也不丰富。韩国为什么能够在短短几十年的时间里，实现经济起飞、跨入“亚洲四小龙”的行列?

新的起飞靠什么

大田世界博览会的主题是“新的起飞之路”。陪同参观的韩国翻译

1993 年在韩国首尔

李峻厚，时年28岁，曾在北京语言学院学习过，是个中国通。他告诉我，韩国是把这次博览会作为1988年汉城奥运会之后的“科技奥运会”来举办的。经过政府和企业界3年的精心筹备，在具有“韩国硅谷”之称的大德科学园旁边，建起了占地90多万平方米的展览场馆。同时，还建造了14处信息中心和具有3300多套房间的博览城公寓及其配套设施，总耗资近20亿美元……

同行的白鸽，是位快人快语的姑娘，她说：“哟，比举办一次奥运会花的钱还多！这次博览会的收益一定不错吧！”

小李风趣地笑了：“举办博览会可不比奥运会，显然这些公寓博览会后可以出售，但要从经济上算总账，是要赔钱的。”

那么，韩国投入那么多的财力、物力、人力举办博览会，其真正用意是什么？

说起来话长。

韩国经济从60年代初起步，前两个五年计划，平均经济增长率分别

为7.8%和9.6%,同时完成了从轻工业向重工业化经济结构的转换。以后,经济发展逐步加快,70年代开始吸收外资,大量引进外国先进技术与消化创新,走出一条贸易立国的路子。1980年,工业制品占出口比重达90%。以"新兴工业经济"姿态进入80年代后,韩国继续保持经济高速增长势头。1987年至1991年的第6个五年计划的前3年,经济增长率竟高达12%。然而面临西方越来越大的贸易保护主义的压力和国内的种种问题,近年来韩国经济增长势头不断受挫,去年国民生产总值增长率只有4.7%,是近30年来最低的年份。韩国朝野各界对经济的不景气非常关注,采取了许多措施,力图通过调整产业结构,发展高科技产业,实现第二次经济起飞,跨入高科技产品出口国的行列。大田博览会就是在这样的背景下举办的。

参观博览会的人摩肩接踵,人山人海。从小学一年级的学生,到七八十岁的老人,在各个场馆前排成一队队长龙。博览会工作人员说,从1993年8月7日开幕到10月10日,参观的人已有860万人次。笔者记下了10月12日一天的参观人数:上午9点20分开馆前,自动计算仪上显示的累计人数为8894913人,晚上8点闭馆时为9107894人,也就是说一天的参观人数为213081人。10月18日我们离开韩国时,听说参观人数已逾千万。到11月7日闭幕,估计参观人数会达到1200万至1500万。在那众多参观者中,虽然也有不同肤色和讲不同语言的外国人,但绝大多数还是韩国人。韩国现有人口4400万,也就是说全国有1/4的人参观了博览会。

在自然生命馆,笔者遇到了一件稀罕事:那天上午,一位70多岁的老妈妈在地上爬着,虽然地上铺有地毯,但我还是有些不解,不知这是韩国的什么礼节。爬到一个台阶,老妈妈方慢慢地站起来,用手不停地捶打自己的腰。这时,我才明白,这位从山区来的老妈妈虽然因赶路累得腰酸腿疼,但却不肯放弃参观机会。为什么?因为博览会太吸引人了。在这里,不是一般的图片展览和介绍,而是集科学性、知识性、趣味性于一体,把世界科技尖端技术与韩国的最新科技成果,通过音、像、图、声、光、电等多种手段,立体化地展现在观众面前。在宇宙探险馆,你可坐上飞船遨游太空；在汽车馆，你可坐上未来汽车漫游世界；在韩国政府馆，你可看到21世纪自然与人类及科技相互协调的美好景象……每一个馆都各具特色，各有“绝活”，让人流连忘返。人们感受到了一次生动的、系统的、深刻的科普教育。

此时此刻，我才领悟到韩国举办这次博览会的真正用意，在于借机进行一次全民性的科普教育，以提高全民族的科技素质。而全民族科技素质的提高，才是经济“新的起飞”的真正动力之所在啊！

民族传统与现代科学有机结合

登上位于首尔中心部位的南山公园的制高点，一座传统与现代有机结合、繁荣发达的现代化城市的美景尽收眼底。“大汉门”古建筑群与现代高楼大厦和谐相处，错落有致；汉江上的铜雀大桥、汉江大桥、东湖大桥、麻浦大桥似彩虹飞架；江两岸绿树成荫，碧草如茵；横贯南北的汉江路上车水马龙……

在首尔的大街上，看不到自行车，骑摩托车的也不多。汽车、地铁是人们上下班的主要交通工具。据说首尔每10人就有一辆小汽车。令我感慨的是那些小汽车、小客车绝大多数是韩国的国产车，很少有外国进口车。负责接待我们的王秉盛是位华侨，祖籍山东。他说韩国人以用国货为荣，坐国产车、抽国产烟、穿国产服装……

韩国国民收入在亚洲来说比较高。收入虽高，但从政府宴会到普通人家待客，都不奢侈。赴韩国前，听说金泳三就任总统后，大力提倡勤俭节约的作风，请老同志、老朋友到总统府就餐，仅有牛肉汤泡饭和汤面。当时我还半信半疑，赴韩国后才知道确有其事。10月11日上午，我国考察团团长、国家自然科学基金会国际合作局副局长张连仲一行，同韩国科学工程基金会国际协力部部长郑柄玉等，举行了友好会谈。双方回顾了一年来的合作发展情况，商谈了新的合作项目。会后，主人设宴款待。大概是出于礼貌，上的是西餐。席间主人一不劝酒，二不让饭（为别人夹菜)。至于饭菜的量,坦率地说,绝撑不着人。回到住地,大家就自发地议论起来:勤俭节约是中华民族的优良传统,可这些年让一些人丢掉了。一个宴会,十几道菜、二十几道菜,一桌几千元、上万元,有的连一半也吃不了,大量的饭菜被倒掉了,多可惜!还有的说,回去要向有关部门建议,从领导做起,从自身做起,坚决把用公款大吃大喝的歪风刹住。

大田博览会,是世界科学尖端技术的盛会,是韩国实现第2次经济起飞、迈向21世纪的跳板。金泳三总统最近宣布,要在今后3年内创造第2个奇迹。到1998年,人均国民收入从去年的6500美元,增至1.5万美元;到2001年,韩国工业生产实力要跃居世界第5位,贸易额要达到4200亿美元;电子产品出口在世界市场的占有率,要从1991年的4.5%增至13.5%;汽车产量从目前的178万辆增至400万辆,排名上升到世界第5位;造船吨数达540万吨,仅次于日本;钢产量达3500万吨,排名升至世界第5位。如果新的经济计划能够实现,那么韩国会成为“另一个日本”。

参观完大田博览会,好客的主人又邀请我们参观了首尔国立民俗博物馆。开始,我还有些诧异,暗想我们是考察科技的,参观民俗干啥?可是看后却颇受启迪。这座气势宏伟、具有民族风格的博物馆,展览面积7352平方米,展示物品(景点)达4300多件(处)。通过音、像、图等实景实物,展示了韩国古往今来的社会变迁、民俗风情、劳作方式、经济发展和科技进步的轨迹,讴歌了民族几千年的文明史。参观民俗博物馆,对国民特别是青少年来说,确实是进行不忘历史、不忘民族优良传统、不忘祖先辛勤劳作创业精神的生动形象的一种好的教育形式。据韩国朋友说,韩国各地都建有具有各地特色的民俗博物馆。韩国政府在大力支持和倡导建立各类民族传统文化教育设施的同时,还加强了对各类夜总会、卡拉OK舞厅的管理。为了防止一些青年晚上纵欲过度,影响第二天工作,有关部门规定首尔的卡拉OK舞厅,夜里零点以前必须关门。

此时此刻,我领悟到主人的真实意图是要告诉世人:实现新的经济起飞的关键,在于民族传统与现代科学技术的有机结合!

从韩国回来时,我们取道仁川坐船。那船是中韩合资购买的一艘客轮,中韩双方船员每家包跑一个来回。但船中间的小卖部里,却一层是中方的,另一层是韩方的。在中方的小卖部里,摆的烟、酒、糖等几乎全是“洋货”;而在韩方的小卖部里,摆的全是韩国货。没来得及上街买东西或身上还剩下点外币的人,几乎把钱都“交给”了韩方的小卖部。因为去了一趟韩国,回来见了亲戚朋友,总要递根韩国烟、送块韩国糖吧!将心比心,韩国旅客回国时,守着没有中国货的中方小卖部,不知将做何感想?!

有人对韩国人以坐国产车、抽国产烟、穿国产服装为荣不以为然,提出“韩国人比中国人更爱国吗?”鄙见以为,爱国不爱国,固然不能单纯以坐什么车、抽什么烟来衡量,但是,爱国不是一句空话,振兴中华要有实际行动。在我们国家还不太富裕的情况下,就忘记了艰苦奋斗、勤俭建国的优良传统,不顾国情地讲排场、摆阔气、盲目追求洋消费,甚至用公款大吃大喝,奢侈浪费,难道能说这是爱国的实际行动吗?没有现代科学技术,实现不了社会主义现代化;丢掉了艰苦奋斗的优良传统,同样实现不了社会主义现代化。

增强全民的环保意识

在首尔金浦机场刚下飞机,主人就满脸微笑地介绍说:“韩国位于东亚季风带,夏季炎热潮湿,冬季漫长干燥,现在是气候最好的日子。”确实,在韩国的日子里,天气晴朗,阳光明媚,清爽宜人。用我们的眼光看,韩国的环境保护是搞得比较好的。从首尔到大田特别市150多公里,高速公路两旁山清水秀,稻田金黄。没有裸露的山头,也看不到污染的河流。听主人说,首尔人饮用的是流经首都的韩国第二大河——汉江的水。

然而,韩国朝野各界对于产业化和经济高速增长带来的负效应——环境污染深感忧虑。面临环境与发展问题严峻挑战的韩国政府,决心通过改变能源结构、加速调整产业结构来加强环境保护。高科技产

业已被列为20世纪重点发展目标。政府制订了总投资额为20亿美元的“信息通信技术开发计划”，拟以通信、电脑、半导体为重点，大力发展信息业的硬件及软件，目标是成为世界上半导体芯片的最大生产国。同时，下决心限制耗能大的钢铁、水泥、化学等行业的生产和开工率。在能源方面，大力提高核能发电能力，减少对煤炭与石油的依赖。对公民的环保要求，也做了明确规定。比如，在首尔的大街上随地吐痰、乱扔烟头杂物者，会被课以30美元的重罚等。

但是，要实现人类、资源与环境的协调发展，把保护环境变成人们的自觉行动，必须大力提高全民的环保意识。韩国政府正是认识到了这一点，所以在大田博览会的政府馆，在向人们展示了韩国美丽的自然风光、多姿多彩的风土人情、古代的发明、艰苦的创业历程之后，专门搞了一条“悬崖之路”的展览。这是一条用垃圾、废弃的易拉罐、旧轮胎、旧胶鞋等压制成的灰色的路，再配以暗淡的灯光、沉重的解说词，使人看后感到压抑和沉闷；同时，对伴随着产业化带来的垃圾问题、酸雨与山林的荒废、水与大气的污染、臭氧层的破坏、地球的变暖等问题，以及对自然资源惊人的浪费和对环境触目惊心的破坏，有了切身的感受和深刻的认识。它提醒人们，如果对经济高速发展带来的环境污染及高度物质文明带来的社会问题不高度重视，并采取有力措施加以解决，那么等待我们的将会是一条通往悬崖的绝壁之路。

出路在哪里？博览会为我们展示了一条自然与人类、环境协调发展的“彩虹之路”。在“资源利用馆”，你可以看到，随着科学技术的发展，开发核电新能源及科学运用现有资源的美好前景；在“废物再利用温室”，你可以看到把食物渣滓有效利用，制成有机肥料栽培植物，形成良性循环的未来景象；在“再利用造型馆”，你可以看到资源的再生利用，工业废弃物怎样被制造成各种有用的物品等。

大田博览会是一个关心地球环境的世界博览会。博览会的两个副题之一，就是“资源的有效利用和再度利用”。它向人们提出的寻求自然与科学技术协调发展、防止环境污染和资源枯竭的问题，是人类迈向21

世纪时亟待解决的重要课题，对正在加快改革开放和社会主义现代化建设步伐的中国来说，有着重要的启迪。

目前，环境污染、生态恶化，已成为制约我国国民经济发展的重要因素之一。随着经济的快速发展和人口的膨胀，我国城市住房紧张、交通拥挤、污染日益严重，能源和水源供应不足。据说由于污染，南京江段上下几十公里，守着长江没水喝。由于乡镇企业“三废”的危害，农村生态环境的压力也日趋增大。我国是世界上水土流失最严重的国家之一，森林覆盖率只有世界平均数的54.2%，沙漠化土地每年在以1000平方公里的速度蔓延……

生态环境已经向我们敲响了警钟。人们常说，我们共有一片蓝天，我们共居一块绿地。面对关系国家兴亡、民族兴衰的大事，每个人都不应该等闲视之！

（1993年11月，载同年11月11日、11月13日和11月15日《科技日报》）

链接

大田世界博览会

大田特别市位于韩国中部，北距首都首尔152.3公里，南距釜山153公里，特殊的地理位置和完善的城市功能使大田成为韩国重要的交通枢纽和信息中心。大田又是一座科学城。设在大田市大德区的韩国科学研究中心占地近30平方公里，聚集了韩国国家研究机关、国有企业研究院、大型企业集团研究院所60多个，其研究对象包罗万象，几乎涉及了政治、经济、文化、社会、科学等各个领域，其强大的科技转化能力成为韩国经济发展的主要科技动力。大田世界博览会场馆坐落在具有“韩国硅谷”之称的大德科学园旁边，占地90.1万平方米，由展示区和支援设施区两部分构成。展示区包括国际展示区和永久展示区，占地24.9万平方米；支援设施区由管理、供应、娱乐及停车场等设施构成，占地65.2万平方米。博览会历经93天，共接待观众1400万人次（外国观众67万人次），收入总额达4471亿韩元。为配合展出，博览会期间共举办了2300多场科技和文化活动，使博览会成为名副其实的经济、科技和文化的“奥林匹克”盛会。

访英归来话生态

5年前，一位朋友从欧洲访问回来，谈起那里优越的自然条件和生态环境，有些愤愤不平地说："'上帝'偏向欧洲人。"我愕然不知所答，因为那时我还没有去过欧洲，没有亲身的体验。1999年6月下旬，我有幸随中国市场经济研究会考察团赴英国、德国考察。当我们乘上中国国际航空公司的波音747，从万里晴空鸟瞰亚欧大陆时，才感到"上帝"确实有些不公平。

"上帝"偏向欧洲人

飞机从首都机场起飞后，首先映入眼帘的是连绵不断的群山和裸露的山梁，那样子就像刀劈斧砍出的一只只巨大的龙爪；接着看到的是一眼望不到边的沙漠和干涸的河床，就连著名的锡林郭勒大草原，也只能看到淡淡的绿色，说明牧草长得并不茂盛。

然而，当飞机一进入西伯利亚上空，景色立即变了样。整个大地呈现出深绿色,仿佛铺上了一层地毯。东欧平原、中欧平原和西欧平原连成一片,地势平坦,植被很好;看不到隆起的山脉,看不到裸露的土地,就连欧亚两大洲分界的乌拉尔山脉,也好似那绿色原野上的一条时隐时现的飘带。而众多的湖泊,则像镶嵌在碧玉上的一颗颗宝石。

欧洲不仅地理条件优越,而且气候也宜人。这里大部分地区处于北温带,气候温和湿润,风调雨顺。由于河网稠密且分布均匀,所以,尽管雨量充沛,但很少发生大的洪涝灾害。特别是我们考察的第一站——大不列颠及北爱尔兰联合王国,更是典型的海洋性温带阔叶林气候。我们下榻的沃辛市(伦敦正南100公里),简直是神仙居住的地方。这里面对英吉利海峡,夏天凉爽,最高气温不超过22摄氏度,没有蚊子,没有苍蝇,因而屋里不用装纱窗,不用安空调,我国的北戴河等避暑胜地莫能比焉;冬季则温暖多雾,虽地处北纬50度以北,可最低气温只有零度左右,而我们国家北纬50度以北的大兴安岭地区,最低气温可达到零下40摄氏度以下。如此等等,让人心理实在有些不能平衡:同在一个地球上,

西伯利亚上空俯瞰图

同为能够制造工具并利用工具的高级动物，“上帝”何以厚他而薄我？

我们自己把生态环境破坏了

可是细究起来，“上帝”又是公平的。只不过我们的祖先及我们自己把良好的生态环境破坏了。据文献记载和考古学的最新成果证实，在那久远的年代，西北黄土高原曾是满目青山绿树、处处花香鸟语的乐园。我们的祖先——黄帝部落，之所以能够在那里生存繁衍，一个重要原因，就是那里的生态环境优越。但是，随着部落的迅速扩大，人类对生态环境的破坏日益严重。当然也有自然灾害，如雷击引起大火等，从而使这一带失去了继续生存的条件。黄帝不得不率领众人顺着黄河和桑干河流域向东迁徙，去侵占其他部落的地盘。当遇到其他部落抵制时，于是爆发了中华民族史上有文字记载的第一场战争——“黄帝与蚩尤战于涿鹿之野”（涿鹿位于北京西北100多公里处）。近年来，还有资料介绍，生长在东北深山老林的人参，原产于太行山区。其种子是经燕山山脉逐步传向东北的。这也就是说，在古代，山势险峻雄伟的太行山，曾经古树参天，花草覆盖，远不是今天这般光秃秃的模样。从这层意义上说，五千年文明史，是我们的骄傲和财富，也是可持续发展的包袱和制约因素。

责怪古人没有意义。因为那个时候，他们还不懂得保护环境的重要性。然而，令人痛心的是，这些年我们对生态环境的破坏程度超过了前人许多倍，甚至一年等于过去的十年、二十年。记得30年前，华北平原上许多河流的水清澈透明，能够饮用。那时，鱼儿在水中游荡，水鸟在水上嬉戏，人在河中游泳，其乐融融。后来，鱼儿死了，水鸟飞走了，人不敢下水了。再后来，这些河流变成了一条条带有恶臭的水沟。还有，那时的坝上草原，是“蓝蓝天上白云飘”“风吹草低见牛羊”的美好景象。而如今呢，草场退化，甚至有的变成了荒漠。在河北张家口地区，至今流传着“黑乎乎，黄乎乎，白乎乎”的顺口溜，真实地记述着一个人为造成生态环境破坏的悲剧。那是在“以粮为纲”的70年代初，上边的一位领导人，到坝上地区视察工作，看到草原上“黑乎乎”的腐殖层，突发奇想：这么肥沃的土地，若是翻起来种粮食该多好？一些盲从的干部群众，按照他的话翻掉草场种上了小麦。第二年，小麦确实长得很好，特别是小麦黄梢的时候，“黄乎乎”的一片，好看极了。但好景不长，这年冬天干旱缺雪，刀子似的寒风把没有草根覆盖的腐殖层一层层地刮起，到了春天，只剩下了寸草不长的“白乎乎”的沙子。上百年甚至数百年形成的腐殖层就这样人为地破坏了，多么令人痛惜！然而，这令人痛惜的事例还在不断地发生着。一些为了眼前利益、小集团利益的人，还在日趋严重地破坏着我们共有的蓝天、树林、草原、河流和海洋……

良好的生态环境要靠辛勤建设和精心保护

这次考察使我们感到，过去我们对欧洲生态环境的认识和宣传还不够全面。比如，强调大自然（或“上帝”）对他们的馈赠比较多，而对英国“1952年伦敦毒雾事件”的前车之鉴认识不深、警惕不够，对他们几十年持续治理泰晤士河、防治空气污染的经验了解不多、借鉴不够；再比如，我们往往比较多地从经济、自然条件等硬环境上找差距，而比较少地从全民的生态意识和植树、护草、爱鸟等软环境上找差距。在沃辛市我们的驻地酒店附近，有一个无人看管的街心公园，里面鲜花盛开，而散步的老人、玩耍的孩子，没有一个人去采摘。我听过一则笑话：一次警察抓小偷，两个人围着公园跑，逃跑的、抓捕的都不忍心去踩草坪。英国人爱鸟，伦敦特拉法加广场上有上千只可爱的鸽子，没有一个人去捕捉它们；鸽子经常与喂养它们的市民和游人嬉戏，飞到人的肩上、手上觅食。海边低空飞翔的天鹅、海鸥，野外草地里的兔子，见了人都毫无惧意，因为没有人去伤害它们。而这些，恰恰是造成我们的生态环境与欧洲国家的差别越来越大的主要原因。

我们不相信上帝。因为，在这个世界上，从来就没有上帝，没有救世

主。如果一定要寻找的话，那么，人民群众就是“上帝”，我们自己就是“上帝”。良好的生态环境，要靠每个社会成员的辛勤建设和精心保护，要靠自己的双手去创造！

（1999年7月，载同年8月7日《科技日报》和第9期《吉林通讯》）

链接

1952年伦敦毒雾事件

英国工业革命以来，伦敦就以“雾都”扬名。1952年12月5日，大雾开始围困伦敦城。空气中的二氧化碳、一氧化碳、二氧化硫、二氧化氮等附着在飘尘上，凝聚在雾气中，使伦敦城变得漆黑一片，几近瘫痪。汽车的挡风玻璃因沾满微尘只能开着雾灯爬行，剧院、电影院因观众看不清舞台和银幕不得不停演，泰晤士河水路交通停运，警察不得不手持火把在街上执勤。因毒雾中的二氧化硫比平时增加了7倍，致使数万伦敦人染上支气管炎、气喘和其他呼吸系统疾病，从12月5日至8日的4天时间里，就有4000~6000人死亡。12月9日毒雾虽被狂风驱散，但在此后两个月内，又有8000人因毒雾事件而死于呼吸系统疾病。毒雾还使当时参加展销会的350头牛惨遭劫难，先是1头牛当场死亡、14头奄奄一息，继而38头牛也严重中毒。这就是震惊世界的“1952年伦敦毒雾事件”。这场悲剧使英国人深刻认识到了空气污染的严重危害，他们痛定思痛，下决心治理生态环境，并颁布了世界上第一部现代意义上的空气污染防治法。经过坚持不懈的努力，才使“雾都”变成了“绿色花园之城”。

南太平洋的中国心

2000年3月作者在澳大利亚昆士兰龙柏公园

波音747客机像离弦之箭，直指万里苍穹。

别了，水面宽阔、风光旖旎的悉尼湾；

别了，洁白夺目、形若贝壳的建筑奇葩——悉尼歌剧院；

别了，南太平洋上神秘的“伊甸园”——澳大利亚！

十天前，我随代表团飞越赤道，来到这“孤独的大陆岛”时，感觉是那样的新鲜和神奇。而如今要离开时，却是那样的留恋和遗憾。飞机沿着海岸线向北飞行，脚下的城市、高山、河流渐渐地模糊起来，而此行留给我的

作者与时任中央组织部副部长的张柏林(右)在澳大利亚布里斯班的游船上

美好印象,特别是那一张张亲切的面孔却在脑海里越来越清晰起来。

汤姆·伯恩斯先生,是位慈祥的老人。他浓眉毛,大眼睛,额头上深深的皱纹里蕴藏着丰富的人生阅历。当以曾庆红同志为团长的中国共产党代表团步出布里斯班机场时,老人已经笑嘻嘻地在那里等候了。代表团在昆士兰州访问的两天,老人一直陪同。那言语,那眼神,那举动,就仿佛是对待自己的亲人一般……

汤姆·伯恩斯先生现在是澳大利亚昆士兰州政府"昆士兰—中国理事会主席"。70年代初,他曾出任澳大利亚工党全国主席。1971年,伯恩斯先生随同高夫·惠特拉姆率领的工党代表团访华。此次访华在澳中关系史上具有十分重要的意义。一年后,工党在澳大利亚全国大选中获胜,惠特拉姆先生出任工党联邦政府总理。同年12月,澳大利亚政府承认中华人民共和国是代表中国的唯一合法政府,两国正式建立了友好外交关系。1973年,伯恩斯先生再次随惠特拉姆访华时,周恩来总理曾亲临机场迎接,邓小平同志还陪同他们观看芭蕾舞剧《白毛女》。此后的

2000年3月在悉尼机场与澳大利亚友人合影(右一为马克文,左一为“老杜”)

20多年里，伯恩斯先生以昆士兰州工党政府副州长和反对党领袖的身份,多次率领政府代表团和商业代表团访华,为推动两国关系的发展和增进两国人民的友谊,做出了卓越的贡献。

1999年9月,中国国家主席江泽民首次访问昆士兰州时,伯恩斯先生极尽地主之谊。他热情地陪同江泽民主席游览了澳洲旅游胜地大堡礁。伯恩斯先生还数度与国务院总理朱镕基会面,进行了亲切交谈。作为会见过中国三代领导人的澳洲政界人物,伯恩斯先生1996年退休后,仍为增进澳中两国政府和人民之间的了解和友谊而奔忙。想起他,我心里充满了敬仰和感激之情。

“老杜”,英文名字叫Grant Dooley,是个正在热恋中的小伙子。他热情活泼、风趣幽默。他说自己对中国的感情,就像对女朋友那样一往情深。为此,他还特意取了个中文名字“杜恪然”。我们和他混得很熟,都亲切地喊他“老杜”。“老杜”说,他16岁当水兵,1989年,他所在的军舰作为澳大利亚海军的友好使者访问中国,他第一次到了上海。望着鳞次栉比

红枫集

的高楼大厦，游览了车水马龙的南京路，观赏了美丽的外滩夜景，“老杜”陶醉了。哇，中国太伟大了，中国太美了。他被有着五千年文明史、正在以崭新姿态屹立于世界东方的新中国迷住了。他想，如果会中文并能够自主地学习中国悠久灿烂的历史文化，同这友好国家的人民自由地进行交谈，那该有多好啊！

回到澳大利亚，他就找到一位华人老师，用业余时间学起了汉语。老师姓王，待他很好，亲切地喊他“小杜子”。每次他去了，老师不但教他汉语，还给他讲中国的历史文化。此后的日子里，“老杜”不管是在部队服役，还是到新加坡工作，都没有停止过学习。功夫不负有心人。经过坚持不懈的努力，他终于基本掌握了汉语。他的中文虽说不上流利，但能和我们进行交流，这为我们的访问提供了不少便利。也许正是这个原因，外交部派他作为全程陪同代表团的工作人员。就在我们即将结束访问的那一天上午，“老杜”激动地告诉大家，他准备送走代表团后，到悉尼大桥去和女朋友约会，并正式向她求婚。说着，“老杜”从西服内兜里掏出为女朋友定做的钻戒让大家看。我们祝他心想事成、求婚成功。“老杜”高兴得脸上泛光，说有代表团的祝福，求婚就更有把握了。想起他，我心里又多了一份甜蜜的牵挂。

马克文的“亮相”，更让人难以忘怀。在悉尼国际机场贵宾室，初次见面的他是这样介绍自己的：“我叫马克文，是马克思的弟弟。”一句话逗得人们哈哈大笑，也拉近了与我们的距离。后来才知道，马克文曾在北京读过书，在澳大利亚驻中国大使馆工作过，现任澳大利亚外交贸易部中国双边处处长。他把北京称作“老家”，说今年5月有可能回“老家”看看。谈到未来的理想，他坦率地说：“我的目标是当驻中国大使，为澳中两国政府和人民之间的友好关系谱写新的篇章。”

……

此时此刻，我不由得想起了张明敏演唱的荡气回肠的《我的中国心》。这些澳大利亚朋友，不仅“洋装穿在身”，而且是真正的“洋人”，可是他们却有一颗中国心。“长江、长城，黄山、黄河”，在他们“心中一样亲”。作为炎黄子孙、黑头发黄皮肤的中国人,“流在心里的血”,又应当如何“澎湃中华的声音”,以怎样的行动报效祖国母亲?对比这些外国人,那些只知吸吮母亲的乳汁、不思向母亲奉献的中国人,那些没有民族自尊心和自豪感,甚至数典忘祖、背叛祖宗、分裂祖国、不承认或不愿承认自己是中国人的中国人,难道不感到羞愧、汗颜、无地自容吗?

(2000年4月,载2000年第7期香港《紫荆》杂志和第7期《吉林通讯》)

链接

匕首投向“台独分子”

2000年是中国农历的龙年(庚辰年)。龙是一种文化,也是中华文明的图腾与象征。中国被称为龙的故乡,海内外黑眼睛、黑头发、黄皮肤的中国人,不管身在哪里,都以自己是龙的传人而自豪。有一首《龙的传人》的歌唱得好:“古老的东方有一条龙,它的名字就叫中国;古老的东方有一群人,他们全都是龙的传人。巨龙脚底下我成长,长成以后是龙的传人……”

龙年又是吉祥的象征。龙行天下,明见万里。但是年3月20日在台湾当局领导人的“大选”中,却因李登辉耍阴谋、排除异己,导致国民党分裂。陈水扁渔人得利、乱中夺权,登上了台湾当局领导人的宝座。陈水扁与其搭档吕秀莲都是大陆迁台的客家人的后裔,吕秀莲当选前还曾回大陆寻根祭祖。可是为了一党和自己的私利,他们当选后竟公然数典忘祖,不承认自己是中国人。同为炎黄子孙的我,是在澳大利亚听到陈水扁上台的消息的。对他们背叛祖宗、分裂祖国的行径,我嗤之以鼻。虽然散文一般不具有投枪的功能,但在该文的末尾,我通过与澳大利亚友人对比的手法,将匕首投向了陈水扁、吕秀莲等“台独分子”。

新加坡印象记

对于新加坡，国人是比较熟悉的。比如，新加坡是一个“除了阳光和空气，几乎没有任何资源”的岛国，包括粮食在内的所有农产品全靠进口，连饮用水大部分都是从马来西亚进口的。但是，自从1965年8月9日新加坡共和国建立以来，短短几十年时间就创造了奇迹，一跃而成为亚洲“四小龙”之一，人均国民生产总值首屈一指。经济上去了，社会风气、社会治安搞得也不错；还有实行高薪养廉，公务员的薪酬很高等。特别是对具有传奇色彩的前总理李光耀，更是家喻户晓。但是，2002年7月下旬，当我作为第20期中国赴新加坡经济管理高级研究班的学员，来到这个既熟悉又陌生的国家的时候，却感到它是那样的“神秘”。

900亿美元的国内生产总值是怎样实现的

新加坡位于马来半岛南端，由新加坡岛和几十个小岛组成，总面积只有682.7平方公里，和北京市朝阳区的面积差不多。新加坡岛从东到西约42公里，从南到北23公里，令新加坡人骄傲的新加坡河也只有4.1公里。

这个总人口只有402万人的"弹丸小国"，地下没有矿藏，地上没有资源，连淡水都要从马来西亚购买。穿行于新加坡的大街小巷，看不到一排排的厂房和高耸的烟囱，就是到了裕廊工业区，也感觉不到大工业的喧嚣。然而，2000年新加坡的国内生产总值竟达到了900亿美元，相当于我们国家经济总量的1/10；2001年由于受全球经济特别是美国经济低迷的影响，新加坡经济呈负增长，但GDP仍达到843亿美元。

人们不禁要问，新加坡的经济增长点在哪里？900亿美元的GDP又是怎么实现的？要回答这个问题，必须沿着新加坡的发展轨迹，去探求其中的"奥秘"。

1965年8月9日，新加坡在迫不得已的情况下宣布独立，用他们的话说，是被马来西亚"赶出来"的。当时，最令李光耀"头疼"的问题就是经济问题。因为，从完整意义上讲，新加坡不是个自然形成的国家，只是个贸易站、传统的转口贸易港。贸易港没有了腹地(同马来西亚关系闹僵，印度尼西亚又同他们对抗，贸易活动都停止了)，所以面临着重重困难，生存机会非常渺茫。外国评论预测，独立后的新加坡将"走投无路"。

在这种情况下，李光耀带领新加坡人民发愤图强，勇于探索，坚持走自己的路。他们抓住20世纪六七十年代世界经济结构调整的机遇，利用世界贸易与外国投资作为经济发展的垫脚石，创造了一种不同于其他国家和地区的经济发展模式——以电子、石油化工、金融、航运、服务业为主的外贸驱动型经济。每年的外贸总额约等于GDP的3倍，2000年达到4700亿新币。

——新加坡是世界级的天然港口，他们充分利用这一资产，把港口建成了世界最繁忙的港口和亚洲主要的转口枢纽，无论一年的什么时候，停泊在新加坡港的轮船都超过800艘。

——利用地缘和运输方便的优势，在新加坡建成了世界规模最大的炼油中心，2000年燃油供应量达1865万吨。

——利用稳定的政治经济环境、良好的电信金融基础设施和坚稳的监管机制，使新加坡成为世界四大外汇交易中心之一，平均日交易额达上千亿美元，金融服务业已占GDP的11%。

——利用优美的环境、良好的设施和优质的服务，使没有多少名胜古迹的新加坡，成为亚太地区最佳旅游景点之一，每年的游客约达800万人(是总人口的一倍)，旅游总收入达100多亿新币……

新加坡人就是凭着这种自强不息的精神，创造了许多世界一流和亚洲一流，只用一代人的时间，便把新加坡从一个贫穷落后的第三世界小国，建设成了繁荣昌盛的具有第一世界水平的现代国家。

如此“家长式”管理

家长式管理，在我们国家是个带有贬义色彩的词汇，它往往使人联想起封建大家长一人说了算的武断的管理方式。但是在新加坡，人们更多的是从另一个侧面来理解这一词汇，即政府应有“家长”那样的责任感、像“家长”那样无微不至地关心每一个“社会成员”。为了履行好“家长”的责任，新加坡政府采取了许多为民、便民的重要举措，如建立中央公积金制度、实行居者有其屋计划、开展家庭援助活动等，让每个社会成员都能得到实惠。说起来也凑巧，就在我们到达新加坡的第3天，我有幸享受了一次新加坡的“国民待遇”，对所谓的“家长式”的服务有了亲身体验。

7月27日下午，新加坡总理公署副常务秘书、民事服务学院院长杨亚美先生，为我们搞到几张当天晚上的国庆庆典预演的门票。于是，我们研究班团长、四川省委组织部副部长吴靖平，学员赵晓东和我，在新加坡外交部官员罗守业先生的陪同下，前往国家体育场观看。一个晚上遇到许多“没想到”，感触颇多。

比如，没想到进退场的交通组织得那么好。当天晚上参加国庆庆典的有55000多人。在别的地方，像这样大规模的文体活动，一般都是自己解决到体育场的交通问题，而自己没有车的群众来回乘车将会十分辛苦。但是在这里，政府定时在全岛各地设立乘车点，调集了若干车辆，免费把观看演出的人送到体育场，并且管接还管送回来。为方便有的群众乘地铁去观看演出，每张门票还配发一张充了双程车费的地铁卡。这样，确保了每个持票人都能准时赶到体育场。

再如，没想到组织者为观众考虑得那么周密。下午5时，我们赶到新加坡国家体育场时，已有不少群众排队进场。我们随着人群走到入口时，组织者给每人发一个背包。打开一看，令我们非常吃惊和感动。因为里面吃的、喝的、读的、用的应有尽有，对群众的关爱实在是无微不至。组织者考虑到观众吃不上晚饭，包里准备了饼干、芝麻饼、芝麻粥和矿泉水、八宝茶；考虑到观众观看演出时会喝彩、欢呼，包里准备了国旗、彩扇、彩灯(带电池)、敲击板，包括年轻人往脸上贴的彩膜等；考虑到观众观看演出后会回味演出的节目，包里准备了两本宣传资料，从国庆活动的主旨到庆典的程序、节目内容的介绍和图片；考虑到新加坡夏天多雷阵雨，包里还准备了一次性的塑料雨衣等。我数了数，大小有20多件(包)。5时50分，国庆预演前奏节目开始没多久，突然下起了滂沱大雨，但偌大个体育场秩序井然，没有跑的、没有躲的。我觉得，除了观众的爱国热情，一个重要的原因是庆典组织者为大家准备的雨衣发挥了作用。

回宾馆的路上，我们边走边议论，如果说这样诚心诚意地为群众服务，这样地想群众之所想、急群众之所急、办群众之所需叫“家长式管理”，那么，它不正是一个负责任的政府应当做的吗？

每个新加坡人都认为同属一个民族

新加坡是一个移民国家，最早的移民来自马来半岛、中国、印度和印尼群岛。现在的402万人口中，华人占76.8%，马来人占13.9%，印度人占7.7%，其他种族占1.6%。

如何把这样一个多元种族、有多种信仰、说多种语言的移民后裔们

凝聚起来，同心协力建设新加坡，一直是新加坡政府面临的严峻挑战，也是令李光耀“睡不安枕”的问题。因为，新加坡历史上曾经发生过族群之间的冲突。在谈到这一点时，李光耀曾经感慨地说：“怎么盖房子、怎么修理引擎、怎么写书，都有专著教导。但是从没见过有这样一本书，教人如何把一群来自中国、英属印度和荷属东印度群岛的不同移民塑造成一个民族国家。”

殖民统治时期，新加坡没有一种统一的语言。那时各族群都讲自己的母语，并且一个族群之间还有多种方言。比如，华语有7种方言，泰米尔语的方言则更多。如果说这给贸易往来带来诸多不便，那么在军队里则成了灾难。有的部队士兵之间、上下级之间也无法直接进行语言沟通。由于一些士兵只会讲方言，不得不为他们单独成立“福建话兵团”。这种情况使李光耀感到，统一语言是新加坡立国的当务之急。

但是，把哪一种语言作为国语，却是一个难题。马来人要求把马来语作为国语，华人则要求把华语作为官方语言。但是，在新加坡这样一个依靠国际贸易拉动经济发展的国家，如果将马来语作为国语，根本无法谋生，占国民多数的华人也不会赞成，可用华语其他族群则会反对。在这种情况下，只有英语是大家能够接受的中立语。新加坡政府从建国起，就逐步推广“双语”教学（英语和母语），并且把英语作为政府部门的工作语言和学校的教学语言，而华语、马来语、泰米尔语则作为官方语言共存。尽管这些年来，反对把英语作为全民共同语言的声音一直不断，但经过30多年的努力，英语作为全民共同语言已为大多数人所接受，这是在英国殖民统治时都没有做到的事情。随着英语的普及和国民素质的提高，进一步确立了新加坡国际化城市的地位，并且吸引全球多家跨国公司和200多家大银行来这里安家。

新加坡是个多种文化、多种宗教共存的国家。在新加坡既有佛教、道教，也有基督教、印度教、回教、锡克教，犹太教在这里也有两个教堂。国家奉行宗教自由，人民彼此容忍，大家相安无事。我们利用星期天，参观了华族的一个道教观。说是道教，其实是与孔教、佛教混为一体的一个庙宇，其内容涉及信仰、习俗和文化传统。我们还参观了一个建筑风格同道教截然不同的印度庙。尽管语言不通，但是印度教徒对我们态度非常友好。新加坡的节日也非常多，华族的农历春节、印度人的淡米尔新年、回教徒的开斋节，还有圣诞节、复活节等，都是新加坡的大节日。政府还在每个种族的大节日放假，让人们欢度、庆祝。

我们在新加坡的大街小巷漫步、购物，在同华人、马来人、印度人、阿拉伯人等自由接触中，深切地感受到了各族群之间的团结融洽、和睦相处。谈起这一点，自称是马来人和华人混血儿的欧阳小姐自豪地说："我们最大的成功是做到了每个新加坡人都认为同属一个民族，不论是华人、马来人、印度人、阿拉伯人都认为这里是他们的家。"

居安思危的国家

新加坡是个危机感很强的国家。从政府官员、授课老师到导游小姐，在介绍新加坡情况时，总是不忘告诉你："新加坡是个弹丸小国，没有资源，有的只是阳光和空气。"当人们由衷地赞扬新加坡在经济发展和社会治安方面取得的巨大成就时，新加坡贸易及工业部部长杨荣文却说："尽管目前新加坡处于前方，但我们的根基非常脆弱，我们所享有的优势都是短暂的。"

这不仅是政府的观点，也是新加坡有识之士的共识。为此，他们采取了许多措施，比如从上到下高喊"狼来了"，以期增强国民的"危机意识"。新闻媒介也大声疾呼："在充满竞争的新世纪，国人必须努力提高技能，以迎接挑战"，"国人应有主动性，发挥创造性"。在我们考察期间，《联合早报》刊登了一篇《新加坡很舒适，新加坡很让人不安》的文章，鲜明地提出，现在国民安于舒适的环境，习惯于无限的物质需求，今后如何持续新加坡的发展?靠什么样的国民来持续?又如，抢占"人才高地"，保持和提升国家的竞争力。90年代初，他们引进高素质人才的同时，斥巨资兴办教育并对现有人才进行再教育、培训，提升全体国民的素质。

再如，善于利用机遇，“借船出海”。20世纪六七十年代，他们利用越南战争和世界经济结构调整的时机，迅速发展了起来。今天，他们提出要搭中国发展的“顺风车”，再创新加坡的辉煌。

此时此刻，我想起了一句名言：“只有常具忧患意识的民族，才是有希望的民族。”对取得的成就永不自满，不断地增强忧患意识，不停地进行探索，永不停止前进的脚步，这是新加坡给我的最深印象。

(2002年9月，载同年11月20日《四川日报》)

链接

新加坡民事服务学院

新加坡民事服务学院，是新加坡培训公务员的专门机构。新加坡政府十分注重公务员的培训，规定每名公务员每年培训必须达到100课时。新招聘的公务员必须首先接受训练，新上任的公务员必须书写本人宣誓书，在职的公务员每年也必须轮流进修，学习政治、法律知识和科学技术，不断提高自身的综合素质。为了搞好公务员培训，政府专门设立了公务员学院(民事服务学院)，并正式列为新加坡政府的65个法定机构之一。学院院长一般由政府要员兼任，2002年我们参加培训时，院长由新加坡总理公署副常务秘书杨亚美先生兼任。民事服务学院的培训，注意理论与实际结合，针对中国的国情，除讲授《新加坡政治治理原则》《新加坡政府的组织结构》《新加坡廉政建设》《新加坡国情与经济发展》《市场营销战略》《跨国公司经营理念》等课程，还把政府有关部门及企业作为现场教学点，组织我们到新加坡标准、生产力与创新局和淡马锡控股公司、贪污调查局、国际企业发展局、经济发展局、证券交易所、人民行动党总部等机关和单位，开展探讨式学习，提高了培训效果。

重走“生命之路”

——访俄散记之一

莫斯科红场钟楼上的红星

圣彼得堡（苏联解体前称列宁格勒），是十月革命的摇篮，第二次世界大战中同德国法西斯进行872天无比英勇斗争的英雄城市。在“列宁格勒保卫战”中，英勇的军民之所以能够在极其困难的条件下，粉碎敌人的重重封锁，成功捍卫自己可爱的城市，一个重要原因是有一条被称为“生命之路”的补给线。

拉多加湖，古时候称之为“涅瓦湖”，面积18.4万平方公里，是欧洲第二大湖。它南北长200多公里，东西最宽处达124公里，湖的北岸和西北岸都是陡峭的悬崖岩壁，湖深达250米；而湖的南岸则是低平的砂土层和沙滩，湖岸也比较平整，湖深只有20多米。2004年8月30日上午，我们中办赴俄罗斯社会转轨问题专题研讨班一行十多人，沿着当年的“生命之路”，来到了拉多加湖。在瓦加诺沃临湖的斜坡上，耸立着一座未合拢的半弓形结构的纪念碑，象征着当年敌人的封锁圈和一条给人以希望的“生命之路”。纪念碑旁的说明文说，这是一条在军事史上没有先例的汽车路。从1941夏天到1944年1月的那段时间里，列宁格勒的军民冒着敌机的轰炸和炮击，把祖国人民从拉多加湖水道支援来的食品、药品、燃料和弹药，用汽车、马车和其他一切能载物的交通工具，通过这条冰上之路川流不息地运往列宁格勒城里，返回时又把需要疏散的妇女、儿童和伤病员带出来……

重走“生命之路”，不仅使我们受到了一次深刻的传统教育，还意外地在“生命之路”第42公里处发现了一面悬挂在小房子上印有“镰刀斧头”的苏共党旗。这是我们踏上俄罗斯土地后看到的第一面，也是唯一一面苏共党旗。望着这面由于风吹日晒已经褪成杏黄色的红旗，我不由

同事徐涛在拉多加湖畔“生命之路”第 42 公里处的苏共党旗下留影

得浮想联翩、感慨万千：

第二次世界大战期间，希特勒为夺取列宁格勒这个苏联的重工业基地和波罗的海出海口，调集精锐部队和优良装备，进行疯狂的围攻、封锁。据统计，封锁期间，敌人共向这座城市倾泻了15万发炮弹、10多万枚燃烧弹和4600多枚杀伤弹；而此期间列宁格勒死于轰炸、炮击、饥饿和严寒的居民达66万多人，占当时实有城市人口的40%多。在这种极其困难的情况下，富有集体主义和牺牲精神的列宁格勒的党组织、军队和市民，同仇敌忾、顽强抗击，以钢铁般的意志和必胜的信念，成功地将法西斯拒于城外，创造了列宁格勒坚不可摧的神奇佳话。但是，话又说回来，20世纪80年代末90年代初，在没有外敌入侵的情况下，为什么苏联和东欧国家却"不攻自破"、执政的共产党纷纷丢掉了政权？

严酷的事实说明一个道理："堡垒最容易从内部攻破。"苏联解体、红旗落地，固然有内部原因、外部原因和历史原因，但起决定性作用的还是内部原因，其中又以党内领导层的原因最为根本。

第一，剧变祸起苏共领导对马列主义的背叛。戈尔巴乔夫上台不久，就抛出所谓的"新思维"，打着改革的旗号搞"改向"，提出建立"民主的、人道的社会主义"。在思想领域，戈主张放弃马克思主义的指导地位，实行意识形态"多元化"；在国家政体上，戈主张取消党的领导地位，实行多党制、议会制、总统制；在经济改革上，戈把公有制说成是造成人与生产资料及劳动成果"异化"的根源，积极推行"私有化"，从而把苏联带上了亡党亡国的不归路。

第二，苏共在选拔年轻干部上不讲政治，接班人成了苏共掘墓人。选拔者把对个人忠诚放在第一位，忽视革命化标准，使一些没有坚定理想信念和宗旨观念的人走上了领导岗位。比如戈尔巴乔夫，他在苏联解体后承认自己"从青年起就反党反社会主义"，可却很受当时领导赏识，仕途一帆风顺，25岁任团委书记、35岁任市委书记、47岁任中央书记，任苏共总书记时也才54岁；叶利钦曾任莫斯科市第一书记、中央政治局候补委员，他从党内"反对派"最终变成了反党反社会主义的"激进民主派”；还有像雅列夫科夫那样的政治变色龙，也被提拔到中央领导核心负责意识形态工作等。这些都充分说明了这一点。

第三，崩溃首先是从理想信念的崩溃开始的。苏联共产党长期忽视党的建设特别是思想政治建设。党失去了奋斗目标，党员干部坍塌了精神支柱，党和国家各级领导层中的腐败已发展到相当严重的程度。近年来有学者指出，苏联解体的最大受益群体是一些“党政干部”，所谓剧变只不过是这些既得利益者的“自我政变”，这就像小鸡“破壳”而出的道理一样。

重走“生命之路”，重温“列宁格勒保卫战”的历史，使我们对邓小平同志办好中国的事情“关键在党、关键在人”的论述有了新的认识。党的十六届四中全会做出的《中共中央关于加强党的执政能力建设的决定》说得好：“提高党的执政能力，关键在于搞好党的建设，不断增强党的创造力、凝聚力、战斗力。”

(2004年11月，载同年12月2日《组织人事报》和2005年1月27日《河北日报》)

链接

列宁格勒保卫战

列宁格勒原名彼得格勒，是彼得大帝于1703年建立的俄国“欧洲之窗”，也是十月革命的摇篮，1924年更名为列宁格勒。它是苏联的第二大城市，重要的海港和铁路、河运枢纽以及波罗的海舰队的重要基地。1941年6月22日拂晓，德国法西斯对苏联发动闪电式袭击。同年7月10日，气急败坏的希特勒在北翼调集了32个步兵师、4个坦克师、4个摩托化师和1个骑兵旅的兵力，配备6000门大炮、4500门迫击炮和1000多架飞机，向列宁格勒发动猛烈攻势，扬言要在9月1日占领列宁格勒，从地球上抹掉列宁格勒，杀光居民，消灭无产阶级革命的摇篮。苏联军民同仇敌忾，前仆后继，奋起保卫自己的社会主义祖国，以钢铁般的顽强精神，不屈不挠、奋不顾身的英雄气概，同敌人进行作战，直至取得最后胜利，因而获得“英雄城市”的美名。列宁格勒保卫战历时872天。苏联解体后，列宁格勒更名为圣彼得堡。

金环路上的尴尬

——访俄散记之二

这次赴俄罗斯学习考察，在目睹耳闻俄国现代文明和辉煌历史的同时，也遇到了一些意想不到的事，从而深化了我们对“提高党的执政能力，首先要提高党领导发展的能力”重要论断的认识。

那是2004年9月1日中午，在素有“俄罗斯金环”之美誉的弗拉基米尔市专门接待外宾的金环宾馆，我们几个人被困在了电梯里。当时我们准备下楼吃饭，没想到到了一楼电梯门却打不开了。我们在里面又喊又叫，外面的修理工也帮忙扒门，我们总算出来了。在莫斯科和圣彼得堡，我们住的多是三星级宾馆，这在当地是最好的宾馆，可电梯普遍陈旧、噪声大、震动厉害，有时停靠不到位。所以，大家一乘电梯就提心吊胆。宾馆的其他设施也很陈旧，房间电视是用了多年的12英寸和14英寸小彩电；电话有的还是拨号的，且多数不能打长途。圣彼得堡市内有轨电车的路基破损严重，车窗有的没有玻璃，车门破烂不堪，让人感到担心；坐上破旧的有轨电车，望着路两旁彼得大帝时期庄严宏伟的古建筑，让人感慨万千……

开始,我们理解不了这一切。因为苏联是两极中的一极,综合国力是欧洲第一号和世界第二号,公共设施怎么会这样落后呢?但细想起来又在情理之中。

苏联解体,最根本的一个原因,是苏共长期执政却没有很好地解决如何解放和发展生产力的问题。僵化的计划经济体制再加上片面强调发展重工业,长期忽视轻工业特别是农业的发展,造成国民经济比例严重失调,满足群众物质和精神生活需要的电子、电器、服装、食品等日用品长期短缺,影响了人民生活水平的不断提高。也就是说,苏联的轻工业发展本来就严重滞后,而“8·19”事件后,叶利钦和盖达尔照搬西方模式、强制推行私有化,企图用所谓的“休克疗法”建立资本主义市场经济,结果引起社会大动荡,使俄社会生产力遭到严重破坏,GDP连续8年负增长。据介绍,20世纪90年代俄国内生产总值下降55%,人均实际收入下降80%,肉牛和奶牛产量下降75%,粮食产量下降55%,下降幅度超过了俄国内战争和苏联卫国战争时期经济下降幅度的总和。国家债台高筑,财政金融体系濒于崩溃边缘,国家没有钱来更新公共设施,难怪电梯夹人了。昔日超级大国,已衰落为二流国家,用俄学者的话说是成了“用核武器武装起来的空架子”……

作者(右一)在田头访问一位因生活窘困而替人放羊的俄罗斯老妪

这次赴俄罗斯学习考察,正值普京总统开始第二个任期之际。4年前,普京上台时,俄经济正处于危机四伏、风雨飘摇之中。普京汲取叶利钦、盖达尔激进改革的教训，顺应俄民众人心思定、思治、思富的心理，制定了"市场经济＋民主原则＋俄罗斯现实"的"强国富民"发展战略，提出了"10年内至少将国内生产总值翻一番"的奋斗目标，实行"有秩序的市场经济"，从而使俄经济走出了低谷。2003年俄GDP增长率达到7.3%，今年上半年达到7.4%。我们接触到的俄政府官员、专家学者和普通民众，普遍认可普京的政策，肯定他执政4年来取得的政绩，把他看作是"能把俄罗斯带向光明未来的人"。

"前车之覆，后车之鉴。"苏联解体和俄罗斯社会转轨的经验教训，深化了我们对"发展是硬道理"的认识：不论是马克思主义政党还是资产阶级政党，也不论党历史上多么辉煌、党的领袖多么叱咤风云，在经济全球化和世界多极化的新形势下，如果不能适应世界经济、科技发展的新趋势，抓住机遇，加快发展，领导人民把经济搞上去，把国家综合国力提升上去，使人民生活水平不断得到提高，就会失去人民的支持，失去执政兴国的主要资源，甚至会引起社会动荡乃至丢掉政权！

(2004年11月，载同年11月4日《组织人事报》和12月16日《河北日报》)

链接

"俄罗斯金环"

"俄罗斯金环"，俄语意为"金色的环"或"黄金的环"。金环是以莫斯科为起点和终点的旅游热线，至东北方向的伏尔加河，由若干古老的城市(基本为8个)组成，线路将这些古都连接起来，就形成了近似金项链般的环形，故称"金环"。金环之旅，是一次寻梦之旅，你可以领略到俄罗斯中世纪的古都风貌，看到俄罗斯12世纪至17世纪独特的建筑，欣赏到真正俄罗斯风格的景色，追寻到俄罗斯历史的足迹。无论是细细品味，还是走马观花，都会令你兴奋不已。一座座美丽宁静的小城，形态各异的教堂、修道院令你流连忘返。其中，美丽与神秘的弗拉基米尔和苏兹达尔，还被联合国教科文组织评为世界文化遗产。可令人尴尬的被困电梯事件，就发生在弗拉基米尔的三星级宾馆。

不能向自己的历史吐唾沫
——访俄散记之三

圣彼得堡莫斯科酒店，坐落在美丽的涅瓦河畔。2004年8月30日晚，我们在酒店的二楼休息间，召开了一个有退休教师、公司职员和毕业不久的大学生参加的小型座谈会。

座谈会气氛友好而热烈。我们谈了这次到俄罗斯学习考察的亲身感受，还有小时候是怎样从中学课本、小说和电影中了解“苏联老大哥”的。他们则谈了20世纪90年代俄社会转轨以来自己的工作、生活和家庭情况，以及对未来的憧憬。由于两国人民的传统友谊源远流长，所以大家像朋友一样真挚交谈，房间里不时传出朗朗的笑声。

奥莉佳今年22岁，是位从圣彼得堡大学法律系毕业不久的大学生。她有着高挑的身材，炯炯有神的大眼，浑身散发着青春的活力。然而谈到俄罗斯的未来时，她的话却悲观得让人吃惊。她说：“我不同意‘俄经济已走出低谷、发展前景看好’的判断，因为我们国家十月革命后苏共统治了70多年，耽误了时间，所以要赶上美国、发展强大起来，还要再经过70年时间。”

我们惊奇地瞪大了眼睛，说：“杰乌什卡（姑娘），虽然我们是第一次到俄罗斯，但对苏联的历史还是了解的。十月革命时，俄国是欧洲资本主义国家中经济相对落后的国家。革命胜利后，为了加快经济发展，列宁提出了‘共产主义就是苏维埃政权加全国电气化’的著名论断。20世纪20年代到30年代，苏共根据当时的国情，优先发展重工业，大力发展钢铁、化学工业，建立自己的汽车制造、飞机制造和机床电机制造工业，用十几年的时间，走完了资本主义国家50年以上的路程。不然，就无法解释苏联粉碎法西斯、赢得二次世界大战胜利的历史。”

这一次是奥莉佳瞪大了眼睛。这天晚上，我躺在床上辗转反侧，久久不能入睡：“奥莉佳的惊人之语怎么似曾相识？”半夜里又起来查阅资料，噢，原来是苏联解体前在一些媒体上爆炒的所谓的“零点”方案。为此，需多交代两句：

20世纪80年代中期，戈尔巴乔夫推出了他的《改革与新思维》一书，打着改革的旗号搞“改向”，鼓吹“无条件的民主”和意识形态“多元化”。在这种“新思维”的影响下，在苏联的媒体特别是极右报刊上，出现了一股歪曲和污蔑苏联历史的逆流。从全面否定斯大林到否定列宁，从否定社会主义制度到全盘否定苏共执政的历史，提出所谓的“零点”方案，即要俄罗斯退回到1917年十月革命前的二月革命去……

后来的事实证明，“多元化”的实质是挑战马克思主义在意识形态领域的指导地位，为“多党制”制造舆论。“多元化”带来的是俄各种思潮泛滥、政治纷争不断、党派对抗、社会分裂，导致了十年的大动荡。俄多数民众对此十分厌倦。普京上台后顺应俄罗斯民众人心思定、思治、思富的心理，提出的符合俄罗斯国情的“市场经济 + 民主原则 + 俄罗斯现实”的强国富民战略，强调重塑以“爱国”“强国”“团结”为主要内容的俄民族精神，高调纪念彼得大帝建立圣彼得堡300周年，颂扬彼得大帝的历史功绩。普京不同意一些人全盘否定苏共和苏联历史的做法，认为“那等于说，我们的父母虚度一生，活得毫无意义，我无论如何不能同意这种观点”。他说：“一个伟大的民族，不应该向自己的历史吐唾沫。”为重塑俄民族精神，他力排众议，用原苏联国歌的曲调制作俄国歌；二战胜利日，让

5000名老战士走在阅兵式最前列,使俄罗斯人重温昔日战胜法西斯的无上荣光。据俄专家介绍,俄罗斯民意测验:“你最喜欢的俄罗斯领导人是谁?”结果排名第一的是彼得大帝,第二就是普京。我们在俄学习考察期间,看到俄电视台在重播《这里的黎明静悄悄》等苏军民抗击法西斯侵略的影片,红场无名烈士墓、列宁格勒保卫战纪念碑等纪念物前摆放着人们向英烈敬献的鲜花……

俄罗斯之行,加深了我们对党的十六届四中全会提出的必须“坚持马克思主义在意识形态领域的指导地位”重要性的认识。江泽民同志说过:“舆论导向正确,是党和人民之福;舆论导向错误,是党和人民之祸。”历史已反复证明,党的理论能否与时俱进,舆论导向是否正确,对于政权的建立与巩固、国家的繁荣与富强、人民的团结与和谐,具有极其重要的作用。在这个问题上,切不可太天真,中了那些鼓吹指导思想“多元化”的“山姆大叔”们的圈套!

(2004年11月,载同年11月11日《组织人事报》和2005年1月6日《河北日报》)

链接

俄沙皇彼得大帝

彼得大帝,是后世对沙皇彼得一世的尊称。彼得一世(1672—1725),原名彼得·阿列克谢耶维奇·罗曼诺夫,是沙皇阿列克谢·米哈伊洛维奇·罗曼诺夫和他的第二个妻子维塔利娅·纳利什基娜的独生子。他继承王位时,俄国是一个落后的国家,同西欧相比,几乎还在中世纪,农奴制盛行,文学黯淡无光,数学和自然科学无人问津。他在位期间,大力推行改革,建立完整的中央集权统治;大力鼓励本国商人和外国商人投资发展工业,征召大批农奴开凿运河,建设通商口岸,发展商业;引进国外新式武器和战略技术,建立了一支强大的海军。彼得大帝还非常重视文化教育,先后开办了工程技术学校、航海学校、造船学校、海军学校等专门学校,派遣留学生到西欧学习。他还创建了博物馆、图书馆和剧院,创办了俄国第一份报纸《新闻报》,由他亲任主编。彼得大帝一般被认为是俄国最杰出的沙皇。为纪念他将落后的俄国建成一个强国的丰功伟绩,1782年,人们在圣彼得堡的涅瓦河边为彼得一世建立了纪念碑——青铜骑士雕像,彼得一世也被人们尊称为“彼得大帝”。

“不愿回答”的回答

——访俄散记之四

我们这次赴俄罗斯学习考察，主要任务是对俄社会转轨过程中的经验教训进行一些比较性研究，所以在国内就读了一些这方面的材料。但俄罗斯人特别是普通民众对这场激进式的改革怎么看？公众的思想观念和社会心理发生了哪些变化？为了获得第一手材料，我们在俄罗斯国家公务员学院听取了俄著名学者、教授关于俄罗斯社会转型的经验教训、俄民众思想状况、俄未来发展战略等问题的7个讲座，并同俄罗斯总统事务办公厅总顾问阿尼西莫夫就联邦政务改革和公务员队伍建设问题进行了交谈；此外在学习培训过程中，我们在莫斯科和圣彼得堡等地，与20多名不同年龄、不同职业的俄罗斯平民百姓，进行了座谈和访谈，了解俄罗斯群众的真实想法。所见所闻，使我们对马克思主义执政党必须“始终保持党同人民群众的血肉联系”的重要性，有了更深刻的认识。

2004年8月26日下午，在莫斯科胜利公园旁边的二次世界大战武器展上，我们遇到了来自阿穆尔州布拉戈维申斯克（即黑龙江省黑河市对

在叶卡捷琳娜庄园街边公园的普希金塑像

面的海兰泡)的一家人:一位40岁左右的中年人带着两个儿子和母亲。中年男子很健谈,他说,这次来莫斯科,主要是带着孩子来参观。对于抗击法西斯的卫国战争,历史书上讲过,这次让孩子亲自看看二次世界大战时苏军使用的武器,希望他们不要忘记那段历史。当听说我们来自中国时,他高兴地说:“啊,我们是‘邻居’呀。”其母亲也凑过来说:“过去老人们还常去黑龙江那边走亲戚呢!”攀谈中,我们了解到中年男子是前苏共党员,1991年退党。当我们请他谈谈对苏共执政的那段历史怎么看以及为什么退党时,他刚才还挂满彩霞的脸上,立即阴沉得像能滴下水来,推脱说:“我心情不好,不愿回忆那些往事。”说完就带着儿子匆匆离开了。

在圣彼得堡接待我们的负责人叫张诚,安徽徐州人。他娶了个俄罗斯姑娘,岳父岳母都是退休在家的苏共党员。本来我们想去看看两位老人,顺便听听他们的想法,可一征求意见,人家婉言谢绝了。幸运的是,在圣彼得堡的小型座谈会上,我们又遇到一位苏共党员。她的名字叫莎波科耶娃,是位退休教师。说起往事,她很怀念社会主义时期的福利待遇,说那会儿的退休金比现在高得多。但谈到对苏联解体、俄社会转轨的看法,她表现出一丝无奈:“一谈起那些事心里就不好受,还是让青年人说去吧。”

“不愿回答”实际上是一种回答。俄一些社会学家分析说,在如何看待和评价苏共和苏联的问题上,苏共党员的心情是非常复杂的:一是二次世界大战以后特别是20世纪60年代以来,在新科技革命面前,苏共没有能够抓住机遇、加快发展,再加上经济体制改革滞后和决策失误等原因,导致经济发展缓慢、通货膨胀率上升、人民生活水平下降……作为执政党的党员对此感到脸上无光。二是党内特权和官僚主义严重,倡导社会主义的人,自己不按社会主义的原则办事。党的干部特别是高级干部滥用职权、以权谋私、贪污腐化,严重脱离了人民群众。苏联解体前,苏社科院曾以“苏共代表谁”为题做过问卷调查,被调查者认为苏共代表劳动人民的占7%,代表工人的占4%,代表全体党员的占11%,而代表官僚、干部、机关工作人员的竟达85%(个别选项有重叠)。由此可以看到,权力腐败不仅切断了苏共同人民群众的血肉联系,而且也疏远了普通党员同党的领袖和干部的关系,并最终导致大批党员对党失去了信心。1991年“8·19”事件后,当戈尔巴乔夫擅自宣布停止苏共中央活动和叶利钦颁布“禁党令”时,苏共大批党员并没像正义的、善良的人们所希望的那样站出来反对,而是愤愤地交出党证退党了。

严酷的事实告诫我们,人民群众的拥护和支持是共产党的力量源泉和胜利之本。密切联系群众既是共产党的优良传统和政治优势,也是执政后作风建设要解决的核心问题。马克思主义执政党的最大危险,就是脱离群众。党的十六届四中全会做出的《中共中央关于加强党的执政能力建设的决定》说得好:“必须坚持立党为公、执政为民,始终保持党同人民群众的血肉联系。""党只有一心为公,立党才能立得牢;只有一心为民,执政才能执得好。"

(2004年11月,载同年11月18日《组织人事报》和2005年1月13日《河北日报》)

链接

莫斯科郊外的晚上静悄悄

《莫斯科郊外的晚上》,在中国是一首家喻户晓的苏联歌曲。词作者马都索夫斯基出色地描绘了俄罗斯大自然纯朴的美,歌曲中年轻人真诚激动的心声、萌生的爱情和黎明前依依惜别之情都和大自然的美和谐地交融在一起。而曲作者谢多伊那富有魅力的、水晶般剔透的旋律又支持和发展了诗歌形象,仿佛就是俄罗斯大自然本身诞生出来的。

2004年9月2日和3日,我们在俄罗斯国家公务员学院莫斯科郊外的阳光疗养院,住了两个晚上。但是,我们顾不上欣赏那幽静夜晚的美景,也没有心情哼唱那优美的旋律。因为,当时在俄罗斯的北奥塞梯发生了劫持儿童的恐怖事件,电视台在滚动播出武警战士和恐怖分子对峙的场面。前几天,俄境内还发生了两架客机坠毁、莫斯科地铁爆炸的恐怖事件,俄罗斯治安形势空前紧张,就连莫斯科建市857周年的城市节晚会都取消了。消息传到国内,单位和家属十分焦急,可我们在莫斯科郊外又打不了国际长途电话。好在我的手机办了国际漫游,于是就承担起了为大家向家里"报平安"的任务。莫斯科郊外的那个夜晚,小雨淅淅沥沥,树叶沙沙响,敲击着人们忐忑不安的心……

在樱花盛开的日子

又是一年春草绿，又到樱花盛开时。

今年北京玉渊潭公园早早贴出公告，从3月24日至4月29日举办第23届樱花节。玉渊潭公园的樱花，种植最早的当属大山樱，又名红山樱。树前的说明文这样写道："原产于北海道的大山樱，是1972年日本首相田中角荣赠送给中国的。她的到来标志着中日友好往来的开始，她的成长开创了玉渊潭的赏樱史。"后来，公园又陆续从日本东京御园和我国山东等地引进了染井吉野、关山、普贤象、一叶和杭州早樱等多个品种，建成了樱花园。每年3月下旬到4月下旬，玉渊潭公园的湖边、岭上到处是盛开的樱花。白的似雪，红的若云，樱花园就如一片彩云覆盖，偶有清风掠过，落英缤纷，洒下阵阵花雨……游人如织，摩肩接踵，赏樱已成为玉渊潭公园的一大景观。

我最喜欢的品种是白如雪的染井吉野。染井吉野又叫东京樱花，是这些年从东京御园移植来的。每当我在樱花树下流连忘返时，就会不由自主地想起2000年4月在东京御园观赏樱花的往事。

玉渊潭樱花

2000年4月初，时任中共中央政治局候补委员、书记处书记、中组部部长的曾庆红，率领中国共产党代表团访问日本，我有幸作为团员随行。由于当时正值日本国花——樱花盛开之际，所以尽管代表团的访问日程排得很满，好客的主人还是盛邀代表团于6日上午到新宿御园观赏了樱花。

遍植染井吉野樱的新宿御园，位于东京市中心，面积有140多亩。鳞次栉比的高楼大厦环围着绽放如雪的花海，展现出现代气息与自然风光的和谐统一。时任日本自民党干事长的野中广务陪着曾庆红同志，边赏樱边介绍樱花和民间风俗。他说，樱花在日本已有1000多年的历史，有300多个品种，最多的是山樱、吉野樱和八重樱。日本很早就有了赏樱花的活动，据说日本历史上的第一次赏樱大会是9世纪嵯峨天皇主持举行的。当初，赏樱只是在权贵间盛行，御园就是一处皇家园林，到江户时代才普及到平民百姓中，形成传统的民间风俗。日本列岛蜿蜒数千公里，到处都可找到樱的足迹。从3月初的九州开始，到5月中旬的北海道为止，一路由南而北，“樱花前线”推进到哪里，热闹的赏樱活动就蔓延到哪里。所以,日本政府把每年的3月15日至4月15日定为“樱花节”。在这个赏花季节,人们带上亲属,邀上友人,携酒带肴在樱花树下席地而坐,边赏樱、边畅饮,享受人生的乐趣。

日本朋友还告诉我们,日本人爱樱花,是因为樱花热烈、纯洁、高尚,最先把春天的气息带给人们,所以人们把樱花视为美的象征来鉴赏、供奉。在日本民间流传着“花要樱花,人要武士”的谚语,意喻樱为花之首,武士为民之首。至于樱花被尊为国花,则不仅因为她的妩媚娇艳,更主要的原因是她经历短暂的灿烂后随即凋谢的“壮烈”。樱花的生命很短暂。在日本有一民谚说“樱花七日”,就是说一朵樱花从开放到凋谢大约为7天,而整棵樱花树从开花到全谢大约16天,也正是这一特点才使樱花具有那么大的魅力。“欲问大和魂,朝阳底下看山樱。”日本人认为人生短暂,活着就要像樱花一样灿烂,即使死,也该果断离去。樱花凋落时,不污不染,很干脆,被尊为日本精神。

御园中有许多高达十几米、需两三人合围的大樱花树。满树雪白的樱花,一堆堆、一层层,好像云海似的,在阳光下溢彩流光。置身其中,陶醉在“花吹雪”的樱花雨中,真是美不可言。日本友人情不自禁地哼起了歌曲《樱花》,还有的边歌边舞,更增加了欢乐气氛。日本朋友说,每年樱花盛开时,日本政府都在这里举办“观樱会”,招待外国使节和社会名人。赏花成了家庭成员的“团圆日”和朋友之间的“友谊日”。此时,我突然明白了1972年田中首相访华时为什么赠送给我国樱花树,这次野中广务干事长为什么执意邀请代表团御园赏花。是啊,樱花是日本的象征、日本的“国宝”,樱花有着和我国大熊猫一样增进友谊的“外交使命”啊。

美好的时光总是短暂的。由于代表团中午还要赶到大分县去考察参观,我们只好恋恋不舍地告别这人间仙境。临行前,曾庆红和野中广务等日本友人,在一棵树冠足有半亩地的樱花树下合影留念,为增进两国人民的友谊揭开了新的一页。

樱花是中日友好的象征,见证了新中国和日本建交39年的历史。在

今年樱花即将开放的时候，却从“樱花之国”传来了发生里氏9级强烈地震并引发大规模海啸、造成重大人员伤亡和财产损失的消息，令一衣带水的中国人民“感同身受”。我国领导人胡锦涛、吴邦国、温家宝致电慰问，我国际救援队已赶赴岩手灾区实施紧急救援，我大批人道救援物资也运抵日本。我相信，具有樱花精神的日本人民，一定能克服困难，战胜灾害，重建家园，延续那樱花的故事！

(2011年3月，载3月24日和31日《组织人事报》)

链接

玉渊潭公园的樱花园

樱花园，位于玉渊潭公园的西北隅，始建于1989年，占地25公顷。樱花园以自然山水地貌为骨架，沿着起伏的山丘和蜿蜒曲折的湖岸，种植了大量品种繁多的樱花，形成了华北地区特色鲜明的樱花专类园。1973年春，首先在依山傍水的草坪上栽种了来自北海道的180株大山樱——她们是田中首相访华时送给中国的“礼品树”，20世纪80年代开花后渐渐为人们所熟知。后来，园工们在其周边陆续栽植了晚樱和公园自己繁育的大山樱幼苗。1990年前后，公园开始大规模整顿山水，陆续从我国东北、山东等省引进8个品种的上千株樱花树。2001年还在西门和山南侧区域补栽染井吉野，后山栽种了八重樱(花儿有点类似北京的海棠)，使这些地方也成为观赏樱花的好去处。现在樱花园共有樱花树3000余株，已成为樱花文化和中日友谊的见证。

在默多克和邓文迪家做客

这几天，媒体添油加醋地热炒传媒大亨默多克欲和妻子邓文迪离婚的消息。作为邓文迪的“娘家人”，我除了感到震惊，也感到十分惋惜。毕竟这桩婚姻已经维系了14年，还有两个女儿呢！这不由得使我想起13年前在悉尼默多克和邓文迪家做客的情景。

那是2000年3月31日下午3点40分，我们代表团应邀到位于悉尼的新闻集团旗下的福克斯电影城参观。为迎接代表团，在美公干的新闻集团董事长兼首席执行官鲁珀特·默多克特意连夜赶回。“传媒大王”其实很平易近人，他不顾旅途的疲劳，热情地向我们介绍新闻集团的发展史和现在的经营领域，而邓文迪一边翻译还一边穿插一些背景材料，帮我们了解新闻集团的历史和现状。当时给我的印象是：风云人物原来也出身“草根”，默多克是靠着个人打拼和坚持不懈的努力才走向世界的。

1931年3月11日，默多克出生在澳大利亚墨尔本以南30公里处阿德莱德的一个农场里，比起繁华的悉尼，这里是澳大利亚内陆的穷乡僻壤。1952年秋，默多克的父亲病故。作为家里唯一的男孩，年仅21岁的他

只身从英国回到澳大利亚，开始了承担家庭事业的重任。他在父亲拥有的两份报纸——《新闻报》和《星期日邮报》的基础上，从阿德莱德起步，向悉尼和澳大利亚全国发展。1956年他收购了《帕斯星期日周刊》，4年后又买下悉尼《每日镜报》和《悉尼日报》。1964年，默多克创办了全国性的大报《澳大利亚人报》。1969年，默多克杀出澳大利亚，登陆英伦三岛。1973年，默多克又跨过大西洋，向美国进军。20世纪80年代，他进军影视业，花巨资买下20世纪福克斯电影公司。90年代向拉丁美洲、亚洲进发，逐渐成为业务涵盖报纸、图书、电影、电视和互联网等五大领域的世界性“传媒大王”……

20世纪90年末期，电影《泰坦尼克号》风靡大陆，感人的故事、跌宕起伏的情节曾让人们着迷，而《泰坦尼克号》就是由福克斯公司推出的。默多克和邓文迪兴致勃勃地陪着我们参观电影集团的后期制作公司，还同我们一起登上《泰坦尼克号》拍摄时用作道具的大船，让大家体会沉船时的真实感受。令我感到震撼的是：为新闻集团赚了20亿美金的电影巨作，许多惊险的镜头，原来是在室内和游泳池内拍摄、用计算机合成的。“中国如何借鉴新闻集团的经验，发展文化产业特别是数字化、多媒体、动漫游戏等新兴文化产业，加强文化科技创新”，是这次参观给我们留下的深刻启示。是年的10月，中共第十五届五中全会通过的《中共中央关于制定国民经济和社会发展第十个五年计划的建议》，第一次明确提出要“大力发展文化产业”，反映了党的高层在这个问题上认识的深化。

默多克与邓文迪的婚礼是1999年6月25日在泊于纽约港的私人游艇Morning Glory号上举行的。我们代表团访问澳大利亚时他们仅结婚8个月，还算是“新婚”。作为“娘家人”，我们被盛情邀请到他们在悉尼的家里吃晚餐。这是一座美丽而精致的海边别墅，邓文迪高兴地领着我们参观客厅、默多克的书房、她的书房、他们的卧室，毫无保留地向“娘家人”展现着“女儿深情”。她还和默多克在洒满夕阳的阳台上，同大家一一合影留念。那天晚上，还真有点“娘家人吃婚宴”的味道：墙上挂着大

2000年3月在默多克和邓文迪家做客

红灯笼，桌布、椅套等都是红的，整个屋里红彤彤的一片，呈现着喜庆的气氛。晚宴的气氛非常轻松，“中国女婿”默多克，有些“腼腆”地站起来致了欢迎词，团长则代表“娘家人”热情洋溢地致了答谢词。晚宴的菜肴多为中国菜，邓文迪边吃边介绍说，默多克爱吃中餐，饺子、牛肉面他都很喜欢，有时去美国，他们还特意去中国城吃中餐呢！

邓文迪性格活泼开朗。她听到我说话带有鲁西北一带的口音，就亲切地问：“您是不是山东人？”还主动回忆起她小时候的往事，说她是在美丽的济南大明湖畔长大的，中学是在徐州读的，由于身材高挑，还是学校排球队的成员。她的父亲是一家机械厂的厂长，20世纪80年代，她跟随父母到广州，大学是在广州医学院读的……言谈之间，显露出对家乡的热爱、对祖国亲人的眷恋。

当时互联网还不像今天这样普及，邓文迪身上还笼罩着一层神秘的色彩。对于她怎么去的美国，怎么进的新闻集团，又怎样认识“传媒大王”并结为伉俪等问题，社会上传言很多。在这样的情况下，她坦率地向“娘家人”展露心扉，谈怎样独自赴美留学，怎样在加州大学和耶鲁大学刻苦读书，怎样靠打工一天挣20美元维持生活，怎样靠知识改变命运，又是怎样帮助默多克和新闻集团开拓中国市场，谈了许多不为外界知晓的事实。比如，她悄悄告诉我，那时她已经在美国、英国等地四次见到了江泽民主席……此时，那眉目眼神就像满天的彩霞那样五彩缤纷，透露出一个“中国女儿”的骄傲与自豪！当时我很受感动，深深感到：我们的海外学子，不管他们走到哪里，拿没拿外国的“绿卡”，他们的心还是向着中国的！

邓文迪是一个进取心和事业心很强的人，无论做什么，她都尽心尽力、勇往直前。30岁那年，她就成了公司1000多名雇员中，唯一一位担任管理层职位的中国女性。2001年11月，邓文迪借助先进的科学技术，将试管女儿格雷丝带到了这个世界上。2003年6月，她又生下了女儿克洛伊。按说她完全可以待在家里做“全职太太”，照看两个女儿，享受天伦之乐。可是她却选择了“照顾孩子和创业两不误”的艰苦跋涉的道路。从搞电视，到搞网络，再到搞电影，她从没有停下中外“文化使者”的脚步。2011年，她作为制片人的《雪花秘扇》在中国热播后，她又带着影片去美国洛杉矶举行首映式。难怪外国记者评论说，她已做好在好莱坞这个无情世界打拼的准备。邓文迪说，她“想通过自己的努力，利用自己的一些资源，去拍一些中国题材的电影”，通过影片去展示当代中国的风貌，让更多的“老外”了解武侠以外的中国，进而了解博大精深的中国文化。同年，她在洛城接受英国《卫报》记者帕特里夏·达纳赫采访时说：“当今的中国日新月异，我希望制作一部反映中国变化的电影。”

然而，看似美满的婚姻，何以会劳燕分飞？

（2013年6月，载同年7月5日《江西日报》和6月16日《大周刊》）

链接

邓文迪与她的《雪花秘扇》

2011年11月，英国《卫报》记者帕特里夏·达纳赫，在美国洛杉矶采访了正在洛城参加《雪花秘扇》首映式的邓文迪。文章写道，邓文迪身着一套绿色针织连衣裙，脚蹬一双黑色细高跟鞋，显得身材十分高挑。在谈到她的新身份电影制片人——特别是她制作的首部电影《雪花秘扇》时，她显得很高兴。这部影片是她与媒体大亨、原米高梅影片公司总裁哈里·斯隆的妻子，在马来西亚出生的弗洛伦丝·斯隆共同制作的。谈到《雪花秘扇》，邓文迪说：“我希望通过更多参与共同制作的影片，对中国整个电影业有所帮助。我还希望通过影片去展示当代中国的风貌。这很有意思，因为即便美国影片能在中国境内成功运作，其票房比例也只有15%~17%。如果是共同制作的影片，你就能得到42%~43%的票房。这对双方都是件好事。影片所讲述的中国故事，还可以在美国及其他国家得到展示。我希望通过我的影片，会有更多外方制片人与中方共同制作影片。中国是个巨大市场，今后的对外开放度会更高。”

挪威的峡湾

几年前，一次偶然的机会邂逅了那首《挪威的森林》："那里湖面总是澄清，那里空气充满宁静，雪白明月照在大地，藏着你最深处的秘密……"那优美动听的旋律，让我久久不能忘怀；那扣人心弦的歌词，令我无限向往。

此后，每当听到这首歌的旋律，我的思绪就会飞向那遥远而神秘的地方。然而，2013年秋天，当我有幸踏上那片神奇的土地，饱览了挪威美不胜收的森林风光后，却感到比森林更美、更神秘的是挪威气势磅礴和多姿多彩的峡湾。因为它是挪威的灵魂和骄傲，曾被联合国教科文组织列入《世界遗产名录》。只有领略了挪威西海岸那由冰河遗迹构筑的峡湾风光之后，才能感受到这个神奇国度最震撼人心的魅力。

峡湾，对于我们来说，是一个陌生的词汇。因为它源于挪威语，英文中的峡湾一词"fjord"，也是直接从挪威语中借用过来的。峡湾，是指宽数公里、长几十乃至数百公里的湾流。据地质学家考证，挪威西海岸的峡湾形成于上一个冰河时代。经过冰川上百万年的融化、侵蚀、冲刷作

用，在陡峭的山谷和崖壁之间形成了很多“U”和“V”字形的深谷，最深的山谷甚至达1300多米，与两侧耸立的山峰高度相仿。当海平面上升、地表下降时，海水便顺势涌入山谷，形成了峡湾。而墨西哥湾的暖流不断地进入峡湾，给峡湾带来大量热量，使这一地区的气候比处于同纬度的其他地方都要温暖，因而造就了这具有“北欧伊甸园”之美称的峡湾风光。挪威峡湾不仅风光秀丽，还是重要的出海通道和天然良港，具有重要的旅游和经济价值。

在哈当厄尔峡湾留影

在挪威的峡湾中，名声远扬且各具特色的有四大峡湾：松恩峡湾（Songen Fjord）、哈当厄尔峡湾（Hardanger Fjord）、盖朗厄尔峡湾（Geiranger Fjord）和莉丝峡湾（Lyse Fjord）。9月5日上午9时，我们从挪威首都奥斯陆出发，沿着52号公路一路西行，首先去参观最富田园风光和最具诗情画意的哈当厄尔峡湾。哈当厄尔峡湾，位于卑尔根市以南，全长179公里。峡湾两侧是茂密的森林，随着海拔的高低，两旁的树木也大相径庭，有混交林、针叶林，也有灌木林和高山苔原带。听导游黄海说，哈当厄尔峡湾又被称作“绿色峡湾”。春天，峡湾两侧的草地里到处盛开着各种颜色的小花，五彩缤纷；到了夏季，山上会开满苹果花和杏花，绚丽多彩。9月的挪威，已是满眼秋色，山上的树木层林尽染，格外绚丽；地上金黄色的牧草已经收割，打草机卷起的圆筒纸似的草包，如满天星似的布满山野；掩映在绿树丛中的红色尖顶木屋时隐时现……而这一切，湛蓝的天、白白的云、山顶的积雪、浓密的森林、红色的房子，倒映在湾流的水面上，天光水色，美得简直像一幅油画，不，应该说比油画还美呢！大家都忙着拍照、录像，可镜头能拍下那“此‘景’只应天上有，人间能得几回闻”（套用杜甫诗）的景色吗？

如果说，哈当厄尔峡湾给人留下的印象是妩媚的峡湾风光，那么松恩峡湾留给我们的印象则是无与伦比和令人震撼。6日一早，我们从下榻的小镇佛斯(Voss)出发，乘大巴前往居德旺恩(Gudvangen)，乘船游览挪威名声最大、人气最高的松恩峡湾。是时，天空乌云飞卷，淅淅沥沥地下起了小雨。我们的心情有些沮丧，但导游却说，阴雨天气，峡湾会有一种云雾缭绕的特殊景色。途中，经过刚竣工不久的哈当厄尔大桥，此桥建在两岸的悬崖峭壁之间，非常壮观。据说其跨度在北欧数第一，在世界上也名列前茅。我们的感觉是不会短于长江大桥，但给人的感受是更令人震撼。

松恩峡湾，位于卑尔根市以北，它由挪威西海岸向东延伸204公里，峡湾最深处达1308米，是世界上最长、最深的峡湾。两岸山峦起伏，怪石林立，高耸的峭壁高达2405米，被称为"峡湾之冠"。我们选择的从居德旺恩乘游船到弗拉姆的一段，是被称为"挪威缩影"的黄金线路。在这一段，将经过两段松恩峡湾的"精品景观"：纳勒尔峡湾和盖朗厄尔峡湾。从地图上看，游船走的是三角形的两条边。

2013年9月作者在挪威松恩峡湾

上午9时许，我们登上了游船，天上还飘着零星小雨，可也增添了峡湾的神秘感。纳勒尔峡湾是世界上最狭窄的峡湾，站在甲板上观望，两岸山峦起伏，群峰竞秀，层林叠翠，峡湾湿润的空气形成流云，缭绕在悬崖峭壁之间，虚无缥缈。是云？是雾？很难分辨。万丈绝壁上挂着大小不一的瀑布，细者如飘落的白绫，粗者如"银河落九天"。最叫人印象深刻的是名叫"七姐妹"的瀑布群，7条瀑布在大约200米宽度内并排悬挂在悬崖绝壁上，让人为之惊叹。船一路前行，愈往深处走，就愈能感受到峡湾的魅力。峡湾的水清

与刘青松在峡湾游船上留影

澈透明，水面如镜，简直像个内陆湖，在没有游船经过时，峡湾的水面几乎没有任何波浪，游船经过后溅起的粼粼波光，煞是好看。由于峡湾的水是海水，所以海豹等也会游进峡湾。刚上船不久，有人喊："快看！海豹！"但我跑到甲板时已消失了。令人欣喜的是，几只海鸥一直顶着风跟着游船飞，忽高忽低，忽上忽下，累了就在船的桅杆上小憩，颇有情趣。

有人感慨地说："松恩峡湾之美，美在渺若仙境，美在妙不可言。"这倒让我想起了王安石在《游褒禅山记》里的名言："世之奇伟、瑰怪、非常之观，常在于险远，而人之所罕至焉，故非有志者不能至也。"应当感谢早期的北欧猎人，不畏艰险地发现了这人之罕至的"北欧伊甸园"。挪威民族是一个敢于冒险、勇于探索的民族。挪威的维京人祖先，早在公元800—1050年期间，就远征至今日的英、法等地，往北到达格陵兰西岸，往东进入俄罗斯的基辅，甚至比哥伦布早500年到美洲。敢于冒险、喜爱探索未知的血统延续至今。第一个驾船通过北极冰洋的南森、首个抵达南极的阿慕森，都是挪威的探险家。所以我感到，在观赏"世之奇伟、瑰怪、非常之观"的峡湾风光的时候，不应忘了学习挪威民族不畏艰险、勇于探索的精神！

(2013年10月，载10月13日《大周刊》、10月23日《滨海时报》和10月31日《北京旅游报》)

链接

弗拉姆小镇

弗拉姆(Flam)，在挪威文中原意为"河岸边的平地"。小镇坐落在峡湾山谷之间，依山傍水，风景秀丽，交通方便，这里不仅是弗拉姆铁路的起始站，也是松恩峡湾游船的重要停靠码头。别看小镇不大，但饭店、餐厅、纪念品商店、网吧等旅游观光设施齐全，住宿、吃饭、购物比挪威首都奥斯陆等大城市都方便。挪威面积39万平方公里(几乎相当于4个江苏省)，而人口不到500万(相当于我们一个小地级市)，由于土地幅员辽阔，人口稀少，人们生活节奏比较慢。大城市商店下午4点就关门，双休日也不开门，所以团友们带的美元、欧元，兑换的挪威币，大都消费在了弗拉姆。

漫步维格兰人体雕塑公园

“给我一片绿地，我要让它闻名世界。”这是挪威著名雕塑大师古斯塔夫·维格兰1909年向挪威政府提出的请求，也是他终生的一个“梦”。而维格兰人体雕塑公园的214组多达758尊的人体雕塑，就是他40年寻梦的心血结晶。

维格兰是农民的儿子。1869年，他出生在祖祖辈辈居住的挪威南部曼达尔市附近山谷的一座村庄里。父亲是位技艺精湛的木匠，而且拥有一个小家庭作坊。维格兰从小就在父亲的小作坊里写写画画，或者用木头雕玩具玩。儿时的启蒙对他日后的雕塑生涯产生了深刻影响。他的艺术天赋首先在绘画和木刻上得到表现。维格兰15岁那年，望子成龙的父亲把他带到首都奥斯陆拜名师学徒，希望把他培养成雕塑家。

然而，上帝似乎有意折磨这位天才少年，两年后厄运突然降临到他头上——父亲因急病辞世，维格兰被迫回到了曼达尔。但是，失去亲人的悲痛和家境的贫寒，并没有动摇他成为雕塑家的梦想。白天他帮助母亲料理农活、打点家庭作坊的生意，晚上就在灯下读书绘画、进行木雕

创作。他雕塑的主题大多来自希腊神话和《圣经》。19岁那年,他带着一大捆雕像和浮雕的草图,再次来到首都奥斯陆,想继续“寻梦”的历程。但是,他很快就发现,木雕艺人很难维持生计。“寻梦”不成,他只好到一些雕塑家的画室或工作室“打工”。他曾去过挪威雕塑家伯格斯立恩(Bergslien)的画室,后来还到过意大利,边“打工”边学习。没想到这为解决生计的无奈之举,却开阔了他的眼界、提高了他的雕刻技艺,为日后的创作打下了坚实的基础。1893年,维格兰来到巴黎并逗留了6个月。在参观奥古斯特·罗丹的工作室时,这位艺术家的风格和作品启迪了维格兰的灵感。罗丹对男女关系细腻的处理,影响了维格兰一生的人体雕塑创作。

2013年9月7日,天朗气清,湛蓝的天上飘着朵朵白云,清新的空气中透着丝丝甜味。早饭后,我们从奥斯陆峡湾酒店出发,乘车前往地处挪威首都西北角的维格兰人体雕塑公园。公园占地80英亩,园内小溪淙淙,绿草茵茵,繁花似锦,而造型挺拔、婀娜多姿的尊尊雕塑,就耸立在这优美环境中,显得匀称和谐、浑然一体。雕塑分为三大部分——生命之桥、生命之泉、生命之柱,依次坐落在一条长达850米的中轴线上,杂

2013年9月作者在维格兰人体雕塑公园留影

而不乱，错落有致。雕塑主题反映的是人生从生命孕育到皓首苍颜直至死亡的全过程，展现的是生命的伟大与尊严，因而有人称该公园为“人生之旅公园”。

愤怒的小男孩

走进公园的锻铁大门，绕过开阔的草坪，就来到了长328英尺、宽49英尺的生命之桥。首先映入眼帘的是耸立在桥四角的花岗岩石柱，上面各有一组雕塑，其中三组描绘的是一个男人与一只巨大蜥蜴在搏斗；另一组描绘的却是一只蜥蜴拥抱女人的场景。据说作者想表现的是要同伴随人生的邪恶势力进行斗争。因为在基督教中，蜥蜴是邪恶势力的象征。生命之桥精彩的是在桥两侧的花岗岩栏杆上，站立着58尊或单个或群体的青铜人像，真人般大小，既有充满阳刚之气的男人，也有绰约多姿的女人和天真无邪的儿童。有的在谈情说爱，有的在翩翩起舞，还有的哭闹撒娇，千姿百态，栩栩如生。雕塑主调是男人与女人以及儿童之间的关系。比如在一个青铜底座上雕塑的是一个男人和一个女人紧密缠绕在一起的转轮，表现的可能是两性之间的永远吸引与爱慕；在艺术作品中，母子关系也是普遍的主题，而维格兰的雕塑中却有几尊是以父子为主题的，比如有一尊是父亲和4个孩子嬉戏的场景，生动而别出心裁；最引人注目的是一尊握拳顿足、号啕撒娇的小男孩雕塑，被称为“愤怒的小男孩”。听导游说，该尊雕塑由于形象逼真、憨态可掬，是先于中国游客到北欧旅游的日本人的必到之地。所以1992年小男孩雕塑被盗后，在挪威引起轩然大波，日本游客就成了一些人的猜疑对象。后来，被找回的小男孩不知又被什么人泼上了大红油漆，变成了一个“愤怒的小关公”。难怪小男孩“愤怒”，如此践踏文物比乱涂“到此一游”的行为还

罪加一等，按挪威法律，肇事者应处一年监禁！

生命之泉是维格兰人体雕塑公园最早的一组雕塑。在水池中央，6个年龄不同的巨人将一个巨大的碟形水盆高举过头顶，泉水由盆中源源喷出，使盆的周边形成密布的水帘，煞是好看。据说那含义是每个人都要付出自己最大的努力，并且只有齐心协力才能肩负起生活的重担。水是生命之源，所以维格兰在生命之泉四周的围墙上雕塑了20组人树合一的“生命之树”，形象地演绎了人的生命从婴儿、少年到壮年、老年等各个阶段，也反映了人类与自然、环境密不可分的关系，给人们以极大启迪。处在雕塑公园制高点上的生命之柱，高高耸立在花岗岩群像雕塑中间。虽然主题同样是人的生命轮回，但令人震撼的是高达46.3英尺的生命之柱，是由伊德峡湾山采来的一整块石料雕成。当年，就在生命之柱旁边的场地上，搭建起了一个长长的工棚，工人在工棚里按照维格兰制作的石膏模型，日夜不停地雕刻，历经14个春秋，终于在1943年维格兰逝世前竣工，完成了雕塑家的最后一个“梦”。生命之柱布满了人物浮雕，有独立的个体，也有组合的群体，共雕刻了121个形态各异的人物。生命之柱象征什么？据说有多重解读：男子生殖器的象征、人类生存的斗争、人类对精神领域的向往、日常生活的超越以及循环往复等。而维格兰自己的解释是：“花岗岩群像描绘了现实生活，而生命之柱则属于遐想的世界。”这也是维格兰留给人们的“生命之柱之谜”。

维格兰雕塑公园生命之柱

漫步在维格兰人体雕塑公园，我感到无比惊奇与震撼。这是我有生以来见到的第一个全裸体雕塑公园,可能在世界上也是独一无二的。由于受儒家传统文化影响,我们对这样的雕塑难以完全理解。比如,在北京的一个公园里,如果看到的全部都是一丝不挂的男女裸体雕塑,有人就可能会感到羞涩,甚至想到“性”、想到丑恶或淫秽;而在这里你看到的是美,是阳刚之气和绰约婀娜,体会到的是温馨和谐,想到的是积极向上。这也许就是中西方文化的差异吧。但不管怎样,我们应当感谢古斯塔夫·维格兰这位伟大的挪威艺术家,是他给予了那些冰冷的青铜、石头以鲜活的、顽强的生命,让我们在欣赏这些艺术珍品时找到自我,想到过去,展望未来,心灵得到净化,境界得到升华。感恩自然,珍爱生命,保护环境,把握好生命中每一个美好时光,这也许是维格兰人体雕塑公园给我们的启示吧!

(2013年11月,载11月10日《大周刊》、11月28日《组织人事报》和12月13日《衡水晚报》)

链接

维京海盗船博物馆

尽管奥斯陆博物馆很多,但维京海盗船博物馆不可不看。因为它展览的是曾创造了公元800—1050年间维京文明的保存最完整的文物。挪威的维京人祖先是了不起的航海家,他们曾远征今日的英法等地,并发现了格陵兰岛和冰岛,还远渡重洋到了美国,是最早登陆美洲新大陆的欧洲人。由于他们常年称霸海上,所以人死了用船做墓葬。现在展示出土的3艘墓葬船,最大的一艘发现于1904年,同时还发现了3辆雪橇和一辆拉车及梳子、服饰、厨具、纺织器具等陪葬品。科学家用现代科学技术复原的维京船,长22米,最宽处5米,船首有交缠的马、蛇和鸟等木雕图腾,显示出维京人具备了很高的工艺水平。

在“小美人鱼”的故乡

第一次见到“小美人鱼”，是在2010年8月上海世博会的丹麦馆。由于那是“小美人鱼”铜像1913年雕成后近百年来首次“走出”国门，也由于观众的热情胜过上海炎热的天气，我为一睹她的风采不得不冒着酷暑在丹麦馆门前排了一个多小时的队。好不容易进得馆来，只看到“小美人鱼”铜像被安放在馆厅的一个水池中央，是那样美丽和端详。由于人太多，不要说与其合影，我甚至都没来得及多看两眼丹麦雕塑大师爱德华·艾瑞克森那无与伦比的雕刻艺术，就被后面的人流“拥推”着出了展厅，留下了太多的遗憾！

2013年9月3日上午，我和老伴及一些年过花甲的“老翁老妪”们，从瑞典边城马尔默乘船渡过厄勒海峡，前往“小美人鱼”的故乡——丹麦首都哥本哈根。一路上我想的就是要把上次的遗憾补回来！在船上听导游说，10天前——也就是8月23日，是“小美人鱼”雕像的百岁诞辰。是日，哥本哈根阳光灿烂、碧空如洗。数万名来自世界各地的游客、民众汇聚到这里为“小美人鱼”雕像祝寿：知名乐队载歌载舞，众多名人登台演讲，水上表演动人心魄，“小美人鱼”知识问答妙趣横生，哥本哈根蒂沃利乐园的童子军乐队在“小美人鱼”铜像旁尽情演奏，“祝你生日快乐”的歌声响彻云霄……下午4时许，100名身着泳装的少女乘敞篷游船抵达“小美人鱼”雕像旁的海域，一起纵身跃入清澈的海水里，瞬间化作天使般的条条“美人鱼”。她们欢快地游弋在“小美人鱼”铜像周围，再现安徒生笔下那幅活生生的美人鱼童话场景。最后，她们在水中组成了阿拉伯数字“100”的队形，以此向童话作者和他的小美人鱼以及雕塑大师艾瑞克森表达敬意。俗话说“观景不如听景”，还未看到“小美人鱼”，就听得让人心醉了！

“小美人鱼”铜像，坐落于哥本哈根市东北部海边的长堤公园(Langelinie)，铜像高约1.5米，花岗石基座直径约1.8米。我们从游船上遥望这个人身鱼尾的“美人鱼”，看到的是一尊造型优美、恬静娴雅的艺术雕像；但从岸上细看“小美人鱼”，看到的却是一个心地善良、神情忧伤的少女。“小美人鱼”铜像是根据世界童话大师安徒生的童话《海的女儿》铸塑的。在安徒生的童话里，“小美人鱼”是海王最小的女儿，拥有天使般美丽的容貌和夜莺般动听的歌喉。按照海底王宫的规矩，“美人鱼”姐妹们只有到了15岁，才能浮出海面，观赏五彩缤纷的人间世界。“小美人鱼”终于等来了这一天。当她浮出水面时，正遇上王子乘坐的华丽大船被狂风巨浪摧垮，“小美人鱼”奋力救援溺水的王子，同时也深深地爱上了他。为了能跟王子长相厮守，她找到女巫师，请她把自己的鱼尾变成人的双腿。但巫师提出，要以“小美人鱼”银铃般的歌喉作为交换，并且还说，一旦王子日后移情别恋，她就会变成海上的泡沫死去。为了追求爱情，“小美人鱼”毅然喝下变身药水，尾巴变成了修长的美腿，可她从此也变成了哑巴。谁料这时，邻国一位美丽的公主闯了进来，而从昏迷中醒来的王子，误以为是她救了自己，两人很快坠入爱河。可怜的“小美人鱼”已无法道出真相及对王子的爱慕之情，只能一个人默默地伤心落泪。心地善良、深深爱着王子的“小美人鱼”，最终拒绝了姐姐们用王子的血来破解巫师咒语的劝说，毅然化作大海中的泡沫——为爱情献

2013年9月作者在丹麦"小美人鱼"雕像前留影

出了宝贵生命。

好的童话具有永久的魅力。这个为了爱而牺牲自己的壮美动人的童话故事，自《海的女儿》1837年问世以来，不仅感动了全世界的小读者（我小时候就曾多次为"小美人鱼"的死而伤心落泪），也深深打动了"大读者"们的心。100年前，丹麦著名企业新嘉士伯啤酒公司的创始人卡尔·雅各布森（Carl Jacobsen），在皇家剧院观看首演的芭蕾舞剧《海的女儿》后，深受感动，夜不能寐，于是出资请雕塑家艾瑞克森为"小美人鱼"铸雕铜像。如今，"小美人鱼"雕像已成为哥本哈根的象征，成为丹麦的"国宝"（那年为"小美人鱼"到上海世博会参展，哥本哈根议会曾投票通过），成为人们追求纯真爱情和真善美的精神力量。从"小美人鱼"身上，人们看到了丹麦人民的善良和坚贞，以及为了美好理想而献身的精神。难怪有人说："到丹麦不看'小美人鱼'，就不算到过哥本哈根。"

在"小美人鱼"的故乡，我们还听到许多美丽的传说。比如，有人说"小美人鱼"的原型就是安徒生自己。1805年4月2日，安徒生生于丹麦菲英岛欧登塞的一个穷鞋匠家庭。小时候，他就和邻居的女儿福格特青梅竹马、两小无猜，长大了虽两相情愿，但因家庭条件相差悬殊，这对初恋情人最终没能走到一起。在安徒生26岁那年，福格特嫁给了当地的一个富家子弟。从此安徒生对爱情心灰意冷,终身未娶。1875年8月4日安徒生去世那天,人们发现他的脖子上挂着一个小皮袋子,里面竟装着福格特当年写给他的情书!

透过这个凄美动人的故事,我似乎寻找到了打开"小美人鱼"和安徒生心灵的钥匙。"小美人鱼"为了获得人类"不灭的灵魂",不惜舍弃养育自己的大海和亲人,牺牲夜莺般的歌喉和美丽的鱼尾,在为救王子而献身的过程中实现了灵魂的升华。安徒生命运多舛,恋人别嫁,饥饿和精神上的打击摧残了他的身体,疾病毁坏了他的体形和声音,使他想成为舞台艺术家和歌唱家、在舞台上创造"美"的梦想落空,但他发愤图强,以顽强的毅力,用充满诗意的笔触,创作出了"小美人鱼""卖火柴的小女孩""丑小鸭"等众多善良、纯真、心灵美的艺术形象,为亿万儿童献上了丰富多彩的精神食粮,在甘于奉献中实现了人生灵魂的升华。他留下的168篇优美童话,已成为人类永远享受不尽的精神财富和艺术宝藏。

伫立"小美人鱼"的铜像前,我的心久久不能平静。在一个急需精神支撑的时代,"小美人鱼"和安徒生童话给予我们的启迪是:为了他人的幸福而勇于牺牲自己的人,才会有一个永恒不灭的灵魂!

(2013年12月,载同年12月26日《组织人事报》、12月29日《大周刊》和2014年2月19日《滨海时报》)

链接

"商人港"哥本哈根

丹麦首都哥本哈根,因安徒生的童话而被誉为"童话首都"。其实,哥本哈根(Copenhagen)在古丹麦语中的本义是"商人港"。由于哥本哈根坐落在控制波罗的海出海口的奥勒森湾,历史上航运和商业就很发达。在北欧各国争夺领土的时期,丹麦继维京时代后曾长期称霸,丹麦玛格丽特女王曾身兼瑞典、挪威两国的领袖。这里不仅商贾云集,市场繁荣,美食齐聚,而且也是政治、经济、文化的中心。时至今日,哥本哈根仍是北欧地区航班转运点和旅游起点站。比起西欧其他城市,哥本哈根有着闲适自在的气质和对艺术的热情,唯一美中不足的是物价比较贵。

偶遇俄罗斯婚礼

听人说，去俄罗斯旅游，能够见识一场俄罗斯人的婚礼，会让你倍感幸运，回味无穷，留下美好的记忆。

说来也巧，2013年9月11日下午，正当我们行走在圣彼得堡彼得大帝雕像附近的街上时，遇到了一对结婚的情侣。前面是一身黑色西服的帅小伙，手牵披着洁白婚纱的靓丽新娘，后面跟着十来位亲朋好友，还有跟着拍照的摄影师。熟悉俄罗斯婚俗的导游和团友，立即冲着新人齐声大喊："郭里嘎！郭里嘎！"这时，只见新郎新娘回头深情地望了我们一眼，就在人行道上热烈地亲吻起来。随着众人起哄附和的声音越大，新人就亲吻得越热烈、越甜蜜！

这让不了解俄罗斯风情的团友惊奇地瞪大了眼睛："这是怎么回事儿？"导游小张笑嘻嘻地介绍说，"郭里嘎"（ голька ），俄语的本义是"苦哇，苦哇"。富有幽默感的俄罗斯人，习惯用反话来表示祝福。"郭里嘎"的潜台词是："酒是苦的，不好喝，应该用新郎新娘的吻把它变甜！"所以，婚礼上每当有人高喊"郭里嘎"时，新人都会用甜蜜的亲吻来平息大家的喊声。于是,有人调侃说:“俄罗斯人的婚礼‘叫苦不迭’!”

圣彼得堡青年的婚礼很惬意。一对恋人要结婚了,就会在周六、周日或节假日,邀上双方的父母和亲友,一行人或乘车或步行,去公园和各种纪念场所拍照留念;还有的登上游船浏览涅瓦河两岸的风光景色,感受大自然的博大与美妙。若去远的地方,还会带上香槟酒、白兰地、面包和香肠等食品,路上就地进行野炊,惬意得就像一次郊游。听导游说,在圣彼得堡的大街上,很少能看到像国内青年结婚那样浩浩荡荡的车队,饭店里也很少能见到高朋满座的豪华婚宴。圣彼得堡人很开放也很友好,特别是中俄两国人民有着传统友谊,20世纪四五十年代我们尊称他们“苏联老大哥”。改革开放后,上海市与圣彼得堡结为了友好城市,所以他们见着中国人感觉格外亲切。新郎新娘在公园或纪念物前拍照时,你若愿意去“凑热闹、沾喜气”,他们会很高兴地同你合影,认为这是从遥远的东方带来的美好祝福。若赶上他们野炊,还会热情地邀请客人同饮、同吃、同欢乐。9月12日下午,我们在叶卡捷琳娜庄园旁边的公园散步时,又遇到两对在公园拍照的新人。团员张桂莲、崔纪敏、王桂玲就同一对新人幸福地合了影。

俄罗斯人的婚礼,最让我们诧异和赞叹的是:新郎新娘要在婚礼当天,去烈士墓献花。在圣彼得堡的烈士纪念碑和莫斯科的无名烈士墓,我们都看到了盛装的新人,手捧洁白的鲜花,庄严肃立在碑前的感人场面。据说,这一传统起源于俄国十月革命后。1920年,莫斯科的青年们发起了破除陈规陋习、举办红色婚礼的倡议,得到了广大青年的响应。因为,在苏联革命和卫国战争中,数千万人前赴后继,献出了宝贵生命。就说被誉为“英雄城市”的圣彼得堡吧(当时叫列宁格勒),在德国法西斯围城的872天(1941年9月8日至1944年1月27日)里,列宁格勒的党组织、军队和市民,以钢铁般的意志和同仇敌忾的顽强抗击,创造了列宁格勒坚不可摧的神奇佳话,同时也付出了60多万军民死于战火、严寒与饥饿的沉重代价。到1950年,苏联全国普遍实行了隆重、简朴的“共青团式婚礼”,其主要议程是:在婚礼的这天,先由新郎新娘双方的父母,向新人赠

送圆面包和食盐，祝福新人白头偕老，生活富足美满。随后，请参加过卫国战争的老战士或劳动模范，在婚礼上讲话和致辞，再由受人尊敬的证婚人向新人颁授结婚证书……其中，一项重要内容就是新郎新娘去烈士墓献花。

导游介绍说，随着社会的变迁和物质生活的改善，俄罗斯青年的婚礼也融入了今天社会的许多时髦元素，如追求高档婚纱、头纱和豪华婚车的也不乏其人。但是，仍有许多俄罗斯青年不忘父辈们的传统。在他们看来，在人生最美好、最甜蜜的时刻，去烈士墓恭恭敬敬地献上一束圣洁的鲜花，缅怀那些为国捐躯的英雄，不仅是一件高尚和有纪念意义的事情，也是对今天幸福生活的珍惜和对未来梦想的憧憬。闻听此言，让我们这些与新中国同生共长的"老翁老妪"感动不已。"忘记过去就意味着背叛"，"成由勤俭败由奢"。优良传统，不仅是一个人修身立业的重要条件，也是一个民族、一个国家兴旺发达的重要力量来源。缅怀先烈，懂得感恩，富而不奢，简朴务实，俄罗斯青年一代的这些做法，很值得我们特别是青年一代学习借鉴！

（2014年1月，载同年1月23日《组织人事报》、2月9日《大周刊》和2月27日《北京旅游报》）

链接

彼得大帝建造圣彼得堡

彼得大帝（1672—1725）在俄罗斯是像"秦皇汉武、唐宗宋祖"那样的传奇帝王。与清朝康熙皇帝同时代的彼得·阿列克谢耶维奇·罗曼诺夫，10岁继承皇位，在宫廷权力争夺中，他巧用计谋，铲除女摄政王索菲娅公主；他仪表非凡，身材魁梧，精力充沛；他南征北战，拓宽疆土，创建波罗的海舰队，并于1703年在涅瓦河口右岸的"兔子岛"上建造彼得保罗要塞，驻重兵把守，以防御瑞典军队的进攻，波罗的海出海口从此纳入俄罗斯版图，俄罗斯也逐步发展为横跨欧亚的强大帝国；彼得大帝还力排众议，将首都从莫斯科迁到圣彼得堡。他曾说："假若天假我以年，圣彼得堡将变成另一个阿姆斯特丹。"

卢森堡一瞥

卢森堡给我的最初印象是“小”:国土小,面积只有2586平方公里;人口少,全国只有40多万人,只相当于我国的一个小县的人口。难怪人们称它“袖珍之国”。说起来,能到卢森堡一游,纯属偶然或者说是“天上掉馅饼”。

卢森堡

那是1999年7月中旬的事。中国市场经济研究会考察团即将结束在德国两周的考察，离开法兰克福回国。7月15日晚上，接待方的金经理来饭店看我们。听说培训期间，我们除了在汉堡经济学院听讲座，就是到波恩的政府部门和一些工厂调研，星期天也没到其他欧洲国家转转，很是称赞。当他了解到第二天我们要去特里尔拜谒马克思故居时，临时动议"奖励"我们顺路去卢森堡参观，并且还亲自陪同。

7月16日中午，我们13时15分从法兰克福出发，16时25分就到卢森堡了。卢森堡位于欧洲西部，东邻德国，南毗法国，西部和北部与比利时接壤。地势北高南低，北部为阿登高原，森林茂密，南部为丘陵，气候温和，风景优美，被称为"欧洲的绿色心脏"。其独特的地理位置，难攻易守，曾是中世纪的欧洲战略要塞。卢森堡也被称为"千堡之国"。全国城堡林立，首都卢森堡市就是一座最大的古堡。1815年欧洲维也纳会议决定升卢森堡为大公国。卢森堡人民爱好和平，为了维护国家的独立自主，卢森堡多次声明中立原则，甚至主动解除自己的武装，但还是经常受到周边法国、德国、荷兰等列强的觊觎，历史上被多次转手不同国家，两次世界大战均遭德国入侵。1948年卢森堡成为北约和欧盟的创始会员国之一。

卢森堡市不大，古堡依山势而建，十分陡峭险要，难怪在冷兵器时代，这里被称为世界上"坚不可摧"的城堡之一。如今老城区和防御工事已被列入世界文化遗产。我们游完最著名的景点卡斯梅特穴和阿尔梅广场，大约用了不到两个小时。令我们感到惊奇的是，如此"弹丸小国"，竟拥有三个世界第一。

第一，卢森堡是全球最大的金融中心之一。它是欧元区内最重要的私人银行中心，及全球第二大投资信托中心(仅次于美国)。第二，卢森堡是著名的"钢铁王国"。卢森堡的人均钢产量，多年位居世界首位。中国从卢森堡进口的主要产品就是冶金工业设备、钢材和机械。第三，卢森堡还是全球最富有的国家之一。

卢森堡拥有全球最高的人均GDP，国民收入居世界第二位，购买力居世界第一位。

晚饭是在卢森堡的北京饭店吃的。店主人还热情地让我们品尝了具有卢森堡风味的油炸土豆饼。然后,我们返回德国去马克思的家乡特里尔小镇下榻。卢森堡一瞥,让我颇有感触:人们往往羡慕"大",而瞧不起"小",甚至关于"小"的成语也是贬义居多。其实,"大"和"小"各有优势和劣势,关键是不能陷入盲目性。在一定条件下,"大"和"小"还可以互相转换。比如卢森堡,小不自卑、小不放弃,小有特色、小有作为,通过全体国民自强不息的努力,终于把一个饱受蹂躏的小国,建成了有三项世界第一的富裕文明的国家,不是也很值得尊重和赞扬吗?

(2014年3月,载同年4月30日《北京旅游报》和5月15日《大周刊》)

链接

卢森堡大公

卢森堡大公国是一个富有而和平的国度,被称为欧洲的绿色心脏。它是目前世界上唯一仅存的大公国。大公是国家元首,现任卢森堡大公亨利,1955年4月16日出生于贝茨多夫堡,18岁时被封为卢森堡大公的法定继承人。亨利先后在卢森堡、法国和瑞士读书,毕业于日内瓦大学,获日内瓦大学政治学硕士学位。他1998年3月被任命为摄政代表,代行大公部分职权。2000年10月7日正式宣誓即位,成为卢森堡大公国第六任大公,是当时欧洲君主制国家中最年轻的在位君王。亨利大公对华友好,支持中国在台湾等问题上的立场,2006年9月曾访问我国。

克劳顿村的感悟

克劳顿村(Crotonville),位于美国纽约北郊的一个山坳里,距纽约拉瓜迪机场有1个多小时的路程。小山村四周山峦起伏,林木葱茏,环境幽静。它就是具有百年历史的跨国公司——美国通用电气公司(General Electric,简称GE公司)的培训基地,也是全球最著名的“公司大学”之一。长期以来,这个以制造“CEO”而闻名于世的地方,一直蒙着神秘的面纱。

2002年1月22日,当我随第二期中国高级管理人员研究班,跨洋过海千里迢迢来到这里时,感到有些诧异,或者说是失望。因为这个占地50多英亩的培训基地,没有高楼大厦,也没有豪华的设施,依山而建的教学楼和宿舍楼,基本还是1956年创建时的老样子,显得有些陈旧。学员的宿舍只有十来平方米,室内陈设简陋,办公桌只有电脑桌那般大小,好在学习和通信设施齐全,计算机和网络都有,房间电话插上卡就能直拨国际长途,并且声音清晰。

这就是举世闻名的GE公司高级领导干部成长的“摇篮”,被《财富》

克劳顿村

杂志称为“美国企业界的哈佛”的那个“制造”领导人才的基地吗？神话是怎样创造的？秘诀是什么？应当感谢两国高层的推动，GE公司从2000年5月开始举办中国高级管理人员研究班，每年为中国培训30名企业领导和研究人员，从而使我有机会能像孙悟空钻进铁扇公主肚子那样，“零距离”地观察和感受他们的人才培训。

我结合自己的工作和研究方向——人才资源开发和管理，拟了个思考题目：“百年老店”长盛不衰的关键何在？GE公司的历史，可以追溯到“发明大王”爱迪生1878年创立的电灯公司，1892年爱迪生公司和休斯顿公司合并，成立了通用电气公司，迄今已有120多年的历史。20世纪80年代以来，GE公司在前任董事长杰克·韦尔奇的执掌下，经济效益以每年10%的速度增长，创造了全世界跨国公司的奇迹，特别是2000年，GE公司年净利润增长19%，达到127亿美元，被《财富》杂志连续四次选为“全美最受推崇的公司”。

我们到纽约时，“9·11”事件过去不久，世界经济和贸易出现了近十

年最缓慢的增长。面对严峻的形势，GE公司在新任董事长兼首席执行官杰夫·伊梅尔特的执掌下，及时调整、沉着应对，2001年仍然保持了两位数的增长，年净利润达到141亿美元。

我们的培训时间为两周，第一周课堂学习，第二周实地考察。在我们到达克劳顿村的第三天，公司首席执行官杰夫·伊梅尔特亲自来给大家讲课。他身材魁梧，平易近人，风趣幽默，讲课中除简要介绍了GE公司的情况，还重点推崇了公司的三个传统：以“诚信”为主旨，视“质量”为生命，靠“变革”求发展。培训期间，其他授课人则分别讲授了公司治理、财务运营、客户服务、营销经营、企业文化、政府关系、全球战略等课题。

同国内培训的区别是，无论哪位授课人都会把授课时间的1/3留出来供学员提问，并且授课过程中鼓励学员随时举手提问，甚至和授课人讨论、争辩。习惯了“中国式听报告”的我们，一开始感到有些不习惯。但公司首席教育官鲍勃先生说，这是前任董事长杰克·韦尔奇推崇的培训方法，说这是韦尔奇同公司下层管理者们进行沟通、了解公司状况的桥梁和“法宝”。韦尔奇在任时，每月至少来一次克劳顿村，发表演说并回答问题。韦尔奇十分喜欢洋溢在这里的“战斗气氛”。他坦诚地说出自己的想法和见解，和GE公司的主管们大声争辩。这个地方让他有机会说服员工认同自己的看法，同时也使他明白了员工之间存在的问题。正像鲍勃先生概括的，这个过程“有时像是一个论坛，有时是个情报通信站，有时又是一个辩论的机制，或是一个布道坛。这个过程让所有高级主管，不仅是韦尔奇，在任何时候都能够追踪公司的动向”。

培训期间，我们还参观了地处纽约州的GE公司的研发中心和位于密歇根湖畔的一家工厂，同科研人员和工厂员工进行座谈，探讨GE公司这个“百年老店”长盛不衰的根本原因。在GE公司研发中心，我碰到了一名叫卫昶的小伙子。他是江苏南通人，在上海复旦大学读博士，然后到加拿大读博士后，再后来被招聘到GE公司工作。由于他在金属材料加热方面的研究取得突破，很受公司重视，妻子毕业后也来GE公司了。谈到在GE公司的感受，他说，GE公司的成功与他们高度重视人才培训有着很大的关系。韦尔奇最重要的变革，是把GE公司变成了一家全球化的“学习公司”。韦尔奇常说的一句话是：一个企业真正的“核心实力”不是生产制造或售后服务，而是企业的学习能力。韦尔奇对公司其他部门的花费十分节省，但是对克劳顿村的出手却十分大方。据统计，GE公司每年在克劳顿村及其他地方的培训和教育项目的投入达10亿美元。卫昶向我们现身说法：“比如我吧，被招募进来后，公司不是急着让我‘生蛋’——如何发挥作用、努力为公司做贡献，而是灌输终身学习的理念，不断对我进行培训，培养永不满足的学习欲望和‘个人进取心’，使我每天都能自觉学习新的知识、寻求新的创意，从而在不断学习中实现梦想、体现自身价值。”

当时，终身学习的理念在国内还没达成共识，学习型组织、学习型社会、学习型政党的词汇还没有写进党和政府的文件，所以听了GE公司的讲座和卫昶的现身说法，我觉得很开动脑筋、很受启发，从而也感悟到一个道理：“打造学习型公司，不断提升全体员工的素质，是GE公司持续快速发展的不竭动力。”

随着学习考察的深入，我似乎触摸到了GE公司一些深层次的东西或者说是“秘诀”。比如，公司创建120多年，只有9任董事长，说明一个长期稳定的公司领导层，特别是一个优秀的首席执行官（CEO），是GE公司持续快速发展的关键；而培育以“诚信”为核心内容的企业文化，增进员工对公司价值观的认知，则是GE公司成功发展的基石；还有实施以“六个西格玛”为核心的质量管理，全面提升管理水平，使GE公司在激烈竞争中赢得了先机；构建完善有效的监督激励机制，推行“无界限”管理和员工360度考评，使GE公司始终保持生机活力；等等。而这些都是GE公司这个“百年老店”长盛不衰的重要因素，但把公司打造成“学习型组织”却是其关键所在。一些在改革大潮中借“双轨制”或某些政策因素挖到“第一桶金”而迅速膨胀的典型，就算一时进入了“××强”或“××榜”，但兴盛得快、衰败得也快，就像发出耀眼光芒的流星一样稍纵即逝。究其原因,就是因为它们缺乏GE公司的那种持续发展潜力和不竭动力。

离别克劳顿村好多年了,我还常常想起那些往事。它远离繁华市区,没有壮美的风景,周边也没有酒店饭店和娱乐场所,甚至没有一个卖日常用品的小卖部。不要说在高度发达的美国社会,就是在国内也很难找到这样地处荒僻的培训基地和院校。然而,它却是能排除现代社会各种干扰、进行培训的好地方,众多的企业优秀人才包括韦尔奇和伊梅尔特都曾在这里接受过培训。有资料显示,世界500强中有160位"CEO"来自GE公司,而且都是经过克劳顿村培训的。由此我感悟到,一个培训基地或院校能否培训出优秀人才,不在于有没有高楼大厦和豪华的设施,而在于有没有先进的理念、吸引人的内容和优良的学风!

(2014年3月,载同年4月3日《组织人事报》和4月11日《衡水晚报》)

链接

《"百年老店"长盛不衰的关键所在》的反响

我撰写的关于美国通用电气公司人才开发和管理情况的考察汇报——《"百年老店"长盛不衰的关键所在》一文,受到了研究班领导的好评,时任中央组织部副部长的赵洪祝同志给予充分肯定,并做了重要批示。求是杂志社《内部文稿》2002年11期和中组部党建研究杂志社《党建研究内参》第8期,都进行了刊登。GE公司驻中国首席代表还把它转给了GE公司首席执行官杰夫·伊梅尔特先生。

在“长白云之乡”

我的一个朋友在国内的电力企业工作，收入不菲，20世纪90年代全家跟着出国潮去了新西兰。一个多月后来电话说，由于语言不过关，找不到工作，一家三口只好吃着救济“恶补”英语。我问是不是后悔了，他说移民新西兰，最大的幸福是每天都被包裹在纯净的“蓝白绿”（即蓝蓝的天、白白的云、绿绿的树）之中。他还告诉我，新西兰被称为世界上最后一块净土和“天然大氧吧”，在原住民毛利人的语言里，新西兰被称作“Aotearoa”，意为“长白云之乡”。

“长白云之乡”，多么富有诗意，多么浪漫！它不仅让我回忆起了小时候在冀南老家的草地上坐看白云消长的美好时光，也让我对那块遥远的、神秘的地方产生了好奇。心想，在全球工业化的过程中，许多地方都付出了环境遭到污染的沉重代价：蓝天白云变成了黑烟翻腾、雾霾笼罩的天空；流水潺潺的清澈小河，变成了臭味难闻、鱼死虾亡的臭河……而新西兰作为一个现代、繁荣的发达国家，为什么能独善其身呢？

这一问题初步得到回答，是在4年后的新西兰第三大城市克赖斯特

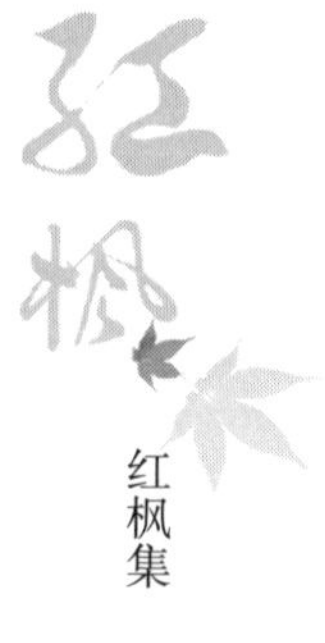

彻奇(中文译作基督城)机场。那是2000年3月25日下午,我们从澳大利亚飞越塔斯曼海,抵达这镶嵌在浩瀚无际的南太平洋上似翡翠一样的宝岛。一下飞机,就听接机的同志说:“经过大使馆的交涉,新方同意团长的行李可不开箱,其他人的则都要开箱检查。”大家都很诧异,因为我们不是普通游客,而是持红皮外交护照的代表团成员,在其他国家都是走贵宾通道的“重要旅客”。而安保人员解释说:“3天前,从一条外国船上发现一条蛇(新西兰没有蛇),当然诸位行李箱里不会有蛇,但为了保护新西兰的生态,防止其他国家物种的侵入,上级要求实行最严格的安检。”当时,我对此有些不理解,事后感悟到,如此重视环保,也许是“世界最后一块净土”得以保持的一个重要原因吧!

据资料记载,大约8500万至1亿年前,新西兰从古冈瓦纳大陆分离出来,形成孤立的海岛,从而使许多原始的动物和植物,得以在孤立的环境中存活和演化。新西兰不仅没有蛇,还没有豺狼虎豹,最凶恶的动物是野猪。新西兰的国鸟几维鸟,又名奇异鸟,因其叫声音似“几维”而得名。几维鸟不会飞,大小如母鸡,长着一个细长的嘴喙,羽毛细如毛发。几维鸟生活在灌木丛中,鸟巢筑在树干下部,或者筑在地上,主要在夜间活动,以昆虫或浆果为食。据说,几维鸟的生存历史已有7000万年,与其同年代的种类均已灭绝。由于这里没有天敌,性情温和的几维鸟得以生存下来,成为珍贵的活化石。

新西兰朋友告诉我们,“长白云之乡”的“百分之百”的纯净环境不尽是“天然的”,新西兰人的环境保护意识也不是生而有之的,新西兰的环境保护工作更不是一帆风顺的。19世纪初,以英国为首的欧洲殖民者来到新西兰之前,新西兰只有毛利人在此过着原始社会的生活,森林覆盖率达到90%以上。欧洲殖民者为了在这“绿色王国”里创建“新的家园”,大力开荒开矿,建设港口,发动了史无前例的“牧场革命”。他们砍伐原始森林,种植英国的草种,将新西兰51%的土地改造成牧场,为维持牧草的高产量,还交替施用大量的化肥和杀草剂。更为严重的是,在100年内从世界各地引进了1000多种外来物种,严重威胁了原有物种的生存，破坏了新西兰的自然景观和生态平衡，造成许多原生物种的急剧消失甚至灭绝。超过人口十倍以上的牛羊所释放的大量有机废气造成了空气污染，并直接导致新西兰上空的臭氧层空洞的形成。为抵制这种急功近利的做法，20世纪60年代新西兰爆发了“拯救马纳波里湖”的全国性环保运动，并引发了全社会的反思。1972年，工党执政后克服追求短期经济利益的冲动，把环保提升到国家建设的首要位置。议会修订、完善了《资源管理法》等一系列法律；政府还通过立法建立了总面积占国土面积1/3的原始森林保护区、国家公园、沿海自然保护区及岛屿海洋生物保护区，使新西兰走上了一条经济发展与环境保护、人与自然和谐相处的良性循环之路。

在“长白云之乡”，我还听到这样一则趣闻：新西兰政府曾酝酿出台一项“放屁税”，要求全国大大小小的农场主，为其饲养的牛羊所排放的臭气缴税。因为这些动物排出的含有大量甲烷的气体，占了新西兰温室气体排放量的相当部分，因此应当缴税。后来，这项税收政策因受到绝大多数农场主和农民的反对，最终“流产”了，但它也从一个侧面反映出新西兰人的环保意识已深入人心，甚至可以说已渗透到细胞里了。

据介绍，在新西兰政府部门的不少机构、组织里，都设有积极倡导环保理念的绿色办公室。感恩自然、保护环境、减少气体排放、进行垃圾分类等，在新西兰不是一句口号，而是人们的自觉行动。新西兰处在南极洲和赤道之间的南纬34度至47度之间，紫外线很强。人们外出要戴上旅游帽，还有的打伞，但仔细观察一些住户，装空调的却很少见，一些公共场所也是如此。新西兰的夏天还是很热的，但新西兰人开车也很少开空调。说到生活垃圾分类，几乎每家都有两个高约1米、宽约50厘米见方的塑料垃圾箱子，一个装可以回收的杂物，另一个装不可回收的杂物。垃圾袋是专用的，这种垃圾袋比一般的塑料袋价钱贵出一倍以上，多出来的费用是专门用来补贴环保工作者的。没有人为了省钱用其他塑料袋装垃圾，在他们看来那是一种耻辱行为。

新西兰的国土面积为27万平方公里，相当于两个安徽省；而人口只有432万，相当于我们的一个小地级市。尽管如此，他们在修路、开矿、建房时都非常审慎和注意节约土地。据说，2010年新西兰政府为发展经济，计划在多个国家公园内开采金矿等矿藏，结果因遭到公众和舆论的强烈反对而作罢。后来他们转换思路，大力发展教育产业和旅游产业等第三产业，GDP同样获得了有效增长。

美丽的"长白云之乡"，让我们羡慕，让我们向往。富裕起来的中国人，也希望拥有新西兰那样优美的环境，那样纯净的空气，那样安全的食品。"还我那一片蓝天，还我那一片白云"，是诗的语言，但要把祈盼变为现实，以及什么时候才能变为现实，恐怕钥匙就在我们每一个人的手上！

（2014年4月，载同年5月9日《江西日报》和5月29日《北京旅游报》）

链接

他乡遇故知

本文提到的朋友叫刘东玉，原在华北电科院供职，1996年移民新西兰。我与他可说是莫逆之交。他去新西兰时，我骑自行车冒着四五级的北风赶到他家送行。听说我2000年3月26日夜宿惠灵顿，他和妻子、女儿特意驱车200多公里，从北岛北帕默斯顿附近一个叫"马顿"的小镇来看我。由于下午我有活动，晚饭后又开碰头会，晚上9点多才回到宾馆房间，此时他已等了两个多小时。异国他乡遇故知，那个亲热劲就甭提了。谈人生，谈理想，谈移民新西兰的苦和乐；他爱人张大建是个有心人，特意把他们在自己院子里种的没施化肥和农药的西红柿等蔬菜带来让我品尝。由于他还要连夜赶回马顿，我晚上还要加班整材料，只好握手告别。送他到宾馆门口时，我心底涌出一句话："不是兄弟亲如兄弟，一生一世，不离不弃。"

友谊之歌

杜文远和他的《傻瓜相册》

老杜个子不高，光头，圆圆的脸膛上，时常挂着微笑，一见面就让你感到亲切。我同他的熟识和交往，是1983年底我从衡水记者站调回《河北日报》编辑部后开始的。当时，他已从《河北日报》副总编的位置上退下来，挑起了河北省杂文学会会长的担子。而我的家还没有搬到石家庄，我住单身宿舍，闲暇时常去他家请教，也"凑热闹"写点杂文，后来竟与他成了莫逆之交，三天不见面就觉得缺了点什么。

老杜上班的时候，每天忙忙碌碌，看稿子、改稿子、看版面、值夜班，忙得喘不过气。离休了，他想读一点愿意读的书，做一点愿意做的事。时值改革开放后杂文的繁荣时期，再加上河北省委的领导高扬、高占祥都是舞文弄墨之人，隔三岔五地写篇杂文，因而带动了一批杂文作者。时间一长，就有人建议成立杂文学会。于是人们想到了老杜，请他"出山"。老杜是个热心人，也是个干大事业的人。他把杂文当作事业，白手起家，说干就干。没有办公室，他的只有七八个平方的小书房就成了筹备处。学会需要审批，报纸需要刊号，他拖着病体，不辞辛苦，四处奔波。不久，在省领导和一批杂文爱好者的支持下，全国第一个杂文学会——河北省杂文学会成立了，全国第一张杂文报纸《杂文报》和第一份杂文刊物《杂文界》创刊了，全国第一家杂文函授学院也创建了……作为河北省杂文学会会长、《杂文报》第一任社长和《杂文界》的主编，杜文远为新时期杂文的繁荣和发展，呕心沥血，做出了重要的贡献。

杜文远在他的小书房里编辑了《杂文报》和《杂文界》

1991年春天，我离开眷恋和奉献了20年青春年华的新闻行业，从燕赵大地来到北京中南海，从抛头露面的记者转身为幕后的文稿起草人员，和老杜见面的机会少了，但思想上的交流仍很频繁。1993年我夫人崔纪敏调《科技日报》工作后，负责编辑“千人千言”专栏。这是一个融政论、杂文于一体的言论栏目，开始遇到的困难是作者少、文稿质量不高。老杜听说后，不仅热情地推荐了大批杂文作者，还积极为专栏撰写文章，使“千人千言”专栏很快就繁花似锦、享誉京城，成了广大读者喜爱的名专栏。

1994年11月下旬，从石家庄传来一条噩耗：《河北日报》原副总编、高级编辑、杂文家杜文远因心脏病突发而溘然长逝。想到老杜多年的热心帮助、谆谆教诲，不由得潸然泪下。一年后，老杜的夫人葛庆彬大姐完成老杜的遗愿，把老杜生前选编但未来得及出版的杂文集《傻瓜相册》，精心编辑整理并由花山文艺出版社出版了。庆彬大姐在书的扉页上满怀深情地写道：“张锡杰同志留念，葛庆彬代赠。”我眼含热泪，欣喜地读着这些字字珠玑、闪耀着犀利思想光芒的杂文，老杜的音容笑貌又仿佛出现在眼前。这本杂文集收入的160篇作品，是从老杜离休后发表的300

余篇杂文中选出的，也是他最后十年历程的真实记录。有人说，人一生的辉煌岁月在中青年，但纵观杜文远的一生，我感到他最辉煌的时期，是他离休后的十年岁月！

深刻的思想性是杜文远杂文的一个重要特色。老杜的杂文，富有哲理，诙谐幽默，没有片面性。这与他多年担任报社领导职务，具有较强的政治敏锐性和政治鉴别力，又善于深入实际、从现实生活中抓取热点问题有关。他在谈到自己的写作体会时说："做新闻工作长了，总想到现实生活中接触些新事新问题，觉得这是实实在在的，真实可信的，(写出的杂文)也不易与别人'撞车'。"他像蜜蜂采蜜那样，深入实际，深入群众，抓取现实生活中的新鲜问题，把所思所想融进笔端，形成文章。比如，透视人的精神世界的"CT篇"，不但运用马克思主义的显微镜和解剖刀，深刻剖析了社会上的"跑官""拜佛"等不正之风及其产生根源，还从体制上指出了救治之道。他认为，杂文匡正时弊的目的，就是用光明来驱逐黑暗，用开拓进取来破除因循守旧，鼓励人民冲破一切艰难险阻，走向幸福和光明。

杜文远杂文的另一特色是具有新鲜的知识性。现代科技日新月异，新发明、新创造层出不穷，从而使知识更新的速度大大加快。许多过去我们熟悉的、懂得的东西，随着时代的发展，变得不熟悉、不懂得了。正是基于这一认识，杜文远孜孜不倦地向书本学习、向实践学习。他的杂文，能够经常给人以新鲜的知识和新的启迪。1984年春，当我从武强县周窝回来，和他谈到这次下乡采访了一个科学治家、勤劳致富的典型时，他意识到这是家庭管理上的新事物，立即为我写的新闻配了一篇《家庭经营管理大有学问》的短文，发表在1984年2月24日《河北日报》的头版上，这就是收入该书的《科学治家》一文。1994年8月10日《科技日报》"千人千言"专栏刊登的《品尝"绅士西瓜"的联想》一文，则是老杜不断追踪新事物、汲取新知识的代表作。他从石家庄郊区农民从台湾引进西瓜种，同本地西瓜杂交，培育出金黄色外皮的"绅士西瓜"，联想到自然界和人世间，许多东西都是在移植和嫁接中发展的道理，于是大声疾呼：全社会都要“加强移植引进的意识”。

文风朴实、语言生动，是杜文远杂文的又一特色。他的杂文，没有生硬的洋腔洋调，也没有晦涩难懂的形容词句，就像一位年长的老者讲故事那样语重心长、娓娓道来，字里行间透出一种质朴的自然美，好像任何的浮华与雕饰都是多余的。在谈到他的杂文集为什么取名《傻瓜相册》时，他幽默地说，是因为自己的杂文“肤浅、表面、就事论事，缺少概括，很像那傻瓜相机拍的片子”，“总不如手动对焦距的片子那样清晰”。由此，我们也可以看出老杜谦虚谨慎、永不满足的精神。

活到老，学到老，追求到老，是成就杜文远人生辉煌的诀窍，也是他和《傻瓜相册》一书留给我们的人生启示。

（1996年2月，载同年8月23日《文艺报》和12月6日《书刊报》）

链接

杜文远简介

杜文远（1924—1994），笔名路石、金鸥，山东省茌平县人，1939年参加革命工作，同年加入中国共产党。曾任《河北日报》副总编辑、高级编辑，倡议创办《农家乐》报，是全国最早的为农民致富提供信息的报纸，曾受到当时河北省委第一书记高扬的表扬。离休后，任河北省杂文学会会长、顾问，《杂文报》第一任社长，《杂文界》杂志主编，为改革开放后杂文事业的繁荣发展做出了多方面的贡献。他参与编辑出版了《中国杂文鉴赏辞典》《杂文百家专访》《冀鲁豫文学作品选》《冀鲁豫文学史料》《冀鲁豫日报史》《中国随笔小品鉴赏辞典》等书。1994年11月24日，杜文远同志因突发心肌梗死，不幸在石家庄逝世，享年71岁。

芦苇颂

我爱白洋淀,更爱白洋淀的芦苇。

夏天,满淀的芦苇,长得碧绿、青翠,一眼望不到边。在抗日战争的艰苦年代,白洋淀的芦苇,像一道天然的屏障,掩护着“雁翎队”和淀边的抗日群众。据当地老百姓讲,芦苇生命力极强,有水时杆挺,水涨杆长,宁折不弯;干旱时田里的庄稼打了蔫,淀里的芦苇还是那样茎青叶茂,苇尖倔强地指着蓝天。80年代中期,白洋淀干了好几年,芦苇荡变成了车道、平地,有的还被开垦起来种庄稼。芦根埋在深深

2003年8月作者在芦苇荡留影

白洋淀

的地下，靠微薄的水分维系着生命，几度寒暑、几度考验，有人以为芦苇干死了。没想到，1988年夏天，连续暴雨，上游水一来，芦苇又茎繁叶茂地生长起来了。

古往今来，不知有多少文人墨客，吟诗作赋赞扬白洋淀的荷花。因为，白洋淀的荷塘美妙、神奇、令人陶醉。每到夏秋，放眼望去，色彩鲜艳的千亩荷花竞相怒放，红色的、粉色的、白色的，亭亭玉立，袅袅娜娜，千姿百态，似朝霞异彩，像云雾缭绕。然而我觉得，如果没有茎青叶绿的芦苇的护卫、点缀，白洋淀的荷花也不会显得那样嫣红妩媚。

到了秋天，当芦花飘飞、苇叶变黄的时候，百顷大淀的苇子割下来，在淀边垛起垛来，仿佛一夜之间筑起了无数芦苇的山丘。人们把它编成银白雪亮的席子，运到山南海北，去为人们遮挡风寒。记得小时候，读著名作家孙犁的《荷花淀》，曾爱不释手。至今我仍记得文章对水生媳妇织席的一段入神的白描：

月亮升起来，院子里凉爽得很，干净得很，白天破好的苇眉子潮润润的，正好编席。女人坐在小院当中，手指上缠绞着柔滑修长的苇眉子。苇眉子又薄又细，在她怀里跳跃着……

芦苇浑身都是宝。这些年，随着科学技术的发展和人民生活水平的

提高，虽然芦苇主要不再用来编席子，但却成了造纸的重要原料。芦苇的地下茎，学名称“芦根”，可以入药，能帮助人们祛病强身。芦苇是平凡的，但它又是伟大的。芦苇身上蕴藏着一种类似蜡烛那样的燃烧自己、照亮别人的无私奉献的品格。它不向人类索取，不要求耕耘，不需要施肥，只有奉献。从某种意义上讲，没有芦苇，就没有白洋淀。

然而，我爱白洋淀的芦苇，还有更深层次的原因。

记得是60年代初，我还在读中学的时候，一天，报纸上又推出了一个邢燕子、侯隽式的典型——“白洋淀之子”杨凤鸣。他的家在白洋淀边，是听着白洋淀的传说、喝着白洋淀的淀水、吃着白洋淀的莲藕长大的。他有着白洋淀那样宽阔的胸怀，有着芦苇那样的品格。19岁那年，他担任了雄县王克桥村的党支部书记。在那艰苦的岁月里，他为了表示改变落后面貌的决心，带着全家三下后进队，和群众一起吃大苦、耐大劳，终于使盐碱荒滩变成良田。他被誉为“焦裕禄式的好干部”，他的事迹传遍了燕赵大地。1966年他与吕玉兰等著名劳动模范一起登上天安门，受到毛泽东主席和周恩来总理的接见。他是那个时代青年人追逐的一颗“星”。虽然我没见过他的面，但他的名字一直深深地印在我的脑海里。

风来了，雨来了，史无前例的“文化大革命”来了。白洋淀的芦苇荡能够抵御外部敌人的入侵，却抗御不住内部的动乱。时任县委常委、公社书记的杨凤鸣也被扣上“黑典型”“假劳模”“修正主义的苗子”等莫须有的罪名，被造反派夺权和关押起来进行残酷的游斗。由于他不承认自己是“走资派”“三反分子”，所以那批斗也逐步升级，妻子也受牵连被造反派打断了双腿……

由于“四人帮”的插手，地处京畿重地的保定，成了“文化大革命”的“重灾户”。两派群众组织武斗得很厉害，还发生了震惊全国的抢枪事件。1976年，时任雄县县委书记的杨凤鸣临危受命，担任了保定地委代理第一书记，在唐山地震和毛主席逝世的非常困难的情况下，稳定了保定的局面。粉碎“四人帮”后，他不知为什么被当时的省委主要负责人审查、关押。后来落实政策，他当了衡水地委副书记，可好景不长，又被官降三级，贬为大曹庄农场副场长……

这使我感到杨凤鸣是个“神秘人物”，他的形象在我的脑海里也扑朔迷离起来。然而，就在这个时候，1994年第12期和1995年第1期《中国老年》杂志，连载了人物通讯《昨夜星辰》。题头的两句话很有震撼力：

这是一件尘封了二十年的秘密，这是发生在十年浩劫时的真实故事，这是一位老劳模奏响的一曲荡气回肠的大风歌——

再看内容，原来记述的是杨凤鸣在“文化大革命”期间，冒着坐牢、杀头的危险，在“雄县革命根据地”保护余秋里、萧劲光、何莲芝、王定国、于若木、于陆琳等一批老干部的感人肺腑的故事，杂志同时还配发了他和余秋里、萧劲光的照片。这使我对杨凤鸣又增加了几分敬意。

1995年秋天，在纪念抗日战争胜利50周年的日子里，单位组织到白洋淀进行革命传统教育，我第一次见到了杨凤鸣。无情的岁月和传奇的人生经历，在他身上留下了深深的烙印。照片上他的满头青丝，如今已是白发缕缕，但他还是那样睿智、干练、乐观。

当时，他担任雄县县政府顾问。虽然前些年他遭受过不公正待遇、“几起几落”，这时已退到二线，但他没有沉沦、没有彷徨，依然勇立改革

2009年7月与杨凤鸣在白洋淀荷花园

开放的潮头，为改变家乡的面貌而努力拼搏着。他说："领导职务有一线二线，但共产党员、革命干部为了党和人民的利益，应当鞠躬尽瘁，死而后已！"在县里，人们都尊敬地称他"老书记"。他全力支持县委、县政府的工作，像绿叶呵护红花一样，呵护着县委、县政府的年轻干部。雄县的工业基础比较薄弱，为了加快雄县的发展，他不顾年老体弱，带着人跑项目、跑资金，规划建设新县城，建立白洋淀温泉城……在新的岗位、新的环境里，他依然干得有滋有味，依然是个排头兵。

这天，我们在杨凤鸣等人的陪同下，沿着当年"雁翎队"进出的水道，乘船畅游了白洋淀。天蓝蓝，云淡淡，小船顺着水道向大淀驶去，两旁高大的芦苇倒映在水里，使水呈现淡绿的颜色，显得幽深而神秘。突然，一群水鸟扑棱棱地从芦苇荡里飞起来，又鸣唱着飞向远方。出了芦苇丛，视野突然开阔，万顷碧波，晶莹透彻，船行在波光粼粼的淀面上，微风吹来感到十分凉爽。空气里散发着淡淡的花香，令人心旷神怡。杨凤鸣说，再往前划，就到荷花淀了。我睁大眼睛，这就是《白洋淀纪事》中描述的、让我魂牵梦萦的荷花淀吗？

站立船头，放眼望去，无数圆圆的荷叶铺在水面上，似碧玉重叠；千万朵荷花竞相开放，似彩云倒影，一簇簇，一团团，流光溢彩，美极了。忽而，荷塘里划出几条采莲的小船。荷花衬笑脸，笑脸映荷花，分不清哪个是荷花，哪个是姑娘们的笑脸。船在水上走，人在画中游。此时此刻，是诗、是画，还是天上的仙境？这时，姑娘们甜美动人的歌声伴随着荷花的清香飘过来：

淀水清，淀水蓝，
淀水无边飘渔船。
只因有芦苇的奉献，
才有了这荷花满淀……

这歌声开启了我的灵感。我突然想到，芦苇植根于故乡的泥土，不求索取、只知奉献的精神，不管经受什么样的困苦磨难，始终志向不变的品格，不正是共产党人全心全意为人民服务的高风亮节和艰苦奋斗精神的最好体现吗?英雄的白洋淀人民不就是淀边那一望无际、似长城一般的芦苇荡吗? 而杨凤鸣不就是他们中的优秀代表——一株常青的芦苇吗?

(2001年5月,《组织人事报》发表后,获得了上海市党建研究会等四家单位举办的中国共产党建党80周年征文一等奖)

链接

杨凤鸣简介

杨凤鸣(1937年3月—),中共党员,河北省雄县王克桥村人,河北省劳动模范。曾任王克桥大队党支部书记、朱各庄公社党委书记、雄县革委会副主任、雄县县委副书记、雄县县委书记兼县革委会主任、保定地委代理第一书记、衡水地委副书记等职,现任雄县华雄实业有限公司董事长。

1953年,杨凤鸣在雄县王黑营村高小毕业后,回王克桥村初级农业社任会计,1956年任联村高级社会计股长,1958年任王克桥村党支部书记。在艰苦创业的年代,他带着全家三下后进队,和群众一起吃大苦、耐大劳,终于使盐碱荒滩变成良田,因而被誉为“农村党支部书记的榜样”。1965年春天,河北省委发出通知在全省开展学习杨凤鸣活动。1966年他与吕玉兰等著名劳动模范一起登上天安门,受到毛泽东主席和周恩来总理的接见。他在“文化大革命”中被打倒,受到错误批判。1969年被平反,作为革命干部参加“三结合”。1974—1976年冒着危险,在“雄县革命根据地”保护了余秋里、萧劲光、何莲芝、王定国、于若木、于陆琳等一批老干部。1976年5月,临危受命出任保定地委代理第一书记。1977年“保定学习班”上受到不公正待遇。1985年落实政策后,任雄县县政府顾问。

盘山情

五一长假,老同学张景打电话约我去游盘山。我说:“现在旅游人们都去名山大川,甚至跨洋过海,盘山有什么出奇之处?”同学说:“这你就‘孤陋寡闻’了,盘山古称‘京东第一山’,是我国十五大名胜之一,既有泰山雄伟之姿,又有华山险峻之灵,还有桂林山水之秀和长江三峡之幽,乾隆爷游览时曾惊呼‘早知有盘山,何必下江南’呢!”

盘山

一席话说得我怦然心动。5月3日一大早,我就和夫人崔纪敏急匆匆地驱车奔向天津蓟县。汽车时速达到了110迈,车窗外的景物迅速地向后飞跑,我的记忆也被带回了30年前……

我们是在“文化大革命”那个特殊年代走出大学校门的。同学们大多被分配到基层进行锻炼，彼此信息不通。后来我从别人口中听到喜讯：张景和冯桂芹结婚了。他们是我们班同学中唯一结为连理的一对。张景是在盘山脚下长大的，对家乡的山水有着深厚的感情。毕业后他又回到家乡，从基层干起，后来当了县委宣传部副部长，再后来调到蓟县一中任校长；冯桂芹结婚后从抚宁调到蓟县工作，后来当了县工会副主席，可算是新一代盘山人。我毕业时分到河北衡水，后调到石家庄，再到北京，这期间虽然有过同学聚会的机会，但不是他们忙就是我忙，一直无缘见面。上学时背诵毛主席诗词"故园三十二年前"，觉得30年时间很长，如今回首往事竟是弹指一挥间。

与大学同学张景（左）、冯桂芹在蓟县

车到蓟县，我急切地注视着窗外，搜索着30年前的记忆。毕业时，张景是个浑身充满朝气、热情奔放的毛头小伙子；冯桂芹文静贤淑，两条短辫衬着俊俏的脸膛，被誉为"班花"……哦，看到了，那熟悉的身影；听到了，那亲切的乡音。然而，走下车细端详，虽"乡音未改"，但"鬓毛已衰"，如果不是事先约好，走在大街上彼此是"相见不相识"了。同学说我"还是过去的样儿"，我觉得那主要是"神似"，而不照镜子也自知，这些年岁月的风霜、跋涉的艰辛，已刀削斧劈般地刻在了脸上那深深的皱纹里。

同学告诉我，盘山海拔虽只有864米，但非常险峻，攀登的艰难不亚于登泰山，他们劝我们先去宾馆休息休息。我登山心切，决定先饱眼福，抓紧时间去阅览盘山那梦思神往的壮美景色。

盘山，位于北京、天津、唐山、承德的交汇地带，乾隆皇帝说它"连太行，拱神京，放碣石，距沧溟，走蓟野，枕长城"，俯临众壑，雄奇巍峨，林

木葱郁，水石清幽，“盖冀州之天作”。我们沿着崎岖的山路拾阶而上，张景陪我，冯桂芹陪我夫人，边登山边追古抚今叙友情。张景对盘山上的胜景了如指掌，每到一个景点，他就兴致勃勃地讲解历史掌故和神奇传说。据说，周武王分封天下，八百个诸侯中有一个山戎无终国，国都就在山下，所以盘山又名无终山。史载东汉末年，曹操率军北伐乌桓时，遇大雨受阻。无终人田畴自幼好读书，善击剑，有胆识，他甘愿为曹军带路，立下了汗马功劳。曹操平定乌桓后，封其侯而不受，他一直隐居在盘山。后人为纪念他，又称此山为田盘山。从汉朝开始，这里就成为佛教圣地，最兴盛时有72座寺庙。魏武帝、唐太宗、辽太宗、金世宗、清康熙、清乾隆等封建帝王和历代文人墨客都曾慕名来到这里，尽其所兴，高歌长吟。

5月是风和日丽的时节，但那天的太阳好像比人心还热，烤得大家汗流满面。冯桂芹脸红得像盛开的桃花，一个劲地脱衣服。我只当她见了老同学高兴，还戏言：“你越来越漂亮了，是否正在交桃花运？”

中午12点，我们攀上了盘山“五峰”之一的紫盖峰。坐在岩石上，呼啸山风掠过，传来阵阵松鸣，令人感到心旷神怡。张景说，盘山风景有“三盘”，上盘、中盘和下盘。有“三胜”，上盘松胜，劲松苍翠奇绝；中盘石胜，怪石千姿百态；下盘水胜，泉水十里闻澎湃。此时，仰望挂月峰，俯视舞剑峰和翠屏峰，一片苍翠。万千松树万千姿态，或立，或卧，或俯，或仰，有的盘根错节，有的根扎岩缝，有的探身云崖，有的匍匐绝壁，确实奇特、壮观。难怪乾隆皇帝说：“何处无松，盘山之松天下松之宗。”身处其中，不由得会被松树那种迎风傲霜、坚忍不拔的性格所感染，生发出不畏艰险、开拓进取的力量。

下山时路经中盘。这里怪石林立，千姿百态，争奇斗峭。有的仰面朝天，有的直插云际，有的垂悬欲坠，有的龟缩谷底。《盘山志》载有名石二十六，其中最有名的是悬空石、摇动石、将军石、晾甲石、菱角石等“八大怪石”。这些怪石每一块都有一段故事，多少年来，它像立体的画，无声的诗，任凭游人丰富想象和历代文人墨客抒怀题咏。

过了晾甲石就到了“三胜”之一的下盘水胜。盘山水历史上非常有名,“盘山七十二佛寺,寺寺落花流水中”。乾隆皇帝下江南时,对吴地寒山的千尺雪非常欣赏,回到北京四处寻找类似的景点,当他游了盘山后,欣喜若狂,惊叹寒山千尺雪就在这里,并作了《盘山千尺雪记》。遗憾的是,由于气候的变化和修建盘山水库,往日“乱泉激水响穿云”的胜景早已不见,但在入胜口和天成寺,仍可见淙淙溪流。

正游得起劲,一回头不见了夫人和冯桂芹的踪影。等了好半天她们才赶上来。这时,冯桂芹红似桃花的脸膛变成了蜡黄色。夫人说,桂芹已经呕吐了好几次。再一问,原来桂芹前两天就在感冒发烧,今天是吃了药强顶着上山的。我埋怨张景:“你为什么不早说?”桂芹说:“不怪他,是我坚持要来的,老同学来了,我咋能不陪着?”

一句话说得我心潮澎湃。是啊,同学情可能是人世间最纯洁的情谊之一了,同学之间,没有官场的争斗,没有商人的欺诈,也没有世俗的铜臭。不管处在天南海北,不论职务高低,也不用问跨越了多少时空,只要一见面,那个亲热真挚劲是难以用语言和文字表达的。一日盘山游,一生盘山情!

(2003年9月,载2003年第12期《吉林通讯》)

链接

最纯莫过同学情

2012年是我大学毕业40周年。40年对于自然界只是一瞬,但对于一个人来说是生命的一半(最近看到数据,中国人的预期寿命达到了78岁多)。毕业后,同学们天南海北,虽不像今天的毕业生这样为求职而奔波,但多数同学被分配到基层甚至是边远山区工作,交通和通信都不便,所以彼此联系不多,不少都断了联系,听说作古的也有几个。最近与一些老同学联系怎么纪念纪念毕业40周年,电话中男同学声音还是那么洪亮,女同学的声音还似银铃般清脆。几十年不见了,无情的岁月和跋涉的艰辛在脸上刻下了深深的皱纹,但声音还是那么熟悉,感情还是那么真挚,这不由得令我感慨万千。想当年,河北大学中文系1970级74名同学,如今能联系到或知道地址的只有十多人,他们是李景才、张景、冯桂芹、翟秀珍、李振华、马文兰、朱秀云、李同生、孙福全、马玉芬、赵夫龙、高月琴、李向东。今天把他们的大名列在这里,目的是让同学之间互相转告,能把通讯录建立起来最好。

“当代鲁班”与他的彩虹桥

——田雄和韩村河印象记

我第一次到韩村河参观，印象最深的是石桥，因为那石桥是田雄和韩建集团的“当代鲁班”们艰难创业的历史见证和理想抱负的才艺展示。

在韩村河水上公园的绿树红花掩映之中，一字排开三座石桥：玉带桥、五孔桥和仿赵州桥。登上石桥凭栏远望，一幅“乡村都市”的美丽画卷展现在眼前：宽敞整洁的道路两旁绿树成荫，五彩缤纷的鲜花争芳斗艳；镶嵌在绿色田园中的黄墙朱顶的欧式小楼与民族风格的别墅，鳞次栉比；花香蝶舞的公园里，小路曲径通幽，湖面碧波荡漾，几只鸭子悠闲地嬉戏……此情此景，不由得让人心旷神怡、浮想联翩。

我忽有所思，带着几分不解，请教陪同参观的韩建集团副总经理贾老师：“自20世纪七八十年代以来，随着全球性的变暖和气候变化，华北的河流大多断流、干枯，很少有人再修桥了。你们不但修还修得这样好，为什么？”

贾老师是房山区人大的研究室主任，来韩村河协助工作已有多年，对韩村河的许多情况了如指掌。随着他的介绍,人们的思绪被带回了那久远的年代。

历史上韩村河有条擦村而过的牤牛河。“牤牛”就是公牛。“牤牛河”顾名思义,河水异常凶猛。那时候,每逢雨季,牤牛河水泛滥,全村一片沼泽。当时流传着一首民谣:“几条大沟穿村过,墩台上面搭土窝;天灾人祸年年有,村破家穷常挨饿。”牤牛河上原来有座古人修的石桥,系西南的涿、涞、易等州县进京的必经之路。后来因年久失修和河道南移,石桥毁坏了。为纪念韩村河古桥遗址,怀念前人捐资修桥的义举,1993年由韩建集团出资,田雄亲自带着人们在旧河道上,先后修建了玉带桥、五孔桥和仿赵州桥,并分别为三桥取名:水光桥、生辉桥和硕果桥,是取“水光生辉结硕果”之意。

我似乎还有些狐疑。为了纪念前人修桥的义举,为什么要建三座风格不同的桥呢?玉带桥、五孔桥,每一座都可以说是建筑艺术的珍品。特别是仿赵州桥,仿得惟妙惟肖,不仅轮廓雄奇壮观,寓秀逸于雄伟之中,而且那雕刻也很精致,简直可以和真正的赵州桥相媲美。我朦胧地感到,这其中可能还包含着更深刻的意义呢!

我的家乡在冀南平原,对赵州桥比较熟悉。赵州桥名安济桥,位于石家庄市东南45公里的赵县城南的洨河上。该桥始建于隋开皇十五年至大业元年(595—605年),全长64.4米,拱顶宽9米。赵州桥不仅以雄伟壮观的造型艺术著称于世,还以极高的科学价值和施工技术的精妙闻名遐迩。其最大的科学贡献在于它的“敞肩拱”的创造。在大拱的两肩,砌有4个并列的小拱,既节省石料,拓宽了流水通道,又减轻桥身重量,有利于小拱对大拱的被动压力,增强了桥身的稳定性。在1400年的历史长河中,该桥经受过无数次洪水冲击和八次大地震的摇撼,却始终巍然屹立。赵州桥不仅是我国造桥史上的杰作,也是世界建桥史上的奇迹。1991年,美国土木工程师学会将赵县安济桥选定为第12个国际历史土木工程的里程碑。据记载,赵州桥是隋代杰出工匠李春率领众多石匠建造的,但民间传说为鲁班所建。在冀南平原有一首流传很广的《小放牛》,歌中唱道:“赵州石桥来鲁班修,玉石栏杆圣人留;张果老骑驴桥上走,柴王爷推车轧了一趟沟……”一首悠扬悦耳的民歌,把个赵州石桥唱得名扬四海,妇孺皆知。所以至今,土木匠人都把鲁班作为师祖供奉,把修建石桥作为展示自己才艺的舞台。

石桥是历史的见证。它不仅凝聚着韩村河变迁的历史,也寄托着田雄和韩建集团“当代鲁班”们的理想抱负。三座石桥不就是他们精湛才艺的最好展示吗？至于后来他们承建的工程获得国优、市优和金杯奖、银杯奖、长城杯、鲁班奖,我想那是顺理成章、志在必得之事,因为在汉白玉石桥那里早已有了预示。

我第二次到韩村河,感觉到那石桥是韩村河的“致富桥”。那是2001年春天，我和机关的同志们一起到韩村河过党日，接受改革开放的教育。田雄特意全程陪同我们参观,展览馆、观景台、圣园教育中心、旧村景观、无公害蔬菜基地……自然,也参观了三座石桥,因为它们是韩村河的标志。

2001年8月在韩村河观景台与田雄(右)合影

由于我们是同龄人，都是“老三届”，都经历过上山下乡的“炼狱”之苦，所以一路上谈得非常投机。在韩村河教育中心的墙上刻着田雄1995年撰写的村史铭文，此时此刻，他满怀深情地给大家介绍道：

“韩村河文明久远，已有据可查，有一千三百年历史。然漫漫千年未能摆脱贫困，村民挖遍十里八村之野菜，尚不足以填满儿女之饥肠，故韩村河被讥为‘寒心河’。其为有志之士永记之贫也。

改革开放，华夏赫然，本村胸怀宏图之士，牢记党的富民政策，忍悬梁刺股之痛，历经十六载，艰苦创业，奋力开拓，辟出一条以建筑业为龙头巩固壮大集体经济之共同富裕道路，随之荣获京郊第一村之美誉……”

有人说，一个人经历的磨难都刻在脸上。望着田雄那坚毅的面庞，听着他那落地有声的话语，这些年来他带领乡亲们艰苦创业的历程，也仿佛电影镜头一样在我眼前一幕幕展现：

田雄是1967年从房山中学高中毕业回乡的。他哥儿6个，排行老二。他家三代都是农民，爹娘盼着能供出一个工人，省吃俭用供他上高中，没想到遇上“文化大革命”，爹娘的梦想破灭了。当时，韩村河还是个远近闻名的穷村，那时有个顺口溜说“七贤的篮子，沿村的筐，韩村河挖野菜的结成帮”。1978年，全村总收入只有91.3万元，人均收入仅118元。田雄全家9口人，只有3间土坯房和3间棚子，没有钱，没有房，口粮不够吃，媳妇找不上。“穷”字像座大山，压得庄稼人喘不过气来。出路在哪里？前途在哪里？

对于一个在红旗下长大的有志青年来说，田雄血管里流动的是祖祖辈辈要旧貌换新颜的热血。在最困难的时候，他也没有动摇自己的理想信念。他从当时农村和自己的实际出发，按照古老的传统方式，磕头拜师学起了泥瓦工技术。为了尽快学好手艺，田雄花钱买了几百块砖坯子，白天去生产队干活，晚上就在院子里练垒墙、抹灰。垒了拆，拆了垒，每次都干得满头大汗。功夫不负有心人，“砖腿子”“大角”都垒得像个样子了。看到儿子的“成果”，父亲紧锁的眉头舒展开了：“行，有门儿！”老人不可能预见到日后能从“一把瓦刀”发展到今天的韩建集团，从干泥瓦活发展到探索出一条全村的致富路，但他确实从儿子身上看到了希望，看到了前途！

由于田雄有文化、肯钻研、活干得地道，所以很快在四里八乡出了名。1975年他还当上了东营乡建筑队的技术队长，开始到周边村庄和房山区揽活了。师父笑眯眯地夸奖他：“青出于蓝而胜于蓝，后生可畏啊！”

发展机遇出现了。1978年12月党的十一届三中全会的召开，如同一声春雷，震撼了韩村河这片古老的土地，给人们的思想带来了极大的解放。田雄兴冲冲地去找同是高中毕业的“发小”田兴，两人合计着要成立自己的建筑队。当时村里瓦木工多，呼啦啦一下子来了30多人，韩村河建筑队的大旗就这样打出去了。从此一发而不可收，组建起步、发展队伍、提升水平、扩大规模、创建集团……由小变大，由弱变强，并且难能可贵的是，他们靠建筑业赚回的“第一桶金”，田雄没有分掉、没有用于个人发家致富，而是用来支持农业、兴办教育，带着人们探索出了一条“以建筑业为龙头，以工促农，带动集体经济全面发展”的共同富裕之路，全体村民实现了由“吃饱肚子”，到“挣上工资”，再到“住上小洋楼”的跨越，使过去的“寒心河”，变成了富裕、文明、美丽的“京郊第一村”。应当说，水上公园里的三座石桥，就是这历史变迁的最好见证！

我第三次到韩村河，感悟到那石桥还是实现农村城市化的“跨越桥”。那是在党中央提出建设社会主义新农村的历史任务和总体目标后，我带着两个问题来请教田雄：一是如何实现农民由“面朝黄土背朝天”的简单劳动者向具有科学文化技能的高素质劳动者的转变；二是如何实现农民由一家一户的自由劳动者向组织纪律严格的城市产业化工人的转变。田雄毫无保留地谈了他们的经验体会和在工作中遇到的酸甜苦辣，还饶有兴趣地讲起了他们艰难创业的经历：

那是韩村河建筑队组建不久，他们在北京六铺炕承包了一座住宅楼的装修工程。人家的外装修是干黏石，按要求黏出来得均匀适度、色彩一致。可是当时他们还没有过硬的抹灰工，黏出来的是一片一片的。

东家火了，说他们是“抹花秸垛子的，干不了精细活”，生生让人家给轰出来了。严酷的现实使他们认识到，市场经济是竞争经济，而竞争就是优胜劣汰。怨天尤人不行，自暴自弃更不行。“莫斯科不相信眼泪”，北京也不相信眼泪。打铁靠的是胳膊硬。从此，他们发愤图强，苦练内功，提高素质，“以质量求生存，以速度求发展”，终于在强手如林的北京建筑市场中站稳了脚跟。

转折是从1984年2月承接北京紫玉饭店工程开始的。这是一座总建筑面积达7300平方米的庭院式仿古建筑，九曲回廊，是时任总书记胡耀邦当年秋天接待3000名日本青年访华的接待场所之一，必须10月1日前竣工。要求高，工期短，市里的几家大建筑公司都望而却步，而田雄却以“房修二公司”的名义签了字。待到正式开工了，甲方才发现原来是个“村集体建筑队”，担心地问：“你们能行吗？这可是市里批准的重点工程啊！”田雄拍着胸脯讲了三条理由，可人家还半信半疑。这种时候，语言是乏力的，只能用事实来证明。

在施工的日子里，田雄任总指挥，田兴主管生产，田豪等干部分兵把口。他们抱着背水一战的决心，制订了周密的施工计划，600多人的施工队三班倒，立体交叉作业，一环扣一环，有条不紊，安全施工。甲方一看乐了：“这农民建筑队还真有点现代管理水平！”由于施工进度加快，甲方的工程设计图纸跟不上了，特别是饭店屋顶的图纸定不下来，可能会影响到整个工期的进度。关键时刻，田雄奋战两天两夜，帮忙设计出古香古色的屋顶方案，甲方工程设计师看后非常满意，也解了燃眉之急。整个工程165天竣工，比预定工期提前半个月，并且工程全优。一炮打响，不仅使他们在京城建筑业声名大震，也让那些瞧不起这个农村建筑队的人对他们刮目相看了。

人才是事业前进发展的主要推动因素，也是他们从30多个“泥腿子”的村建筑队，发展到拥有5万职工、总资产36亿元、年产值30亿元的国家特级资质大型企业集团的关键所在。创业初期，公司就注意选拔有知识的年轻人，通过传统和现代的带培方式，把他们培养成生产中的技

术骨干；1984年以来，公司加大了培养力度，把那些有发展潜力的技术骨干，分期分批送到建筑专业技术学校学习；对分公司经理和总部各处室主任，则下决心分两批送到北京农业工程大学建筑管理专业大专班脱产学习；韩建集团还同首都经贸大学合作开设了研究生班，田雄和总公司领导在内的30人参加了学习。职工科学文化素质的提高，不仅为韩建集团全面提升管理水平和工程质量提供了坚强支撑，也为他们抢占建筑行业制高点、完成为南水北调工程设计生产内径4米预应力钢筒混凝土管(PCCP)的任务，奠定了坚实的基础。

内径4米PCCP的生产，在国际上属于尖端技术，在国内还是空白。2003年9月至11月，田雄以志在必得的信念，带人三下江南、两上东北学习考察，在科学论证的基础上，组建了北京河山引水管业有限公司，开始研制生产PCCP。在半年多的时间里，技术人员进行了30多项革新改造，终于生产出了内径4米的PCCP，并通过了ISO9001认证，在一些外国企业和国内大公司参与竞标的情况下一举中标。从此，也开始了韩建集团向桥梁、水利水电、公路铁路以及市政建设等项目的多元化经营的战略转移。在北京南水北调工程PCCP生产任务完成后，又相继承接了哈尔滨磨盘山、淮水北调、山西坪上等引水输水的管道工程。与此同时，他们的眼睛还盯着海外市场，目前已在阿联酋的迪拜完成了公司注册。韩建集团正在走向全国，走向世界！

创业30年来，他们带领本村、附近乡镇和来自天南海北的5万多农民，把“土脑袋”换成“洋脑瓜”，完成由农民向城市产业工人、由简单劳动者向高素质劳动者的转变，实现了人生的跨越。而这转变和跨越是从“一把瓦刀”开始的，是从“石桥”上走过来的，从这层意义上说，那石桥不就是5万农民实现“两个转变”的跨越桥吗?！

最近一次到韩村河，我感到那石桥是为新农村建设架起的一座“彩虹桥”。今年是改革开放30周年。当我沐浴着和煦的春风，再次来到韩村河时，区里的同志正帮助他们总结改革开放的经验。会议室里的气氛紧张而热烈，人们思考着、议论着：跳出韩村河看韩村河，如何认识韩村河在农村改革大潮中的探索实践？如何看待韩村河经验对于社会主义新农村建设的贡献？“韩村河之路”是一条什么路？

作为农村改革的亲历者、多次走过韩村河那汉白玉石桥的见证者，此时此刻我不由得心潮澎湃、感慨万千：我觉得，30年前那个冬天，田雄和30多个“泥腿子”组织建筑队，走出黄土地，进城务工搞建筑的行动，是从地下无矿、地上资源有限的京郊农村实际出发的顺应时势之举，其意义不亚于安徽凤阳小岗村18位农民摁下手印搞“分田到户”。因为，小岗村突破的是“大锅饭”的经营模式，争取的是生产管理的自主权；而韩村河30多个“泥腿子”的举动，突破的则是“以粮为纲”的传统模式，争取的是农林牧副渔全面发展的自主权，带来的是思想观念、发展方式、经济体制的深刻变革，探寻的是一条社会主义新农村建设的康庄大道。正像一首诗说的那样：

田雄靠一把瓦刀/怀一腔热血/凭一身智慧/带领他的乡亲/从贫穷走向了共同富裕/从黄土地走向了现代乡村都市……

如今的韩村河，“生产发展，生活宽裕，乡风文明，村容整洁，管理民主”。全村年人均收入达1.8万元，如加上各种福利补贴，实际收入可达3万多元，比1978年增长300多倍。如今流传着这样的顺口溜：“韩村河，是榜样，乡村都市美名扬；村民全部能就业，人均收入逐年涨；绿色食品有基地，一日三餐有营养；孩子上学不发愁，年老退休有保障；看病医疗有保险，娱乐锻炼更健康；环境整洁又美观，住房明亮又宽敞；干群关系挺和谐，齐心协力建小康。”这样的巨大变化，是预言家不可能预见到的，也是数学家不可能计算出来的。回顾30年波澜壮阔的发展历程，重温邓小平同志关于“社会主义的本质，是解放生产力，发展生产力，消灭剥削，消除两极分化，最终达到共同富裕”的论述和“三个代表”重要思想的要求，用科学发展观来衡量，可以清晰地看到：“韩村河之路”，是一条在党的领导下，坚持解放和发展生产力，坚持以工促农、工农互动，带动集体经济全面发展，从而实现村民共同富裕的幸福之路，架起的是一座彩虹之桥！

人们说，带领群众架设这彩虹之桥的田雄，有一颗金子般的心。他创业为乡亲，致富想众人。他既是带领群众勇于开拓农村共同致富之路的带头人，又是在共享改革成果上甘于后富的人民公仆。虽然这些年，他为集体操的心比谁都多，做的贡献比谁都大，但是30年来他坚持拿干部工资的平均数，甚至连房山区和乡里奖励他的奖金，他也如数交给集体。村里为群众建高标准的住宅小区，他吃苦在前，享受在后，全村900户，他是最后一批入住的，比最先搬家的晚了6年……有人"愤愤不平"，有人当面理论："社会主义是按劳分配，你出力多、贡献大，为什么不多拿？"田雄笑了，说："我不是不会富，也不是不敢富，但个人富了不算富，大伙儿共同富才算富。我领着大家创业，不是为的自己当百万富翁、千万富翁。""什么是办实事、办好事？在韩村河，最大的实事就是让全村发展起来，最大的好事就是让全体村民共同富裕。"

话不多，但句句落地有声。在田雄身上，党的全心全意为人民服务的宗旨和新时期共产党人的富裕观有机地统一到了一起，他用实实在在的行动诠释了"党只有一心为公，立党才能立得牢；只有一心为民，执政才能执得好"的道理，展现了一个农村基层干部的高尚情怀和强烈的执政党意识。这是他带领群众创业的思想基础，也是他30年不断探索追求的根本动力。把握了这一点，才能真正理解这些年田雄干的那些在一些人看来是"傻事""怪事"的事情，也才能理解为什么韩村河富裕后，先后捐出1亿多元帮助周围村庄和一些贫困地区包括西藏东嘎村、新疆泉水地村等地发展经济、兴办教育。一位哲人说得好，田雄"胸中有个海洋"，里面装着韩村河的父老乡亲和那些还没有脱贫的群众。

党的十七大发出了"夺取全面建设小康社会新胜利"的号召。在新的起点上，田雄这位农村改革大潮中的优秀旗手、社会主义新农村建设的带头人，正以百尺竿头、更进一步的劲头，描绘二次创业的蓝图：在韩建集团立足北京、面向全国、走向世界的同时，投入资金，用7年时间建设一个以韩村河为中心、辐射带动周边村镇的新型中心小城镇，将覆盖人数由目前的近3000人，扩大到5万至10万人……

创业只有起点，没有尽头。“当代鲁班”和他的彩虹桥的故事在延续着，只是细节有所不同。

在改革大潮中激流勇进的韩村河，正在创造着新的美丽传说！

（2008年4月，载同年5月8日《组织人事报》和2009年第2期《中华魂》、2009年第9期《党建研究》）

链接

田雄简介

田雄（1946年10月—），汉族，首都经贸大学研究生班毕业，高级工程师；现任北京房山区人大常委会副主任，北京韩建集团有限公司党委书记、董事长；曾获得全国劳动模范、全国优秀建筑企业家、全国优秀企业思想政治工作者、全国优秀共产党员等光荣称号。2002年当选为党的十六大代表，2003年当选为第十届全国人民代表大会代表。

1967年，田雄在房山中学高中毕业后，因大学停办，回村参加劳动。1969年他拜师学习建筑施工技术，1978年党的十一届三中全会后，与同是高中毕业的“发小”田兴组建韩村河建筑队并任队长。由于技术精良、质量上乘，他们承包的工程曾获“鲁班奖”，因而田雄也有了“当代鲁班”的美称。几十年来，他靠着一把瓦刀，怀着一腔热血，凭着一身智慧，从组建起步、发展队伍、提升水平到扩大规模、创建韩建集团，带领乡亲们，走出了一条由小变大、由弱变强，以工促农、工农互动，带动集体经济全面发展，从而实现村民共同富裕的幸福路。韩村河也从过去“穷村破家常挨饿”的“寒心河”，变成了现代乡村都市、北京郊区最美的村庄之一。难能可贵的是，30多年来，田雄带领韩村河在改革大潮中始终一路领先，就像长跑队伍中的领跑者，因而韩村河被誉为：农村改革开放的排头兵、社会主义新农村建设的样板、改革开放以来农村变革的一个缩影。

长山三宝

刚踏上长山群岛的大长山岛，快人快语的县信访办林主任就兴致勃勃地介绍起被誉为“黄海明珠”的长海县的悠久历史、秀丽风光、风土人情和名优特产。给我留下深刻印象的是“长山三宝”:刺参、盘鲍、渔家嫂。这倒不是因为我对鲜美的海味和美丽的渔家妹情有独钟,而是因为每一“宝”都有着美丽的传说和感人的故事。

比如海参,学名刺参,这里出产的五垄刺海参,比普通海参多一道肉刺,且肉质细嫩,富含蛋白质,无胆固醇,具有“补肾、宜精髓、壮阳疗萎”之功效;质量好且产量大,历年来长山群岛的海参产量约占全国的35%左右,因而享誉中外。鲍鱼素称海味之冠,其肉细嫩而鲜美,有极高的营养价值,目前我国的鲍鱼以皱纹盘鲍产量最大,主要产于长山群岛的獐子岛、海洋岛、大长山岛、小长山岛等20多个岛坨周围,产量占全国的1/3,为国宴用品。

大约是1972年初,北京来人说国宴需要一些新鲜的鲍鱼、海参,但那时还没有冰箱冰柜之类的冷冻保鲜设备。当时已是寒冬,海面上结着一层冰碴，要潜到10米深的海底礁石中去采捞鲍鱼，不仅辛苦，还有危险，没有极特殊的情况，潜水队是绝不下海的。大概来人也感到了任务的艰巨性，亲自和当地干部带着白酒、棉背心等防寒物品来到潜水队做动员。公社的领导亲自召集潜水队开会，说："毛主席、周总理有点事（应酬），需要一点新鲜鲍鱼，辛苦你们下趟海。"

当时正是"文化大革命"时期，最响亮的口号是"一不怕苦、二不怕死"。潜水队队长王天勇首先表态："毛主席、周总理需要，天再冷也要下海！"年轻的潜水队员更是拍着胸脯说："没说的，下！"于是，几个人就议论起哪儿鲍鱼多，怎么下海捕捞等事项。来人没想到这么爽快就搞定了，于是又嘱咐当地干部待鲍鱼捞上来要量量尺寸，以符合国际标准。

"毛主席、周总理请客，咋还要符合国际标准？"有人问。

"美国总统尼克松要来。"来人不经意地答。

没想到这不经意的一句话却炸了锅。因为那是反帝反修的年代，潜水队员们说："尼克松来干什么？美国佬过去欺负我们，是我们的敌人，大冬天给他捞鲍鱼吃？不去！"

潜水队王队长赶紧接过话头做工作："咳，你们想想，尼克松吃，毛主席、周总理陪客也会动筷子啊！"

"咱们国家是礼仪之邦。周总理说了，让尼克松尝尝咱东方大国的海鲜。"

"要说也是那么个理儿。"朴素的渔民对伟大领袖的深厚感情被充分调动起来，为了毛主席上刀山、下火海他们也在所不辞。最后，全体队员表态："只要毛主席、周总理说了，天再冷、水再凉也要下。"

据说，周总理宴请美国客人时，尼克松听说新鲜的鲍鱼采捞自冰封的黄海后非常感动，深深为中国人民的好客而折服。《中美联合公报》在上海发表后，周总理曾来电表扬，消息传来，人们欢欣鼓舞，赞扬王天勇和潜水队是中美谈判的"幕后功臣"。

至于第三宝"渔家嫂"，林主任说原来讲的是"驴当表"。据传说，在没发明钟表的时候，渔民把握不好时辰，有时下海了，鱼群还没来，有时

下海了，鱼群又过去了，所以捕获不多。一次八仙之一的张果老路过这里，感念渔民的纯朴和善良，就把自己的毛驴留下给人们报时，每逢整点驴叫两声，每逢半点叫一声，于是驴也成了岛上的一宝。至于后来为什么改成了“渔家嫂”，林主任没有说，直至离开大长山岛时，我才有了深刻感悟。

那天，阳光璀璨，碧波万顷，长山群岛就像镶嵌在黄海北部海域上的一颗颗翡翠。我们从大长山岛的鸳鸯港登船，林主任也跟着上了船，说要把我们送到对岸的皮口港。我一再谢绝，没想到他抛出一句让我无法回绝的理由：“我要顺便去大连妹妹家看望老妈妈！”坐在船舱里，望着船桨绞起的浪花渐渐远去，林主任讲起了母亲的故事。

“我的家在长山群岛南端的獐子岛，祖祖辈辈自古靠打鱼谋生。很久以前，这里不仅鱼虾满海，而且岛上獐子成群，流传着‘棒打獐子瓢淘鱼’的佳话，獐子岛也因此得名。那是1963年的一天，生产队的渔船又要出海了，当大副的爸爸和8位年轻渔民雄赳赳地上了船，母亲领着7岁的我和女人们到海边与亲人挥手告别。辽阔的大海是属于男人的，千百年来，他们前赴后继，与大海同悲同喜，与渔船相依为命。渔船载去了亲人的思念，载去了渔民的希望，但这次却没载回满舱的鱼虾。几天后，邻村渔船来告，爸爸的渔船在公海上遇到风浪，船翻了，船上9人全部遇难。真是晴天霹雳，人们被这噩耗震呆了、震傻了，面对着大海呼喊、哭泣，仿佛要把对亲人的思念、对未来的恐惧都倾诉出来。对以打鱼为生的家庭来说，没了男人就断了生活来源、没了生路。妈妈那年29岁，正怀着大妹妹，今后的日子怎么过？那些天，爷爷整夜整夜地吸烟，本来正筹备结婚的二叔不知为什么红着眼睛推掉了婚事。一天晚上，爷爷领着我在海滩上走来走去，让我今后管二叔叫爸爸。我问为什么，爷爷说长大了就知道了……

就这样，为了家庭的完整，为了孩子，为了生活，妈妈和二叔结婚了。也不只妈妈，那次海难后其他渔家嫂也大都改嫁了。守望海滩的渔家嫂们，擦干眼泪，期待着新生。在渔船、通信等设备相对落后的年代，渔家嫂们忍受着巨大的精神压力，在离别、思念、团聚乃至恐惧的循环中操持家务、侍奉老人、抚育孩子，延续着海岛的历史。后来，妈妈和二叔又生了两个孩子。但意想不到的是，33年后二叔又在一次出海中遇难了……”

船舱外波涛汹涌，船舱内鸦雀无声。林妈妈的故事让我们的心灵受到极大震撼，也使我们对渔家嫂的崇敬之情油然而生。透过林妈妈，我看到了那些渔家嫂们像海礁一样坚强的意志，像大海一样宽广的胸怀，像珊瑚一样美丽的心灵。

（2010年7月，载同年7月7日《大连日报》和9月29日《人民日报》海外版）

链接

大连长山群岛

长山群岛位于辽东半岛东南，宛如一颗颗明珠，镶嵌在黄海北部海域，共有岛屿50多个，包括大长山岛、小长山岛、广鹿岛、獐子岛、海洋岛等。其中大长山岛最大（县政府所在地），海洋岛最高（山峰海拔388米）。1949年建县，称长山县，1954年改名为长海县，以区别于山东半岛庙岛列岛的长岛县（其岛屿中有南长山岛、北长山岛）。长山群岛是黄海北部的重要渔业基地，盛产鱼类、海参、牡蛎等。辽阔的黄海和优越的地理条件为长山群岛发展水产事业提供了有利条件，而暖流与寒流交汇是长山群岛水产资源丰富的另一个重要因素。每年四五月份，黄海暖流和台湾暖流先后在这里与我国北方沿岸寒流交汇，为大量的鱼虾生息繁殖创造了条件。县信访办林主任家所在的獐子岛，素有“黄海聚宝盆”“黄海明珠”及“黄海一束花”等美名。岛上南面陡峭，北面平缓，50%的海岛面积由马尾松林、槐等乔木覆盖，且有17%的海岛面积由板栗及苹果园等组成，全岛青翠葱绿，十分秀美。

科学春天的使者

“初闻八闽多俊秀，又见京华唱大风。一字一珠一咏叹，一觞一曲一民声。”这是中国工程院原秘书长常平同志为林玉树《故乡恋情》一书的题诗，也是对这位八闽才俊为人为文的赞许。近读玉树同志20年前所赠《子夜星辰》一书，看到作者简介说他“1941年旧历十一月初五生于福建省莆田市涵江镇”。我查了一下《大众万年历》，1941年的农历十一月初五是公历的12月22日，时值冬至。今又冬至，心中的哀思不由得升腾起来，掐指算来他驾鹤西去已近4年了，但其音容笑貌和种种往事还常浮现在眼前……

我和玉树同志的交往始于20世纪90年代初。1991年10月7日，全国科技宣传会议在京西宾馆开幕，我有幸与时任《科技日报》总编辑的他同住一屋。我尊称他“林总”，他呼我“锡杰老弟”，此后多少年我们一直这样互相称呼。他送我新近出版的科技人物通讯选《子夜星辰》，我也回送了一本在《河北日报》工作期间的人物通讯选《十年浪花集》。共同的新闻经历和爱好，使我们的话很投机、心贴得很近。交谈中我了解到林玉树1964年在厦门大学物理系毕业后，被分配到光明日报社工作。虽然不是新闻科班出身，但他天资聪颖，从小就热爱新闻写作，再加上不辞辛劳，“读书不怕多，采访不怕苦”，所以很快就成了一位出类拔萃的好苗子。他曾历任《光明日报》记者、特派记者、群工部副主任、群工部主任、教育部主任、编委委员兼教育部主任。1978年全国科学大会后，他像“春江水暖鸭先知”的弄潮儿，率先投入那改革开放的洪流。他以科学春天使者的责任，进工厂，下农村，跑科研院所，用满腔的情，用深深的爱，去歌、去唱、去呐喊。他采访过华罗庚、卢嘉锡、王元、陈景润、杨乐、张广厚、王淦昌、袁隆平、汪德昭等许多两院院士和著名科学家，写出了一篇篇感人肺腑的人物通讯，用辛勤的双手描绘了一幅丰富多彩的科技人物画卷，向科学的春天献上了一束束五彩缤纷的鲜花，而《闪烁的星光》《子夜星辰》就是他的科技人物通讯集。

1991年中国科协第四次全国代表大会前夕，林玉树怀着要把科学春天装扮得更加绚丽多彩的美好愿望，走马上任《科技日报》总编辑。他新闻敏感强，善于捕捉信息，既有政治家的眼光，从大局出发考虑问题，又善于抓取具体的、鲜活的事例来深刻说明问题，遇有好稿子，舍得版面大处理。所以，报纸面貌很快焕然一新，好文章层出不穷。记得全国科技宣传会议后不久，我根据社会上存在的问题和自己的思考，写了一篇《做好“转移”这篇大文章》，本来想送给理论版发表。林总看到后，说这篇文章很有新意，文章提出进行两个层次的“转移”，即从思想上“转移”和工作上“转移”，对于坚持科学技术是第一生产力、把经济建设真正转移到依靠科技进步和提高劳动者素质的轨道上来，具有普遍指导意义。他立即把稿子要走，亲自阅改，安排在一版显著位置发表。文章发表后，引起了很大反响。国务委员、国家科委主任宋键给予了充分肯定，中央人民广播电台摘播，《人民日报》摘登，《新华文摘》也在1992年第2期进行了转载。这样的效果和反响连我自己也没想到。记得是文章发表的第二天中午，林玉树打来电话，说宋键主任询问文章作者的情况了，嘱咐我参加中央全会简报服务时，见了宋键主任做个自我介绍。老林真是个好人！

言论是报纸的旗帜,也是为科技春天鼓与呼的重要形式。为加强言论的写作,林玉树亲自组织重要言论的写作和编发。他善于利用“外力外脑”,如聘请中办、国办和科技部有关部门的同志做特邀评论员,为报纸撰写社论和评论。我们中央办公厅调研室科技组就为《科技日报》写过不少特邀评论员或评论员文章,还联合推出过“中国农村发展笔谈”“加速科技进步”等系列评论专栏。当时,报纸上除社论和评论员文章数量明显增多、质量不断提高,一版的言论《新思集》和新闻版的“千人千言”专栏,也很受读者欢迎。我写的《做好“转移”这篇大文章》发表后,也被报社聘为特邀评论员,先后为报社撰写了不少社论、评论员文章,其中《科技日报》的十四大闭幕社论《九万里风鹏正举》是较有代表性的一篇。由于我是党的十四大会议的简报快报人员,能提前看到文件,又能在会场亲耳听到代表们畅谈的学习体会,相对于蹲在编辑部的评论员,对大会的精神吃得比较透,对报告的重点把握得准,又能直接吸收代表们新鲜活泼的观点语言,所以写出的社论鲜明生动,没有那些隔靴搔痒的套话。社论发表后,有同行问他:“你们的闭幕社论站得高,气魄大,有灵气,有什么经验介绍介绍?”老林笑而不答。

人才是办好报纸、刊物的根本。老林提携后学,帮助他人,特别是担任中国工程院《院士通讯》执行总编后,把相当部分的精力用于抓通讯员队伍的建设。他想了很多办法措施,如通过培训和经验交流,开阔通讯员的视野,提高通讯员队伍的素质;通过评选优秀稿件和书法摄影作品,激发通讯员的积极性等。2006年初,我的第二本人物通讯集即将出版,我把代前言《感悟人物通讯》一文清样送给他指正。文中我根据30年的写作实践概括了人物通讯写作的7条经验:炼主题、画眼睛、燃激情、善观察、强骨骼、重细节、勇探索。老林看后觉得对于通讯员的写作很有针对性、指导性,于是抢先在2006年第2期《院士通讯》“通讯员园地”发表了该文。为了给通讯员提供学习教材,他还在繁忙的工作之余,挤时间把自己多年新闻采访与写作技巧经验汇编成册,取名《新闻有常 俯仰百变》,可惜还没来得及出版,他却积劳成疾,因急性心肌梗死于2007年1月

28日不幸辞世。读着他留在计算机里未竟的书稿，人们唏嘘不已。

林玉树（前排左二）任《院士通讯》执行主编时与专家合影，右（二）为作者

林玉树热爱春天、喜欢绿色。他常常把自己比作“一个老农”，把那绿格稿纸比作“家乡的田园”，把新闻写作比作“绿野上的耕耘”。他还多次深情地和我谈到令他魂牵梦萦的故乡莆田，说故乡像一个美丽的少女，穿着一件翡翠绿的上衣，披着一条翡翠绿的围巾，她的美不用金银的头饰和叮当作响的耳坠来装饰，而是来自大自然的造化，不需人工的雕琢。那时，我还没到过莆田，没有发言权，只是静静地听，默默地分享着他对故乡的恋情。2007年7月，当我终于有机会来到蓝天白云、山清水秀、环境优美的莆田时，当年曾许诺要陪我游故乡的他却已与我阴阳两隔。坐在湄洲岛的沙滩上，海风吹拂着思绪，我的眼前仿佛浮现出了他笔下如画的故乡美景……我想，科学春天的使者是不会逝去的，他为人为文的品德和精神永在！

（2010年12月，载2011年第1期《院士通讯》）

链接

林玉树简介

林玉树（1941—2007），笔名南笛，福建莆田人。高级记者、全国优秀新闻工作者、中国作家协会会员、中国楹联学会会员。1964年在厦门大学毕业后，分配到光明日报社工作，先后任特派记者，群工部副主任、主任，教育部主任，编委委员兼教育部主任；1991年调科技日报社工作，曾任《科技日报》研究所副所长、总编辑、社长兼总编辑。退休后任中国工程院《院士通讯》执行总编。主要著作有《皇冠上的明珠》（合著）、《探索生命奥秘的人》（合著）、《闪烁的星光》《美丽湖历险记》《勇攀科学高峰》《子夜星辰》《故乡恋情》《新闻有常 俯仰百变》等。

坝上金莲

金莲花是坝上草原的花。正如金莲花的歌词唱的那样："历尽风霜，沐浴阳光，你生长在辽阔的草原上；坚强的生命，娇艳芬芳，你绽放在辽阔的草原上。"金莲花开放时极为美丽，翠绿的花枝托着金黄色的花朵，亭亭玉立，袅袅娜娜，那金色增一分则俗，减一分则薄，黄得透亮，黄得让人心醉。由于金莲花是天然野生草本植物，花期不长，又长在海拔1000～2000米的河北、内蒙古的坝上草原，所以，要看到金莲花盛开的美景并不容易。我几次去坝上草原，不是时间赶前就是错后，一直没能见到神秘的金莲花。

去年8月中旬，我有幸随单位的同志去了一趟金莲花产地之一的丰宁坝上草原。汽车翻过巍峨挺拔的燕山山脉，穿过郁郁葱葱的峡谷和幽静的白桦林，就进入了被誉为"北京后花园"的丰宁坝上草原。下车后，我急切地找当地老乡打听，还能不能看到盛开的金莲花。老乡望着我期望的眼神，风趣地笑着说："能！"说着，他从茶盒中取出少许金莲花，放入有机玻璃茶壶，倒入沸水，旋即清澈明亮的茶水中就开放出数朵鲜艳

坝上金莲花

的金莲花，虽然没有了草原上开放时的鲜灵气，却也不失美的本色。

喝着金莲花茶，听老乡讲金莲花的故事，倒也惬意。老乡告诉我，金莲花生长在环境清幽、无污染的草坡和沼泽地带，为多年生的草本植物，不需人工耕作和施肥。大草原的人对金莲花情有独钟，精心采摘后，经自然干燥，严格挑选，制成金莲花茶。在坝上草原，金莲花被称为“塞外龙井”，闻有清香，品有淡淡的甜味，不仅具有清热解毒、养肝明目之功效，还是美容养颜的珍品，已成为人们生活中不可缺少的饮品。民间有“宁品三朵花，不饮二两茶”的说法。据说，当年辽国的萧太后因常年冲泡金莲花茶饮用，皮肤细腻柔润，直至中年后依然容颜靓丽……听着老乡的介绍，我不由得对这种野生草本植物产生了敬意。是啊，金莲花生在荒野，历尽风霜，沐浴阳光，顽强生长，不向人类索取，却无私地用自己的生命和芬芳装点着辽阔的草原，其花蕾还能为人们祛病养颜，难怪当年康熙皇帝赞扬它“清香指槛入”“高洁少人跻”呢！

正想得出神，带队的毛局长领进一位身穿迷彩服的“大个子”：“看

在王斑玖工作过的坝上林场参观，前为国家档案局原局长毛福民

看谁来了？”

我愣了一下:“哎呀，这不是大名鼎鼎的保定市委书记王斑玖同志吗?！怎么这身打扮？”

“两年前就不当书记了,回归乡野当农民了！”他乐呵呵地笑着,说自己正在河滩的地里掰玉米,听说老熟人来了,连工作服也没顾得脱,就开着客货两用的小汽车赶来了。

认识王斑玖,是在20世纪80年代中期。那时他在丰宁满族自治县任县长。由于在植树造林、保护草原生态等方面成绩突出,后升任省林业厅厅长,1999年2月出任河北省第一人口大市——保定市的市委书记。当年,我供职于河北日报社,曾报道过丰宁植树造林的事迹。这时,县里的同志插话说,那年王斑玖从保定市委书记岗位退下来时,省里准备安排他作为省政协常委的人选,可被他婉言谢绝了。这让人感到有些不可理解。因为，在一些人搞“官本位”崇拜、想方设法跑官要官的时候，甘愿辞官回乡当农民的毕竟太少了。

王斑玖大概看到了我疑惑的眼神，笑着解释说：“上小学时我就读过甘祖昌将军自愿解甲归田当农民的事迹。几年前，全国政协原副主席毛致用卸任后不在城里享清福，自愿回到老家过起田园生活，为我们做出了榜样。我农民出身，来自田野。1968年末从河北林专毕业后，就来到了坝上，从基层起步，从林业干起，在这里一干就是26年。是坝上草原养育了我，是丰宁的干部群众培养教育了我，这里有我的根、有我的理想和追求。树高千丈总有根，什么时候都不能忘了父老乡亲。”所以，他卸任后就来到了他的“第二故乡”，在县城边盖了几间房子，承包了3亩半河滩地，当起了农民。末了，他盛情邀请我们一行去他的农家小院吃晚饭。

傍晚，我们沿着林间公路来到了一座红砖墙的小院子。王斑玖早已在门口迎接。院子很大，种着苹果树、黄瓜、西红柿等。院子平台上摆放着饭桌，上面已摆好洗过的黄瓜、西红柿，还有刚出锅的老玉米、蒸南瓜。王斑玖边让大家吃，边有几分自豪地介绍：“这些都是我自己种的，没施化肥，没打农药，绝对安全环保！”

边吃着农家饭边聊天，我向他请教：“听说您刚来时，亲朋好友都有些担心，毕竟坝上清苦、生活寂寞，与保定、石家庄的城市生活相差太远、反差太大。现在感觉怎么样？”他爽朗地笑了，瞧那眉目眼神就像草原鲜花盛开时那般五彩缤纷。他掰着手指头数说在这里的好处：“一是乡下环境好，空气中负离子多，水没有污染，蔬菜瓜果新鲜；二是身体好，黎明即起，打扫庭院，上午为玉米、蔬菜浇水施肥锄草，下午看书看报，由于生活规律，身体比在任时还棒；三是心情好，看着、吃着自己的劳动果实快乐，瓜果蔬菜吃不了送别人快乐，发挥余热为乡亲们办点实事快乐，有朋自远方来一起忆当年岁月稠更快乐！在任时勤政为民做个好官，退下来了回归田园当个好人。我的体会是：能官能民最甜蜜！”王斑玖的话引起了大家的共鸣，笑声、掌声在院子里回响。

此时，一缕金色的晚霞照到王斑玖幸福柔润的脸庞上，反射出光亮，仿佛就是一朵花。我想，王斑玖不就是一株品德“高洁少人跻”的坝上金莲花吗?!

（2011年1月，载同年1月27日《组织人事报》）

链接

王斑玖简介

王斑玖，满族人，1947年生，1968年从河北林专毕业，来到丰宁坝上草原，从公社林业技术员干起。历任丰宁满族自治县县长、县委书记，邢台县委书记，邢台市委副书记、常务副市长，省林业厅党组书记、厅长。1999年2月，他挑起了河北省第一人口大市——保定市委书记的重担。在任期间，他作风民主，广纳善言，广求良策，虚心听取各民主党派及各界人士的意见和建议，被誉为“开明书记”。他把自己的命运同1000多万保定人的命运捆在一起，和其他市领导一道，带领全市广大干部群众同心同德、开拓进取，使保定的各项工作上了一个大台阶。2005年11月，不再担任保定市委书记后，省委准备安排他作为省政协常委的人选，但被他婉言谢绝。他以甘祖昌、毛致用等人为榜样，不在城里享清福，重回丰宁坝上当农民，实现了他“在任勤政为民做个好官，退下来回归田园当个好人”的诺言。

月亮知我心

他高高的个子，背有点驼，脚蹬一双大头鞋，头戴一顶黄棉帽，脸上时常挂着微笑。时光过去40多年了，那张笑嘻嘻的脸，那初次见面的第一印象，仍然深深地印在我的脑海里——我认识《衡水日报》，就是从这张脸开始的。

他叫李普月，当时是报社通联组的编辑。就像他的名字一样，他把那皎洁明亮的月光，无私地洒向基层通讯员，照亮了我前进的路，是他领我走上了“爬格子”之路，是他帮我学会了在报纸上“说说道道”。在老报人的帮助下，我凭着初生牛犊不怕虎的勇气和家乡山水给予的灵气，靠着一支钢笔，从索泸河畔的“沙窝窝”走到县、走到市、走到省城，后来还走进了北京的“红墙”里。

记得44年前的1968年春天，《衡水日报》（当时还不是日报，名为《衡水报》）复刊的喜讯伴着春风吹到了我的耳朵里。作为整天和土坷垃打交道的农村知青，我仿佛看到一线曙光，于是怀着跃跃欲试的心情，把身边的一件新鲜事写成稿件，投给了报社。那文章的题目叫《张丰年的

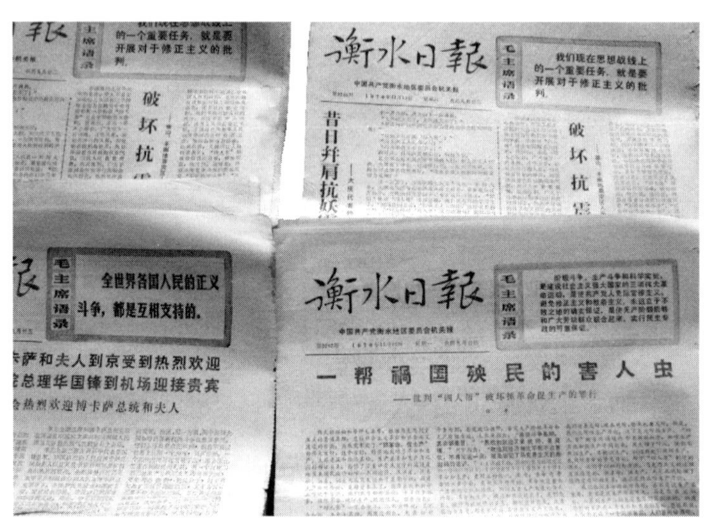

昔日的《衡水日报》(20 世纪 70 年代)

思想疙瘩解开了》，说的是战争年代参加抗日工作、“文化大革命”初期被打倒的老队长张丰年，在落实干部政策的过程中，解开了思想疙瘩，主动检查了不能正确对待群众和工作方法简单粗暴的问题，取得了群众谅解，重新站到了“抓革命、促生产”的第一线。十多天后，稿子在报纸显著位置刊登出来了。这是我敲开新闻媒体大门的第一块敲门砖。事后听说，这篇稿子是李普月在众多群众来稿中选出推荐给编辑的。

此后不久，在衡水地区通讯报道会上，我见到了李普月。那样的热情、那样的亲切，就像老师站在校门口迎接新入校的同学，让人感到无比的温暖。他拉着我的手问长问短，拍着我的肩膀又是赞许、又是鼓励。

那是一个特殊的年代，但人与人的关系并不复杂，没有今天一些人“拼爹”“靠老乡”“拉关系”等不良风气。通讯员到了报社，就像到了家，送稿当天走不了，报社还免费安排住宿。当时报社还在老桥(安济桥)东的一座小楼上，通联组有三个人，组长叫刘仓库，除了李普月，还有个女同志叫高慎茹。三个人对通联工作都很热心，对通讯员像对亲人一样，李普月尤其突出。有两件事，我至今记忆犹新：

一件事发生在1968年的夏天。一天，邮递员送来一卷报社寄来的印刷品，我怀着好奇的心理打开一看，是一本印着绿格的稿纸。当时正值“十年动乱”，农村的贫穷是今天的年轻人想象不到的。作为靠着一滴汗珠摔八瓣挣工分的农民，我不仅买不起稿纸，买张粉连纸（一种薄白纸）也要省着用。写稿子一般是在捡来的传单背面打草稿，修改好了再工工整整地抄到白纸上。由于手头拮据，信封也自己糊，好在当时往报社投稿不付邮资，剪下信封的一角即可。因此，细心而又善解人意的李普月雪中送炭寄来了稿纸。从此，我经常在月光如水的晚上“爬格子”，而且我觉得那绿格稿纸，有点像方方正正的农村田园，“爬格子”就像在绿色田野里耕耘，因而乐此不疲。

另一件事发生在1968年的秋天。一天，我骑着自行车到报社送稿，李普月让我学说村里发生的新鲜事儿。我说，我们村成立了个小评论组，利用黑板报和田间地头“说说道道”。比如，有位叫朱大琴的大婶，热爱集体，心直口快，看到有人在给棉花整枝、“掏耳髓”时偷工减料，就提出批评。日子一长，有人嫌她在干部面前“献精卖浅”，于是给她送了个外号“浅子”，大婶委屈得直抹眼泪。小评论员就写了篇黑板报《赞革命的“浅子”精神》，给大婶撑腰……我说到这里，李普月兴奋地击掌叫好。他挥动着手臂说：“舆论的作用就是要教育群众、宣传群众、鼓舞群众！”他还出点子说：“可以把‘说说道道’整理出来寄到报社。”后来我们“肖张小评论组”的评论，还真登上了《衡水日报》《河北日报》《人民日报》和中央人民广播电台的“工农兵论坛”，此是后话。

我之所以忆起这些往事，是因为这些年来我对《衡水日报》，对刘仓库、李普月等许多报社的老编辑、老记者，始终怀着一颗感恩的心。当年，是《衡水日报》培养了我、锻炼了我；是报纸这个平台，为农村有志青年搭建起了展示才能的舞台。当然，受惠的也不止我一个。当年报社举办过多期通讯员学习班，各县也积极效仿，“冀红农”学习班、“肖张小评论组”等一大批基层通讯报道典型和优秀通讯员，如雨后春笋般脱颖而出。这些人，后来有的上了大学，有的招工转了正，经过工作历练，大多

成了乡镇和县直部门的骨干，佼佼者还走上了各县和衡水市的领导岗位。在纪念《衡水日报》创刊50周年之际，我觉得应当给报社通联工作者(或叫群众工作者)记上一大功。尽管当年报社的老领导、老编辑、老记者，包括曾经“知我心”的李普月，不少人已经作古，但是他们却活在我们心里。他们坚持和实践的“全党办报，群众办报”的正确方向，他们“呕心沥血育新人”的奉献精神，都是值得我们在新的形势下继承和发扬的！

(2012年7月，载同年7月25日《衡水日报》和8月30日《组织人事报》)

链接

不是小传的“小传”

早就想为李普月写点文字，但苦于资料太少。我只知道他是饶阳人，调报社前曾当过教师，为人乐观豁达，常爱哼两句京剧，但生卒年份不详。这是因为1972年12月我大学毕业后，他已经病休回家。记得一次去衡水报社(新址)办事，在院子里碰到一个像木偶那样机械走路的人，感到好奇，走近一看竟是李普月。我感到震惊和难受，而他却仍然乐观，笑嘻嘻地说，由于风湿引起神经麻痹，腿脚不灵活了，但思想依然活跃。末了，还安慰我说，相信医学总会有办法的！据说，他患的是一种遗传病，在深县榆科的一家医院治病，那天他是回单位报销单据，当天就回饶阳了。后来我调回省城工作，从此信息断了。这次纪念《衡水日报》创刊50周年，报社约我写点东西，我又想到了李普月——因为他是我成长过程中的一位良师益友。40多年前是他领我走上了“爬格子”之路，帮我学会了在报纸上“说说道道”。

怎么写呢？扬长避短——从李普月生前最热爱、最熟悉的群众工作写起。我觉得，群众是报纸的根基和源泉，群众的口碑是评判报纸质量的标准，办好报纸的关键是群众通联工作。

五十年前的一段记忆

整整 50 年过去了，许多往事都如过眼烟云一般淡忘了，但有一段记忆在脑海里怎么也抹不去——那就是“四清”运动中在小辛集工作队的 9 个月时光。那是在特殊年代、特殊环境下经历的一段特殊岁月，在我的人生经历中留下了深深的烙印，也对我的人生轨迹特别是走上舞文弄墨的道路产生了重要影响。

小辛集，是河北省衡水县（现桃城区）北沼公社的一个普通村庄，当时有 200 多户 1000 口人。在 20 世纪 60 年代的那段时光，它不仅成了衡水地区人们关注的中心，还吸引了北京师范大学和天津大学的师生们来到这穷乡僻壤。

事情发生于“以阶级斗争为纲”的大背景中。1964 年 5—6 月在北京召开的中央工作会议，对社会主义教育运动（简称“四清”运动）做出了“全国基层有三分之一的领导权不在我们手里”的不切实际的估计，随后中央转发的《关于一个大队的社会主义教育运动的经验总结》（简称“桃园经验”），发出的组织高等学校文科师生参加“四清”运动的通知和

《关于印发农村社会主义教育运动中一些具体政策规定的修正草案的通知》(简称“后十条”修正草案),以及转发的天津市委关于小站地区夺权斗争的报告,进一步指出“四清”运动“是一次比土地改革运动更为广泛、更为复杂、更为深刻的大规模的群众运动”,并把“四清”原来“清工分、清账目、清财务、清仓库”的内容,提升为“清政治、清经济、清组织、清思想”的两条路线、两条道路的政治斗争。(参见中共中央党史研究室编辑的《中国共产党历史大事记》231—234 页)。这一套“组合拳”,直接催生了全国农村大兵团作战的“四清”运动。

衡水地委把衡水县作为“四清”运动的第一批县。不知出于什么考虑,地委书记和衡水县委书记都把小辛集村选为自己的试点,于是出现了“空前绝后”的高规格工作队:地委书记任工作队指导员,县委书记任工作队队长。再说工作队队员,90 多人可真算得上来自“五湖四海”。其中有来自河北省直机关、衡水地直机关和衡水县直机关的干部,有从全区 10 个县选拔抽调来的农村“借调干部”,还有来自北京师范大学和天津大学的师生。人员来自天南地北,说话也南腔北调,虽然没有现在的“奇装异服”,但大城市的穿戴与农村清一色的棉衣形成了鲜明对比。1964 年 11 月 19 日,经过培训的工作队浩浩荡荡进村了,百十号男男女女行走在小辛集的大街小巷,形成了一道别致的风景线。

小辛集分为 4 个生产队,工作队也分为 4 个组,每组 15 人左右;另外,还有一个大队组,负责清理大队的账目和电磨坊等副业摊。我被分在大队组,记得好像有 18 个人。大队组又分成了几个小组,有的搜集群众意见,有的在家查账,有的外出查证,还有的分管生产生活、民兵、妇女、青年团等工作。我被分在“生产生活小组”,主要任务是在两个老同志带领下,抓五保户、贫困户的生活救济和日常生产。按照“后十条”修正草案关于“整个运动都由工作队领导”的规定,工作队全面接过了大队和小队的领导权。按照“桃园经验”的做法,先搞“扎根串连”,再进行“四清”和开展“对敌斗争”。那可真是“人海战术”,每逢开会时,屋子里几乎有一半是工作队队员。这种局面一直持续到 1965 年 1 月中旬毛泽东亲自主持制定的《农村社会主义教育运动中目前提出的一些问题》（即“二十三条”）下发后。“二十三条”对“四清”运动中一些“左”的偏向进行了纠正，“人海战术”的工作方法也受到了质疑。当时，地委采取的措施是“一分为二”，即一半人留下，一半人去开辟“四清”新战场。“四清”重点县增加了冀县，小辛集工作队也先后抽调46人，去冀县官道李公社范庄开辟新点。

对于“四清”运动的是非功过和经验教训，历史和实践都已做出了回答，这里不再赘述。但是我觉得，“四清”工作队队员们在工作中表现出的那份热情与执着，对贫苦农民的那份深厚而真挚的感情，以及艰苦朴素、团结协作的作风，至今都令我怀念，感到弥足珍贵。恰恰就是这一切，深深影响了我世界观、人生观的形成和日后的成长发展。

比如说自觉与群众坚持“三同”（同吃、同住、同劳动）吧，全体队员从工作队领导到普通队员，都是自带行李到群众家“同住”。那时，农村条件差，农民家里既没有洗手间，也没有床，睡的是土炕。冬天土炕很凉，好心的老乡为我们铺上柴草，但柴草里有跳蚤，属过敏体质的同志身上被咬得青一块、红一块的，但没人埋怨、没人叫苦。再说“同吃”，那会儿还没解决温饱，群众缺油少菜，不用说饭桌上没有炒菜，就是条件好的人家也只能吃玉米面窝头就老咸菜，而条件差的人家晚饭就只能喝碗菜粥。一些南方人和大学生吃不惯，工作队设了个小伙房，适应不了的可以去那儿吃。但大家都自觉坚持与群众有苦同吃，除非外出开会赶不上饭点或者病了才去小伙房吃。至于“同劳动”，工作队员与群众一起下地劳动，虽说不挣工分，但干劲十足，特别是我们年轻队员，更是脏活累活抢着干，晴天一身土，雨天一身泥。春天浇小麦，灌渠开了口子，工作队员带头跳到冰冷的水中堵口子……还有学雷锋做好事，那是自觉学、真心做。队员们掏腰包为老乡买药、看病、买东西、给老乡衣物的事情不胜枚举，并且做了好事不留名。我和省粮食厅的刘冠章同志住在邢文同大爷家里，每天老刘扫院子，我去村外水井担水。房东的水缸满了，还帮附近的五保户担，最多一早晨挑了7担水。那会儿还不兴“作

秀"这个词,队员们这样做,完全靠的是一种觉悟、一份真诚!

当年我只有18岁,"四清"工作队的经历,使我开阔了眼界、增长了见识、提高了能力,特别是在和北师大中文系1962级同学一起学习生活的日子里,耳濡目染,深受影响,重新燃起了我因家贫辍学而中断的"大学梦";同时还认识了到小辛集采访的《河北日报》和《衡水群众报》的记者,在协助他们工作时,目睹了他们从采访到写作的过程,破除了"新闻神秘论"。自打那以后,我也照着葫芦画瓢似的学习写稿,经过多次失败和不懈的努力,终于实现了"大学梦"和从农村"土记者"到报社"名记者""蝶变"的"记者梦"。

我是1965年8月18日最后撤离小辛集的队员之一,也是小辛集村"四清"全过程的见证人之一。如今当年的工作队员不少已经作古,健在的也少有联系了。在事情过去50周年之际,我觉得有责任把它记下来,立此存照。

(2014年8月,载同年8月22日《衡水日报》、8月24日《大周刊》和9月4日《组织人事报》)

链接

"四清"运动中的"借调干部"

"借调干部",如今是一个很流行的名词,是从下级机关、单位向上流动的一种重要方式。然而,在50多年前的河北省,它指的是为开展"四清"运动而招录的一部分农村青年。招录工作由县委组织部负责,招录程序非常严格,报名、政审、文化考试、择优录取,再进行培训,然后分配到各"四清"工作队。"借调干部"的工资待遇是每月23元(在农家吃派饭,每天交3角钱、1斤4两粮票),由县委组织部派发。小辛集村是地委书记开展"四清"运动的试点村,衡水地区10个县的三四千名"借调干部"中,有12名同志(我是其中之一)被挑选参加试点村的"四清"运动。在学习和工作中,大家结下了深厚的友谊,我也从他们身上学到了很多东西。1966年"文化大革命"开始后,"四清"运动暂停,"借调干部"也都回村"抓革命、促生产"了。后来不少人招工、上学、当兵、当民办教师,再后来许多人转正、转干,成了县乡干部。

心香一瓣

浪花心语

《十年浪花集》的封面

十年改革，使我们从一个停顿、封闭的社会,开始走向充满活力、对外开放的社会。改革开放给中华民族带来的思想解放，给国民经济注入的活力，给城乡人民带来的经济实惠，都是有目共睹的。《十年浪花集——主任记者张锡杰人物通讯选评》(以下简称《十年浪花集》)收录的39篇人物通讯，讴歌赞颂的是在十年改革浪潮中各条战线涌现出的新人新事。虽然他们多是些名不见经传的“小人物”,他们的事迹也并不轰轰烈烈、惊天动地,然而,一滴水可以折射出太阳的光辉。透过这点点“浪花”,不是同样可以反映出我们改革开放十年的光辉和风貌吗?

我是一个伴随着共和国的脚步成长起来的中年新闻工作者。40年中,共和国母亲所经历的每一次磨难,都在我们这一代人身上留下了痕迹。虽然,“大跃进”、三年经济困难时期、十年动乱曾在我们的心灵中留下阴影,但是,对共产主义理想的信仰与追求,却历经磨难而弥坚;对共产党和社会主义祖国母亲的爱,屡经挫折而愈深。经过这次由学潮到动乱,乃至反革命暴乱的血与火的考验,我更加深刻地认识到,在那“长夜难明赤县天”的岁月,没有共产党的领导,父兄们就不能推翻三座大山,建立中华人民共和国。在继往开来的今天,没有共产党的领导,就不可能建成中国特色社会主义,使我们的国家跻身于世界强国之林。我把对祖国的情,对人民的爱,都融进了我的通讯里。因此,这本人物通讯集,也是我——一个中华人民共和国的儿子,向祖国母亲40岁生日,献上的一束小花!

早在3年前,就有人建议我出本人物通讯集。但是,我不敢奢望。这主要是因为,在河北新闻界我还比较嫩,怕人说我妄自尊大。再说,比起那些名家们的大作,我的这些作品,实在难登大雅之堂。可后来又一想,我当过基层通讯员,也进过大学中文系,毕业后又做了10多年驻地记者,对基层通讯员、大学生和记者的生活都比较熟悉,从思想感情到生活经历,与大家贴得都比较近。把我的这些“凡作”奉献出来,通过“剖析自己”,不是同样可以“照亮别人”吗?今天,这本集子能够面世,应当感谢河北大学中文系副教授、新闻教研室主任吴庚振和讲师杨秀国,是母校老师们的辛勤劳动,使我的夙愿变成了现实。老师们为每篇作品配了评介,还附上了我粗浅的采写体会(有的算不上采写体会,只能算是采写经过),这可能更便于那些想步入记者生涯的年轻朋友和从事新闻教育、研究的行家里手进行分析、解剖。曾从事过多年新闻工作的新闻界前辈、河北省委副书记李文珊,热情地为本书作了序,对人物通讯的写作,谈了非常精辟和独到的见解,对我很有教益,对他人也有重要的指导意义。

这本人物通讯集，收录了党的十一届三中全会以来我独立采写和由我执笔起草写作的主要人物通讯。但是，这里需要说明的是，新闻记者的职业特点，使我的劳动不同于那些运筹帷幄、独立笔耕的专业作家。我的每一篇作品的问世，除了得到报社领导和编辑的帮助，还得到了社会各方面给予的协助，尤其是各级通讯报道人员的大力协助。有的作品，还是合作的结晶。在那些曾经给予我无私帮助的人中，有我尊敬的师长，也有我情同手足的侪辈，还有年轻的后起之秀，当然还包括我的妻子。她在一家杂志社做编辑。她不但是我许多作品的第一个读者和评论者，而且，还与我合作采写了《冀南大地两颗星》。在本书出版之际，我谨向他们表示深深的谢意，并希望继续得到他们的帮助和教育。

（1989年9月，系中国新闻出版社出版的《十年浪花集》一书附记）

求索之歌

我从冀南大地索泸河畔的沙窝窝里走来，走向新闻生涯的浩瀚大海。

我爱这无垠的大海,也眷恋着家乡的土地。

我用初生牛犊不怕虎的劲头,在这深无比、阔无涯的海洋里奋力搏击,上下求索。

改革开放的大潮以排山倒海之势扑来，弄潮儿们却迎着大潮劈浪向前。

我爱这冲腾迸跃的浪花,更敬那劈浪前进的弄潮儿。

我用农民憨厚、质朴的目光扫视这五彩缤纷的世界,用深深的爱,用满腔的情,去歌、去唱,去泼墨挥毫……

于是,有了人物通讯选评《十年浪花集》。老实说,当敝作在母校老师的帮助下面世时,我的心情是忐忑不安的。几分疑虑,几分担心,几分惭愧。

可是没想到,“丑小鸭”却得到了“白天鹅”的礼遇:在河北新闻界乃

至全国引起了意想不到的反响。来信祝贺的，有领导、有老师、有新闻界的同行、有即将走上新闻工作岗位的大学生、有战斗在第一线的新闻干事和基层通讯员，还有一些新闻界的名人名家。

一封封来信，一片片真情，令我受宠若惊，感动不已。这里请允许我怀着感激的心情摘录几封：

暨南大学新闻系教授程天敏来信说："在20世纪90年代第一个元旦，向你表示由衷的祝贺，祝贺你的大作集问世，并祝贺更上一层楼。粗粗翻了一下，感到此书甚有价值，它不仅凝聚着你的心血，更重要的是它反映了我们的时代！"

《河北日报》50年代老总编辑、中国社会科学院原秘书长杜敬同志来信说："从这本文集看到，你是一位很有成就的记者。在每篇通讯之后，都有采写体会和评介，这种形式很好。我首先拜读了写李杏阁的那一篇。因为那是我熟悉的时代、熟悉的人物，读来十分亲切。你对那个时代的生活没有亲身体验，所写人物又不在世了，能写出这样的文章，很不容易，可见是下了很大功夫的。用这样的功夫写当代的人和事，当然会写得更好。你的文学修养也不错，文字朴实而生动。记者有了这两项基本功——调查研究和驾驭文字的能力，一定能写出好作品。"

中国人民大学新闻系教授蓝鸿文来信说："有些通讯是早拜读过的，例如《'飞'来的闺女》等。这些年，你写了不少东西，是很有成绩的。希望再接再厉，更上一层楼。"

河北省委党校文史教研室主任王保正副教授和讲师戴广田在《人物通讯写作的美学追求》一文中写道："这本书冲腾迸跃着改革开放时代的浪花，冲腾迸跃着作者自觉为人民、为社会主义服务的思想浪花。吴庚振、杨秀国两位同志精心选编，别出心裁，使浪花冲得更有力，击得更响亮。省委副书记李文珊在为本书作序时，满腔热情地为新闻通讯鼓呼。广大通讯工作者和评论者，应该为繁荣新闻通讯的创作，以满足人民和社会主义事业发展的需要而加倍努力！"

《承德群众报》副总编辑、河北大学中文系校友张文祥来信说："吴振生同志送给我一本书，一看竟是你的人物通讯选评《十年浪花集》，看到如此成功的结晶和你走过的辛勤写作之路，十分敬佩。文珊书记的序言写得很不错，吴老师的评介也写得很精当，确实是一本值得读的好书，尤其是可作为教材用。"

《沈阳日报》编办室主任林勇同志来信说："《十年浪花集》是你十年笔耕的结晶，你为我们树立了榜样，如想在新闻战线上干出点样子，就应当走勤奋钻研之路。"

河北大学中文系新闻专业86级学生程化敏来信说："我很荣幸地拜读了您的人物通讯选评《十年浪花集》。篇篇文章，字字珠玑，读来犹如清风扑面，倍感亲切。我们班同学反映，无论从采访的角度，还是从写作的角度，对我们这些即将走上新闻工作岗位的人来说，都犹如一块敲门砖，很有教益。"

围场县委宣传部报道组于立同志说："《十年浪花集》已读过多遍，真是一本无韵的长诗，尤其是《好大嫂》和《'飞'来的闺女》最佳。希望您多为我们出几本类似的好作品。"

枣强县马屯镇政府通讯报道员陈慧贤来信说："《十年浪花集》真实地反映了异彩纷呈的社会生活。文章情节曲折，质朴感人，唱出了一曲曲颂扬社会主义精神文明的赞歌。手捧这本集子，我读了一遍又一遍，时而义愤填膺，时而热泪盈眶，一个个活灵活现、富有个性的人物展现在我的面前，总也看不够，就像饥饿的人扑向面包，虚弱的人需要营养。"

……

受到了这众多的鼓励，我平添了许多勇气，暗想：何不把这20多年求索中的酸甜苦辣，包括在风浪中并非情愿地吞进那又咸又涩海水时的滋味，竹筒倒豆子般地统统讲出来，对人对己也许都有些裨益。于是，又有了这本《上下求索集——张锡杰论说文选评》（以下简称《上下求索集》）。

这本文集，收录了我20多年来的50多篇评论文章，其中有社论（含刊物的卷首篇)、评论员文章、观察员文章、短评、小言论、杂文及以叙事为主的代笔文章和总结探讨的业务论文。虽然庞杂，但每篇文章大都具备论点、论据、论证等论说文的三个基本要素，故此曰“论说文集”。

我的这些作品，虽然有些丑陋(其中自然也不乏得意之作)，但就像在沙滩上留下的一串脚印，虽然歪斜，但却印着跋涉的坚毅、深沉。自然，在求索的过程中，我也曾有过困惑，有过迷惘，但最终是思想的闪电驱散了心头的迷雾。于是，破浪前进的决心弥坚，跋涉的脚步也更加有力。哪怕有一天，我游向新的海洋，也绝不会停下求索的脚步。“路漫漫其修远兮，吾将上下而求索。”这既是过去我取得成功的诀窍，也是未来前进的座右铭。

我衷心地感谢河北教育学院副院长刘绍本副教授，对本书进行了认真的编选，做了大量细致的工作。中央组织部部长吕枫在百忙中为作者题了词，省委副书记吕传赞热情地为本书题写了书名；中国新闻界的泰斗、中国人民大学教授方汉奇老先生，冒着酷暑为本书作了序；杜文远、杨殿通、殷建农、李秉新(笔名李雨)等名家高手，认真地为本书写了评介；河北教育出版社给予了热情的鼓励和支持。在此，一并表示诚挚的感谢！

(1991年8月，系河北教育出版社出版的《上下求索集》一书附记)

人生感悟

20世纪90年代，我离开眷恋的新闻行业，从石家庄来到北京，从燕赵大地火热的生活第一线来到庄严神秘的中南海，从抛头露面的记者变为幕后起草文稿的工作人员。但是新闻记者的责任感和事业心已经融进了我的血液里，对人物通讯写作的热爱变成了我的一种嗜好。当遇到一些感人的典型时，我就不由自主地沉浸在一种激情之中，在没有人交代任务、没有版面保证的情况下，宁愿不吃饭、不睡觉，也要挤时间去采访、去写作，然后向报纸、刊物去投稿，并且乐此不疲，简直到了痴迷的程度。

收录《感悟人物通讯：采写经验50谈》一书（以下简称《感悟人物通讯》）的53篇人物通讯，讴歌赞颂的绝大多数是进入改革开放时期以来各条战线涌现出来的新人新事。篇数虽不很多，但涉及面较宽，时间跨度也较长。记叙的人物，从日理万机的国家主席、总理、省委书记、省长，到成年累月在黄土地上辛劳耕耘的普通农民和基层干部；从老红军、冀中子弟兵的母亲，到科技教育工作者、海外学子、外国友人；等等。虽不

敢与通讯大师们的名篇佳作相媲美，但它们也是人物通讯百花园中的一束别样小花。其中1979—1989年间的作品，曾以《十年浪花集》为名结集出版，那意思无非是说，一滴水可以折射出太阳的光辉，透过这点点“浪花”，不是同样可以反映出改革开放的光辉和风貌吗？

校核完书稿，掩卷沉思，感到还有几句肺腑之言想说：采写人物通讯，借鉴别人的经验、提高写作技巧和掌握丰富的词汇固然是重要的，但深入实际、深入生活、深入群众是不可替代的。这是因为，通讯是时代的号角，是历史的真实写照。“一篇好的人物通讯，往往会起到人物的某一段传记、时代的某种记录的作用，甚至会起到某种时评、政论的作用。”（穆青：《谈谈人物通讯采写中的几个问题》，《新闻战线》1979年第4期）这就要求人物通讯作者，要有全局的观念、观察生活的敏感、火一样的激情和较高的驾驭文字的能力等，而这一切同一个人的生活积累和人生阅历有着密切联系。

我的新闻生涯是从冀南平原的沙窝窝里起步的。30多年中，我曾当过乡镇（当时叫公社）的通讯报道员，读过大学中文系和新闻系，做过省报的驻地记者和编辑部的部门负责人，后来“转行”到北京的“红墙”里面当了一名公务员。用中国人民大学资深教授方汉奇老先生的话说是“兼有‘行伍’出身和科班出身”的优长。此外，在基层（含记者站）、在报社编辑部、在“红墙”里面，在每个层次工作的时间都超过了十年。这种经历，在我的人生追求和人物通讯写作中留下了深深的痕迹。对祖国的情、对人民的爱、对党领导的中国特色社会主义事业的忠诚，都融进了我的通讯里。所以，我觉得有什么样的思想水平和生活积淀，就会去采写什么样的人物通讯。当今社会的人特别是年轻人，比老一代更渴望成功，千方百计地寻找成功的“秘诀”和“捷径”。自然，这无可非议。但是翻开古今中外成功者的经历可以发现，任何成功都是通过艰辛的努力才实现的。如果说人物通讯采写有“秘诀”的话，那就是“三贴近”+“厚积薄发”。邹韬奋先生曾说过，记者的活动力就是“不怕麻烦的研究，不怕艰苦的搜索，有时也包括不怕艰险的奔波”。（转引自《中外记者经验谈》第3页）

本书有多篇文章曾被收录高校写作教材或专家学者编辑的文选，供人们学习研究。如《“飞”来的闺女》一文，被《新闻写作学》(程天敏编著，广东高等教育出版社1987年版)收录，作为“人物通讯”一节的范文；《李瑞环柏坡岭上访农家》被新华出版社出版的《中外新闻特写名篇赏析》一书收录；《一个公民的职责》被群众出版社出版的《春风化雨集》一书收录；《周省身常省己身》被中组部编辑的《人民的好干部》一书收录；《模范丈夫》被中央书记处研究室李松晨编辑的《家庭道德佳话》一书收录；《芦苇颂》发表后获得了上海市党建研究会等四家单位举办的纪念中国共产党建党80周年征文一等奖等。这次承蒙河北大学新闻传播学院和北京电子科技学院厚爱，分别把该书作为参考教材和写作课案例教材，不胜感激，也敬祈老师和同学们不吝赐教。

(2006年1月，系西苑出版社出版的《感悟人物通讯》一书后记)

走进母亲河

2006年4月中旬，我们在黄河上游水电公司工作人员的陪同下，沐浴着春天的和煦阳光，开始了“走进母亲河”的调研。我们从黄河上游最后一个峡口——青铜峡溯河而上，一路风尘仆仆，7天时间跋涉3500公里，看了10个水电站。当终于登上黄河上游“龙头”电站——龙羊峡水电站的巍巍大坝时，心情是那样的激动，心灵是那样的震撼，真是“世事茫茫，山川历历，不尽凭阑思”。

2006 年与夫人崔纪敏在黄河盐锅峡水电站

走进母亲河，使我们了解了黄河文明的博大精深。我从小学地理课本上开始了解母亲河，经过几十年来不断学习积累，自认为对黄河还是比较了解的。但是，当真正走进母亲河的时候，就发现自己对黄河文明的了解太肤浅了。黄河、黄土、黄帝、黄河儿女、黄河文化、黄河精神，对这些我们又了解多少？在相当长的历史时期，中国的政治、经济、文化中心一直在黄河流域。黄河上游是“古羌人”繁衍生息的地方，是中华民族的发祥地之一。黄河中下游是全国科学技术和文化艺术发展最早的地区。公元前2000年左右，流域内已出现青铜器，到商代青铜冶炼技术已达到相当高的水平，同时开始出现铁器冶炼。据考古出土的铁锛、铁斧证明，我国开发铸铁柔化技术的时间比欧洲各国早了2000年。中国古代的“四大发明”——造纸、活字印刷、指南针、火药，都产生于黄河流域。《诗经》、唐诗、宋词等文学瑰宝以及大量的文化典籍，也都产生于这里……由此感悟到，人生一世，不“亲吻”一次母亲河，乃一大憾事！

走进母亲河，也使我们零距离地看到了人民治黄的丰功伟绩。黄河自古波滔天，浊水急，“咆哮万里触龙门”，“奔流到海不复回”，而今展现在眼前的却是高峡出平湖，“银河星光落大下，清水清风走东海”。在刘家峡水电站，我们在碧波浩瀚的库区荡舟戏水，是那样的心旷神怡；在李家峡水电站不远处的梨花公寓，我们在清澈可鉴的黄河边洗脸洗衣，黄河柔顺得像绵羊、美丽得像少女……黄河60年安然无恙，奔流不息，千年“害河”变“利河”，黄河水电工程发挥了重要作用。镶嵌在母亲河干流上的座座水电站，就是人民治黄最亮丽的风景线。它凝聚着科技工作者和施工人员的智慧和辛劳，也展现了水电建设者们的无私奉献精神和在艰难困苦条件下创造出的光辉业绩。在刘家峡水电站，我们访问了原水电部第四工程局的一位退休老职工。他叫徐永华，在20世纪60年代，响应党和政府的号召，举家从北京迁到这里。刘家峡水电站建成后，他和他的子女们又头戴铝盔走天涯，去建设新的水电站了。这种四海为家、“献了青春献儿孙”的奉献精神，让我们感动不已！

走进母亲河，还使我们深刻认识到综合开发利用黄河上游水资源的重要性。黄河水电的开发建设，淹没了一些农牧民的土地、草场和家

园。由于向高处搬迁，一些水田变旱地，平地变梯田，肥地变瘠田。这不仅给当地农牧民的生产生活造成了影响和困难，还导致了宝贵而脆弱的原生态环境的破坏。这次调研中，我们没想到的是上游地区人民并没像下游那样明显感受到水电站建设的恩惠，特别是梯级电站集中的黄河河谷地区仍然是青海最贫困的地区之一。有的地方水利设施落后，设备老化，提灌成本较高。个别地方群众守着黄河水，却长期吃窖水……这使我们的心灵受到了震撼，认识到要落实科学发展观，实现人与自然的和谐相处，就必须改变目前的水电单一开发模式，实行水电开发与当地水利建设统筹融合，加大水电反哺农业与扶贫力度，同时综合利用好黄河各方面资源特别是旅游资源，帮助上游库区人民利用当地的优势尽快富裕起来，真正做到人民水电造福当地人民。

在《走进母亲河——黄河上游水电明珠行旅游指南》(以下简称《走进母亲河》)一书付梓之际，我们非常感激那些给予指导、帮助和支持的领导和同志们。课题组组长、中央党校教授周天勇，副组长、黄河上游水电开发有限责任公司党组书记、董事长夏忠，对“走进母亲河”的调研与写作，给予了精心指导并审阅了书稿；青海省海东行署副专员、原民和县委书记曹生渊，乐都县委书记刘大业等，对课题的调研工作给予了大力支持和热情帮助；中国水利水电出版社社长汤鑫华、责任编辑李正斌和美术编辑李晔韬，精心策划，认真编辑，使书稿图文并茂，还有许多同志也为该书的出版付出了辛劳，在此一并表示衷心的感谢！

(2006年12月，系中国水利水电出版社出版的《走进母亲河》一书后记)

“瓜园老农”的絮语

我是一名退而没休的人。这是因为，人退休了，思想并没退休，每大都在看报纸、看电视，每天都有所闻所思所想。上班的时候，每天忙忙碌碌，上面交代的任务，自己岗位的职责，压得我喘不过气来，每周都是“5 + 2”，每天都是“白 + 黑”。不夸张地说，我曾有过一个月加班二十五六天的纪录。所以，想看的书顾不上看，想做的事顾不上做，想写的东西也顾不上写。

人退下来了，就想读一点愿意读的书，做一点愿意做的事，写一点自己愿意写、别人愿意看的东西。再加上身体还好，愿意到处走走看看，走了看了就会有所思有所感。这些散文、游记、随笔之类的东西，或回忆逝去的岁月和难忘的旧事，或记录名山大川“世之奇伟、瑰怪、非常之观”，或感悟人生的哲理及跋涉的艰辛，或憧憬老年金秋般的岁月年华。虽不敢和散文游记大家们的精品相比，但都是真实情感的流露。我有时琢磨，语言和文字这类东西，最初是人类为了互相交流才创造的。所以，我写东西，不是为了自我欣赏、自我陶醉，或出本什么大作一鸣惊人，而

往往是先投到报纸杂志(哪怕是小报)去发表。“以文会友,抛砖引玉”,是我的真实想法。

文章发表出来,收到一些好评,我的大学老师吴庚振教授发来短信说:“过去我较多地关注你的新闻通讯,其实,你还很擅长写散文尤其是游记散文呢!”“语言很有味道,散文特有的那么一种味道,我看后很兴奋。”还有人建议我开个博客,把文章放到网上。我觉得有道理,因为一份报纸的读者有限,所以欣然接受。虽然这些年舞文弄墨,但迟迟未开个人博客,这固然有所从事职业方面的考虑,然毕竟是落后了!

既然开博客,就要起个名字。现在是实名注册,何况我那些文章发表时多数是实名发表,只有少数是笔名。但是为了“时髦”,我还是想起一个名字。回想起我曾有8年“农村回乡知青”的经历,且耕耩锄刨等技术活,打坯、拔麦子、出肥圈等脏活累活都干过,可以算个“老农”了。但我最留恋的是在瓜园种瓜、在瓜棚看瓜的美好时光,于是就想到了“瓜园老农”的名字。我还想,我的这些带有农村泥土味道的散文、游记,就像在“瓜园”里种出的西瓜、冬瓜、甜瓜、苦瓜、黄金瓜,无私奉献给网友“品尝”,味道如何,请大家评判吧!

(2012年7月,“瓜园老农”博客开篇语)

附录

小记张锡杰

吴庚振

河北大学新闻传播学院吴庚振教授

我从1962年河北大学中文系毕业留校任教到2004年退休，长达42年一直在教学第一线做教学工作。退休后学校又返聘我教了3年研究生课程。这样，我做教学工作总计45年。可以说，我教过的学生何止千万，其中品学兼优的学生也无法计数，但张锡杰是我印象最深的学生之一。

张锡杰是河北大学中文系第一届工农兵大学生，1970年入学。入学时他的基础并不算很好。由于家境贫寒，中学他读得不够系统，但他的才能很突出，入学前已在《人民日报》《河北日报》《衡水日报》等报刊发表过一些评论、通讯之类的新闻作品。入学后他学习很刻苦，除学好各门功课外，还不断写一些文章交给我看。我对他的文章总是精批细改，帮助他从点滴入手打好基础，练好驾驭文字的基本功，并指导他阅读了一批马列著作和专业理论书籍。他的进步很快，毕业时在班上已是师生一致称道的优秀学生。我承认我对他有所偏爱，但我对他的帮助并没有起到决定性作用，起决定性作用的还是他的刻苦努力和他突出的潜在素质。

毕业后，张锡杰被分配到《河北日报》驻衡水记者站工作了11年，之后调到河北日报社任记者部副主任、总编室副主任、科教部主任。由于工作出色，几年后又被调到中央办公厅调研室，用他的话说是从衡水的“沙窝窝”走进了中南海。我对他的赞佩不因他的升迁，而因他而今虽是年逾花甲之人，且也已退休，但几十年来一直没有忘记我这个老师——一个既无钱又无权的普普通通的知识分子。每到节日，他总是来信或来电话问候。他出了新书或发表了他比较中意的文章，也总是给我寄来让我过目。2007年春节期间，他来给我拜年时，抱着一个鲜花盆栽，那花盆足有五六十斤重，当他抱着花盆气喘吁吁走进我的房间时，我的心颤抖了，竟连一个“谢”字也说不出来了。

（2009年，转自河北大学新闻传播学院原院长吴庚振教授的博客）

梦想是人生不断进取的阶梯

林　放

《河北日报》原总编辑林放

今天上午，我喜读你的来信和你写的《在默多克和邓文迪家做客》的文章。从咱俩几十年的交往中，我认识到你是一个有炽热生命激情和永不凋谢的精神之花的人。你是受到报社老同志们称赞的人。大家赞扬你的事业之树常青，靠的是你不断地自我加压、自我超越，不断地创新出新；靠的是你的志气、毅力、汗水和智慧。报社年轻人让我介绍体会时，我常以你的事迹做典范。

感谢你对我和老伴的祝福。梦想永远是人生不断进取的阶梯，希望永远是人生不断进取的力量。我和老刘离休后，有一个年老赤心存，心如老骥常千里，重晚节、重操守的憧憬梦想，不能浑浑噩噩过日子。人生的幸福不在于占有什么，而在于追求什么。有了高尚的追求，就能精神焕发，产生精神力量，激励美好的生活。

祝你健康，全家幸福。

后　记

香山的红叶举世闻名，而红叶的主体是枫叶。捡一片枫叶细细观察，好像一个美丽的红五星，又似一只张开的小手掌，红得发光，红得鲜亮，红得让人激情满怀。在秋高气爽的时节，如果你去香山脚下漫步，一定会为那漫山遍野火红的枫林所陶醉——它不仅为我们装点出了云蒸霞蔚、如火如荼的晚秋世界，还点燃了老翁老妪们“枫林似火”般的热情！我爱红叶，就是因为越到老秋，它越红得可爱。我的这本散文随笔集取名“红枫”，不仅是因为“停车坐爱枫林晚，霜叶红于二月花”的名句，还因为其中大部分作品系退休后的所见所闻所思所感。

我从小喜欢散文，我觉得好的散文就是一首无韵的长诗。记得上中学时读杨朔的散文《雪浪花》《荔枝蜜》等名篇，常常爱不释手，夜不能寐，每每心中会升腾起一种冲动、一种追求向上的力量。我虽不是专业的散文家，但觉得散文作为文学园林中的一株奇葩，作为人类的心灵之文，应当意旨高远、烛照社会、提携人心。一篇好的散文，不应止步于辞藻的

华丽、知识的渊博和情感的细腻，还应当透过叙事、抒情和鲜活场景与人物的描绘，凸现人文境界、家国情怀和时代精神，展现我们时代的风貌，让人能够获得精神指向上的感悟。这就是行家们说的“散文的风骨”吧！

收录这本集子的70多篇作品，最早的一篇写于20世纪70年代，最近的一篇草于今年8月，跨度30多年。其中，无论是对历史和先辈的寻踪觅迹，还是对家乡恋情和难忘旧事的回忆，抑或记录名山大川的“世之奇伟、瑰怪、非常之观”，感悟人生的哲理及跋涉的艰辛，憧憬老年金秋般的岁月年华，都是我心灵家园真实情感的流露。虽不敢与散文大师们的名篇佳作相媲美，也不敢妄称是年轻人励志的“心灵鸡汤”，但总是当今散文写作百花园中一朵别样小花吧！就在本书脱稿之际，敝人喜得一对孪生孙女，望着小宝宝那美若花朵的小脸，我心想等到她们俩能阅读的年龄，看看爷爷当年写的这些东西，也许能从中汲取到积极向上的正能量的。

我有时琢磨，语言和文字这类东西，最初是人类为了互相交流才创造的。所以，我写散文随笔，不是为了自我欣赏、自娱自乐，或出本什么大作一鸣惊人，而往往是写了就投到报纸杂志去发表，去发挥散文潜移默化的作用。我信奉只有对现实有意义的东西，对未来才会有价值。因此，这次把几十年来在一些中央和省市报纸杂志包括香港的《紫荆》杂志上发表的散文随笔结集出版，不仅是为了立此存照，而且也希望能给浏览者一些裨益。为此，特为每篇散文随笔配了“链接”，内容有的是散文的背景资料、有的是知识性的“小贴士”，还有的是所记事件和人物的简介等，目的是增加读者阅读时的“立体感”。

散文的写作是伴随着人生梦想的实现而日渐积累的，也是一个人在时空中不断感悟的过程。为了便于读者和散文爱好者研究人生成长轨迹与散文写作之间的联系，我特意将我大学的恩师河北大学新闻传播学院原院长吴庚振教授的博客《小记张锡杰》，我尊敬的老领导河北省委宣传部原副部长、《河北日报》原总编辑林放同志的信《梦想是人生不断进取的阶梯》附录在书后，希望能给读者一些启示和借鉴。

在本书付梓之际，我要感谢那些对于本书的出版给予支持和帮助的领导和同志们。中央宣传部文艺局汤恒局长，在百忙中拨冗为本书作序，给予了热情鼓励和非常精当的点评；江西省委副秘书长沈谦芳博士不仅多年来给予过我很多帮助，还对本书的出版给予了热情帮助；江西人民出版社社长蒋宏先生、总编辑游道勤先生，对本书的出版给予了大力支持；责任编辑章虹和美术编辑章雷精编细校、精心设计，做了许多细致工作；还有很多同志为本书的出版付出了辛劳，如福建省水利厅副厅长赖继秋、江西省委党史研究室黄宗华博士、华北昊达建筑集团董事长张平义先生等；此外，我的妻子崔纪敏，她原是《科技日报》的主任编辑，不仅是我的散文随笔的第一读者，还帮助校核了全部书稿。在此一并表示衷心的感谢！

作者

2014年8月于北京

图书在版编目(CIP)数据

红枫集 / 张锡杰著. —南昌: 江西人民出版社, 2014.11
ISBN 978-7-210-06641-5

Ⅰ. ①红… Ⅱ. ①张… Ⅲ. ①散文集-中国-当代 Ⅳ. ①I267

中国版本图书馆 CIP 数据核字(2014)第 166209 号

红枫集

张锡杰 著

组稿编辑:游道勤

责任编辑:章 虹

书籍设计:章 雷

出版:江西人民出版社

发行:各地新华书店

地址:江西省南昌市三经路 47 号附 1 号

编辑部电话:0791-88600717

发行部电话:0791-86898815

邮编:330006

网址:www.jxpph.com

E-mail:jxpph@tom.com web@jxpph.com

2014 年 11 月第 1 版 2014 年 11 月第 1 次印刷

开本:787 毫米 × 1092 毫米 1/16

印张:22.25

字数:300 千

ISBN 978-7-210-06641-5

赣版权登字—01—2014—537

定价:50.00 元

承印厂:江西千叶彩印有限公司